수냐의 뜨락

수냐의 뜨락

한국과 독일, 두 나라의 경계에서 피어난
파독 간호사의 삶 이야기

2025년 3월 15일 초판 인쇄
2025년 3월 20일 초판 발행

지은이 | 이선자
펴낸이 | 이찬규
펴낸곳 | 북코리아
등록번호 | 제03-01240호
주소 13209 경기도 성남시 중원구 사기막골로 45번길 14 우림2차 A동 1007호
전화 | 02-704-7840
팩스 | 02-704-7848
이메일 | ibookorea@naver.com
홈페이지 | www.북코리아.kr
ISBN | 979-11-94299-25-7 (03810)

값 22,000원

독일 초기 사진

1970년 12월, 독일어 발음도 잘 못 하던 시기에 병원에서 한국간호사 합창단을 만들어 베를린 필하모니와 함께 베토벤 심포니 9번(합창)을 오케스트라 연주에 맞춰서 불렀다. 나는 뒷줄 왼쪽에서 다섯 번째, 지휘자 왼쪽 옆

연주가 시작되기 전 착석한 모습. 한가운데 한복 입은 사람들이 바로 우리의 모습

연주가 끝나고, 솔리스트들이 꽃을 받고 답례하는 장면

쉬는 날이면 친구들과 함께 자전거를 타고, 들로 숲으로 가서 힐링하는 시간도 있었다.

베를린 음악대학 강당에서 한국민요 '도라지'를 불렀다.

1971년 여름 첫 오스트리아 비엔나 여행. 비엔나의 쉔에브룬(Schönbrunn)궁전에서

1970년 12월 서독에서 맞이하는 첫 크리스마스이브. 우리 방에 모여서 간단한 예배와 찬양을 불렀다.

1973년 12월 결혼

아들의 첫돌

근방에 사는 여동생과 함께

남편과 함께

큰딸과 함께

큰딸의 외손녀들

캐나다에 사는 아들 내외와 손자

수냐의 뜨락(정원)

한국과 독일, 두 나라의 경계에서 피어난

이선자 지음

파독 간호사의 삶 이야기

북코리아

들어가는 글

독일에서 두 번째로 오래된, 2,000년이 넘는 역사를 가진 도시인 안더나흐(Andernach)에서 30여 년을 살면서 매일 뜨락(정원)을 가꾸고 텃밭에 채소를 기르며 생활하고 있다. 처음 이 집을 보았을 때 집은 낡았지만 정원이 크고 아름다워 구입했는데, 당시 이 집을 사기에는 경제적 부담이 되어 은행에서 대출을 받기도 했다.

뜨락에는 작은 연못이 있고, 봄에는 체리꽃, 벚꽃, 수선화 등 온갖 꽃들이 만발하고, 여름에는 수련과 수국을 비롯한 꽃들이 피고, 가을에는 해바라기, 코스모스가 피고, 겨울에는 동백꽃이 피어난다. 뜨락 입구에 있는 작은 건물 앞에 넓고 큰 식탁을 두었는데, 여기서 가끔 사람들을 초대해 바비큐 파티를 하면 정원을 바라보며 다들 지상낙원이 따로 없다고 이야기하기도 한다.

한국 경제가 어려웠던 1970년대에 산업역군으로 독일에 파견되어 간호사로서 겪었던 이야기가 세월이 지날수록 사람들에게서 차츰 잊히는 것에 안타까운 심정이 줄곧 들곤 했다. 낯선 외국 땅에서 정착하고 적응해가는 이야기를 남기고 싶었고, 그럼에도 독일에서 살아가는 중에 일어난 여러 해프닝과 일상적인 이야기를 너무 심각하지 않게 전하고 싶었다.

1970년 파독간호사로 독일에 와서 50여 년을 이방인으로 살면서 겪은 이야기들을 몇 년 동안 여러 카페에 올렸다. 이야기 분량이 쌓여가니 주변 지인들이 책으로 엮어서 여러 사람이 알면 좋겠다고 하여 조금 의아했다. 그러던 중 지난여름 남편 장례식 때 한국에 사는 막냇동생이 독일에 와서 2주가량 있으면서 여러 가지 이야기를 나누다가 그동안 쓴 글들을 모아 책을 내보는 것은 어떠냐는 제안을 했다. 아들도 한글로 책을 내면 독일어나 영어로 번역해서 낼 수 있다고 했고, 나도 그동안 살아온 이야기들을 아들딸과 손자, 손녀들이 알 수 있으면 좋겠다는 생각이 들어 이번 기회에 용기를 내게 되었다.

독일에 파견되기 전 나는 보건소에서 근무했고, 당시 나의 아버지는 정미소를 세 군데나 운영하셨다. 내가 태어나고 살던 곳은 오씨 집성촌이었는데, 그들의 모함과 텃세 때문에 결국 아버지는 정미소를 처분하고 마을을 떠나야 하는 상황에 이르렀다. 그러던 중에 나는 마침 신문에 난 파독간호사 모집 공고를 보고 독일로 가서 돈을 벌어 집안을 일으켜야겠다는 생각에 신청했고, 이곳 독일로 건너와 50여 년의 타향살이를 하게 되었다. 한국보다 독일에서 훨씬 더 오래 살았어도, 여전히 나의 등 뒤엔 항상 태극기가 달려 있다는 심정으로 지금까지 열심히 살아왔다고 자부할 수 있다.

낯선 독일 병원에 파견되어 겨우 몇 개월 배운 독일어로 일상적인 회화도 제대로 못 하면서 환자들을 간호하는 일은 참으로 어려운 일이었다. 낯설고 힘든 간호사 생활이었지만 도움을 준 좋은 사람들도 많이 만났고 평생을 함께할 남편도 만났다. 당시 외로움과 어려움을 같이 나눈 동료들은 지금까지도 가족처럼 친하게 지내고 있지만, 일부 하늘나라로 가신 분들도 있고 미국으로 이민 가서 못 만나는 사람들도 있다.

2023년 12월 21일이 우리 부부의 50주년 결혼기념일이었다. 자란 환경과 문화가 다르고 성격이 정반대인 우리 부부를 지금까지 하나님께서 간섭하시고 인도해주셨기에 오늘이 있음을 진심으로 감사하는 날이었다. 남편은 매사가 느긋하여 모두 내일로 미루는 성격이었고, 나는 무슨 일이든 빨리빨리 해야 하는 성격이어서 신혼 초에는 많이 싸우고 이혼까지 생각한 적도 있었지만, 남편은 반세기 동안 나의 옆을 지키는 든든한 울타리가 되어주었다. 그래서 남편이라는 말보다 '옆지기'라는 말을 더 좋아한다.

2006년 10월, 남편이 폐암 판정을 받고 오른쪽 폐의 3분의 1을 절제하는 대수술을 받았다. 폐암 판정을 받은 날, 억장이 무너져내리는 심정으로 한밤중에 일어나 제발 그의 생명을 15년만 더 연장해주시길 간절히 바라는 마음으로 통곡하며 기도하기도 했다. 나의 기도가 통했는지 남편은 폐암 수술을 받고도 계단이나 오르막을 오를 때만 숨이 찰 뿐 일상적인 일을 하는 데는 아무 지장 없이 최근까지 건강한 삶을 살아왔으니, 이 모두가 다 기적이고 덤으로 받은 생명이기에 우리 부부는 날마다 감사하며 살아왔다.

그런데 남편이 2022년 6월에 알츠하이머병 진단을 받았다. 그것은 우리 가족에겐 크나큰 충격이었다. 약 2년 동안 집에서 남편을 간병하다가 올해 5월 초에 요양원으로 보냈는데, 요양원에 들어간 지 한 달도 채 안 된 5월 24일 남편은 이 세상 소풍 끝내고 하늘나라로 떠났다.

슬하에 딸과 아들을 두었는데, 딸아이는 지금 의사로서 성실히 근무하고 있으며 틈틈이 국제 봉사단체에서 열심히 자원봉사를 하고 있다. 딸아이가 전쟁 중인 우크라이나로 봉사활동을 간다고 해서 남편 장례식을 늦추기도 했지만, 가기 이틀 전에 위험지구로 분류되어 결국 가지 못하게 된 일도 있었다. 아들은 대학에서 IT를 전공한 후 캐나다로 가서 친구와 온라인 쇼핑몰을 창업해 미국의 사업가로 성공한 삶을 살고 있다. 아들의 프로필에는 사업가, 포토그래퍼, 포커 플레이어, 작곡가 등 많은 활동이 포함되어 있다.

이제 팔순을 바라보는 나이에 지난날을 회상해보니, "나를 가난하게도 마옵시고 부하게도 마옵시고"(잠언 30:8-9)라는 '아굴의 기도'에 응답해주셨듯이 내게도 응답하신 주님의 은총에 눈물이 난다. 이 세상을 살아가는 과정에서 하나도 하나님의 은혜 아닌 것이 없다. 기쁨과 소망, 살아가는 힘, 모두가 축복이고 감사다. 메마른 광야 같은 이 세상에도 꽃은 핀다. 웃음의 꽃, 배려의 꽃, 격려와 위로의 꽃, 즉 사랑이란 꽃들이 계속 피어나고 있다. 그것도 마음에 감사를 담으면 더욱 많이….

이곳 독일에 뿌리를 내리기까지 도움을 준 고마운 분들이 너무나 많다. 독일 파견 초기에 간호사들의 정착을 도와준 박 아그네스 수녀님, 천사 같은 시누이 안나, 딸의 대모가 되어준 안니, 친정엄마를 대신해준 마이어 할머니 등 정신적으로, 물질적으로 도움을 준 사람들에게 지면을 빌려 감사의 말을 전한다. 마지막으로 7남매를 키우느라 고생만 하다 돌아가신 부모님과 먼저 하늘나라로 간 남편의 영전에 이 책을 바친다.

이 책의 내용 중에 본인에 관한 이야기를 읽고 혹 불편함을 느낀 분이 있다면 진심으로 사과드립니다. 저는 단지 파독간호사로 와서 겪은 힘든 이야기들이 세월이 지날수록 잊혀가는 것이 안타까워 책에 언급한 것이니 너그러운 마음으로 이해해주시길 바랍니다.

차례

둘

한국 에피소드

셋

자작시 모음

하나

독일 에피소드

1

정착과 적응

스물두 살, 그때의 우린 어리석고 용감했다

1970년, 서독의 10월은 한국보다 추위가 빨리 왔다. 9월 30일 베를린에 처음 도착하여 10월 15일 첫 월급을 타서 겨울 외투를 사서 입었다. 5월에 온 선배들에게서 처음엔 많은 도움을 받았다. 그들은 시장에서 어떻게 장을 보는지, 어학원에 갈 때 몇 번 버스를 타고 지하철은 어디서 갈아타야 하는지 등을 친절히 가르쳐주었다. 그리고 외출할 때는 독한사전을 꼭 지참해야 한다고 일러주었다.

독일에 온 지 일주일이 지나자 차츰 간이 커지고 호기심도 많아졌다. 괴테어학원에서 월요일부터 금요일까지 공부하고 난 뒤 처음 맞는 주말을 어찌 방 안에서만 보내랴! 모두 약속이나 한 듯, 생활비 명목으로 월급을 가불받아 몇 푼 안 되는 마르크를 쥐고 씩씩하게 베를린 탐방길에 나섰다. 이때 우리는 일행이 여섯이나 되었으니 설렘만 있었고 아무런 겁도 없었다.

나는 원래 길치인지라 다른 동료들이 더 똑똑하고 더 잘 알 거라는 생각에 안심하고 따라갔다. 그런데 여섯 명이 모두 나와 똑같은 생각을 할 줄은 꿈에도 몰랐다. 같이 간 동료들은 동갑내기 둘, 네댓 살 많은 언니가 셋이나 되어 아무 걱정도 할 필요 없다고 생각했다. 왜냐면 나는 시골, 그것도 작은 두메산골에서 태어나고 자랐기 때문에 서울에서 온 동료들을 보면 내가 한없이 작아지는 기분이 들었고 그들이 나보다 길눈이 더 밝을 거라 생각했기 때문이다.

그날 카데베KaDeWe 백화점에서 서너 시간 구경을 한 후, 통닭집Wienerwald에서 늦은 점심을 먹을 때만 해도 행복했다. 가을 해가 짧으니 해 지기 전에 빨리 숙소로 돌아가자는 누군가의 제안에 따라, 룰러벤

Ruhlerben역으로 가는 지하철을 타려는데 지하철을 어디서 타야 하는지를 아무도 몰랐다. 우린 그때 베를린의 한복판, 거미줄같이 얽힌 제일 복잡한 지하철역에서 우왕좌왕하고 있었으니…. 누구에게 물어본다는 것도 말이 통할 때 가능한 일이었다.

그 당시만 해도 독일에 사는 사람들은 모두 독일 사람인 줄만 알았다. 룰러벤 가는 지하철은 어디서 타냐고, 머리가 검고 콧수염을 기른 나이 많은 신사에게 서툰 독일어로 물어봤더니, 그 사람 또한 이상한 발음으로

"레오폴드Leopold."

하면서 저 기차를 타라고 했다. 나중에 알게 된 일이지만, 머리가 검고 콧수염을 기른 사람들은 대부분 튀르키예 혹은 아랍 사람들로, 독일어에 더 서툰 사람들이었다. 당시엔 정말 몰랐다.

그가 R 발음과 L 발음을 구분하지 못했기에 생긴 착오였다. 얼떨결에 레오폴드 가는 지하철을 타고 한참 지난 후에 열차 안에 표시된 노선도를 봤다. 지하철 객차가 서는 역이 갈 때와는 다른 낯선 이름이라 옆의 동료들에게

"지금 우리가 타고 있는 이 지하철이 맞아?"

했더니 모두 어리둥절한 표정으로,

"왜? 잘못 탄 거야? 우린 네가 가는 대로 따라왔는데?"

한다.

"아이고! 이건 장님이 길을 인도하는 꼴이네. 나는 길치 중에도 상길치인데."

라고 말했지만, 그들은 믿지 않았다. 늦은 오후라 사람들이 콩나물시루같이 들어찬 차 안 출입구에 서서 또 어떤 젊은이에게 물었다. 이번

에는 차 내 노선도를 손으로 짚으며 우리가 가야 할 목적지라고 했더니 그 사람이 깜짝 놀라는 게 아닌가. 그 젊은이는 이 기차가 어디로 가고 있는지를 손으로 되짚어가며, 이 기차로 종점까지 가서 내리지 말고 그대로 있다가 되돌아오면서 어느 환승역에서 내려 룰러벤행 기차를 타라고 상세하게 가르쳐주었다.

서베를린의 그 수많은 지하철 중에 단 하나가 동베를린의 알렉산더 플라츠Alexander platz를 통과하며 한 번 정차하는데, 그 유일한 기차가 바로 우리가 탔던 레오폴드 플라츠Leopold platz행이었다. 그 당시에 아무것도 모르고 알렉산더 플라츠에서 내려 동베를린을 구경한 선배들도 있었는데, 당시 공산국가인 동독 입국 도장이 찍혀서 훗날 한국에 귀국하는 데 어려움을 겪은 이들도 더러 있었다고 한다. 다행히 우린 동베를린에 내리지 않았고 다시 한 시간을 타고 룰러벤 종점까지 왔는데 3시간을 지하철에서 소비한 셈이었다.

이젠 그리징거슈트라세Grisienger strasse로 가는 5번 버스만 타면 된다고 생각하니 마음이 한결 가벼워졌다. 여섯 사람의 눈을 모두 합하면 12개다. 우리는 분명히 5번 버스가 오는 걸 보고 우르르 몰려가서 서둘러 탔다. 긴장됐던 마음이 풀어져서 그런 걸까? 우린 종점까지 한 시간을 또 가야 해서 아무 걱정 없이 눈을 감고 흔들리는 버스에서 졸았다.

우리 중 누구도 버스를 잘못 탔다는 생각은 하지 않았다. 한 시간이 지난 후, 종점까지 왔으니 모두 다 하차하라는 운전기사 말에 내렸는데, 웬걸! 해는 져서 사방이 어둡고 도대체 여기는 어딘가 싶어 간이 콩알만 해졌다. 이러다 오늘 숙소로 돌아가지 못하는 것은 아닌지 불안이 밀려왔다. 종점이고 인적도 드문데 어디 누구에게 또 물어본단 말인가?

지나가는 군인에게 말을 걸었더니, 영어로 대답하며 자기는 미국 군인이라 버스 타는 것은 모른다고 했다. 그때 우릴 싣고 온 버스가 종점에서 쉬다가 막 떠나려는 것을 다시 타고, 처음에 버스를 탔던 곳으로 되돌아갔다. 그곳에서 그리징거슈트라세로 가는 5번 버스를 몇 번이나 확인한 후 버스에 올라 겨우 숙소로 돌아왔다. 우리 여섯이 국제 미아가 될 뻔했던 에피소드는 트라우마로 남았는지, 요즘도 꿈을 꾸면 가끔 버스를 놓치고 황당해하다가 잠이 깨곤 한다.

박 아그네스 수녀님

수십 년의 세월이 지나도 잊히지 않는 사람이 있다. 항상 고마움으로, 존경하는 마음으로 또 향기롭고 아름다운 꽃으로 기억되는 사람에 관한 이야기이다.

지난 2016년 6월, 지인 남편의 장례식에서 너무도 뜻밖에 반가운 사람을 만나서 벌어진 입을 다물지 못했다. 42년 만의 재회였기에 거리에서 만났더라면 아마 서로를 알아보지 못했을 테지만 통성명하고 보니 세상에나! 내가 서베를린에서 3년간 살 때 너무도 존경하고 우러러봤던 분, 바로 박 수녀님이었다.

1970년 9월에 처음으로 베를린에 도착하여 국립정신병원에서 근무한 지 1년쯤 지났을 때, 같이 온 동료들 일곱 명이 본의 아니게 사고를 치는 일이 발생했다. 그 당시 병원에선 한국 간호사들을 1970년 5월에 20명, 9월에 20명, 그리고 10월에 20명, 총 60여 명을 초청했는데, 이를

구분하려고 우리는 서로를 부를 때마다 온 날짜에 따라

"5월의 누구!"

"10월의 아무개!"

하고 항상 이름 앞에다 몇 월이라는 수식어를 꼭 붙여서 불렀다.

아무래도 같은 날짜에 온 사람들끼리 더 가깝고 친하게 지냈던 것은, 3개월간 괴테어학원에서 독일어 공부를 하면서 머리를 맞대고 살았고 몇몇을 제외하곤 같은 기숙사에서 살았기 때문이었다.

사고의 불씨는 5월에 온 사람들이 사는 기숙사에 9월에 온 내 친구 두 명이 살았다는 데 있었다. 그 두 명은 명이(현재 베를린 거주)와 숙이(현재 미국 거주)였다.

어느 날, 서독에서(통일되기 전이라 서베를린과 서독을 꼭 비행기로 왕래했다) 비행기를 타고 명이를 만나러 서베를린으로 방문한 친구가 있었다. 그런데 친구는 하필이면 그날 예정보다 더 일찍 도착하여 오후 근무 나간 명이의 기숙사 복도에서 한 시간가량을 무료히 기다려야 했고, 할 수 없이 옆방인 자영의 방을 노크했단다.

"명이의 근무처인 병동의 전화번호를 모르니, 제발 명이에게 기숙사의 전화로 연락하라고 좀 전해주세요."

라고 요청했는데, 자영은 자기도 모른다는 말만 하고 자기 방으로 쏙 들어갔다고 한다. 그래서 왜 이렇게 베를린은 같은 한인들끼리 인심이 야박하냐고 그 친구가 분개했다.

그 후, 서독서 온 친구가 떠난 며칠 뒤에 오랜만에 모인 친구들 일곱 명이 숙이 방에서 저녁을 먹는 자리에서 명이가 얼마 전에 서독에서 온 친구 얘기를 하며 자영의 불친절에 분개하자, 이 얘기를 들은 여섯 명이 그냥 두면 안 된다고 하면서 따지러 나섰다. 일곱 명이 우르르 몰려가서 큰 목소리로 훈계한 것까지는 좋았는데, 옥신각신하다 보니 나중에는 명이와 자영의 몸싸움이 벌어졌다고 한다.

다음 날, 억울하다고 생각한 자영은 자기 방에 떨어진 두 사람의 머리카락을 들고 가서(이를 목격한 동료들 말로는 명이의 머리카락이 더 많이 뜯겼다고 했다) 간호부장에게 신고했고, 따라온 여섯 친구들은 싸움을 말리지 않았으며 자기 혼자만 피해자라고 했단다. 병원 측에선 먼저 신고한 사람이 약자이고 피해자라고 판단하여 명이를 긴급 해고했고, 당장 본국으로 돌아가라고 불호령이 떨어졌다. 이 소식을 들은 여섯 친구도 의리를 지킨다고

"그러면 우리도 한국으로 돌아가겠습니다."

라고 말했다. 그렇게 명이의 출국 명령이 취소될 줄 알았는데, 냉철하기로 소문난 독일인들은 눈 하나 깜짝하지 않고

"그래! 그럼 너희들 일곱 다 돌아가라!"

라고 최종 결정을 통고해왔다고 한다.

그 당시 언어 능력이 겨우 소통할 정도의 수준인데, 청운의 꿈을 안고 독일에 온 지 1년 만에 억울하게 쫓겨나야 하는 급박한 상황들로 모두가 애간장이 다 탔다. 유유상종이라는 말처럼 동갑내기 아니면 한두 살의 나이 차이에 서로 비슷한 환경이나 이유로 부모 형제를 떠나왔고, 대부분 집안의 장녀들이었으며, 동생들 학비 마련에 보탬이 되고자 모진 고생 각오하고 고국을 떠나왔기 때문에 다들 친하게 지냈다. 또한 우리는 같은 운명의 배를 탄 인연을 소중하게 여기며, 9월에 온 20명 중 동갑내기 아홉 명이 유독 친하게 지냈다.

독일의 문화와 풍습, 언어에도 나날이 더 잘 적응해가는 시기였다.

그런데 불명예스러운 일을 당하고 본인들의 의지와는 상관없이 강제로 귀국해야 하는 심정들은 후회와 안타까움으로 까맣게 타들어갈 지경이었으리라 짐작된다.

이때, 이 일을 무마하기 위해 구세주처럼 나타나신 분이 바로 박 수녀님과 크라우제Krause 목사님의 사모님(한인)이셨다. 나중에 들은 이야기로는 수녀복을 입은 박 수녀님이 병원 원장 앞에 무릎을 꿇고 두 손이 발이 되도록 빌었다고 한다.

"여기 온 한국 간호사들은 대부분 가족의 부양을 맡은 집안의 장녀들로서 막중한 임무를 가진 자들입니다. 제발 한국으로는 돌아가지 않게 해주십시오!"

라고 허락이 날 때까지 매일 와서 빌었다고 하니 그 장면을 지금 생각만 해도 눈가가 젖어온다.

수녀복을 입은 성직자가 매일 찾아와서 눈물을 흘리며 무릎 꿇고 사정하는 모습에 병원 측에서도 감동했고, 또 보사부의 파독간호사 담당 얀즈Herr Jahnz 씨도 중재에 나서, '그럼 대신 다른 병원으로 가는 것을 도와주겠다'라고 결론이 났다. 그 결과 일곱 사람은 본국으로 쫓겨가는 대신, 하펠회어 클리닉Havelhöhe-Klinik이라는 폐결핵 전문 병원에서 일할 수 있도록 다리를 놓아서 이 사건을 잘 마무리했으니, 수녀님은 내 친구들에겐 은인과 같은 분이었다.

그로부터 약 1년 후인 1972년 8월, 14일간의 이탈리아 여행을 하게 되었는데, 이때 아이싱거Eichinger 신부님이 여행 안내를 하실 때 통역을 맡은 분이 바로 박 수녀님이었다. 밀라노에서 1박 한 후, 로마에서만 10일간을 머물렀고 폼페이, 베니스, 성 프란체스코의 도시인 아씨지Assisi, 피렌체 등을 2주간 여행하면서 자연스럽게 예전의 일들을 회상하며 얘기하기도 했다. 마지막 날 돌아오면서 예기치 않은 일이 발생했다.

피렌체에서 자유 시간을 받았는데, 명순(10월에 온 친구)이라는 친구가 약속 시간이 지나도 나타나지 않는 것이었다. 그래서 수녀님은 자신과 같이 그녀를 찾아볼 사람이 있는지 물었고, 나와 친한 현 언니가 자청하고 수녀님을 따라나섰다. 그런데 시간이 지나도 찾으려고 간 사람들마저 오지 않아서 우리 모두 애가 탔다.

서독에서 온 버스 두 대, 베를린 사람들을 위한 버스 한 대, 총 버스 세 대가 움직이는 대장정이었기 때문에 다들 시간관념을 철저하게 지켰는데, 하필이면 독일로 돌아오는 날에 이런 사달이 난 것에 모두 안타까워했다.

화가 난 버스기사는 언제까지 기다릴 수 없다고 세 사람을 이탈리아 땅에 버려두고 떠나왔다. 우리가 소리를 지르고 발을 구르고 해도 끄떡도 하지 않고 두 시간을 달린 후에야 버스가 휴게소에 멈추었다. 그곳에서 약 30분을 기다리니 택시를 탄 세 사람이 그제야 나타나서 그나마 참 다행이라고 가슴을 쓸어내린 기억이 생생하다. 나와 직접 관련된 것은 아니지만 친했던 친구들의 일과 또 이탈리아 여행의 추억이 지난번 수녀님을 만났을 때 새록새록 떠올랐다.

모든 것이 합력하여 선을 이루시는(롬 8:28에서 인용) 하나님의 사랑을 실천하며 수녀복을 벗고 사회학을 전공해 지금도 한인들에게 눈과 손과 발이 되어주고 헌신과 나눔과 섬김으로 모범을 보이시는 박정화 선생님을 다시 만났다는 기적이 꿈만 같았다.

왜 수녀복을 벗었냐는 나의 질문에 수녀원 안에서의 활동은 한계가 있어서 마음대로 한인들을 돌볼 수가 없었기 때문에 '사회복지사'로서의 사명을 받았다고 한다. 지금은 정년퇴직한 지 10년이 넘었는데도 아직도 사람들이 당신을 찾아오는데, 대부분 경제적 어려움을 겪는 한인들이라 어떻게 하면 정부의 보조를 받을 수 있느냐고 물어온다고 했다. 박정화 선생님이야말로 예수님의 빛과 향기 나는 삶을 사시는 믿음의 선구자라는 생각이 들었다.

너희 나라엔 냉장고도 없니?

쿵 쾅쾅…. 아침 6시부터 근무 나갔다가 오후 2시에 돌아와 잠깐 눈 좀 붙이는데 누가 내 방문을 세차게 두드렸다.

'도대체 이 불청객은 누굴까?' 하고 졸린 눈으로 문을 반쯤만 여는데,

"누가 콜라를 냉동고에 넣었지? 넣은 사람 빨리 나와!"
라고 외치는 소리가 들렸다. 소리 지른 사람은 바로 내 방 건너편에 사는 헬가와 그 옆방의 살롯테라는 60대의 할머니 두 사람이었다.

얼굴들이 붉으락푸르락하는 것을 보니, 두 분 다 화가 나도 단단히 난 모양이었다.

"나는 아닌데요, 그런데 무슨 일입니까?"

"아니, 어떤 정신 나간 사람이 냉동고에다 콜라병을 넣어 유리병이 박살이 났으니, 넣은 사람은 지금 나와서 냉동고 청소하라고 해!"

나는 아니라고 하니까, 이번에는 내 옆방 친구인 숙이의 방을 또 세차게 두드린다.

"예! 내가 했어요. 그런데 왜 그러셔요?"
하고 의아한 얼굴로 되묻는 친구한테,

"너희 나라엔 냉장고도 냉동고도 없니? 어떻게 유리병의 음료수를 냉동고에 넣어 터지게 하느냔 말이야. 지금 당장 따라와서 냉동고 청소해!"

1970년 9월 말, 파독간호사로 서베를린에 도착하여 20여 명의 동료들과 국립정신병원에 배치되었다. 괴테어학원에서 3개월간의 독일어 교육이 끝난 후 병원에서 근무하게 되었고, 처음 1년간은 병원에 속해 있는 독신자 기숙사에 살았는데, 층층마다 반은 독일 간호사, 반은 한국 간호사로 나누어져 주방과 목욕탕, 화장실은 모두 공동으로 사용했다. 주방은 하나뿐이라서 어쩔 수 없이 여덟 명이 같이 썼지만, 화장실과 목욕탕은 두 개였다. 단지 문제가 되는 것은, 우리는 솥에다 지은 밥과 함께 먹을 반찬으로 배추 대신 양배추김치라도 담가서 냉장고에 두면, 김치 익은 냄새가 상했다고 물어보지도 않고 청소부가 저들 마음대로 내다 버리는 것이었다.

그다음 해 초여름 어느 무덥던 날, 내 옆방의 친구 숙이가 콜라를 사다가 빨리 차게 해서 마시고 싶어서 콜라병을 잠깐만 둔다고 냉동고에 두었는데, 그만 깜박하고 잠이 든 새에 이런 사달이 난 것이었다. 그러나 그런 사정을 모르는 두 독신녀 할머니 간호사들은 그 당시 호랑이 같은 분들이었다. 그래서 혹시나 복도에서라도 마주칠까 봐 긴장하며 살았고, 부엌을 쓰고 난 후엔 또 얼마나 열심히 닦았는지 모른다. 1970년대의 가난했던 대한민국이라고, 냉장고와 냉동고의 사용법을 몰라서 유리병을 냉동고에 넣었냐고 다그치는 노처녀 할머니들이 그 당시엔 정말 무서웠다.

이제 45년이 지난 지금, 아직도 그때의 일들이 생생하게 기억되는 것은 내가 매일같이 가는 슈퍼 바로 옆에 각종 전자·전기제품을 파는 큰 전자상가가 있는데 그 앞을 지날 때마다 삼성, LG의 대형 냉장고를 보면 "너희 나라에는 냉장고도 없니?"라고 묻던 그 할머니들의 목소리가 생각나기 때문이었다.

그래서 가만히 속으로 대답해본다.

"보세요! 대한민국 냉장고가 세계 최고입니다!"

지렁이도 밟으면 꿈틀한다는데

이 이야기는 서독에 온 지 7~8개월쯤 지났을 때인 것 같다. 새로운 문화, 처음 접하는 유럽의 풍습, 말로만 들었던 서구의 문명을 차츰차츰 이해하고 깨달아가기 위해선 언어 소통이 제일 급선무였다. 그래서 늘 직장에서도 모르면 묻고 또 물었다. 처음 3개월의 어학연수가 끝나고 병동에 배치되었을 때, 병동의 나이 드신 간호사들이 '마우스Maus' 또는 '모이쉔Mäuschen'이라고 애칭으로 부르기에 사전을 찾아봤더니, 세상에나! '작은 쥐' 또는 '쥐새끼'라고 되어 있어 기숙사에 돌아와 친구를 붙들고 얼마나 울었는지 모른다.

"너도 그런 말 들었어? 나보고도 수간호사가 '모이쉔'이라고 했단 말이야."

"우리 보고 왜 쥐새끼라는 건지, 참, 분통이 터져 죽겠네."

그러나 얼마 지나지 않아 '쥐새끼'는 자기 처자들에게 쓰는 아주 사랑스러운 애칭이란 걸 알았고, 그 후 어른들이 나에게 쥐새끼라고 부를 때도 싫지는 않았다. 훗날, 내가 첫딸을 낳았을 때도 남편은 아기가 사랑스러울 때마다 '모이쉔'이라고 했으니….

또 남자 동료 간호사들은 우리를 '한국의 연꽃'이라고 불렀고, 환자들은 '한국에서 온 천사'라고 불러주었기에 차츰 자신 있게 맡은 일에 최선을 다하며 인고의 모진 세월을 견디어냈다.

내가 근무했던 병동에도 노처녀 할머니가 세 분 계셨는데, 모두 어머니나 할머니같이 정이 많고 마음이 참 따뜻한 분들이었다. 훗날, 수간호사인 에르나Erna 할머니는 내 결혼식 선물로 신부가 해야 할 혼수 일체(이불, 타월, 식탁보, 주방 식기 등)를 어머니 대신 해주셨다. 지금은 천국에 계시지만 옛날 일을 되돌아볼 때마다 그분 생각을 하면 감사와 그리움으로 눈가가 젖어온다.

기숙사에 공동으로 쓰는 목욕탕과 화장실은 각각 두 개씩인데, 독일인이 쓰는 목욕탕과 화장실은 처음부터 늘 잠겨 있었다. 저들은 매번 열쇠를 갖고 사용했고, 우리가 쓰는 곳은 언제나 열어두었고 사용 시에만 안에서 잠갔다.

냉동고의 콜라병 터진 사건이 난 지 얼마 지나지 않은 어느 날, 내 친구 숙이가 목욕하러 갔더니 그날은 문이 잠기지 않고 열려 있어서 '웬일이야?'라고 생각하며 독일인이 쓰는 목욕탕에 들어가 뜨거운 탕 속에 누워 있는데, 이번에도 헬가 할머니와 샬롯테 할머니가 목욕탕 문을 두드리며 당신네 것이 아니니 빨리 나오라고 했단다. 그래서

"잠깐만요! 조금만 기다려줘요!"

하고 대답했는데, 말해도 빨리 나오지 않는다고 이 두 할머니가 안으로 잠긴 목욕탕 문을 열쇠를 갖고 와서 밖에서 열고서는 뭐라뭐라 하면서 한창 목욕 중인 내 친구를 끌어내더라는 것이었다. 숙이는 너무도 당황하고 어이가 없고 또한 수치스러워 아무 말도 못 하고 억지로 끌려 나왔지만, 방에 와서 가만히 생각하니 이것은 완전히 한 인격을 무시한 처사라 생각되어 이대로는 도저히 참을 수가 없어서 두 할머니의 방문을 세차게 두드리며 소리를 질렀단다.

"쏴이쎄!(똥!) 쏴이쎄!(똥이야!) 알레스 쏴이쎄!(모두가 다 똥이야!)"

그런데 저들도 양심의 가책을 느꼈는지, 그렇게 문을 두드리며 욕을 했는데도 죽은 듯이 아무 기척이 없었다고 했다. 그 후론 헬가 할머니는 전보다 친절해졌고 샬롯테 할머니도 자기가 먼저 인사를 해올 정도로 웃는 모습을 보여줘서, 1년 후에 병원에서 지어준 새 아파트로 이사할 때까지 사이좋게 살았다.

지렁이도 밟으면 꿈틀한다는 것을 그들도 알았을까?

하양 언니

한 해를 마감해야 할 시기인 요즘 전해오는 소식마다 부고 소식이다. 나의 지인들이, 친구들이 세상을 떠났다는 소식이 하나둘 들려올 때마다 '벌써 우리 나이가 그리됐나?' 싶기도 해서 쓸쓸한 마음과 서글픈 마음이 교차한다.

얼마 전에도 대구에 사는 친구가 오랜만에 소식을 전해왔는데,

"하양 언니가 하늘나라로 떠났어! 그 언니 불쌍해서 어쩌나?"

했다. 1970년에 함께 독일행 비행기를 타고 베를린에 와서 같은 병원에서 일하게 된 인연과 그전, 서울에서 3개월간 독일어 교육을 받을 때도 유달리 눈에 띄는 분이었다. 얼굴이 새하얗고 인형같이 예쁜 작은 얼굴과 세련된 옷차림에 날씬한 몸매의 언니는 꼭 청순한 소녀 같아서 모두가 한 번씩 더 쳐다봤다.

"사람이 어떻게 저렇게 예쁠 수가 있어? 인형이야, 사람이야?"

할 정도였다. 한번은 연분홍색 레이스의 천으로 된 원피스와 같은 원단의 덧저고리를 입고 수업에 참석했는데, 60여 명의 수강생들이 모두 그녀만 바라봤다. 피부 톤이 희지 않으면 연분홍색은 촌스러운 색깔일 테지만, 그녀의 귀티 나는 용모에 공주가 따로 없다고 다들 칭찬했다.

유난히 춥던 1970년의 엄동설한에, 태어나서 한 번도 새벽 5시 전에 일어나본 적이 없던 나는 모진 삭풍이 부는 캄캄한 새벽에 일어나 오전 근무를 나가는 게 제일 힘들었다. 참으로 혹독한 형벌이 따로 없다고 생각했다. 이를 악물고 견디는 나날이 무척 버거울 때마다 고국에 계신 부모님과 동생들을 생각하면 그래도 힘이 났다.

"어디 나 혼자만 고생하는가? 이곳에 온 모든 이들이 그렇게 고생하는 것을…."

하고 독백도 하면서 하루하루를 버텨나갔다.

하루는 부산이 고향인 하양 언니가 한다는 말이,

"난 말이야, 새벽에 알람이 울릴 때마다 '하나님, 제발 이 자리에서

제가 콱 꼬꾸라져 죽게 해주이소!'라고 기도까지 했다 아이가."
였다. 그 자리에 모인 동료들이 겉으로는 웃었지만, 속으로는 '어쩌다 우리가 이 이역만리까지 와서 이런 생고생을 해야 하는가?' 하고 모두 울었던 기억이 난다.

하양 언니는 유머와 재치가 많아서 모두를 웃기는 재주가 있었다. 예전에 폐결핵을 앓은 뒤로 허약한 체질이 돼서 자주 몸보신을 해야 한다고 했다. 자주 가던 푸줏간 집에 꼬리곰탕 만들 재료를 사러 갔는데, 그날따라 소꼬리가 눈에 보이지 않아서 몸으로 연기를 했다고 한다.

왼손은 입에 대고 오른손은 엉덩이에 대고,

"어무우~"
하고는 오른손을 흔들다가 손가락 끝을 '탁!' 하고 잘라내는 시늉을 하며

"이 끝을 주세요."
했더니, 웃음을 참지 못한 주인집 남자가 잠깐 기다리라 하고는 안으로 들어가더란다. 그래서 소꼬리 가지러 갔나 보다 했더니, 동료 여자를 데려와서는 무엇을 원하는지 한 번만 더 보여달라고 했다고 한다. 어쩔 수 없이 다시 또 소의 시늉을 하며 꼬리를 흔들다가 오른손 끝을 '탁!' 하고 자르는 시늉을 하고는

"이 끝을 주세요!"
했더니 두 사람 다 웃음이 폭발해서 얼마나 크게 웃던지 가게 안이 떠나갈 정도였다고 한다. 주인 왈,

"내 생전에 오늘처럼 이렇게 많이 웃은 날이 처음이니 이 소꼬리는 그냥 가져가세요! 웃게 해준 대가로 이건 선물이오!"

공짜로 받은 선물에 기뻐하던 하양 언니 얼굴이 오늘따라 눈앞에 어른거린다.

아니, 어쩌다 모국어를 잊었나요?

본Bonn의 강 건너편에 있는 도시인 바드혼네프Bad-Honnef에 사는, 전 한인회 회장을 역임한 자매가 오랜만에 전화를 했다.

"파독간호사 50주년 행사가 이달 4월 말 베를린에서 개최되는데 함께 갈래요? 거리가 너무 멀어서 비행기로 갈 예정입니다."

베를린Berlin은 나의 제2의 고향이기도 하지만, 지난해에도 한국에서 방문 왔던 동생 부부와 다녀왔고, 또 딸아이가 베를린에서 의과대학을 다닐 때 자주 방문했던 곳이라 지금은 형편상 그리 가고 싶은 마음이 없노라고 전했다.

그렇지만 다른 사람들에게도 알려야 되겠다고 생각하다가, 문득 한 가여운 자매의 얼굴이 떠올랐다. 미아Mia라는, 아예 독일 이름까지 갖고 있는 이 자매를 만난 지가 8~9년 전이었던가? 이목구비가 뚜렷하고 체격도 날씬하며 말을 해보면 똑소리 나는 영특한 자매였다.

우리가 아무리 이곳에 오래 살았다고 해도 독일어의 정확한 발음과 문법은 따라갈 수가 없음을 자타가 시인한다. 그런데 이분은 외국인 특유의 악센트가 없었다. 그리고 독일어도 모국어를 쓰는 것처럼 막힘없이 줄줄 잘 썼다.

그러나 애석하게도 모국어를 깡그리 잊어버렸다고 했다. 처음 그녀를 대하는 한인들은

"어쩌다 한국말을 잊어버렸나요?"
하고 의아한 눈빛으로 물어본다. 그럴 때마다 당황해하는 그 자매의 모습이 안쓰러웠다.

오래전 한인들이 우리 집에서 모였던 날, 그녀는 왜 자기가 모국어를 잊어버렸는지 눈물을 흘리면서 독일 말로 설명한 적이 있다. 첫째는 한인들과의 교류가 없이 30여 년을 외롭게 살았다고 했다. 둘째는 집안의 장녀로, 다섯 동생들의 학비 마련에 도움을 주고자 파독간호사로 왔는데, 매달 생활비를 제외하곤 꼬박꼬박 월급을 부모님께 보내드렸지만 당시 초등학교 교장이던 아버지가 보낸 편지엔

"너 혼자만 낙원에서 살 생각이냐? 아무개는 너보다 더 많은 돈을 부쳤다던데, 너는 어린 동생들 생각은 안 하는 거냐?"
라고 쓰여 있었단다.

그 편지를 받고 충격과 함께 너무나 큰 상처를 받았기 때문에 한국이란 기억은 모조리 지우고 싶어서 20여 년 동안 한국 방문도 하지 않았다고 한다. 그래서 독일 남편과 함께 남매를 키우며, 독일어만 사용하고 독일 사람처럼 살았다고 했다.

그런데 기둥 같고 울타리가 되어주던, 그렇게 믿었던 남편이 결혼 30주년이 지난 후 갑자기 집을 나가버렸으니 너무 황당하다고 했다. 마음이 편하지 않으니 육신도 이곳저곳에서 소리를 내는데, 어깨와 손목, 허리 등 안 아픈 곳이 없어 수술도 수차례나 받았다고 한다.

한 가지 더 안타까운 것은, 그 후 아버지와 화해하지 않은 채 아버지가 세상을 떠났기 때문에 더 한국 방문이 어려워졌다는 것이었다. 어머니가 살아계시는 동안 어머니를 생각해서 한국 방문을 하는 게 좋을 것이라는 주위 사람의 권유로 3년 전에 한 번 고국을 다녀왔다고

한다.

사는 동네가 시골이고 한인들도 없으니 한국 음식을 만들 기회조차 없어서 음식 또한 독일식으로만 만들고 살아왔고 그래서 당연히 전기밥솥도 없다고 친정엄마한테 말씀을 드렸단다. 그녀의 엄마는 딸이 다시 독일로 돌아간 후, 마음에 짠한 생각이 드셨는지 소포로 전기밥솥을 보내줬단다. 한글을 읽기는 하는데 뜻을 이해하지 못하는 그 자매님이 어느 날 내게 전화하여,

"취사의 뜻이 뭡니까? 또 압력의 뜻은요?"

하고 물어왔다.

한국 남자를 양자 삼은 독일 시어머니

1975년 5월 어느 봄날이었다. 나날이 더 무거워져 만삭이 되어가는 몸을 이끌고 산부인과에서 근무하던 중에 상사로부터 호출이 왔다. 간호부장님이 나보고 빨리 5층 사무실로 와서 잠깐 통역을 해달라는 전화라고 동료가 알려줬다.

그 당시에 자주 있던 일들로, 광부들이 3년간의 고용 계약이 끝나면 더러는 이곳에 남고 싶어서, 여러 지방의 병원들을 돌며 자격증이 없지만 남자 보조간호사로 취업할 수 있는지 발품을 팔며 찾아다니던 시절이었다. 그전에도 자주 그런 상황을 겪은 터라 '이번에는 또 몇 분이나 왔나?'라고 생각하며, 간호 총책임자인 오버린Oberin의 방을 노크했다.

까만 머리와 깡마른 체구의 한국 남자 셋이 앉아 있었는데 나를 보

고 반가워하며,

“이 병원에 직장을 구하러 왔는데, 서로가 말을 알아듣지 못해 난감하네요!”
라고 말했다. 광부로 온 분들은 지하탄광에서 3년 동안 혼자서 석탄 캐는 일만 했을 뿐 언어를 배우고 익힐 시간이 없어서 간단한 인사말 외엔 독일 사람들과 대화하는 것도 그 당시에는 대부분 불가능했다.

“내가 이 사람들에게 무엇을 물어도 무조건 ‘야! 야!(네! 네!)’라고 해서, 아주 답답해서 그러니 어디 통역 한번 해봐요!”
라고 간호부장이 말했다.

내가 한국말로

“이 병원에 취직하시려고요?”
하며 그들을 쳐다보며 물었다. 한 사람이 말문을 열었다.

“네, 고용 기간이 끝나서 다시 새 직장을 구하지 못하면 노동 허가가 나오지 않기 때문에 강제귀국 조치를 당할 수도 있습니다. 오늘도 이곳저곳 병원을 전전하는 중인데, 가는 곳마다 독일어 실력 때문에 퇴짜를 맞았네요.”

또 다른 사람은,

“혹시나 이곳 간호학교에 1년짜리 간호조무사 과정도 있는지 알아봐주세요! 학교에 입학하는 조건으로 일단 노동 허가를 받을 수 있으면 좋겠어요.”
라며 다급한 심정을 말했다.

그 당시엔 병원마다 남자 간호사를 절실히 필요로 하는 곳이 많아서, 웬만하면 다 취직이 되는 시절이기도 했다. 그런데 환자들과의 언어 소통이 매우 중요하기 때문에 당장은 채용할 수 없으나, 만약 다음에 독일어를 잘할 수 있으면 그때 다시 오라고 병원 측이 정중하게 거절하는 바람에 이 말을 통역하는 내 마음도 편치 않았다.

"이곳 근무가 3부 교대라 나는 오후 1시면 끝나는데, 혹시 오늘 시간이 있으시면 우리 집에 같이 가실 수 있나요? 일단 우리 집에 가서 저의 남편과 한번 상의하도록 합시다. 저의 남편도 이 방면에 발이 좀 넓은 사람이니까 병원 말고 양로원도 알아보면 좋을 것 같네요."

그리고 나는 덧붙여,

"맨 아래층에 가면 병원 구내식당이 있는데, 저렴하게 누구나 식사할 수 있으니 그곳에서 식사하시며 기다리시면 제가 근무 끝내고 그리로 가겠습니다."

전에도 취직하러 온 한인들이 더러 있었기 때문에 놀랄 일은 아니지만, 그중 한 사람은 자기 아내가 본 대학병원 안과에서 근무하는데 임신 중이라고 했다. 만약 이번에 노동 허가를 받지 못하면 아내를 두고 혼자 고국으로 돌아가야 한다며 안타까운 사연을 말했기에 어떤 일이 있어도 꼭 도와줘야겠다는 생각이 불같이 일었다.

근무가 끝나고 낯선 한국 남자들을 셋이나 데리고 집에 갔는데도, '도움 증후군'이 있는 남편은 우리가 돕는 게 당연하다고 했다. 곧장 여러 군데 전화를 걸더니 면접을 허용한 병원이 세 군데나 나왔다고 알려주며 다음 주로 시간을 예약했으니 나더러 통역으로 따라가라고 했다. 다음 주부터는 나도 출산 예정 6주 전이라 임산부들에게 주어지는 특별휴가가 시작되는 주간이기도 해서 다행히 시간을 낼 수 있어서 좋다고 했다.

약속된 다음 주, 그들이 면접을 볼 때 내가 통역했는데 가는 곳마다 독일어 실력이 모자라서 채용할 수 없노라고 병원 세 군데 다 퇴짜를

놓았다. 사피그Saffig라는 동네에 있는 가톨릭 계통의 정신병원에서는

"환자가 '목마르다'라고 하면 당신들은 그 말을 알아들을 수 있나요?"

라는 등 여러 가지 말로 테스트를 하기도 했다. 또 나를 보고,

"당신이라면 당장 내일부터 여기 일하러 오라고 할 것입니다."

라고 해서,

"직장을 구하는 것은 내가 아니라 이분들입니다. 나는 지금 노이비드Neuwied 시립병원에 근무하는 사람인데, 왜 내가 여기까지 옵니까?"

라고 큰 소리로 말했다.

모두 맥이 빠진 모습을 하고 집에 오니 아직 한 군데 알아볼 곳이 더 있다고 남편이 말했다. 부르그브롤Burgbrol에 개인이 운영하는 양로원이 있는데, 그 주인을 잘 아니까 한번 물어보겠다고 했다. 문제는 세 사람 다는 안 될 것이고, 한 사람만 가능할 것이라는 말에 두 젊은이는 아직 미혼이지만 결혼한 길훈 씨는 아내가 임신 중이어서 더 다급한 실정이라며 길훈 씨를 부탁한다고 했다.

우리가 매일 겪는 평범한 일상들, 즉 먹고살기에 바빠 앞만 보고 달리던 시절이었다. 외국인이라서 더 많은 노력과 남모르는 수고가 직장에서도 늘 초긴장 상태로 이어져도 그저 주어진 운명이라 순응하기만 급급했던 시절이었다. 그땐 우리 모두 젊었고, 또 모험에 도전하는 겁 없는 삶을 살았고, 또한 외국에 살다 보니 같은 한인들의 딱한 이야기를 들으면 남의 일 같지 않아 무조건 발 벗고 나서는 것은 당연하다고 생각했다.

다행히 부르그브롤에 있는 양로원에서 길훈 씨를 보조간호사로 채용하겠다고 해서 정해준 날짜에 우리 부부가 길훈 씨 부부와 함께 갔

다. 산들이 좌우로 병풍처럼 둘러선 산골짜기를 따라 계속 올라가면서 '이런 데도 마을이 있을까?' 했는데, 평지가 나오고 그림처럼 아름다운 동네가 있었다. 우릴 맞아주는 양로원 주인 부부는 60대 중반의 온화한 미소로 우릴 반겼다. 처음 만났는데도 어진 분들임을 단박에 알 수 있었다.

"밤 근무를 장기간 할 수 있다면 더욱 고맙겠네요. 밤에는 환자들이 다 잠자는 시간이라서 독일어를 못 해도 별 어려움이 없을 겁니다. 다만 밤에 무슨 일이 생기면 담당 의사한테 연락하면 되고요, 또 숙식할 수 있는 방도 제공하겠습니다."
라고, 너무 쉽게 말해서 믿기지 않았다. 일단 체류 허가만 받아온다면 아무 때라도 근무를 시작하라고 해서, 우리 모두 감격해하며 연신 감사하다고 말했다.

채용 증명서를 주며 아르바일러Ahrweiler시에 있는 외국인 담당 경찰청으로 가보라고 했다. 하늘이 도왔는지, 외국인 담당 공무원 또한 친절하게 대해줘서 얼마나 고마웠는지 모른다. 하마터면 체류 문제로 쫓겨날 뻔했는데, 우선은 직장이 해결됨으로써 한숨 놓았지만 길훈 씨 부부가 떨어져 산다는 게 마음에 걸렸다. 더구나 그의 아내는 임신 중이었지만 휴일에만 길훈 씨가 아내를 만나러 본에 갈 뿐이었다.

그해 7월에 나는 첫딸을 낳고 길훈 씨의 아내는 그다음 해 2월에 첫딸을 낳았다. 길훈 씨가 그 양로원에서 1년가량 근무했을 즈음에 남편이 말했다.

"길훈 씨 부부가 저렇게 떨어져 사는 것도 가엾고, 체류 허가 문제도 계속 연장해야 하는 상황이니, 아예 우리 어머니가 길훈 씨를 양자로 삼으면 지역에 제한 없이 아무 곳에서도 일할 수 있지 않을까?"
라며 기발한 생각을 하는 게 아닌가?

일단은 본인들과 시어머니, 그리고 쌍둥이 시누이들에게도 의사를 물어봐야 했다. 시어머니와 천사 같은 시누이들 또한 우리 부부 생각대로 하라고 하셨다. 길훈 씨 부부 또한 이 기발한 아이디어에 많이 고마워했다. 앞으로는 체류 허가나 일자리 등에 힘들어하지 않아도 되기 때문이었다.

노이비드에 있는 노타르Notar(법무관, 공증인)사무소에 의뢰하고, 약속한 날짜에 시어머니를 모시고 갔다. 이제 공정인 앞에서 시어머니가 한국인이고 성인이 된 남자를 왜 구태여 양자로 삼으려 하는지 그 이유를 말하면 다 되는 것이었다. 시어머니께는 길훈 씨의 부인이 나와 고향 친구라고 하얀 거짓말을 했다. 그래서 우리가 그들을 도와주고 싶다고 말씀드리며, 양자로 삼는 이유를 공증인이 물어오면 이렇게 대답하시라고 미리 연습을 시켜드렸다.

"내 아들과 친하기도 하고, 3년 전부터 나한테도 어머니처럼 대해줄뿐더러, 우리 아들에게 법적으로도 형제가 될 수 있도록 해주자면 양자로 삼는 길밖에 없기 때문이다."
라고 암송하실 때까지 몇 번을 거듭 연습시켜드렸다.

참으로 어질고 선하신 내 시어머님과 손위 쌍둥이 시누이들, 그들은 며느리가 한국에서 왔기에 오직 한국 사람을 돕자는 생각만으로 그렇게 큰일에 동의하셨음을 알기에 지금 생각해도 너무도 감사할 뿐이다.

그 후, 길훈 씨는 체류 허가도 필요 없는 영주권을 받았고, 독일어 실력도 차츰 쌓여 그의 아내가 근무하는 본 대학병원에 근무하게 되었다. 1994년 가을에 시어머님이 별세하셨을 때도 아들의 자격으로 와 주었고, 6년 전 쌍둥이 시누이 중 ‘마리아’가 소천했을 때도 장례미사에 그들 부부도 참석했다.

길훈 씨 부부는 딸만 둘을 두었는데, 장녀도 시집을 가서 손주가 둘이나 된다. 젊었을 적에는 우리 부부랑 스페인 여행도 2주 동안 함께 했으며 또 주말을 함께 보낸 적도 많다. 지금은 모두 주어진 사명감에 묵묵히 살고 있음을 감사할 뿐이다. 이제는 두 사람 모두 은퇴 후 성당에서 열심히 봉사한다는 아름다운 소식을 가끔씩 듣곤 한다.

짝사랑과 착각이 낳은 병

인간이라면 누구를 막론하고 한 번쯤 짝사랑을 해봤을 것이다. 만약 내가 연모하던 상대가 또한 내게 호의를 베풀어온다면, 상대도 날 사랑한다고 착각하게 되고, 행복한 마음은 마치 구름을 타고 하늘로 날아오르는 것 같은 기분을 느껴봤을 것이다.

그런데, 사랑도 감정의 실타래인지라 미묘하고 복잡하여 어느 때는 술술 잘 풀리다가도 한번 맺으면 잘 풀어지지 않으니 어쩔 것인가? 상대가 내 사랑에 반응을 나타내지 않을 때 내 감정을 무 자르듯 즉각 잘라버리고, 다시 자존감을 되찾아 보란 듯이 살아간다면 얼마나 좋으랴! 그리되면 이 세상에는 짝사랑 때문에 마음 아파하는 사람들은 드물 것인데, 쉽게 지우지 못하는 짝사랑이 집착이 되고 마음에 병이 되어, 살아갈 희망을 잃어버렸던 한 젊은 아가씨가 요즘 따라 생각난다.

1971년, 베를린의 스판다우Spandau 국립정신병원Landes-Nervenklinik에서 근무할 때의 일이다. 바로 이웃에 있는 종합병원인 발드크랑켄하우스Waldkrankenhaus라는 병원에서 근무하던 20대 초반의 파독간호사였던 그 아가씨는 매우 내성적인 성격에다 친구라곤 단 한 사람뿐이었다고 한다. 왜소한 체구에 검은 뿔테 안경을 쓰고, 양어깨를 축 늘어뜨리고, 정신병원 내의 뜰을 거니는 그녀는 꼭 날갯죽지를 다친 한 마리 비둘기처럼 애처로웠다. 어쩌다 만나면 한국 사람이라는 이유로 걸음을 멈추고

"안녕하세요?"

하고 말을 걸어도 상대를 쳐다보지 않고 땅만 내려다보며

"네!"

할 뿐이었다.

그녀가 근무하던 병동의 한 젊은 독일인 의사가 아직 언어도 익숙지 않던 그녀에게 호의와 친절을 베풀었는데, 이를 착각한 그녀는 그때부터 강한 집념에 빠지게 되었다. 시간이 흘러 그 의사가 다른 병원으로 떠나버리자 우울증에 빠져 살아갈 의욕마저도 상실했다고 한다. 한번은 기숙사 주방의 창가에 놓인 화분을 보고

"닥터 ○○○!"

라고 부르며 정신착란증 증세를 보이는가 하면, 죽어버리겠다고 높은 곳에 올라가기도 해서 그녀의 하나뿐인 친구가 우리 병원에 입원시켰다. 혹시나 자살이라도 할까 봐 한동안 감금실이 있는 병동에서 지냈고, 차츰 좋아지니까 하루에 한두 시간씩 산책하는 자유가 주어졌을 때야 우리도 이 사실을 알게 되었다.

독일 온 지 이제 겨우 1년 남짓 됐는데, 아직도 고용 계약 기간이 2년

이나 남았는데도, 독일 정부는 그녀가 다소 회복되어 혼자서 비행기를 탈 수 있는 상황이면 완전 귀국 조치를 시킬 것이라고 소문이 돌았다. 그 후 얼마 지나지 않아 사실로 드러났다. 우리 모두 20대의 꽃다운 나이에 청운의 꿈을 안고 이역만리까지 왔는데, 마치 혼이 나간 듯한 모습을 하고 1년 만에 되돌아온 그 딸을 본 가족들은 얼마나 황당했을 것인가 하고 생각하니 안타까운 생각이 들었다.

맺힌 것을 풀려면 내가 먼저 손 내밀어야

평소처럼 걷기운동을 하려고 집 앞 골목에서 길을 건너 울타리를 막 돌아서 나가는데 내 눈을 의심할 정도로 놀라운 일이 일어났다. 원수는 외나무다리에서 만난다더니, 아니! 내 평생에 딱 한 번 있었던 일이었고, 내게 수모를 준 사람, 혹여 꿈에라도 다시 만나길 꺼렸던 그 사람을 마주친 것이었다.

이 얘기는 거의 16년 전으로 되돌아간다. 내가 마지막 정년퇴직할 때까지 근무했던 병동은 법의학 정신과Forensiche Psychiatrie였는데, 그 당시엔 국립정신병원으로 불리기도 했다. 오랫동안 시립병원의 산부인과, 외과 병동에서 근무하다가 둘째 아이를 낳고서 파트타임을 찾던 중에 요행히 자리가 나서 얻게 된, 내게는 정말 행운의 근무처였다. 그 이유는 (외과에서처럼 무거운 환자를 들어 올리는 일이 없기에) 육체적으로 힘들게 일하는 것도 아니고, 법의학적 판결을 받은 환자들은 거의 다 젊고 육신은 다 멀쩡하기 때문이었다. 또한 다행스럽게도, 정신병 탓에 범죄 판결을 받은 환자들이긴 해도 살인범이나 유괴범이 아닌 가벼운 범죄, 즉 공공장소에서 나체로 있었다거나 작은 것이라도 남의 것을 훔치지 않으면 안 되는 강박관념에 사로잡혀 있는 클렙토마니Kleptomanie(도벽)라는 병을 앓는 환자들을 치료하는 병동이었다.

그러나 모든 환자는 갇힌 공간에서 치료받아야 하고, 혹 개인적인 필요로 시장에 갈 경우나 혹은 병원 외의 다른 병원 전문의(이비인후과, 안과, 치과)에게 진료를 받아야 할 경우엔 꼭 간호사가 동행해야 했다. 그리고 1년에 한 번씩 연중행사처럼 내과에 가서 전기심전도EKG를 받아야 하는데, 다행히 정신병원 내에도 이곳에 갇혀 있는 정신과 환자들을 위해서 내과 병동이 두 개나 있었고 엑스레이X-Ray 촬영실, CT 영상실, 전기 심전도실 등도 있었다. 그래서 우린 환자들의 명단을 작성하여 EKG에 제출하면 되고, 그곳에서 다시 서로 시간을 맞추기 위해 연락해주면, 이쪽의 형편(환자를 데리고 갈 간호사가 있는지)에 따라 '오케이'라고 하면 되고, 만약 약속된 그날에 직원 수가 모자라면 다른 날을 잡아달라고 하면 되는 것이었다.

사달이 난 그날이 오후였던 것 같다. 다른 동료들은 점심때 나가서 돌아오지 않았고 나는 가비Gabi라는 여자 동료와 커피를 마시며 병동을 지키는데, 전기 심전도실의 프라우 슈투어라는 여자가 전화로 물어왔다.

"다음 주 며칠 몇 시에 환자 두 명을 데리고 올 수 있나요?"

그날의 메모지 달력과 직원들의 근무 현황표를 확인한 후, '그러마!'라고 쉽게 대답했는데 전화를 끊고 난 후 다시 검토해보니 아니, 이를 어떡해! 하필 그날엔 치과에 가야 하는 환자, 이비인후과에 진료

받으러 가야 하는 환자도 있어서 여러 직원들이 동행해야 하는 상황을 뒤늦게 깨달았다. 모든 게 다 나의 잘못이었는데, 그날 직원들의 근무 현황표만 보고 판단한 나의 경솔함이 문제였다.

환자 중에는 병명에 따라 환자 한 명에 두 사람의 간호사, 또는 환자 두 명에 간호사 한 사람이 동행할 수도 있는, 즉 등급별로 나와 있는 치료의 판정에 따라 움직이며 실천해야 했다. 내가 쉽게 판단하고 실수했던 것은 주중의 화요일엔 직원들이 제일 많이 근무하는 날이고 대부분 이날을 택하여 외부의 진료 예약을 하는 기존의 방식을 따랐기 때문이었다.

아무튼 내 실수였으니 당장 그곳에 전화해서 그날은 좀 불가능하니 조금 전 예약했던 것은 취소해달라고 하면서 '죄송하다'라고 내가 직접 전화를 했더라면 얼마나 좋았을까? 그러나 나는 그날 참 비겁했다. 프라우 슈투어의 평소의 성격을 알기에, 그 여자가 나한테 잔소리를 늘어놓을 것이 두려워 가비라는 여자 동료에게

"네가 나 대신 그 여자한테 전화해서 금방 했던 예약을 취소해줘! 아직도 일주일의 시간이 있으니 다른 날로 잡아달라고 하면 아무 문제가 없을 테니까."

라고 부탁했다. 병원 내의 예약이기도 하고 또 취소하는 일이 자주 있었기 때문에 내 말을 들은 동료는 그곳에 전화를 걸어

"슈베스터(간호사) 수냐Sunja가 조금 전 메모지 달력을 잘못 봐서 당신한테 오케이라고 했는데, 우리가 다시 보니 그날은 안 될 것 같아요. 미안하지만 다른 날을 택해주세요."

라고 했다. 그러자 그녀가 그날 뭘 잘못 먹었는지는 모르지만, 그녀는 전화통에다 대고 내 욕을 실컷 했다. 그것까진 좋았는데 나중에는 하

는 말이,

"왜 병원 측에서는 외국인들을 고용해 일에 지장을 초래하는지 알 수가 없다."

라고 했단다. 내 개인의 실수를 두고 비난을 받는다면 당연하지만, 외국인 운운하는 것은 정말 참을 수 없었다. 35년을 넘게 독일 사람들과 함께 일해오면서, 항상 내 등에 태극기가 달려 있다는 생각으로 남보다 더 일찍 출근하고, 궂은일도 도맡아가며 하고, 작은 일에도 최선을 다했다. 이 자부심 하나가 나의 이방인 생활의 버팀목이었는데, 외국인이 어쩌고저쩌고하다니 이건 내 나라를 모욕한 것이나 다름없다고 생각했다.

그날 저녁 퇴근해서 나는 남편에게

"왜, 내가 이 나이에 이 수모를 당해야 하는 거냐?"

고 하소연하면서 펑펑 울었다.

"내가 말을 잘못 알아듣는 신출내기도 아닌데, 업무상의 실수를 외국인이라고 깔보다니 이건 분명 인격 모독죄야. 독일 민법 제1조에 해당된다고."

라며 큰 소리로 말했다.

내 말을 묵묵히 들은 남편은 가타부타하지 않고 그날 저녁 한 통의 편지를 써서 바로 내과 과장이 사는 대문 앞 우편함에 넣고 왔다.

"당신 소속인 EKG 담당 직원 아무개가 내 아내를 두고 외국인 운운했다는데 사실을 확인해서 조처해달라고 부탁한다."

라는 내용이었다.

그다음 날, 내과 과장으로부터 당장 회신이 왔다. 직원을 대신해서

사과한다는 말과 그 직원에게 보내는 경고문 사본도 함께 보내왔는데, 그 경고문 내용을 보면

"와이넌드Weinand(남편의 성) 부부를 30여 년 넘게 알고 있고 그 성실함을 누구보다 더 잘 알고 있다. 그런데 당신은 한국인 간호사에게 병원 측이 왜 외국인을 채용하느냐고 비난했다는데 그게 사실인가? 그렇다면 당장 사과하라! 그렇지 않으면 근로기준법에 의거해 징계 조치에 들어갈 수도 있다."

라는 내용이었다. 내과 과장의 편지를 다 읽기도 전에 그녀에게서 전화가 왔다. 진심으로 사과한다고 하면서 외국인에 대해 불평했던 것은 당신을 두고 했던 말이 아니고 요즘 젊은 간호사들, 즉 아직도 언어가 서툰 필리핀을 비롯한 다른 나라에서 온 직원들 때문에 그냥 해본 투정이었는데, 말을 전한 사람이 잘못 전했다는 둥 일이 이렇게 크게 번질 줄은 몰랐다고 구구한 변명을 늘어놓았다.

그녀가 말하는 '일이 크게 번졌다'라는 말은, 내가 일하는 병동의 수간호사가 이 사건을 듣고 병원의 자문위원으로 있는 가톨릭 성당의 크라우제라는 신부님한테 알렸고, 그 신부님 또한 당장 그녀에게 전화하여

"수냐 간호사에게 사과했느냐?"

고 거듭 재촉해서 무척 괴로워했던 것이었다. 이제는 상황이 완전히 뒤바뀐 셈이었으니 속이 타는 것은 그녀였다. 한편으론 고소하다는 생각이 없지 않았으나, 또 한편으로 그녀가 불쌍하다는 생각도 들었다. 평소에 콧대 높고 성질이 사납기로 소문난 그녀였지만, 이젠 그녀의 자존심을 버리고 그녀가 그리도 싫어하는 하찮은 외국인에게 공식적으로 사죄해야 하는 입장이 되었으니 얼마나 힘든 일인지 생각했다.

그래서 나도

"아, 내 잘못도 있어요. 그날 내가 당신한테 환자들 예약을 취소한다는 전화를 직접 했더라면 여기까지 오지 않았을 테니 내 잘못도 있네요. 난 사실 그날 당신의 잔소리가 듣기 싫어서 비겁하게 동료에게 시켰던 거랍니다."

라고 말했다.

그 후 6개월 동안, 내가 정년퇴직할 때까지 그녀와 한 번도 마주치지 않았다. 수간호사가 고맙게도 나를 배려해서 내가 환자들을 데리고 전기 심전도실에 가는 일이 없도록 조처를 했기 때문에 그때의 껄끄러운 사건으로 그녀를 만나 서로 서먹해지는 일이 없어서 좋았다. 그런데 10여 년이 다 되어가는 지금, 불과 50미터도 안 되는 거리에서 그녀를 마주친 것이었다. 그녀도 벌써 나를 알아본 것 같았고 돌아가기엔 늦었다는 생각에 '에라, 부딪혀보자!'라는 배짱도 생겨 성큼성큼 걸어가서

"어! 당신이 여기 웬일이야?"

라고 말문을 꺼냈다. 그녀는

"아, 한 달 전에 여기로 이사 왔어요. 여기 살아요?"

라고 답했다. 깜짝 놀라서 마음속으로 '하나님, 도대체 이게 어찌 된 일입니까?'라고 물었다.

"그러셔요? 그러면 이젠 우린 이웃이네요. 바로 이 모퉁이 돌면 건너편이 우리 집인데 언제 시간 나면 차 한잔하러 와요."

그녀도 실제로 올지 안 올지는 잘 모르지만, 예의 바르게 '그러마!' 하고 쉽게 대답해줘서 고마웠다. 예전의 좋지 않았던 기억이 순식간

에 다 날아가는 기분이었다.

내 집에 사람이 오겠다는데…

이번 설날에 우리 동네에 사는 지인들과 우리 집에 모여 떡국을 먹기로 한 달 전부터 약속되어 있었다. 근처에 나보다 네 살이 많아 내가 언니라 부르는 지인의 전화를 받았다. 전화한 까닭은 '다른 도시에 사는, 자기가 아는 손님과 함께 가도 되겠느냐'는 것이었다. 그래서

"네, 그렇게 해요!"

했더니,

"그 사람뿐만 아니라 그 사람과 같은 동네에 사는 지인도 같이 오고 싶다고 하네."

라는 것이었다. 조금은 당황한 내가,

"언니! 저는 우리 동네 사람들과 그냥 간단하게 떡국이나 먹으려고 생각했는데…."

하고 말꼬리를 흐리자,

"떡국이 모자라면 밥이나 한 솥 해둬! 그럼 나는 밥 먹을게."

라고 한다. 그 순간 많은 생각이 스쳐 지나갔다. 내가 초대하지 않은, 내가 알지도 못하는 두 사람이 어쩌자고 우리 집에 오려는 걸까? 이렇게 외국 땅에 오래 사니 외롭고 쓸쓸해서 그런가? 아니면 설날이라 고국 생각이 나서 그런가?

떡국이 모자라면 밥을 한 솥 하고 나물도 몇 가지 더 장만하면 될 것 같아 흔쾌히 승낙한 것은 좋았지만, 그날 밤 새벽 3시까지 나는 쉽게 잠

들지 못했다. 처음 방문하는 손님들에게 어떤 요리를 대접해야 할지를 궁리하느라고 잠을 잘 수 없었다. '잡채를 할까? 그리고 새우튀김과 오징어볶음?' 등등 별의별 생각이 다 들었다. 나중에는 짜증도 났다. 그러다가 떡국을 애피타이저로 먹기로 하고 메인 요리는 불고기와 왕새우, 오징어가 들어가는 해물떡볶이를 하기로 마음을 정했다.

설 다음 날 오후 1시에 점심을 먹기로 약속되어 있었는데, 낮 12시 정각에 낯선 손님 두 사람과 함께 언니가 찾아와 놀랐다. 비가 오는데도 한 시간이나 일찍 도착해서 한 번 더 놀랐다. 앞치마를 두르고 떡국 위에 얹을 고명으로 계란지단을 부치다가 대문 열어주러 가는 바람에 계란지단이 타서 브라운이 되는 해프닝도 있었다.

다른 손님들을 기다리는 동안에 음식이 나올 때까지 우선 차 한 잔씩 드시면서 이야기를 나누고 계시라고 권했다. 떡국과 해물떡볶이가 완성되었을 때, 다른 두 지인도 시간에 맞춰 와서 먼저 떡국을 먹은 후 밥과 나물, 해물떡볶이, 불고기 등을 먹었는데 모두 즐거워하며 맛있게 잘 먹고는 고맙다고 말해주니 뿌듯한 마음이 들었다. 그중 한 손님은 10여 년 만에 떡국을 먹어본다고 했는데, 그동안 외교관인 남편을 따라 외국에서 생활하다 보니 설날도 모르고 지냈노라고 했다.

손님들은 모두 저녁 6시경에 돌아가면서 거듭 감사하다고 말했고, 나도 육체적으론 조금 힘들었지만 그래도 보람된 하루였다. 그래서 하나님께 감사하는 기도도 빼놓지 않았다. 손님이 오겠다고 했을 때 모두 오라고 승낙하길 참 잘한 것 같은 하루였다. 사람보다 더 귀한 것이 없기에, 내 집에 손님이 오겠다면 언제라도

"오케이!"

하련다.

졸지에 독일 엄마, 아빠가 된 사연

"권사님, 이제부터 권사님을 '엄마'라고 부르고 싶어요!"

2015년 11월 말, 모스크바에 사는 유진이 비자 문제로 잠깐 독일에 와서 우리 집에서 며칠간 지내다가 불쑥 꺼낸 말이다.

"그래, 네가 편한 대로 불러도 돼. 실은 내가 많이 부족하지만 말이다."

4년 전, 유진의 엄마는 사랑하는 딸의 지극한 정성에도 불구하고 하늘나라로 떠나셨다. 그러니 엄마의 빈자리가 얼마나 허전하고, 또 엄마라는 말을 얼마나 하고 싶었으면 못난 나를 엄마라 부르고 싶어했을까라는 생각이 들어 마음이 짠해졌다.

30대 후반의 성악가인 유진은 서울에서 음대를 졸업하고, 오스트리아의 수도 빈Wien에 유학하여 석사학위까지 받은 총명하고 유능한, 그리고 착하고 예쁜 청년 자매이다.

8, 9년 전이던가? 독일에서 공부하는 동안에 우리 교회에 나와서 성가대에 헌신한 적이 있었는데 그동안 여러 해를 넘기면서도 이렇게 곱게 인연이 이어질 줄이야…. 그때도 교회에서 당시 집사였던 나를 보면

"집사님을 뵐 적마다 한국의 친정엄마가 생각나요!"

라며 내 팔을 붙잡고 다정하게 굴어서 남 보기에도 꼭 모녀지간 같았다. 유진이 말하길, 자기 엄마와 내가 많이 닮았다고 했다.

"그래, 네 엄마 보고 싶을 땐 언제든지 우리 집에 와!"

하고 나도 그때 진심으로 말했다.

지금은 선교사의 사명을 받은 남편을 따라 모스크바에 살게 된 지

도 벌써 5, 6년은 된다. 지난가을에도 모스크바에서 러시아 정부와 한국 정부가 합작하고 고려인연합회가 주관한 문화행사가 열렸는데, 그때 그녀는 문화 코너 하나를 맡았고 다른 재능을 살려 해금을 연주해서 감사장까지 받은 사진도 보내왔다.

재능만 많은 게 아니라 효심 또한 지극하여 4년 전, 유진의 친정어머니가 암에 걸려 투병 중일 때도 맏딸로서 엄마를 간호할 사람은 자기밖에 없다며 러시아에서 하던 모든 일을 중단하고 한국으로 돌아가 거의 1년 동안이나 어머니의 병 수발은 물론 임종하실 때까지 침상을 지킨 요즘 보기 드문 효녀였다. 그보다 내가 더 감동한 것은 부부가 신실한 믿음 안에서 선교를 사명으로 여기고 이를 묵묵히 감당하고 있는 것이었는데 그 일이 예삿일이 아니기 때문이다.

형제간 우애 또한 남달라서 현직 검사로 있는 여동생이 3년 전 첫 출산을 앞두고 산후조리를 염려할 때도 유진은 한 치의 망설임도 없었다. 하늘에 계신 엄마를 대신하여 여동생의 산후조리는 언니가 하는 게 당연하다고 남편의 허락을 받아서 한 달간을 여동생 옆에서 도왔다고 한다. 하도 기특해서 내가 한번 물어봤다.

"너, 아직 아기도 낳아보지 않은 사람이 갓난아기 목욕시킬 때 물에 빠뜨릴까 겁은 안 났어?"

"처음엔 조금 떨렸는데 여러 번 반복하다 보니 선수가 되더군요."

라며 크게 웃는 그의 웃음 속에서 기쁨과 보람의 열매를 보는 듯했다.

지금도 카톡으로 "독일 엄마, 아빠, 그간 잘 지내시죠?"

라고 안부를 물어올 때, 내 마음에도 기쁨의 꽃 한 송이가 피어난다.

20대 청년 자매와 할머니의 경주

2016년 9월 마지막 주, 월요일 오후였을 것이다. 그동안 소식이 뜸했던 은선이란 청년 자매에게서 전화가 왔다.

"너, 지금 한국에서 전화하는 거니?"

내가 놀라서 물었다.

"저, 사흘 전부터 프랑크푸르트에 와 있어요. 그동안 소식 못 전해서 미안해요. 제가 내년에 막스Max와 결혼하려고요. 이곳 프랑크푸르트 호적사무소에 서류를 제출하려고 하는데, 담당자가 증인이 꼭 필요하고 또 통역도 데리고 오라고 하네요."

"아~ 듣던 중 참 반가운 소식이네. 내년 언제쯤 결혼하려고?"

"내년 4월에요. 권사님이 저희들 증인 서주시고 통역해주시면 안 될까요?"

나는 4월이라는 말만 듣고

"그럼, 내가 해줄게. 날짜만 알려줘!"

하고 대답했다.

"그런데 권사님, 내일 서류 제출하는 데도 제가 미혼이란 걸 증명해줄 사람과 또 통역해줄 사람이 필요하다고 해요. 내일 당장 같이 오라고 하는데 어쩌지요?"

내일 몇 시에 예약되어 있느냐고 물으니 오전 10시 30분이라고 대답했다.

"아, 그래! 그럼 빨리 전화 끊어! 지금 기차역에 가서 내일 프랑크푸르트로 가는 기차 시간 알아본 후 좌석 예약하고 도착하는 시간을 알려줄게."

갑작스러운 부탁이라 조금 당황은 했지만 그래도 젊은이들의 미래가 달린 일이고 내가 필요하다면 모든 걸 젖혀두고라도 당연히 도와야겠다고 생각하며 기차표를 예매하러 기차역으로 갔다. 아침 7시 반에 코블렌츠Koblenz 가는 기차를 타면 30여 분만 그곳에서 기다렸다가 프랑크푸르트Frankfurt행 급행을 탈 수 있고, 도착 예정 시간이 오전 10시라고 창구 직원이 친절하게 설명해줬다. 집에 돌아와 은선에게 시청이 중앙역에서 얼마나 가까운지 물었더니, 전철을 타고 세 정거장만 가면 되니까 시간은 충분하다고 말하며 다음 날 중앙역에서 만나자고 했다.

은선이란 예쁜 자매는 한국의 명문대학에서 경영학을 전공했다. 국내 회계사 자격증을 취득했지만 국제회계사 자격증도 따기 위해 장학금으로 유명한 벤도르프Bendorf대학에 6개월간 연수를 온 적이 있는데, 모든 수업을 영어로 해서 독일어가 필요 없는 대학이었다. 그때 막스라는 청년을 만나 사랑하게 되었고 지금은 결혼을 약속했다고 한다.

그때 그녀는 코블렌츠의 강 건너편 도시인 벤도르프에 살면서 '주일 성수'를 지킨다고, 버스를 타고 코블렌츠로 온 뒤 기차를 타고 우리가 사는 도시에 오면, 우리 부부가 기차역으로 마중을 나가 차에 태워서 주일날마다 본 교회를 갔던 인연이 있었다. 같이 온 대학 동료들은 언제 또 이런 기회가 오겠냐며 주말마다 여행을 떠나는데도, 은선이는 주일 예배는 꼭 드려야 한다면서 왕복 5시간을 길에서 소비하는데도 힘들지 않다고 했다.

이유인즉, 갓난아기 때 병원에서 의사가 살아날 가망이 없다고 준비하라고 말했는데, 은선의 어머니는 아기를 강보에 싸서 당신이 다니던 교회로 달려갔고, 아기를 강대상 위에다 눕혀놓고 통곡으로 기도를 드렸다고 한다. 한참의 시간이 흐른 후, 가물가물 꺼져가던 한 생명이 하나님의 기적으로 살아났고, 지금까지 건강하게 잘 살고 있으니 하나님의 은총이요, 어머니의 기도 덕분이라고 했다. 그래서 한 번도 주일 성수를 빼먹은 적이 없노라고 했다.

명문대학을 나왔고 키도 크고 외모도 빼어나 콧대가 높을 만도 한데, 은선이는 말과 행동이 너무나도 겸손해서 '요즘 이런 젊은이가 다 있을까?' 싶었다.

그다음 날인 9월 27일 화요일, 기차를 타고 약간의 설렘과 염려와 함께 프랑크푸르트역에 도착해보니 예정된 시간보다 10여 분 늦게 도착했다. 급한 마음에 출입구도 확인하지 않고 다른 사람들을 뒤따라가다 보니 웬걸! 그곳은 다른 기차를 타기 위한 승강구였다. 다시 재빠른 걸음으로 출입구를 찾아서 뛰어가니 그곳에서 두리번거리며 나를 찾는 두 사람을 만났을 땐 벌써 10시 15분이었다. 내가 택시를 타자고 제의했지만 두 사람은 시청이 시내 한복판에 있고 번화가라 택시보다는 전철이 더 빠르다고 말했다.

독일 사람들은 시간관념이 철두철미하기로 유명한데 공직에 종사하는 사람들은 더 말할 것도 없다. 전철에서 내렸을 때는 벌써 시청 직원과의 약속 시간인 10시 30분이었다. 걸어서 시청까지 가는 시간이 또 7, 8분이 걸린다는데 약속 시간에 늦었다고 화가 단단히 나 있을 담당 공무원을 생각해서 막스는 혼자 먼저 뛰어가겠다고 하며 바람처럼 사라졌다. 우리 둘도 처음엔 빠른 걸음으로 걷다가, 멀리 시청 건물이 보이자 내가 말했다.

“은선아, 뛰어라, 뛰어! 우리도 달려가자!”

프랑크푸르트의 중심지이자 번화가에서, 170cm 키에 다리가 길고 예쁜 스물여덟 살 아가씨와 일흔 살이 코앞인 할머니의 경주가 시작됐다. 목표 지점 약 500m 거리를 앞에 두고….

처음엔 나란히 뛰던 은선이가 뒤처진다 싶어 돌아보니 에고~ 굽이 높은 하이힐을 신고 딱 달라붙는 미니스커트를 입은 까닭에 보폭을 넓힐 수가 없고, 또 하이힐의 굽이 부러질까 봐서도 마음대로 팍팍 뛰지 못하고 까치걸음으로 뒤따라오는 모습이 어찌나 우스웠는지 모른다. 지나가던 행인들마저 걸음을 멈추고 너무도 대조적인 우리 두 사람을 쳐다봤다. 키 큰 젊은 아가씨와 할머니의 경주가 그리 흔히 있는 일이 아니기 때문일 것이다. ‘아마도 코미디 영화를 찍는가 보다’라고 사람들은 생각했을지도….

시청에 도착해서 호적계가 2층이라기에 승강기를 기다리는 시간도 아까워서 숨을 헉헉 쉬면서 계단을 뛰어 올라갔다.

“미안합니다. 다 내 잘못입니다. 젊은 두 사람은 잘못 없습니다. 오늘 아침 안더나흐에서 7시 30분 기차를 타려 집에서 일찍 나왔는데 기차가 연착되는 바람에….”

숨이 턱에 차서 간신히 설명하는 내게, 50대 중반으로 보이는 여자 공무원은 너그럽게 웃으며 괜찮다고 대답해줘서 얼마나 다행이었는지 몰랐다. 서류 심사를 위해 내가 통역과 증인까지 했고, 여자 공무원의 친절한 설명으로 한 시간이 넘는 긴 상담이 잘 끝났다. 결혼식 날짜는 4월에 잡을 예정이라고 예비 신랑이 말했다.

정오가 다 되어 점심을 먹기 위해 이탈리아 식당에 갔을 때, 그제야 세 사람 다 후유~ 하고 숨을 내쉬었고, 모두가 웃으며 식사했다. 나중에 막스가 하는 말이, 자기가 처음 혼자 도착했을 때는 그 여자 공무원이 시계를 가리키며 화를 냈다고 한다. 그런데 나이 많은 내가 숨을 헉헉거리며 달려온 것을 보고 누그러졌다고 했다.

오후 돌아오는 길에는 코블렌츠 병원에 입원 중이던 지수 자매의 병문안까지 하고 오니, 어느덧 저녁 해가 서산으로 기울고 있었다. 발바닥에서 불이 난 하루를 보냈지만, 그래도 보람찬 하루였음에 감사했다.

말이 씨가 된다더니 정말 그렇게 되었네요

"애, 은선아! 너는 이담에 커서 결혼하려거든 코쟁이한테 시집가거라."

라고 엄마가 입버릇처럼 말했다고 한다. 고추보다 더 매운 시집살이에 눈물이 날 때마다 막내딸 은선을 앞에 두고, 코쟁이한테 시집가면 자기처럼 시집살이는 안 할 것이라고 했단다. 또 둘째 딸한테도

"너는 꼭 미국 시민권 가진 사람한테 시집가거라!"

라고 했단다. 시집살이가 고되고 힘들어서 어린 딸들에게 혼잣말처럼 중얼거린 넋두리가 현실로 확정되었을 땐 그 어머니도 너무나 놀랐다고 했다.

2019년 5월경 10여 일간의 한국 방문을 마치고 이곳 독일로 돌아온 지 사흘째 되는 날, 귀한 손님의 방문을 받았다. 지성과 미모를 겸비한

S 권사는 프랑크푸르트에 사는 딸인 은선을 만나기 위해 방문했다. 나와는 초면이었지만 아주 오래전부터 알고 지낸 사이처럼 끝없이 얘기가 오가고 했으니 그저 고운 인연에 감사하는 하루였다.

은선은 바로 앞의 '20대 청년 자매와 할머니의 경주'라는 제목의 글에 등장했던 바로 그 청년 자매이다. 그 당시 혼인 신고를 하러 시청에 가는데 통역과 증인이 필요하다는 은선의 갑작스러운 전화를 받은 다음 날 프랑크푸르트로 달려가 증인과 통역을 했던 적이 있었다. 그 일을 두고 은선의 어머니가 너무 고맙다고 하면서 나를 꼭 한번 만나길 원한다고 했었다. 이번에 은선의 어머니가 직장 일 때문에 빠듯한 시간을 내어 이곳을 방문한 것은 은선이가 임신 중이었기 때문이었다.

나중에 산후조리 때 갑자기 와서 낯선 환경에 당황할까 싶어 미리 출산 전에 알아둬야 한다고 사전에 답사를 온 것이라고 했다. 가령 가스레인지는 어떻게 켜고 슈퍼는 어디쯤 있는지 등 사위와는 말이 안 통하니까 사전에 답사를 해두면 10월에 산후조리를 하러 와서도 당황하지 않을 것이라고 했다.

S 권사님의 얘기를 듣고 보니 '참 현명하신 분이구나'라고 생각했다. 더 놀라운 것은 말이 씨가 되어 둘째 딸도 미국 국적을 가진 청년과 결혼했다는 것이다. 둘째 딸의 남편은 한인 2세로서 미국에서 출생했고, 지금은 한국의 큰 교회에서 청년부 영어 목회를 담당하는 목사라고 했다.

S 권사님의 무심코 했던 말들이 씨앗이 되고 열매를 맺어 많은 축복을 받았음은 물론이지만, 말의 위력이란 실로 엄청난 결과를 낳는다는 사실을 깨달았다.

내 아이들의 아버지니까요!

남녀가 서로 사랑하여 혼인했다 해도 부부의 연분이 다하면 어쩔 수 없이 갈라서게 마련이다. 개성이 다른 두 사람이 찰떡궁합이면 더 이상 바랄 게 없지만 사람 사는 일이 늘 평탄하지만은 않기에 온갖 문제들이 발생한다. 설사 이혼했다고 해도 그들 사이에 자녀가 있다면 그 자녀들의 결혼과 출산 등으로 손녀, 손자들이 계속 연결고리가 되기 때문에, 부부의 연을 이어가지는 않지만 스스럼없이 만나고 친구처럼 지내는 이들도 많이 있다. 내 주위에도 한독가정으로서 이혼을 한 가정들이 제법 있다.

한동안 소식이 뜸했던 민숙 자매가 전화로

"언니, 내일 아침 10시에 언니 집을 방문해도 괜찮나요?"

하고 물었다.

"그럼! 당연하지, 그런데 무슨 일로?"

"아이들 아빠가 기차로 베를린에 사는 여동생의 60회 생일잔치에 가는데, 장애인이라서 아무래도 내가 안더나흐역까지 따라가서 기차 타는 걸 도와야 해서요."

"알았어, 그러면 우리 함께 브런치 먹으면 되겠네."

라고 말하고 그다음 날 시간에 맞춰 역으로 마중을 갔다.

민숙 자매는 우리 집에서 19km 떨어진 코블렌츠에 살고 있는데, 한동안 교회에도 뜸했던지라 이런저런 얘기에 우린 시간 가는 줄도 몰랐다. 오후 2시가 넘었을 때 현재 교제 중인 남자 친구가 데리러 왔고, 그들을 보내고 났을 때 내 마음도 따뜻해진 것은 민숙 자매의 넉넉한 품성 때문이었다. 민숙 자매가 이혼한 지도 10여 년이 더 넘었을 텐데, 필요에 따라 장애자인 전 남편을 지금까지 돌봐주고 있으니, 누구나 쉽게 생각할 수는 있겠지만 아무나 못 하는 일이라고 생각했다. 더군다나 철석같이 믿었던 남편이 어느 날 늦바람이 나서 다른 여자에게로 가버렸고 배신당한 마음으로 이혼까지 했다면, 어느 그 누가 예쁘다고 올곧게 쳐다볼 것인가?

민숙 자매의 전 남편은 천성이 착한 성품이었고 그 어느 누구에게나 칭찬받는 사람이었다. 평생을 살면서 '도움 증후군'이 병적일 정도로 심했다. 그들 주위에 혼자 사는 여자들이 많았는데, 어느 누가 부탁해도 '예스'라는 말밖에 모르는 사람이라서 남 도와주러 다니다 보니 자연히 가정엔 소홀해지게 됐다.

한번은 남편의 생일이던 날, 하필이면 그날 민숙 자매가 밤 근무를 나가는데 공교롭게도 아파트의 대문에서 젊은 여자들 서너 명과 맞닥뜨렸다고 했다. 그들의 손에는 꽃과 샴페인이 들려 있더라고 했다. 아마도 아내가 근무 나가고 난 후에 오라고 했던 모양인데, 타이밍이 어긋나서 들켰으니 민숙 자매가 얼마나 속을 끓였을까 하는 생각이 들었다. 집에 오면 잔소리만 하는 아내보다 늘 자신을 칭찬만 하는 돌싱 여자들 속에 살다 보니, 50대에 늦바람이 나서 결국은 이혼하게 되었다고 한다.

아이 둘은 엄마가 양육하는 것으로 합의했고, 아이들이 대학을 마칠 때까지 아빠로서 경제적 지원을 아끼지 않았던 것도 사실이다. 두 사람이 이혼한 지 얼마 지나지 않아 전 남편이 대형 교통사고를 당했는데, 의료보험에 들어 있지 않아서 경제적 위기를 겪기도 했다.

독일에서는 법에 따라 의무적으로 의료보험에 가입해야 하지만, 근로자의 수입이 일정 금액(당시에는 5천 마르크)을 넘으면 법적 의무가 없어 개인적으로 별도의 싼 의료보험에 가입하든지, 아니면 아예 가입하지 않는 경우도 있다. 그런데 전 남편은 평생을 병원에 간 적이 없고, 그 당시 매달 내는 1천 마르크씩의 의료보험료가 아까워 해약해버렸는데, 그 후 교통사고를 당했으니 그 많은 수술비와 병원비를 누가 감당하느냐가 문제였다.

이 사연을 알게 된 당시 동료 공무원들이 모금 운동을 해서 반을 내고 또 고용주가 반을 내서 병원비 문제를 마무리 지었다. 병원 생활과 재활치료 등을 하며 그동안 많은 세월이 흘렀지만 아직도 전 남편은 휠체어에 의존하는 형편이라고 한다.

전 남편은 한동안은 베를린에 사는 여동생 곁에서 도움을 받으며 살기도 했는데, 이제는 아이들이 사는 곳에서 살고 싶다고 해서 코블렌츠로 다시 이사 와서 산 지도 여러 해나 된다고 했다. 남매 또한 반듯하게 자라서 어머니에게 효도하는 것은 물론이고, 장애인 아버지를 자주 찾아뵙고 돌봐드린다고 하니 말만 들어도 가슴이 뭉클해져왔다.

다음 날 민숙 자매가 우리 집을 방문했다. 장애인 전 남편을 코블렌츠역에서 기차에 태우고 짐을 들어주고 좌석도 찾아줘야 하는데 정차 시간이 2분뿐이라 시간이 너무 빠듯해 아예 이곳 안데나흐역까지 동행해서 도와주기로 한 것이라고 했다. 그리고 기차가 쾰른에 도착하면 아들이 동석하여 베를린까지 갈 것이라고 했다.

나는 그날 민숙 자매에게 말해줬다.

"너의 전 남편은 그래도 하나님께 감사드려야 한다. 장애인인 것은 매우 유감이지만, 처자식 버리고 쫓아갔던 애인은 장애자가 되니 금방 도망을 가버렸는데 아이들이 이렇게도 아버지를 위하고 또 네가 옆에서 챙겨주고 있으니 복 받은 사람이다."

"언니, 모든 걸 떠나서 내 아이들의 아버지니까요! 아이들도 항상 내게 자기들 아빠 도와줘서 고맙다고 해요."

마음 착한 민숙 자매가 새로 사귀는 남자 친구와 행복해졌으면 하고 두 손 모아 기원해본다.

아무리 좋은 약재도 과하면 독이 된다

"언니, 나 죽다가 살아났어. 지금 병원에 입원 중이야!"

지난주 화요일 아침 일찍 민숙 자매로부터 카톡 메시지가 와서 깜짝 놀란 내가 전화했다.

"갑자기 그게 무슨 말이야!"

코블렌츠에 사는 민숙 자매의 뜬금없는 소리에 내가 놀라서 물었다.

"언니, 내가 지난번에 한국에서 가져온 상황버섯을 한 솥 끓여서 10잔 정도 마셨는데, 처음에는 설사가 심하고 복통이 있더니 이틀째는 정신이 혼미하여 바닥에 쓰러졌어요. 어느 누군가에게 전화할 기운도 또 응급실에 전화할 기운도 없어서 '아, 지금 내가 죽어가고 있는데도 자식들도 친구들도 모르겠구나!' 하는 생각이 들었어요. '하나님, 저 이대로 죽으면 억울해요. 우리 둘째 손자 태어나는 것도 못 보고 죽으면 눈 못 감아요.'라며 가물가물해지는 의식을 되찾으려고 손가락 발가락을 움직였어요. 아, 그랬더니 기적적으로 살아난 거예요."

라고 그녀가 말했다.

"버섯은 조심해야 하는데 어떻게 10잔을 마실 생각을 했니?"

하고 내가 물었더니,

"지난번에 두어 잔 마셨더니 잠도 잘 오고, 고혈압과 당뇨에도 효과가 있다고 해서요."

라고 했다.

"그래도 그렇지, 아무리 좋은 약이라도 지나치면 독이 된다는 말도 있잖아."

라는 나의 놀란 목소리에,

"언니, 나 아직 칠순도 안 됐는데 아직은 죽는다는 게 억울해. 우리 며느리가 둘째 아이를 임신했는데 아이 태어나는 것도 못 보고 죽을까 봐 그게 제일 두렵네요."

라고 했다.

"네가 죽기는 왜 죽어! 여태껏 건강관리 잘해왔잖아?"

라고 말해주었다.

남편의 외도로 젊어서 이혼하고 혼자서 두 아이를 잘 키워 출가시켰으며, 음악을 사랑해서 피아노도 열심히 치고 또 당뇨 때문에 하루에 9km를 걷는다고 했다. 혼자서도 꿋꿋하게 또 열심히 사는 그녀지만 왜 그리 많은 지병이 따라다니는지 모르겠다. 또 나이가 들어갈수록 외롭다는 말도 자주 했다.

지난해 11월에 우리 집 정원에서 저절로 자란 '갓'을 한 아름 뜯어 우편으로 보냈더니 고맙다고 답례로 양말을 손수 짜서 보내는 인정 많은 자매이다. 병원에서는 혹시나 신장에 무리가 가지 않았는지 검사를 한 후 기다려봐야 한다고 했단다. 사흘간 입원했다가 이제 퇴원했

다는 전화가 와서 나도 한숨 놓으며

"정말 그만하길 다행이다. 하나님께 감사해야지!"

라고 말해주었다.

이제는 우리 주위 사람들이 아프다는 소식만 들어도 가슴이 답답하다. 아마 나도 초로의 나이에 들어섰다는 뜻일 것이다.

행운과 불행이 꽈배기처럼 꼬인 날

2016년 6월 22일, 저녁 7시에 프랑크푸르트에서 한국의 명인, 명창들의 연주회가 있을 것임을 전에 우리 동네에 살던 선배 언니가 전화로 알려줬다. 본의 한인회 회장과 독일 간호협회 부회장을 역임한 박 자매가 우리 두 사람을 데리러 오기로 했으니 준비하고 있으라는 당부였다. 박 자매가 ≪겨레 얼≫의 기자로서 활동한 경력이 있어 이날 음악회의 VIP 초대권을 받았는데 꼭 우리와 함께 공연을 보고 싶다고 했다. '21세기 한민족문화포럼'과 한국 전통음악 최고 명인그룹인 '양주풍류악회'가 공동 주최하는 터라, 국내에 산다 해도 그리 쉽게 볼 수 있는 연주회가 아니라는 말도 했다.

이왕 프랑크푸르트에 가는 김에 일찍 출발하여 점심도 그곳 한국식당에 가서 먹고, 오후엔 또 '한국 정원'이 있는 공원으로 가서 휴식하다가 저녁 공연에 참석하자고 며칠 전부터 약속을 단단히 잡아놓은 터였다. 바드-혼네프Bad-Honnef에 사는 박 자매와 그 일행이 우리 동네까지 오는 데는 자동차로 한 시간 거리이고, 우리 동네에서 프랑크푸르트까지 갈려면 또 1시간 30분이 소요됨을 감안해 12시 정각에 넷이 만나기로 되어 있었다.

일이 꼬이려니까 평소 약속 잘 지키는 박 자매가 그날따라 도로 공사 중이라 둘러서 오는 바람에 30여 분 늦게 도착했고, 자연히 프랑크푸르트에 있는 강남식당을 찾아갔을 때는 오후 2시가 되기 8분 전이었다. 점심 때의 영업시간이 오후 2시까지라고 문 앞에 쓰여 있어 우릴 쫓아내면 어쩌나 걱정하며 무작정 핸드백을 의자에 던져두고는 접시를 들고 음식이 진열된 곳에 가서 음식을 담았다. 점심시간 끝이라 배식대의 대부분 음식이 조금밖에 없었지만, 그래도 내가 좋아하는 콩나물과 두부조림, 시금치나물, 그리고 된장국도 있어서 기분이 좋았다.

뒤늦게 사장님이 알고는 또 김밥을 새로 만들어 큰 접시에 가득 담아 내오며

"우린 이 시간에 문을 닫아야 또 준비하고 저녁에 문을 열 수 있는데, 오늘 댁들에게 예외인 것은 저분 덕분인 줄 알아요!"

라며 박 자매를 가리킨다. 간호협회 일로 임원들과 자주 이 식당에 왔던 인연을 말함이었다. 우리 바로 뒤에 온 손님들은 이미 문 닫은 시간이라며 가차 없이 쫓아내는 것을 목격했다. 그래서 우리는 오늘 운이 좋은 사람들이라고 말하며 감사함으로 맛있게 식사할 수 있었다.

2차로 간 곳은 한국 정원이 있는 곳으로 2005년에 '세계 책 박람회'가 이곳 프랑크푸르트에서 열렸고, 한국이 손님으로 초청되었을 때 한국 정부가 이 정원을 선물했다고 한다. '꽃들이 많이 피어 있을까?' 하고 온갖 상상을 다 하며 찾아갔지만 꽃이 없어서 조금 실망했다. 하지만 '잔디는 일주일에 한 번만 깎으면 되지만 꽃들이 있었다면 그 어느 누가 매일 와서 물 주고 꽃을 키울 것인가?' 하는 생각이 들자 꽃들을 기대한 내 생각 자체가 부끄러웠다.

파란 잔디가 잘 정돈되어 있고, 연못 옆에 아담한 정자 둘을 지어서 한국의 정서가 잘 배어 있었다. 가끔 이곳에서 바자회를 열어 한국의 문화도 알리고 한국 전통 결혼식도 열린다고 박 자매가 말해줬다. 사진 몇 장을 찍은 후엔 모두들 정자 위로 올라가서 자리를 깔고 누워

"신선이 따로 없네!"

라며, 시원한 바람과 아름다운 새들의 합창 소리에 잠을 청하는 일행도 있었다.

저녁 여섯 시가 가까워올 무렵 우린 자리를 털고 일어났다. 이곳 정원에 점찍어둔 소나무가 있어서 공연장 가기 전에 솔방울을 꼭 따서 가자고 이야기를 나눴기 때문이다. 박 자매는 솔방울 달인 물이 풍치에 명약이라는 말을 인터넷에서 봤다고 했다. 박 회장은 공연 장소를 미리 내비게이션에 입력한다고 자동차로 가고, 우리 셋은 정원의 가장자리에 서 있는 소나무의 솔방울을 신나게 따서 챙겼다. 속담처럼 '오늘은 임도 보고 뽕도 따는 날'이라고, '오늘 같은 이런 행운의 날이 언제 또 올 거냐?'고 떠들면서….

그런데 운 좋은 오늘 하루가 어쩌고 하는 말의 여운이 채 가시기도 전에 딱한 일이 발생했다. 박 회장은 초대권에 적혀 있는 대로 주소를 입력하는데도 내비게이션에 입력이 안 된다고 30여 분째 시도하고 있었는데

"이러다간 이곳까지 와서 공연도 못 보고 집으로 가는 게 아닌가?"

하고 안타깝고 초조해하는 박 회장이 보기 안쓰러울 지경이었다. 공연에 늦게 가도 좋으니 천천히 해보자고 위로하며, 맘속으론 하나님께 간절한 기도를 올렸다. 때를 따라 도우시는 하나님의 은혜를 알기에…. 그러다 박 회장이 어느 한 곳으로 전화를 했다. 초대장 주소에

나와 있는 이 거리 이름이 없다고 계속 내비게이션이 말하는데 어찌 된 일이냐고 물었다. 주소에 'Walter-Moeller'를 'Alter-Moeller'로 잘못 적은 오타를 정정하지 않고 그대로 보낸 주최 측의 실수였다는 것을 전화로 물어본 후에야 알았다.

다행히 공연 장소에 때맞춰 도착했고, 조금 전의 당황했던 일들도 다 잊어버리고 오직 한국 전통음악의 최고 명인, 명창들의 가야금, 해금, 아쟁, 피리, 거문고, 판소리 등 다양한 연주에 가슴이 찡했다. 함께 공연한 '혼불무용단'도 모두 연세가 지긋이 드신 분들이었다. 감격으로 자주 눈물을 훔치는 선배 언니도 이런 좋은 공연을 보는 것이 처음이라며 꿈만 같다고 했다. 집으로 돌아오는 길에 모두 행복해하며 하나님께 감사드리고, 초대해주고 운전까지 해준 박 회장께 고맙다고 입을 모았다.

약 한 시간 반을 달려 우리 동네에 도착했을 때 박 회장이 또 황당해 했다. 자동차 기름이 다 바닥났다고 빨간 신호가 온다는 것이었다. 근방에 있는 주유소를 세 군데나 가봤지만 작은 도시라 이미 밤이 늦어서 모두 문을 닫았다. 시간은 벌써 자정을 넘었고, 고속도로에는 트럭이 많이 지나가니 어쩌면 그곳은 문을 열었는지도 모른다며 차를 되돌려 가봤지만 속수무책이었다. 나중엔 다시 우리 집까지만이라도 갈 수가 있는지를 염려했다. 옆에서 보는 우리도 안타까운데, 본인은 얼마나 황당할지 싶어 박 회장에게,

"이미 일이 이렇게 됐으니, 두 사람이 우리 집에서 자고 내일 아침 식사 후 집으로 가는 게 좋을 것 같네. 이것도 다 하나님 뜻인지도 모르니 너무 속상해하지 마라."

고 말하며 우리 집으로 왔다.

우리 집에는 손님 치르는 일이 많아서 3층에 손님방이 따로 있고 샤워장과 화장실이 딸려 있어 큰 불편함은 없는 편이다. 그리고 새 칫솔과 치약도 언제든 준비되어 있다. 다른 방법이 없었던 두 사람은 그날 밤중에 우리 집에 와서 하룻밤 묵어갈 수밖에 없는 처지였고, 더군다나 박 회장과 동행한 자매님은 처음 우리 집에 온 손님이었다. 새벽 한 시가 다 되어갈 무렵 잠자리에 들었지만 통 잠을 잘 수가 없었다. 지나간 하루 일이 행운과 불행의 끈으로 꽈배기처럼 엮어져 있었는데도, 종래는 모든 것을 합력하여 선을 이루시는 하나님의 도우심이 있음을 감사드리는 하루였다.

내 영혼의 감사이기에

2016년 8월에 있었던 일이다.

"나 지금까지 살아온 거, 이만했으면 아주 잘 살아왔다고 생각해."

며칠째 병원 침대에 누워서 눈만 더 초롱초롱해진 선배 언니가 자기의 다리와 발바닥을 마사지하고는 내게 불쑥 내뱉은 말이다. 당황한 내가

"그래요! 언니. 아주 잘 살아왔어요."

라고 맞장구를 치자,

"남편이 일찍 세상을 떠난 것과 내가 유방암을 앓은 것 외엔 그동안 아이들과 지금까지 건강하게 살아온 것이 얼마나 감사한 일이냐?"

라고 했다.

"맞아요! 의사 며느리에다 손녀가 둘이고, 딸은 법학박사에 교수이

고, 이제는 변호사 사위까지 봤으니 당연히 성공한 삶이지요."
라고 진심으로 공감하며 위로해드리자 환하게 웃는다.

내가 사는 동네에 선배 언니가 두 분 계시는데, 두 분 다 나보다 네 살이 많지만 모두 30년 넘은 지기로 허물없이 잘 지내고 있다. 선배 한 분은 지난해에 남편과 사별했고, 지금 얘기하는 이 선배 언니는 14년 전에 아주 유명한 외과 과장이었던 남편과 사별하고 당시에 학업 중에 있던 3남매를 잘 키웠으며, 내가 항상 마음속으로 존경하는 분이기도 하다. 25년 전, 양쪽 유방암 수술을 받았을 때 막내딸은 겨우 아홉 살이었고, 그때 그 언니는 딸아이가 열여덟 살 될 때까지만 살 수 있다면 더 이상 소원이 없겠노라고 했다.

그래서 덤으로 받은 생명이라 여겼던지 수십 년을 하루같이 매주 금요일마다 병원에 가서 가족이 없는 환자들을 찾아 도움을 주는 일을 해왔다. 또 토요일에는 이곳 시에서 운영하는 빵 나누기 행사에 참여해 기초생활 수급자들을 장시간 돕는다고 했다. 또 신실한 가톨릭 신자인지라 주일날엔 꼭 성당에 가서 신부님을 도와 영성체 나누는 일도 하고 이웃집 할머니들에게 수지침도 놓아주는 등 본인 말처럼 참 열심히 그리고 늘 감사하면서 잘 살아온 분이다.

"힘들지 않아요? 좀 쉬엄쉬엄하지 그래요?"
하고 내가 물으면,
"이 일을 하는 것이 내 영혼의 감사이기에…."
라고 늘 말했다.

그런데 지난 3월 말 폐암 판정을 받았다. 수술할 수 없는 부위여서 4월부터 항암 치료, 방사선 치료 등을 병행하며 지금까지 굳세게 잘 이겨내는 것 같았다. 그래서 안심하고 있던 차에 또 날벼락 같은 소식이 날아왔다.

이번에는 골반에 암이 전이되었고 간에도 나타났다고 했다. 한순간에 희망이 절망으로 바뀌었으니, 자녀들의 근심과 걱정은 오죽하랴! 다음 주부터 다시 항암 화학요법과 방사선 치료에 들어간다고 했다. 나중의 상태를 장담 못 하니 한국에서 친정 조카딸들이 어제 이모를 보러 왔고, 며칠 후에는 교수인 남동생도 단 며칠간이라도 머물 예정이라고 했다. 조카딸들 셋이 병원을 들락거리는 것보다는 아무래도 집이 편할 거라 여겨 의사에게 허락받아서 어제 퇴원했다고 하기에 나는 부탁받은 김치와 미역국, 양념에 재운 깻잎을 가지고 어제저녁에 잠깐 들렀다.

그 댁 문간 앞에 왔을 때 웃음소리가 밝게 들려서 기분이 좋아 화살기도를 하길,

"주님, 저들의 만남이 마지막이 되지 않게 하소서!"

라고 했다. 조카딸들과 수인사를 끝내고 돌아오는 나의 발걸음은 마냥 무겁기만 했으니 내 마음에 길게 드리운 이 염려의 그림자는 무엇이란 말인가?

차가운 세상을 따뜻하게 불 지피는 사람들

다시 또 한 해를 마무리하는 시간들, 몸도 마음도 바쁘지만 무엇보다도 마음이 더 너그러워지는 사랑과 용서와 화목의 계절인가 보다. 성탄을 코앞에 둔 요즘, 자선을 실행하는 각종 행사가 TV에도 매일 나

온다. 여덟 살 먹은 아이들이 자신의 용돈 전부를 자선 모금에 내놓은 일도 영상에 뜬다. 독일 사람들처럼 자선을 베푸는 사람들도 아마 이 지구상에서 드물지 싶다. 적은 금액이지만 국민의 많은 참여가 결국에는 상상도 못 할 큰 결실을 이루는 것을 보며, 왜 이 나라가 많은 복을 받았는지를 알 것도 같다.

이 지구상에는 음식이 남아서 쓰레기로 버리는 나라들이 있는가 하면, 아직도 헐벗고 굶주림으로 죽어가는 사람들이 하루에 10만 명이나 되고 5초에 한 명의 어린이가 죽어간다고 한다. 지나간 한 해를 되돌아보며 하나님께 감사드리는 마음이 너무도 커서 이때가 되면 우리도 작은 정성이지만 해마다 '나눔의 기관들' 행사에 참여하고 있다. 우리의 작은 정성은 지극히 작아서 내세울 것 하나 없지만, 내가 아는 지인 중에 마음이 넉넉한 사람들이 있다. 부자가 자기가 쓰고 남은 것을 사회에 기부하는 것과 내가 쓸 것들을 절약하고 아껴서 꼭 기부해야 할 곳에 목돈을 내놓는 일은 큰 차이가 있다고 본다.

나와 동갑인 상희 씨는 늘 자전거로 독일 곳곳을 다닌다. 거리가 먼 다른 도시에 갈 때도 자전거를 기차에 싣고, 그곳 도시의 중심부에 내려 어느 곳이라도 자전거로 이동한다. 수년 전, 상희 씨의 작고한 남편이 철도회사에 근무했던 까닭에 미망인인 상희 씨에게 무임승차권 혜택이 있기 때문이기도 하지만, 자동차의 기름 값을 절약할 수 있다는 이유가 아마 제일 크지 싶다.

상희 씨의 집에 가면 꼭 19세기로 돌아간 느낌이 든다. 아무리 추운 겨울에도 더운물은 일주일에 한 번 목욕할 때만 쓰도록 보일러 장치를 해놓았고, 난로에 장작을 지피며 난방장치의 기름 값을 절약한다. 또

설거지할 때도 작은 냄비에 물을 끓였다가 찬물과 섞어서 하는 것을 보고,

"어떻게 자기는 시대를 거슬러서 사는 거야? 21세기에 19세기로 되돌아가서 사니?"

라고 내가 물었다. 여기에 사는 한인들 거의 다 근검절약하며 오늘을 살아가지만, 상희 씨처럼 그렇게 절약하며 사는 사람은 하나도 보지 못했기 때문이었다. 그러자

"사람은 습관의 동물이라 습관이 들면 그리 불편하지 않아."

라며 씩 웃는다.

상희 씨와 동거하는 하트문트 코셔 씨는 단과대학에서 교수로 재직하다가 지금은 정년퇴직했는데 상희 씨보다 한 술 더 뜬다. 지구온난화의 원인이 되는 모든 것을 우리 인간이 줄여야 한다고 하면서 녹색당에 대해서도 열성을 보이고 있다. 가령 자동차가 뿜어내는 배기가스 오염을 첫째로 꼽으며, 자동차 대신 자전거를 선호한다. 입은 옷도 떨어지지 않았으면 수십 년 된 옷도 입고 다닌다. 보통 사람들이 보면 구두쇠나 수전노로 보이겠지만, 그분들은 그런 것에 동요되지 않고 자신들의 소신을 지켜나갈 뿐이다.

그렇게 절약한 거금을 2년 전, 한국의 어느 보육원에다 기부했다고 한다. 1억 원(당시 7만 5천 유로)을 독일인 하트문트 코셔 씨가 기부했다고 신문과 방송에 나온 것을 여기 사는 지인이 우연히 뉴스를 보고 알았다고 내게 전해왔다. 그 외에 두 사람이 한 선행은 체코에 사는 청년들을 위해서 컴퓨터 30대를 기증한 일뿐만 아니라 우리가 모르는 일들이 더 많았을 것이다.

오늘따라 상희 씨와 하트문트 코셔 씨 앞에 내가 너무 작아지는 기

분이 든다.

반성해보는 하루

수난의 금요일 날, 딸아이 가족들이 부활절을 우리와 같이 보낸다고 우리 집으로 오는 중이었다. 4일간을 손녀들과 함께 보낸다는 생각에 음식 준비로 매우 바쁜 시간이었는데, 그 와중에 오랜만에 베를린에 사는 한 친구가 전화를 했다. 허스키한 목소리를 들으니 단박에 현주라는 친구임을 알았다. 1970년도에 국립병원에 20명이 같이 배치받았고, 그 후 3개월간 괴테어학원을 함께 다녔던 친구였다.

기숙사가 달라서 개인적으로 친해질 기회가 없었다. 10여 명이 자전거를 타고 숲속으로 고사리를 꺾으러 갈 때나 아니면 다른 친구들의 생일에 초대받았을 때 서로의 안부를 물어보는 게 전부였다. 나는 내 옆방의 숙이나 건넌방에 사는 영화와 더 친했고, 위층에 사는 현 언니와도 친하게 지내며 유럽 여행도 같이 다녔다.

독일에 온 지 1년쯤 되었을 무렵, 명이란 친구와 자경이란 친구 간에 큰 다툼이 있었을 때 현주도 운이 나빠서인지 그때 그 자리에 있었다는 이유(말리지 않았다는 이유)로 우리 병원에서 화펠회어 클리닉으로 쫓겨난 일곱 사람 중의 하나였다. 지금까지 숱한 사람들을 만나고 헤어지는 인연들이 어디 하나둘이었던가?

지금까지 살아오면서 정한 나만의 철학이 있다.

첫째는 나를 떠나가는 사람들에게 연연해하지 않을 것.

둘째는 지금 내 옆에 있는 인연에 고마워하며 살 것.

셋째는 과거는 과거일 뿐이니 원망은 절대 하지 않을 것.

만남의 인연이란 서로를 알아보는 끼리끼리의 동류의식과 동질성을 발견하고, 상대의 인격을 존중하며 배려하는 것에서 시작된다고 생각함은 지금까지 변함이 없다. 친한 친구라면 아무리 먼 곳에 있다고 해도 시간과 장소를 초월하여 서로의 영혼 교류를 깨닫고 늘 그리워하고 보고 싶어지는 게 정상이지 싶다. 그런데 그렇지 않은 친구도 있다. 전화가 와도 부담이 가는 친구, 늘 원망만 하는 친구, '왜?'라는 말을 자주 사용하는 친구, "저번에도 내가 먼저 전화했잖아!"라며 따지듯이 말하는 친구가 그런 친구다.

"오랜만이야! 잘 지냈니?"

하고 내가 묻자,

"너는 꼭 내가 먼저 전화하게 만드니?"

라고 했다.

"그래, 미안하구나. 그러면 너도 나한테 전화하지 않으면 될 텐데 그렇게 따지려고 전화했니?"

라고 나도 볼멘소리를 했다.

현주는 164cm의 늘씬한 키에 미모 또한 뛰어나서, 그녀가 길을 가면 지나가는 남자들이 휘파람을 불 정도였고 자존심 또한 강했다. 그녀는 이탈리아계의 영화배우 같은 미남 청년과 결혼해서 딸과 아들을 낳고 잘 살았다. 그 가정에 검은 먹구름이 낀 것은 아들이 태어나서 6개월이 지난 후였다. 정기검진에서 아들이 세 가지의 장애를 갖고 태어난 것을 의사가 말했을 때였다.

"당신의 아들은 지적장애와 신체 발달 장애 그리고 간질병입니다."
라는 말을 듣는 순간 하늘이 노랗게 변하더라고 했다.

아들이 장애인이라는 말에 충격을 받은 남편은 어느 날 소리 없이 집을 나가서 여태까지 오리무중이라고 했다. 남편이 행방불명이라 아이들의 양육비도 남편에게서 받지 못하고, 국가의 사회복지 혜택에만 의존할 수밖에 없었다고 한다. 수십 년 동안 경찰이 수사해도 아직도 살았는지 죽었는지 모른다고 했다.

1989년, 부활절 방학을 맞아 나의 친한 친구인 숙이의 초대로 아이 둘을 데리고 베를린을 간 적이 있었다. 그때 16년 만에 현주를 다시 만났는데, 우리가 길에서 만났다면 서로를 모르고 그냥 지나칠 뻔할 정도로 그녀는 변해 있었다. 뼈만 남은 앙상한 체구, 담배만 피워대는 피골이 상접한 그녀의 모습은 나를 눈물 나게 했다.

"어쩌다가 네가 이리되었냐?"
고 서로 부둥켜안고 울었다.

그리고 다시 수년의 세월이 흘렀고, 좋은 남자를 알게 되어 행복하다는 전화가 왔다. 남자 친구를 데리고 우리 집을 방문하라고 했더니 당장 그 주에 둘이 찾아오기도 했다. 첫눈에도 신뢰가 가는 듬직한 모습과 시원시원하게 대화를 이끌어가는 모습이 우리 부부에게도 마음에 쏙 드는 분이었다. 우리 집에서 사흘을 머물렀는데, 이곳의 명승지를 함께 여행하는 시간도 있었다. 그들 부부가 우리 집에 다녀간 지도 10여 년이 지났고, 그 후 둘이 결혼했다는 전화가 오곤 또 소식이 끊어졌다.

어쩌다 생각날 때면, '이젠 좋은 사람 만났으니 행복하게 잘 살겠지' 라고 여기며 현주에 대해 걱정은 하지 않았다. 그녀에게서 전화가 없으니 오히려 다행이라고만 생각했다. 그녀의 가시 돋친 말과 원망을 듣지 않으니 이젠 참 잘되었다고 생각했을 뿐이었다. 그러나 그것이 얼마나 이기적인 나의 생각이었나를 깨닫게 한 것은, 이번에 걸려온 현주의 전화에서 들은 그녀의 두 번째 말이었다.

"수냐! 볼프강은 3년 전에 죽었다. 피부암 선고받고 3개월 만에 떠났다."

"그 얘기를 왜 이제야 하는 거야?"

이번에는 내가 화를 냈다.

"내가 정신적, 육체적으로 너무 힘들어서 두문불출하며 달팽이처럼 살아왔다. 지금 내 체중이 43kg밖에 안 된단다."

그녀의 울음 섞인 목소리가 전류를 타고 닿아 나도 따라 울었다.

"얘! 아무 때라도 마음 내키면 바람도 쏘일 겸 우리 집에 와서 푹 쉬었다 가라!"

그녀에게 해줄 위로의 말을 찾지 못하는 나 자신이 원망스러웠다. 아, 왜 나는 여태까지 사랑하는 사람만을 사랑하고, 내 맘에 들지 않은 사람을 경계하며 멀리했단 말인가? 나는 그것밖에 되지 않는 소인이란 말인가? 조금은 더 가까이 다가가서 그녀의 모난 성품을 조금은 보듬어줄 수도 있었는데 그러지 못한 자신이 후회되었다. '이다음에는 꼭 내가 먼저 전화해서 안부를 묻고, 그녀의 슬픔을 위로해주어야지' 하고 스스로 다짐했다. 주님의 수난 금요일 날은 자신을 되돌아보며 반성해보는 하루였다.

갑자기 날벼락 맞은 날

바람아, 바람아, 너는 아니?
맑은 하늘에서 갑자기 벼락이 떨어져
휘청대는 지금의 내 마음을

여태껏 쌓아 올린 신의와 신뢰는 땅에 떨어져
이제는 갈래갈래 찢긴 휴지 조각으로 남아
이곳저곳에 널브러져 있음을 너는 보는가?

대면이 아니고 아무리 전화라고 해도
상대에 대한 예의와 격식은 갖춰야 할 터
소리소리 지르며 속사포처럼 쏘아대는 원망의 말들은
비수가 되어 내 심장을 찌르고
변명할 틈새마저 주지 않는 공격의 화살은
나의 전신에 꽂혀 옴짝달싹 못 하겠구나!

바람아, 바람아, 너는 보니?
지금 내 눈에 흐르는 이 눈물을
실망과 좌절과 억울함으로
자다가도 벌떡 일어나는 나의 모양새가 참으로 힘겹구나!

바람아, 바람아, 네게 한번 물어보자꾸나!

내 하루 중에

"화평으로 오신 주님께서 떠나간 청년들과 제직들 사이에 화평의 통로가 되어주시길 간구합니다."

라는 기도를 수십 번 하면서, 시간과 때는 하나님이 주실 것이라 믿으며 성실과 전심으로 섬기는 자의 자세를 소홀하지 않았거늘 정말 황당한 일이 일어났다. 얼마 전 목회자가 없다고 교회를 떠나간 청년들 아홉 명 중에 아직도 일정한 교회를 찾지 못하고 방황하는 몇몇이 있다는 소식을 들었다. 교회의 어른들이 먼저 손을 내밀면 교회로 다시 돌아올 가능성이 크다는 생각에 새로 부임한 목사님 부부와 청년들 몇 사람을 우리 집 식사에 초대해서 청년들의 사정도 들어보는 게 어떨지 하는 나의 순진하고 단순한 생각이 이렇게 큰 불씨가 될 줄 정말 몰랐다. 교회를 섬기는 일은 각자 받은 은사대로 한다고 지금까지 생각해왔고, 또 그간 청년들을 집으로 초대해서 해마다 가든파티를 해줬던 것도 사실이다.

목사님과 청년들의 만남을 주선하기 위해 카톡으로

"목사님, 예전에 통역했던 M 형제가 그동안 스위스에서 아르바이트하느라 내가 보낸 카톡을 못 받았다고 오늘 연락이 왔네요. M 형제 말로는 8월 11일 만나는 것이 좋을 것 같다고 했습니다. H 자매도 그 전에 한국에서 돌아온다고 합니다. 또 J 자매 역시 참석할 거라 생각합니다. 두 분 목사님께서도 이날 시간을 내어주신다면 좋겠습니다."

라고 문자를 보냈는데, 목사님이 아닌 사모 목사(목사 안수를 받은 사모)가 이 문자를 보고는 전화를 걸어와 다짜고짜 소리소리 지르며 악을 썼다.

"우리가 지금 얼마나 힘든지 알기나 하세요? 지금 금식하며 기도하는 중이라고요. 그러니 청년들과의 만남은 더 이상 거론하지 마시라고요!"
라며 엉엉 울음소리가 커지다가 나중에는 졸도 직전이었던지, 아무 소리가 들리지 않아 너무도 놀라서
"목사님! 목사님!"
하고 애타게 불렀는데도 대답이 없었다.

만나고 싶지 않으면 안 만나겠다고 하면 될 것을, 악을 쓰고 숨이 자지러질 듯 울면서 폭포수처럼 내게 퍼부어대던 사모 목사는 감정 조절이 제로였다. 일단은 진정시켜야겠다 싶어 나는 사모 목사에게 차분하게 말을 건넸다.

"내가 어른으로서 한마디해야겠네요. 일단 진정을 좀 하시고 내 말 좀 들어보세요. 저 때문에 목사님의 마음을 불편하게 해드렸다면 진심으로 사과드립니다. 내가 무엇을 잘못해서 이리 책망하시는지는 잘 모르겠지만, 그렇게 화를 내시면 어찌 교회에 가서 두 분을 뵐 수 있겠습니까?"
라고 했다. 여러 번을 불러도 대답이 없었지만 오해는 꼭 풀어야겠다 싶어

"청년들이 교회의 대표인 장로님과 제직들에게 공식적으로 사과하라는 그 말은 지금 두 분 목사님과 아무 상관이 없는 일입니다. 오해하셔도 아주 단단히 하신 겁니다. 그리고 제가 두 분 목사님을 꼭 청년들과 만나라고 억지를 부리는 것도 아닙니다. 두 분이 싫어하는 것을 진작 알았다면 제가 왜 아까운 시간과 물질을 투자할 결심을 했겠습니까? 저도 기도하는 사람입니다."
라고 말해 간신히 진정시켜 드리고 나서야 한 시간 반의 통화는 끝이

났다.

여기서 한 가지 꼭 짚고 넘어가야 할 것은, 새로 부임한 목사님 부부는 내가 첫눈에 반할 정도로 호감이 가고, 설교 또한 정말 마음에 들어서 성심으로 섬겨야겠다고 다짐했던 사람들이라는 것이다. 그리고 사모 목사는 우리 딸아이와 동갑이어서 딸같이 따뜻하게 품어주고 싶었는데, 이런 날벼락을 맞고 보니 세상살이가 참 어렵다는 생각이 들었다.

내가 두 분을 너무 좋아해서 사탄이 시샘했던 걸까? 아무리 선의로 생각했던 일이라도 남의 마음을 불편하게 하거나 분노를 일으키게 했다면, 그것은 하나님께 죄를 짓는 일이라고 생각했다. 그래서인지 정말로 미안하고 죄송한 마음이 들었지만, 하나님께 드린 기도는 달랐다.

"하나님, 저들을 화나게 한 것은 송구한 일이지만 저는 정말 억울합니다. 너무 억울해서 저도 화가 치밀어 오르고 많이 슬퍼집니다. 이제는 사람 보는 것도 두렵습니다. 가면을 쓰고 친절하게 웃으며 포옹으로 인사하는 교회 식구들도 이젠 믿을 수가 없네요. 이제는 의심의 죄까지 지어야 하는 제 꼴이 너무 우습지 않습니까? 저를 도와주소서! 다시 사람에 대한 신뢰도 되찾고 질그릇과 같이 깨지기 쉬운 마음들을 붙잡아주시고 서로의 부족함을 사랑으로 채워가게 하소서! 저로 말미암아 상처받은 사람들에게도 은총을 베푸사 용서하게 하시고 마음의 평강을 누리게 하소서. 사랑 안에서 하나가 되게 하소서. 연약하고 허물 많은 인간임을 고백하오니 긍휼과 자비를 베풀어주시옵소서!"

지난주 수요일에 일어난 이 일 때문에 너무도 황당하고 날벼락 맞은 기분으로 사흘 밤낮을 보내고 나니 지난주일 교회 가는 것이 참 많이 망설여졌다. 한 번도 주일예배를 거른 일이 없던 우리 부부가 이유도 없이 교회를 불참한다면, 두 분 목사 부부에게 더 큰 상심을 끼쳐드릴 것이라는 생각이 들자, '어른인 내가 참자! 예배도 참석하고 또 만나면 껄끄러운 마음이 들더라도 다시 한 번 사죄를 드리면 사모 목사님의 화도 풀리시리라'라고 생각하고 교회에 갔다.

예배가 끝나고 가방을 챙기는데 뒤에서 누가 나를 꼭 끌어안기에 돌아보니, 뜻밖에도 사모 목사님이 눈물이 그렁그렁한 채로

"권사님, 죄송해요!"

라고 했다. 나도 놀라서, "아니요, 제가 죄송해요! 목사님의 마음을 아프게 해드려서."

라고 하니, 사모 목사님은

"아닙니다. 그날은 저의 정신이 바닥나서, 그동안 여러 사람에게서 들은 정보와 압력들이 저를 너무 힘들게 해서 그런 것이지, 절대로 권사님 개인을 두고 했던 말은 아니었습니다."

라고 했다. 그래서 내가 대답했다.

"저는 그날 꼭 날벼락을 맞은 기분이었습니다!"

라고.

'상처는 땅에서 받고 치유는 하늘에서 받는다.'는 말이 있다. 맞는 말이다. 시간의 흐름 속에서 천천히 치유되어갈 뿐이다. 아무리 용서를 빌고 오해가 풀리고 화해했다고 하더라도, 말이 남긴 씨는 파편이 되어 상처가 되고 아픔이 되고 고통 속에서 신음한다는 것!

"누구든지 스스로 경건하다 생각하며 자기 혀를 재갈 물리지 아니하고 자기 마음을 속이면 이 사람의 경건은 헛것이라"

라고 「야고보서」에도 있듯이, 비록 성직자가 아니더라도 '인간의 도리와 본분은 꼭 지켜야 한다'고 그렇게 배웠고 또 그렇게 실천하려고 누구나 애를 쓸 것이라고 그렇게 지금까지 믿어왔다.

천 번을 생각하고 또 생각해도, 아무리 오해를 풀고 용서했다고 해도, 내 기억의 창고 속에서 그분의 목소리가 쉽게 지워지지 않고 사라지지 않으니, 이것이 병이 아니고 무엇이랴? 육신의 상처보다 마음의 상처가 더 오래간다는 것을 그분은 알까? 내 품성이 넉넉하지 못한 탓이라 여겨, 날마다 기도로 나아가며 성령님의 도우심을 간절히 간구해 보지만 의문은 혹처럼 내게 달라붙어 쉽사리 떨어지지 않으니, 그저 세월이 빨리 지나가기만을 바랄 뿐이다.

이 와중에도 한 가지 감사한 일은 이번 일을 통하여 더 근신하게 되고, 사람을 믿지 말고 하나님만을 믿으라는 주님의 경고 같아서 감사한 마음 또한 많으니, 환란 중에 참는 자에게 주시는 축복이라 믿는다.

나를 가난하게도 마옵시고 부하게도 마옵시고…

계절 탓인지 '아굴의 기도'가 생각나는 아침이다. 우리 주위를 돌아보면 정신적으로 또한 경제적으로도 아주 힘들게 살아가는 자매들이 더러 있다. 내 주위에도 30년을 넘게 평탄한 결혼 생활을 하다가 어느 날 하루아침에 남편이 집을 나가버린 탓에 정신적인 타격뿐 아니라 육신의 어느 한 곳도 성한 데가 없노라고 고통을 하소연하는 60대의 자매가 있다. 또 남편과 이혼하고 7년을 동거하던 정신적인 지주였던 남자 친구가 갑자기 심장마비로 세상을 떠나자 외로워서 못 살겠노라고 만날 때마다 눈물을 펑펑 쏟는 50대 후반의 자매도 있다. 그런 사람들을 보면 아무런 위로의 말도 할 수 없는 나 자신의 무력함을 깨달을 뿐이다.

몇 해 전에 성탄절 이브를 우리 집에서 함께 보내면서 밤을 새워가며 말끝마다 눈물을 흘리던 50대 후반의 자매 이야기를 지금 해보고자 한다. 그녀는 외모가 뛰어나게 아름답고 또 총명하여 모르는 사람이 보면 꼭 탤런트인가 할 정도로 예쁘고 마음 씀씀이도 고왔는데, '미인 박복이란 옛 어른들의 말이 옳은 것인가?'라는 생각도 가끔 들 때가 있다. 더구나 하나뿐인 착한 아들마저도 부모의 이혼으로 정신적인 고통을 겪다가 결국은 부모를 원망하게 되고 이제는 어머니와의 소통도 일절 거부하고 있으니, 이를 보고만 있을 수밖에 없는 우리는 매우 안타까운 마음만 더해갈 뿐이었다.

그녀는 미향이란 자매이며, 부잣집 막내딸로 태어났는데 세 살 때 아버지가 돌아가시자 당시 젊은 엄마는 3남매를 큰아버지에게 맡기고 재혼하는 바람에 어릴 때 어머니의 사랑을 받아보지 못한 상처가 아직도 쓴 뿌리로 남아 있다고 했다. 다행히 늦게라도 친정어머니와의 재회가 이루어졌고, 3년 전쯤 어머니가 허리를 잘 쓰지 못해 간병인이 필요하다고 하니 귀국해서 수개월간이나 어머니 옆을 지켜드린 효녀였다. 그 후 독일에 다시 돌아와서 일정한 직업이 없었고 생활보장 대상자에 등록되어 간신히 생계를 유지할 수 있었다.

사람의 마음이란 것이 하루에도 열두 번 변하는 것처럼 '한국에 있으면 이곳 독일이 그립고 또 독일에 오면 한국에 가서 사는 것이 더 좋겠다'라는 생각이 들었단다. 그래서 그동안 살아왔던 아파트도 팔고 완전히 귀국한다고 우리에게 통보했는데, 또 막상 한국에 가서 살아보니 형제들에게 짐이 되는 것 같아서 '이건 아니다'라는 생각에 다시 돌아왔다고 했다.

"이젠 거주할 집도 없는데 어떡하느냐?"

고 걱정했더니, 다행히 웨이트리스를 구하는 호텔 식당에서 작은 방 하나를 내어줘서 서빙 일을 하며 바쁘게 살고 있노라고 했다. 10여 년 전만 해도 젊었으니까 1년간 간호조무사 공부를 해보는 게 어떠냐고 제안했었는데, 정신병동에 가서 실무를 해보니까 도저히 자기 적성에 맞지 않더라고 했다. 그러니 이담에 육체적인 노동을 할 수 없으면 또 생활비 걱정을 해야 할 것이리라.

사람이 늙어가면서 건강뿐 아니라 경제적인 문제가 걱정이 없어야 가족 누구에게도 짐이 되지 않을 것이란 생각에 아주 오래전 내가 젊었을 때 바치던 '아굴의 기도'가 생각났다.

> "내가 두 가지 일을 주께 구하였사오니 내가 죽기 전에 내게 거절하지 마시옵소서. 곧 헛된 것과 거짓말을 내게서 멀리하옵시며 나를 가난하게도 마옵시고 부하게도 마옵시고 오직 필요한 양식으로 나를 먹이시옵소서. 혹 내가 배불러서 하나님을 모른다, 여호와가 누구냐 할까 하오며 혹 내가 가난하여 도둑질하고 내 하나님의 이름을 욕되게 할까 두려워함입니다." (잠언 30:7-9)

뿌리를 내리지 못한 입양아들

(에피소드 1)

나는 누구인가? 어디서 왔는가? 자신의 근원을 몰라 본인의 정체성까지도 혼란이 오는 가련한 영혼들이 있다는 것을 일반 사람들은 아는지 모르겠다. 본인의 의지와는 상관없이 어느 날 낯선 이의 손에 이끌려 비행기를 타고 도착한 곳에서

"새 엄마, 아빠가 생겼으니 이젠 행복하게 살아라."

라는 보모들의 축하를 받으며 아이들은 미지의 세계에 대한 호기심으로 얼마나 설렜을까? 그러나 그 꿈은 잠시뿐이었고, 양엄마의 손에 이끌려 초등학교에 입학한 첫날, 우르르 몰려든 아이들은 동양의 아이를 처음 본다는 듯, 마치 원숭이 보듯 했다고 한다.

독일로 입양을 올 때까지 한국에서 한 번도 보육원 밖을 나가본 적이 없었던 어떤 아이는 자신을 버린 모국과 모국어를 기억하지 않기로 결심했단다. 그리하면 자기 외모가 이곳 아이들을 닮아갈 것이라 생각하고, 더 이상 외국 아이라고 따돌림당하지 않기만을 간절히 소원했다고 한다. 그뿐만 아니라 일곱 살의 철부지 어린아이가 결코 이해할 수 없는 상황들, 문화의 차이, 인종차별을 겪고 잔혹할 정도로 매일 학교에서 왕따당하고 놀림을 받아서, 차라리 이 세상에 태어나지 말았더라면 좋았을 것이라면서 거울에서 자신을 보는 것마저 두려워했다면, 그런 입양아들의 운명은 어디서부터 시작된 누구의 잘못인가? '무책임한 어른들의 잘못인가? 아니면 태어난 때가 안 좋은 어쩔 수 없는 운명인가? 선진국의 부잣집으로 입양되어 다시는 배고파하지 않고, 겨울이 와도 추위에 떨지 않으며, 따뜻한 침대에서 잠을 잘 수 있다면 아이는 행복할 것이라고 그렇게 믿고, 1970년대의 가난했던 한국은 그래서 부자 나라인 해외로 아이들을 입양 보냈던 것일까?'라는 생각이 들었다.

올해 만 쉰 살이 된 미셸Michelle은 일곱 살 때 이곳 독일로 입양된 중년 여인이다. 지금부터 40여 년 전 9월, 서울 구로구 어느 길 위에 포대기에 싸서 버려진 아기가 있었다. 그때 지나가던 행인이 아기의 울음소리를 듣고 아침 6시경에 발견하여 보육원으로 보내졌고, 아기의 이름도 성도 몰라서 보육원에서 '박지영'이라고 지어줬다고 한다. 나이 또한 의사가 성장발육을 점검하여 첫돌을 맞은 나이쯤으로 짐작해 아이를 발견한 날이 미셸의 생일날이 되었으니 이 생일 또한 가짜라고 했다.

내가 미셸을 알게 된 것은 지금부터 10여 년 전으로, 그 당시 그녀는 38세의 젊은 여성이었다. 내가 근무하던 병원에서 직원끼리의 문제점 해결이나 소통을 위해 병원 측에서 한 달에 한 번씩 외부 심리상담사를 초빙해 한 시간씩 회의를 진행했는데, 이때 심리상담사로 온 분이 안호이저Anheuser란 분이었다.

어느 날, 회의가 끝난 후 그분이 내게 조심스럽게 미셸 얘기를 했다. 오래전부터 정신 상담을 받는 미셸이란 여성이 있는데, 한국서 온 입양아 출신으로 이곳에 뿌리를 내리지 못하고 우울증에서 벗어나지 못해 힘겹게 살고 있다는 이야기를 하며 나의 전화번호를 묻는 것이었다. 미셸이 혹시라도 한국 사람을 만나서 대화하다 보면 어머니의 나라와 문화를 알게 되고, 그나마 조금이라도 마음에 위로를 받아 어쩌면 치유의 가능성도 빨리 오지 않겠느냐고 했다.

"그럼요, 꼭 내 전화번호를 전해주셔요. 언제든 상관없답니다."
라고 흔쾌히 대답했다. 그런데 그 후 6개월이 지나도록 소식이 없어서 나도 잊고 살았던 게 사실이다.

어느 주일날, 본에 있는 교회의 낮 예배에 참석하기 위해 현관문을 나서는 중에 전화벨 소리가 들려 황급히 신발을 벗고 얼른 수화기를 들었더니

"미셸이라고 합니다. 심리상담사 안호이저 선생님께 얘긴 들었지만 용기가 나지 않아 많이 망설이다 이제 전화합니다."
라고, 어렵게 말을 이어가는 것이었다.

"난 지금 본에 있는 교회에 가는 길이라 갔다 오는 즉시 전화할게요. 그리고 우리 언제 한번 만나요. 꼬~옥!"
하고 전화를 끊고는 교회에 갔지만, 그날 내 생각은 온통 미셸로 향해 있었다. '정말로 이 사람이 나를 만나러 오기나 할까?'란 생각으로 꽉 차 있었다. 목사님과 구역 식구들에게도 이야기하여 중보기도까지 부탁했다. 귀가하는 즉시 미셸에게 전화하여 언제쯤 시간이 나느냐고 물었더니

"내일 오전에 갈게요."
했다.

그다음 날 아침, 놀랍게도 미셸은 우리 집 문 앞에서 초인종을 누르는 것이 아닌가! 생전 처음 보는 낯선 여인인데도 깡마른 체구를 보니 어찌나 안쓰럽던지 아무 말 하지 않고 꼭 안아주었더니 눈물을 주르륵

흘리는 것이 아닌가?

(에피소드 2)

“무슨 차를 마실래요? 커피도 있고, 녹차, 홍차, 허브차?”
하고 내가 물었더니,

“페퍼민트 차가 있으면 그걸로 주세요.”
했다.

“아침인데 페퍼민트 차 마셔도 괜찮아요?”

“네, 다른 차를 마시면 밤에 잠을 잘 수가 없어서….”
하고 말꼬리를 흐린다. 페퍼민트 차는 정신을 안정케 하는 성분이 있다고 해서 나도 저녁에는 꼭 마시지만, 아침에 마시면 잠이 올까 봐 나는 아침엔 커피나 녹차를 마시기 때문이다. 찻잔을 앞에 놓고 내가 조심스럽게 물어봤다.

“실례가 되지 않는다면 자녀가 몇이냐고 물어봐도 되나요?”

“그럼요. 딸 하나, 아들 하나 있고 궁금한 것은 다 물어보세요!”
라며 젖은 눈가를 닦으면서 흔쾌히 대답했다.

“그럼 우리 서로 존댓말 하지 말고 이름을 부르며 말 놓기로 하면 어떨까요?”
하고 물었더니 좋다고 하며 작은 미소도 보여줘서 어색한 분위기도 금세 사라졌다. 여기 독일에서는 나이와 관계없이 가족 간에나 친구 간에 서로 두Du라는 2인칭 대명사를 쓴다.

일단 긴장이 풀어지니, 미셸의 얘기는 그동안 감아두었던 한의 실타래가 풀어지듯 길고도 길었다. 그녀는 간간이 눈물을 참느라 애를 쓰면서도 흥분하지 않고 차분하게 말했다. 미셸이 입양된 집은 양부모가 미셸보다 세 살 많은 아들 하나를 둔 부유한 상류 가정이었다. 양아버지는 건축가였고, 그 당시 일곱 살이던 미셸을 한국에서 입양했다고 한다. 보육원에서 영양실조로 자란 아이가 독일에 와서 우유와 빵을 먹어서 그런지 신체적 변화가 빨리 와서 만 아홉 살에 생리를 하게 되고, 학교 성적 또한 부진하여 양엄마가 이를 감당하기 힘들었던지 미셸을 기숙사가 있는 학교에 보냈다고 한다.

"나를 키울 수 없으면 여기로 데려오지 말았어야지, 보육원에서 행복하게 잘 있는 나를 왜 데려다가 이렇게 버리려고 하느냐?"
고 소리치며 양어머니에게 대들기까지 했다고 한다.

미셸이 다니던 그 학교는 상류층 자녀들이 비싼 학비를 내고 다니는 사립학교인데, 당시 아홉 살의 어린아이로서는 또 한번 버려졌다는 배신감밖에 들지 않더라고 했다. 그래서 양어머니를 절대로 용서하지 않겠다고 다짐하며 불우한 청소년기를 보냈다고 한다. 새 학교에 와서도 친구들에게 따돌림당하는 것은 예전과 마찬가지였고, 항상 마음의 빗장을 닫아걸고 사니 살고 싶은 의욕 또한 상실한 채로 학교생활을 보냈다고 한다. 아비투어Abitur(대학 입학을 위한 증명서)도 받지 못했고 변변한 직업도 가져본 적이 없다고 했다. 그래서 몇 번이나 자살을 시도했고, 정신병원에 입원한 적도 있었다고 했다.

그녀는 첫 남자를 알게 되어 동거하며 딸을 낳았지만, 날이 갈수록 남자의 행패가 심해 술만 먹으면 두드려 패는 바람에 결국은 참지 못하고 다섯 살 된 딸을 데리고 집을 나왔다. 그러던 중, 총각인 율리안Julian을 만나서 결혼하고 또 아들까지 낳아 아무 부러운 것 없이 살았지만 자주 우울증(죽고 싶다는 충동)이 와서 늘 자신을 괴롭힌다고 했다.

그래서 지금도 심리상담가 안호이저 씨에게 한 번씩 상담한다고 했다. 그리고 만약 생모를 만날 수 있다면 '왜 나를 버렸냐?'라는 이 말 한마디는 꼭 물어보고 싶다고 했다. 자신이 아이를 낳아 길러보니 이렇게 귀중하고 자신의 생명보다 더 소중한데, 얼마나 독한 사람이기에 자식을 버렸는지 도무지 이해되지 않는다고 했다.

애기하는 도중에 자주 눈물, 콧물이 범벅이 되면서도 그녀의 애긴 끝이 없었다. 그리고 어쩌면 자기는 혼혈인지도 모른다고 했다. 피부가 동양 사람 같지 않고 가무잡잡해서 사람들이 선탠 했냐고 묻는다고 했다. 먹먹한 심정으로 그녀의 애기를 듣는 나도 마음이 아파서 따라 울었다.

"미셸, 내가 그때 상황을 잘 알 수는 없지만 그래도 말할게. 그 당시의 대한민국은 너무도 가난했어. 그리고 여자가 직업을 갖기도 어려운 상황이었고, 어쩜 네 생모는 미혼모일 수도 있겠는데. 미혼모가 첫 돌이 될 때까지 아이를 혼자 키웠을 것이고, 아이를 버린 것은 생모가 아니라 어쩌면 외할머니가 딸의 장래를 걱정해서 생모 몰래 가져다 버렸을지도 몰라. 지금은 좀 달라졌겠지만 그 당시 우리나라의 미혼모가 아이를 낳아서 키운다는 건 세상으로부터 질시와 경멸의 대상이 되는 것이었고, 얼마나 불명예스러운지를 너는 모를 거야.

그리고 생명의 근원은 하나님으로부터 받았는데, 내 목숨이라 해서 내 마음대로 하는 것은 하나의 큰 죄를 짓는 것이고, 네 아이들에게도 큰 상처를 남기는 악순환의 고리가 될 뿐이란다. 지금 네 아이들이 엄마를 제일 필요로 할 때, 네가 마음을 독하게 먹고 네 아이들만은 상처받지 않고 순탄하게 자라게 해야겠다는 그 각오만 되어 있다면 과거의 악몽에서 벗어나 지금의 삶을 감사함으로 살아가지 않겠니?"

나는 내 나름의 조언을 장황하게 늘어놓으며 '여자는 약해도 어머니는 강하다'라는 속담도 상기시켜주었다. 비록 모국이 버렸을지라도 한인들이 보고 싶으면 본에 있는 교회에 나올 것을 권유했다. 감정의 기복이 심한 편이긴 해도, 그 후로 딸과 함께 자주 교회에 나와서 성도들이 그녀를 위로하고 아껴줘서인지 그녀도 웃는 일이 많아졌다. 그런 그녀를 보고 심리상담사가 이젠 치유되었으니 더 이상 오지 않아도 된다고 했다는 말을 듣고 우리 교회 모든 식구가 기뻐했다. 그런데 운명은 또 그녀를 함정에 빠뜨리는 올가미를 갖고 있을 줄이야?

8년 전 어느 주일날, 나는 미셸이 운전하는 차를 타고 그의 딸과 함께 셋이서 본 교회를 향해 반쯤 가고 있는데, 레마겐Remagen이란 도시를 지날 때 그녀의 아들(당시 아홉 살)로부터 전화가 왔다. 아빠가 정원에서 담벼락을 뜯어내는 중 돌을 잘못 건드려 담벼락이 무너지는 바람에 몸을 다쳤고, 옆집 사람이 구급차를 불렀으니 빨리 오라는 전화였다.

《 에피소드 3 》

미셸이 다급한 아들의 전화를 받고 내게 간단하게 상황을 설명한 뒤

"수냐! 미안하지만 난 지금 급히 집으로 가봐야 해. 그래서 말인데 여기 레마겐 사는 권사님 집 앞에 내려줄 테니 그분과 함께 교회에 가는 게 좋을 것 같네."

라고 말했다.

"내가 같이 가줄까?"

하고 물었지만

"아니야! 어느 도시의 병원으로 이송될지도 모르는 상황이고, 또 내가 널 다시 데려다주려면 나도 시간상으로 힘들 것 같아서야! 교회에 가거든 목사님과 성도들에게 기도 부탁드려 줘! 그리고 자세한 것은 우리 저녁에 통화하자!"
라며 미셸이 딸을 태운 채로 급히 차를 되돌려 떠났다. 갑자기 생긴 일이라 가슴은 벌렁거렸고, 제발 미셸의 남편인 율리안에게 일어난 사고가 큰 사고가 아니길 간절히 기도드렸다. 교회에서도 예배 시간에 율리안을 위한 특별 중보기도가 있었다. 지금은 한국에서 시무하시지만 그 당시의 담임목사님 부부와 비슷한 연령이어서 미셸 부부와 서로 오가며 개인적으로도 친분이 있었기에 성도들 또한 안타까워했다.

미셸이 사는 동네는 시골인지라 아무리 급하게 차를 몰고 갔어도 레마겐에서 그 집까지 40여 분은 더 걸렸고, 미셸이 집에 도착했을 때는 이미 헬리콥터가 와서 환자를 싣고 코블렌츠라는 큰 도시 병원으로 떠난 후였다고 저녁에 미셸이 전화로 알려줬다. 율리안의 상태를 물으니 수천 톤의 돌담이 와르르 무너지면서 그 밑에 깔려 팔과 다리가 여러 군데 부러지고, 손이 망가지고, 그런 와중에도 뼈만 부러진 것이 기적이라고 했다. 만약 머리를 다쳤다면 즉사했을 것이라고 했다. 또한 불행 중 다행이었던 것은 일요일이었는데도 전문의인 외과 과장에게 연락이 되어, 장장 6시간의 수술을 진행했다니 하늘이 도왔다고 했다.

그 후에도 몇 차례의 수술이 있었고, 반년간의 병원 생활과 또 재활센터의 치료 등 미셸은 모든 힘을 다해 남편을 간호해서 1년의 세월을 하루같이 보냈다고 한다. 또 율리안이 입원해 있던 그 외과 병동은 지금은 정년퇴직했지만 그 당시에 민숙 자매가 근무하던 곳이라 미셸 부부에게 많은 도움이 되었고, 응급실 담당 지킴이로 소문난 지수 자매님도 매일 미셸 부부를 방문하며 응원과 조언을 해주었다.

그렇게 주위의 많은 도움을 받으며 아내에게도 늘 고맙다고 말하던 율리안이 차츰 회복하자

"이제는 예전처럼 살지 않겠다."

고 선언했다고 한다. 지금까지 처자식이 1순위였지만, 사람은 언제 죽을지 모르니 이제는 자유롭게 살겠다고 했단다. 돌변한 남편의 행동에 부부싸움이 잦아졌고, 그런 갈등을 참을 수 없어서 어느 날 미셸은 아이 둘을 데리고 집을 나와버렸다. 그러고는 이혼과 함께 교회마저도 발을 끊어버렸다. 이제는 먹고살기 위해 치열한 생존 경쟁의 전선에 뛰어다니다 보니 주일날도 계속 일을 나가야 한다고 말했다.

임시로 얻은 직업이 뉘르부르크링Nürburgring에 있는 자동차 경기장에 속한 매표소에서 이것저것 시키는 대로 하는 일이었는데, 몇 년 후 회사가 부도가 나는 바람에 직장까지 잃으니 다시 우울증이 찾아오고 몸은 삐쩍 말라가기만 했다.

그동안 나는 미셸의 엄마를 찾겠다고 한국의 KBS 방송국 〈그 사람이 보고 싶다〉라는 프로그램 담당자 앞으로 미셸이 지금까지 모은 서류들을 복사해서 두 번이나 보냈지만, 딱 한 번 방송국에서 전화로 문의가 오고는 여태 아무 소식도 없다. 그 당시 여자 아나운서는 내게 분명히 다시 연락한다고 했지만, 담당 PD가 미셸의 문서를 검토해보고는 미셸의 엄마를 찾을 가능성은 모래사장에서 바늘을 찾는 것처럼 어렵다고 생각해서 연락이 안 왔을 수도 있다는 생각이 들었다.

가장의 불의의 사고가 난 뒤 1년이 지나자 먹구름이 그 가정을 덮쳤

고, 풍비박산이 난 가정은 아이들에게도 많은 영향을 끼쳤다. 미셸이 이혼한 지도 7년째, 이제 다시 좋은 인연을 만나서 그 사람을 소개해 준다고 지난 8월에 우리 집에 데리고 왔다. 지금까지 늘 암울한 세월을 보내며 날갯죽지를 다친 한 마리의 새처럼 우울이란 늪에서 허우적거리기만 했던 미셸에게 햇빛이 쨍하고 비치는 듯한 좋은 일이 생겨서 얼마나 행복한지 모른다. 무엇보다 새로 사귄 사람이 매 주일을 성수하는 크리스천이라는 말에 너무 감격했다. 율리안은 착하고 좋은 사람이었으나 믿음이 없는 사람이었기에 어려움이 왔을 때 기도와 인내와 감사보다는 세상적인 것을 택했고, 영생을 믿지 않았기에 세상의 쾌락을 찾아서 떠났기 때문이다.

벤Ben이라는 49세의 이 젊은이는 활발하면서도 자상한 성품이라 내성적인 미셸과 아주 잘 어울리는 연분이라는 생각에 마음이 놓였다. 게다가 벤은 한국 음식을 무척 좋아했다. 특히 그중에도 김치와 고추장을 너무 좋아하고, 아무리 매워도 다 잘 먹는다고 했다. 두 사람은 약혼도 지난 11월 28일에 했고, 아헨Aachen이란 도시에 두 사람이 살 집도 구했다고 했다.

지난 주일 날 새해 첫 예배 때 두 사람이 아헨에서 본까지 한 시간 반을 자동차를 타고 와서 예배에 참석했는데, 나에게 준다고 새해 선물까지 가지고 왔다. 길이 멀어서 매주 올 수가 없지만, 교회 식구들이 보고 싶을 때는 가끔 찾아오겠다고 약속하는 두 사람의 얼굴에서 행복의 꽃송이들이 방울방울 피어났다. 봄이 오면 벤이 다니는 아헨의 교회에서 딸이 세례를 받을 예정인데, 나더러 대모가 되어달라고 부탁해서

"그러마!"

라고 흔쾌히 대답했다.

미셸이 그동안 남모르게 흘린 눈물과 한숨이 변하여 기쁨이 되고, 지금까지 걸어온 광야와 같은 고난의 길도 이제는 꽃길이기를 간절한 마음으로 축원해본다.

(에피소드 4)

"수냐! 나 오늘 밤 재워줄 수 있니? 나 그 사람과 헤어졌어. 지금 갈 데가 없어서."

한동안 소식이 뜸하던 미셸의 전화였다.

"지금 거기가 어딘데?"

라고 묻자,

"너희 집으로 가려고 짐 싸는 중이야. 이따 만나서 이야기해줄게!"

라고 했다. 미셸은 지난가을에 살림을 합친다면서 벤이라는 남자를 따라 아헨으로 이사했다. 올해 정초엔 이곳 한독 가정의 새해 예배에도 둘이 같이 와서 마치 비둘기 한 쌍처럼 행복해 보였고, 그리고 곧 결혼할 거라고 말했다.

미셸은 이제 50대 중년인데도 생모에게 버림받은 아이라는 기억을 떨치지 못하고, 아직도 우울증 치료를 계속 받아야 하는 정말 불쌍한 여인이다. 그녀의 갑작스러운 전화를 받고, 참 황당한 기분이 드는 것은 왜일까? 그들은 서로 사랑해서 만났고, 벤이 또 기독교인이라서 마음에 들었고, 올해는 꼭 결혼할 것이라고 말하지 않았던가. 그래서 이젠 미셸 걱정은 하지 않아도 되겠다고 한시름 놓고 있었는데 또 예상치도 않은 일이 일어나니 이를 어쩐다?

감정의 기복이 심하고 즉흥적이긴 해도, 조금 다퉜다고 당장 짐을 싸서 집을 뛰쳐나올 사람은 아닐 거라는 생각과 함께 마음이 편하지 않았다. 우리 집에서 아헨까지는 자동차로 한 시간 반에서 두 시간가량 걸리는 먼 거리이기도 했다.

동거인과 다투어 헤어지기로 했다고, 그래서 갈 곳이 없어서 내게로 와서 자고 가겠다는 여자가 우리 집 대문 앞에 서 있었다. 밤늦은 시간 초인종이 울려 가보니 그녀는 한눈에 봐도 몰라볼 정도로 살이 쏙 빠져 예전보다 더 삐쩍 말라 보였다. 무슨 차를 마실 거냐고 물으니 페퍼민트 차를 마시겠단다. 그러면서 하는 말이, 요 며칠간 두 사람 사이에 계속 충돌이 있었는데, 음식을 먹을 수도 잠을 잘 수도 없었단다. 이제는 서로가 힘드니 미셸이 먼저 헤어지자고 했단다.

"그럼 넌 앞으로 어떻게 살래? 직장도 그곳에서 얻어서 잘 다닌다며? 나이 쉰을 넘은 여자가 결혼을 약속한 남자와 좀 다퉜다고, 아무 대책도 없이 집을 나온 건 아니지? 앞으로 어디서 어떻게 살 것인가는 생각해봤어?"

마치 내가 친정엄마가 된 기분으로 걱정 반 꾸지람 반으로 둘이 싸운 이유를 물으니, 그 남자가 자상한 것까진 좋은데 너무 자상한 탓에 잔소리가 심하다는 것이다. 예를 들면 창문을 여닫기 위해 커튼을 거두고 다시 칠 때, 커튼의 줄을 따라 한 줄 한 줄 고르게 쳐야 한다는 것, 그냥 아무 생각 없이 드르륵 치면 커튼의 줄이 고르지 않다고 늘 야단을 맞는다고 했다. 정말 아무것도 아닌 일로 매일 잔소리를 들어야 하는 것도 이젠 짜증 난다고 했다.

"미셸! 네 얘기 들으니 꼭 우리 부부의 젊었을 때 얘기 같네! 우리 남편도 자상한 대신 엄청나게 잔소리가 심해서 나도 몇 번이나 도망가고 싶었어. 그런데 이제 결혼한 지 40년이 지나고 보니, 이 모두 하나님의 은혜가 아니었다면 아마 우리 부부의 오늘도 없었을 것 같다는 생각이 들어. 그리고 우리나라 속담에 '여우하고는 살아도 곰하고는 못 산다'는 얘기도 있단다. 남녀가 서로 사랑해서 결혼한다고 해도 100% 내 맘에 드는 남편이 어디 있겠니? 부족한 것은 서로 채워가며 상대방을 조금씩 배려하면서 인내하면서 맞춰나가면 화평의 길이 보이지 않을까 생각해. 나 또한 인내가 부족한 사람이란 것을 잘 알기에, 나를 위해 기도할 때는 늘 '넉넉한 품성의 사람이 되게 하소서!'라고 매일 하나님께로 나아간단다. 내 힘으로 되지 않는 모든 일은 주님의 십자가 앞에 다 내려놓고 말이다."

안타까워서 쏟아낸 내 얘기를 한참 동안 듣고만 있던 미셸이 결심한 듯 일어서더니

"나, 지금 집으로 돌아갈래. 가서 벤하고 다시 시작해보려고 해."

라고 말하고는 챙겨온 여행 가방을 다시 들고 떠나는 게 아닌가! 내가 너무 야박하게 굴었나 싶어 마음이 켕겼던 하루였다.

(에피소드 5)

우리 집에서 그리 멀지 않은 곳에 모젤탈브뤼케Moseltal-Brücke라는 길고도 높은 다리가 있다. 1969년에 공사를 시작해 1972년에 준공된 이 다리는 길이 935m, 높이 136m인데, 하도 많은 사람들이 이 다리 위에서 몸을 던져 귀한 목숨을 날려버렸기 때문에 일명 '자살의 다리'라고 불린다. 얼마 전에도 61번 아우토반Autobahn에 있는 이 다리를 동생 부부와 함께 지나면서 이 다리 위에서 투신자살한 한 소녀를 떠올리며

그 불쌍한 영혼을 위해 묵상기도를 했다. 열여섯 살 꽃봉오리 같은 나이에 한번 피어보지도 못하고 애처롭게 숨져버린 가련한 영혼, 그리고 그 아이를 입양했던 양부모의 마음은 오죽했을까를 생각하며 이 글을 쓴다. 이 얘기는 30여 년 전으로 되돌아간다. 우리가 결코 잊어버릴 수 없는, 이곳에서 일어난 입양아들의 비극이다.

내가 잘 아는 선배 언니 부부가 '포도주 축제'가 있던 날 모젤의 한 동네에 포도주를 사러 갔는데, 가게 주인 여자가 와서 자꾸 언니 주위를 돌며 뭔가 할 말이 있는 듯 계속 쳐다보았다고 한다. 그래서

"제게 무슨 하실 말씀이 있어요?"

라고 이쪽에서 먼저 말을 걸자, 혹시나 한국 사람이냐고 묻기에 그렇다고 하니까 옆자리에 앉더니 눈물을 펑펑 쏟으며 자기 양녀도 '한국 아이'였다면서 슬픈 사연을 털어놓아 언니도 따라서 같이 울었다고 한다.

네댓 살 난 작은 여자아이 하나를 한국에서 입양했는데, 아무 부족함 없이 집안 식구들의 사랑을 받으며 밝게 자라 늘 고마운 마음이었고, 학교에서 성적도 좋아서 양부모를 기쁘게 할 만큼 자랑스러운 딸이었다고 한다. 그런데 맑고 밝은 성품인 이 딸아이가 사춘기를 겪으면서 차츰 말수도 적어지고, 학교에서 돌아오면 자기 방에 틀어박혀서 나오지를 않더라고 했다. 양부모는 '아마도 사춘기라서 그럴 거야'라고 생각하고, 어서 시간이 빨리 지나가기만을 바랄 뿐이었지 아이가 무슨 생각을 하고 있는지 상상도 못 했다고 했다.

딸아이의 자살 후, 일기장에 남겨진 아이의 사연을 읽고는 또 한 번 큰 충격을 받았다고 했다. 내용인즉 같은 또래의 한 소년을 짝사랑했

는데 그 소년은 눈길 한번 주지 않았고, 다른 소녀와 사랑에 빠진 것을 보는 것이 너무 큰 고통이었다고 하면서 '키워주신 부모님께는 너무도 죄송하지만 지금의 선택이 어쩔 수 없노라'는 글들이 일기장에 적혀 있더라고 했다.

"우리 부부는 수백 번을 생각했어요. '만약 우리가 이 아이를 입양하지 않았더라면 어쩌면 이 아이는 지금 살아 있을 수도 있지 않을까?' 하고요. 우리가 양부모라는 것이 어쩜 아이가 자기 고민과 갈등을 우리에게 털어놓지 않은 이유였을까요?"

독일 여자의 말을 먹먹한 심정으로 듣고만 있던 선배 언니 부부도 무슨 말로 위로를 해드려야 할지 그저 등골이 서늘해오는 기분이었고, 또한 어린 자녀를 키우는 부모 입장이었기에 강 건너 불 보듯 남의 일처럼 들리지 않더라고 했다.

여기 또 입양 가정의 슬픈 일화가 있다. 10여 년 전, 스물세 살의 젊은 청년인 벤자민이 자동차를 타고 프랑스의 한 고속도로에서 전속력으로 달리다가 죽음을 선택한 사건이 있었다. 우리 집에서 50km쯤 떨어진 몬타바우어Montabaur라는 지역에 우리 교회 식구인 홍 집사가 어느 날 구역예배에 와서 기도 제목과 함께 들려준 소식이었는데, 그날 모인 우리 모두를 암담하게 했다.

벤자민은 다섯 살 때 한국에서 입양된 아이였고, 어릴 때는 천재라 불릴 정도로 영특한 아이였음을 우리가 잘 알고 있었기 때문이었다. 그런데 이 아이 또한 사춘기를 겪으며 말썽꾸러기가 되었고, 여러 학교를 전전해야 할 정도로 문제아로 변해갔다. 이유는 우울증 때문이었다고 한다.

벤자민의 양아버지는 마인츠대학의 교수였고 양어머니는 자기 딸이 셋인데도 다비드라는 한국 아이(벤자민보다 세 살 위)를 입양해 키웠다. 그 아이가 외롭지 않고 서로 형제처럼 지내라고 일부러 한국에서 다시 입양한 아이가 벤자민이었다. 벤자민의 양어머니는 또 '입양한 아이들과 부모들의 모임'을 만들어 정기적으로 만나며 서로의 경험담을 주고받으며 아이들 양육에 애를 쓰신 분으로 알려져 있다. 그분들의 옆 동네에 살던 홍 집사도 단지 한국 사람이라는 이유로 항상 초대되어 그들의 모임에 끼어 입양아들이 커가는 모습들을 흐뭇하게 지켜볼 수 있었노라고 했다.

구역예배를 하는 동안 자기의 소중한 생명을 끊어버린 벤자민의 영혼을 위하여, 참담한 슬픔을 겪는 양부모님을 위하여 우리는 모두 눈물의 기도를 봉헌했다. 그 양부모의 심정이 어떠했을까를 생각하니 세월이 지난 아직도 가슴이 아려온다.

너무도 슬픈 이야기라서 이 글을 읽는 분들에게 부담이 될지도 모른다는 생각에 글을 쓰면서 많이 망설였습니다. 많은 이해를 바랍니다.

2

가족이라는 울타리

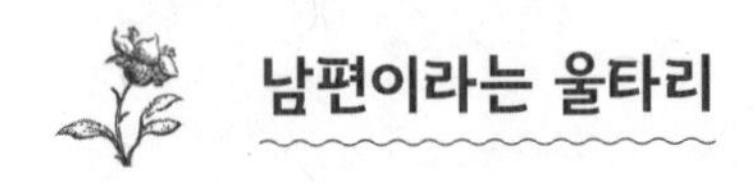

남편이라는 울타리

(에피소드 1)

2017년 12월 21일은 우리 부부의 44주년 결혼기념일이었다. 성격이 극과 극인 우리 부부를 지금까지 하나님께서 간섭하시고 인도해주셨기에 오늘이 있음을 진심으로 감사하는 날이었다. 우리 부부는 성격상의 문제로 결혼해서 1년간은 참 많이도 투덕거렸다. 그땐 '그만 이혼해버릴까 보다' 하고 어리석은 생각까지 한 적도 있었다. 지금 돌이켜보면 왜 내가 그때는 그렇게 속이 좁은 여자였던가 싶어 부끄러워진다.

자기와 결혼해주면 공주처럼 모시고 양 손으로 안고 다니겠다던 남편의 달콤한 약속은 막상 결혼해보니 현실과는 너무도 거리가 멀었다. 그래서 나는 걸핏하면 한국으로 돌아간다고 협박도 해보고, 또 거짓말 같지만 싸우다 세 번이나 달아난 적도 있었다. 두 번까진 날 잡으러 오면 못 이긴 척 따라갔는데, 어인 일인지 세 번째에는 몇 번이나 뒤돌아봐도 따라오는 기척이 없었다. 그렇다고 자존심 상하게 그냥 집으로 돌아갈 수는 없었다. 그해의 정월 겨울밤은 참 추웠다. 핸드백도 돈도 미처 챙겨 나오지 않았고, 어디 찾아갈 지인도 없었다.

우리가 살던 아파트 주위를 두 시간이나 돌다 보니 손발도 꽁꽁 얼었고, 어째 남편이란 작자가 도망간 아내를 찾을 생각도 하지 않나 싶으니 더 괘씸했다. 만약 내게 돈이 있었다면 기차를 타고 예전 내가 살던 곳, 아직도 나의 친한 친구들이 살고 있는 베를린으로 달아났을 테지만, 이 한밤중에 내가 갈 곳이라곤 아무 데도 없어서 분하고 괘씸하고 또 서러워 눈물이 났다. '남편의 달콤한 말에 속아서 결혼을 잘못 했구나?' 생각하며 속으로 말하길, '이 바보 멍청아! 이제부턴 도망가지 말고, 저런 미련곰탱이하고 살자면 평생 고생깨나 할 것이니 지금부터 남편 버릇 잘 고쳐놔야 해'라고 결심하기도 했다.

남편은 매사에 성미가 느긋하고, 집안일은 항상 내일로 미루면서 남의 일이라면 만사를 제쳐두고 달려가서 도와주는, 즉 천성이 '도움 증후군'이 있는 사람이다. 그 '남'이라는 사람이 아는 사람이든 모르는 사람이든 전혀 문제 삼지 않는다. 길을 가도 그냥 지나치는 법이 없다. 간혹 길가에 세워진 고장 난 자동차를 보면 꼭 멈추고 혹시나 도와줄 일이 있느냐고 물어본다. 또 젊은이들이 차비가 없어서 대중교통을 이용하지 못하고 지나가는 자동차를 보며 태워달라고 손을 들면 다른 자동차들은 다 비켜가는데 남편은 꼭 차를 세우고 그들을 태워주기도 했다. 요즘은 무서운 세상이라 아무나 태워주지는 않는다.

지금도 자주 있는 일이지만, 남편은 우리 집 앞에 서서 오고 가는 수많은 사람들에게 인사하는 걸 좋아한다. 그러다 보면 자동차를 멈추며 길을 묻는 사람도 있다. 거리가 좀 멀고 설명하기가 복잡하다 싶으면 잠깐만 기다리라 하곤 차고에서 차를 꺼내서 에스코트해주는 일은 아주 흔한 일이다.

또 이웃집에 가서 잠깐 도와주고 금방 오겠다던 사람이 서너 시간이 넘어도 오지 않아 내 속을 뒤집어놓은 적이 한두 번이 아니었다. 알고 보니 남편의 사전에는 'Nein!(아니오!)'이라는 단어가 없었다. 한마디로 말해 너무 착해서 물러 빠졌다는 게 나의 판단이었다.

그와는 반대로 나는 '예스와 노'를 분명하게 하며, 흑과 백을 가려서 행동하고, 한번 약속한 것은 하늘이 두 쪽 나도 꼭 지켜야 하는 사람이다. 그런 만큼 신뢰를 생명처럼 여겨야 한다는 우리 아버지의 교육을 받은 나와 남편이 결혼한 것은 정말이지 극과 극의 만남이었다.

그래서 날마다 하는 기도 중에

"주님, 제 남편이 착한 성품인 것을 감사합니다. 그러나 '예스와 노'를 분명하게 구분할 줄 아는 지혜를 주소서!"

라고 애원한다.

성격 차이만이 아니라 문화의 차이, 자라온 환경의 차이, 우리가 넘어야 할 산은 넘어도 끝이 없었다. 그러다 보니 나만 위장병으로 1년을 고생하다가 어느 날 오후 근무를 나가선 병원에서 복통으로 쓰러졌다. 3개월 동안 병원에서 입원과 퇴원을 반복했지만 조금도 차도가 없었다. 무엇이든 먹으면 심한 진통과 함께 토하는 바람에 체중은 급기야 43kg까지 내려갔다. 나를 본 누구는 말하길, 꼭 산송장이 걸어가는 것 같다고 했다. 지금의 내 체중은 60kg을 오르락내리락하니 그때에 비하면 완전 헤비급이다.

(에피소드 2)

1973년 12월에 결혼하고, 1975년 7월엔 예쁜 딸아이가 태어났다. 성격이 우유부단한 남편은 여전히 날 힘들게 했다. 나한테 물어보지도 않고 낯선 사람들을 초대하기도 하고 지키지도 못할 약속을 아무한테나 쉽게 해서 이를 마무리하는 것은 언제나 내 몫이었다.

"당신 남편은 어쩜 저리 자상하고 착한지요?"

하고 모두들 칭찬하니, 나 혼자만 못돼 먹은 속 좁은 여자가 되어가는 것 같아서 늘 마음이 답답했다.

매일 다투는 것은 아니었지만, 자주 천국과 지옥을 드나드는 일상이었는데도 삶의 무게를 지탱해갈 수 있었던 것은 딸아이를 키우는 기쁨이 컸기 때문이었다. '하나님이 우리 인간에게 내리신 최고의 선물이 자식'이라는 것을! 자식을 낳아본 어미, 아비가 되어봐야 생명의 존엄함과 부모의 사랑을 알듯이….

나를 위해 하는 기도는

"주님, 저로 하여금 넉넉한 품성을 허락하소서!"

였다. 작심삼일이라고 했던가? 몇 번을 결심하고 다짐해도 당하면 또 얼굴을 붉히는 일이 거듭 일어났으니 자신도 한심하고 남편도 미워졌다.

언제나 돌덩어리를 배 안에 달고 다니는 기분으로 속은 늘 더부룩했다. 1년 동안을 위경련에 시달려 어떤 때는 배를 잡고 땅바닥을 기기도 했다. 의사에게 호소했지만 위내시경 검사를 해도 위에 염증이 있을 뿐 위궤양까지는 아니고 아마도 신경성 위염이라고 할 뿐이었다. 내과 병동에 3주간 입원해 온갖 검사와 치료를 하면서도 뚜렷한 병명 하나 찾아내지 못했고, 통증으로 입원과 퇴원을 반복하다 보니 3개월이란 세월만 헛되이 보냈을 뿐이었다.

또 다른 어느 날, 오후 근무를 나가서 심한 통증으로 쓰러졌다. 수간호사인 안넬리제Anneliese가 급하게 외과 과장을 부르고, 내가 근무하던 외과 병동의 병실 하나를 비워 억지로 입원시켰던 것이 1978년 2월 말경이었다. 해마다 라인란트Rheinland 지역에서 열리는 카니발 축제의 분위기가 온 거리를 떠들썩하게 메울 때, 나는 혼자 병원에서 직원들에게만 베푸는 특실 침대에 누워 내 처량한 몰골이 불쌍해서 울고 있었다.

"당신은 돌덩어리 부자입니다. 누가 당신의 속을 그렇게 썩였나요?"

하고 외과 과장님이 촬영했던 담석 진료 결과를 들여다보며 물었다. 무슨 뜻인지 어리둥절해서 쳐다보는 내게

"아니, 당신의 담낭에 작은 돌이 12개나 들어 있어서 하는 말이고, 담석증은 주로 화를 삭이느라 참는 사람들한테서 오는 증상입니다."

라고 말했다.

담당의사는 내가 옆구리나 등허리가 아프다고 말하지 않았고, 또 아주 젊은 서른 살도 안 된 나이였기에 담석증으로 '콜릭Kolik(산통과 같은 진통)'이 온다는 것을 상상도 못 했다고 했다. 맨 처음부터 담석을 의심했더라면 여기까지 오지 않아도 되었을 것이고, 지금 같으면 당장 초음파 검사만 해도 단박에 담석인 줄 알았을 텐데 그때는 그러지 못해 아쉬움이 남는다. 담석의 크기는 아주 작은 돌들인지라, 이 작은 것들이 수담관(간과 담낭에서 담즙을 받아 십이지장으로 보내는 관)을 막히게 하면 황달과 함께 콜릭이 온다고 하면서 빨리 수술 날짜를 잡자고 했다. 요즘에는 수술하지 않고도 레이저로 쉽게 빼낸다고 하지만, 그 당시엔 담석증 수술은 배를 크게 가르는 대수술이었다.

수술 들어가기 직전, 나는 회개와 감사의 기도를 드리는데 눈물이 쏟아졌다. '혹시나 수술 후 깨어나지 못하면 어쩌지? 정말 나는 천국의 백성이 되는 건가?' 하는 조금의 불안함이 처음엔 있었지만, 회개와 감사 기도를 하고 나니 내가 서 있는 자리가 바로 천국이었다. 수술에서 깨어나 다시 건강하게 살아갈 수만 있다면, 남은 생애는 더욱 사

려 깊고 현명한 아내로서 살아가겠다는 결심의 기도도 드렸다. 또한 세 살짜리 딸아이가 엄마 없이 잘 자랄 수만 있다면, 내가 죽든지 살든지 모두 하나님의 영역 안에 있다고 생각하니 그렇게 마음이 편할 수가 없었다.

이상하게도 딸아이와 혼자 남을 남편 걱정도 하지 않았다. 아등바등 살아온 지난날들이 얼마나 어리석게 느껴지던지 웃음이 다 나왔다. 수술실에 자기가 직접 데려다준다고 수간호사인 안넬리제가 들어와서 보곤, 실실 웃는 내 모습을 걱정스러운 눈으로 내려다봤다. 30분 전에 맞은 진정제 주사의 부작용이라고 생각했을지도 모르지만, 전혀 신경 쓰이지도 않았고 고맙다는 말만 계속 되풀이했다.

《 에피소드 3 》

"수냐! 수냐!"

누군가가 내 이름을 부르는 소리에 안개 속을 더듬던 의식이 돌아와 눈을 떴다. 중환자실의 수간호사이며 체코 출신인 올가Olga였다. '아~ 내가 아직 죽지 않고 살아났구나!'라는 안도감과 감사는 잠깐이고, 마취에서 풀려나니 심한 진통이 나를 엄습했다. 너무 아프다고 말하려니, 마겐존데Magen-sonde(코에다 줄을 넣어 위액을 빼기 위한 장치)가 내 목에 걸려 있어서 말하는 것조차 힘들었다. 도대체 나한테 무슨 일이 일어났단 말인가? 정맥을 찾을 수 없어서 오른쪽 목의 동맥에다 링거를 꽂아놓고, 배에는 또 담즙을 빼내는 줄과 고인 피를 빼내는 줄이 세 개나 되었다.

사람의 마음이란 순간순간 변하는, 참 간사한 마음임을 그때 다시

한 번 깨달았다. 살려주신 하나님에 대한 감사는 사라지고

"왜, 저를 살려주셔서 이 고통을 주십니까? 이렇게 고통스러울 바에야 차라리 절 데려가주세요."

라는 원망이 새어나왔다. 참을 수 없어서 고통을 호소할 때마다 진통제 주사액을 바로 동맥으로 가는 링거의 줄 속에 투입하여 정신이 혼미해지고 온몸이 마비되는 기분이었다. 뚱뚱하고 키 큰 독일 사람들이나 맞는 진통제를 그들의 절반도 안 되는, 피골이 상접하고 체중 미달인 나한테 똑같은 양을 투입한 그들의 실수였다. 한번은 루돌프 Rudolf라는 남자 간호사(산부인과 동료였던 마리타의 남편)한테 약이 바로 동맥으로 가니 제발 천천히 반만 주입하라고 일러서 그 후론 아무 문제가 없었다.

담석증 수술 후 나는 한층 더 성숙해지고 있었다. 사람은 한번 아파봐야 자기 건강의 소중함도 알고, 또 다른 사람들의 아픈 심정도 이해한다는 말을 알 것 같았다. 더구나 간호사를 직업으로 가진 사람이라 직접 당해본 고통의 경험이 어떤 것인가를 알게 되니, 그 후 환자를 대할 때도 '의무'만이 아니고 성과 열을 다하게 되었다.

"하나님, 저를 다시 건강하게만 해주신다면 앞으론 새벽 5시에 일어나야 하는 저의 운명을 원망하지 않고 살겠습니다."

라는 서원을 한 때문인지 그 후엔 정말 한 번도 아프지 않고 씩씩하게 잘 살아왔음을 늘 감사할 뿐이다. 1979년에는 둘째인 아들도 낳았다. 그렇게 평범한 일상의 생활들이 바로 행복임을 알기에….

1995년 친정어머니가 우리 집을 방문하셨을 때, 여기 독일에 사는 여동생과 셋이서 미국 여행을 4주간이나 다녀왔다. 막내 남동생이 미

국 LA 법인으로 발령이 나서 방문 겸 미국 여행이 가능한 때문이기도 했다. 동생이 휴가를 내어 미국에서 그곳 한인 여행사를 통해 그랜드캐니언Grand Canyon, 브라이스캐니언, 자이언트캐니언, 라스베이거스, 샌프란시스코, 세븐틴 마일, 요세미티뿐만 아니라 날마다 유명한 곳에 우릴 데리고 다녔다.

지금 기억나는 것은 디즈니랜드, 유니버설스튜디오, 또 유명한 바닷가인 샌타바버라, 산타모니카, 레돈도비치 등으로, 참 아름다운 곳이었다. 그중에 가장 기억에 남는 것은 레돈도비치Redondo Beach에 있는 한인 식당이었다. 그곳은 솥뚜껑만 한 게를 쪄서 파는 곳으로 유명한데, 한참 줄을 서서 기다렸다가 식당 안으로 들어갈 수 있었다. 나무로 만든 망치와 비닐 앞치마를 사람 숫자에 따라 나눠주는데, 앞치마를 두르고 이 망치로 솥뚜껑만 한 게를 사정없이 때려 패면 스트레스 해소에 특효라 해서 사람들이 모여든다고 하는데 게 맛도 일품이었다.

꿈같은 시간을 미국에서 보내고 30일 만에 다시 독일에 돌아와, 우릴 픽업한다고 공항에 나온 남편의 모습을 봤을 때

"세상에나, 어떻게 이럴 수가?"

하고 나는 경악했다. 이럴 땐 쇼크를 받았다고 해야 하나? 그때 남편의 모습이 꼭 산송장 같아서 목이 메어 울음을 삼키느라 애를 먹었다. 남편이 그 지경이 된 줄도 모르고, 미국에서 잘 먹고 잘 놀고 온갖 구경 다 했다는 죄책감과 미안함이 가슴을 쳤다. 그동안 남편은 먹으면 토하고 해서 체중이 10kg이나 빠져 58kg이라고 했다. 주치의한테 가봤느냐고 물으니, 직장에 스트레스가 많아서 그러니 괜찮다고 했다.

"이제 당신이 집에 돌아왔으니 앞으로 잘 먹을 것이고, 걱정하지 말

아요!"

하며 웃는 얼굴이 얼마나 쪼글쪼글했으면 꼭 원숭이 같다는 생각도 들었다. 그 후 직장의 스트레스는 계속 있었지만, 다시 음식도 먹으니 체중도 올라가 별걱정을 하지 않았고, 세월은 또 그렇게 강물처럼 흘러갔다.

(에피소드 4)

1998년 늦은 가을이었다. 기센Giessen에 사는 선배 언니가 자기네 집 정원의 백양나무를 베어내고 싶다고 남편보고 도와달라고 했다. 나무를 잘라본 경험이라곤 우리 집 정원의 고목이 된 사과나무를 자른 게 전부인데, 이번에도 도움 증후군이 발동을 걸었는지 흔쾌히 승낙했단다. 백양나무는 버드나뭇과에 속한 나무로 수령이 30여 년이나 된 데다 높이가 15m나 되는 키가 무척 큰 나무였다. 아무런 안전 장비도 없고 그렇게 높은 사다리도 없는데 어떻게 자를 수 있냐고 하며, 너무 위험할 것 같아서 내가 극구 말렸다.

환갑을 코앞에 둔 초로의 한 남자가 백양나무를 타고 올라가고 있었다. 허리에는 안전을 위한 띠를 두르고, 한 손에는 모터가 달린 전기톱을 들고서…. 그 모양을 아래서 지켜보던 선배 언니와 그분의 남편, 그리고 나, 모두 손에 땀을 쥐고 쳐다보자니 숨마저 크게 쉴 수 없었다. 백양나무는 가지가 옆으로 뻗지 않고, V자로 하늘을 보고 크기 때문에 두 발을 안전하게 올릴 수가 없는 어려움도 있었다.

숲속이나 들판이라면, 나무가 어느 방향으로 넘어질 것인가를 미리 정한 후에 나무의 밑동에다 톱질하면 그렇게 어려운 일도 아니었을 것이다. 그런데 이 백양나무는 바로 이웃의 지붕 옆에 붙어 있어서 잘못하면 이웃의 지붕을 덮칠 수도 있다고 했다. 딱 한 가지 방법이란 것이, 남편이 직접 나무의 3분의 2쯤 올라가서 위를 보며 머리 위의 가지들을 하나하나 자르고, 나무의 크기가 중간 정도까지 작아지면 그때 밑동을 자른다고 했다. 너무 애가 타고 더 이상 지켜보는 것도 심장이 떨려서 내가 언니께 말했다.

"우리 이러고 있지 말고, 집 안에 들어가서 기도나 해요!"

'남을 돕고자 하는 선한 마음을 주님께서 아시오니, 때를 따라 도우시는 주님의 은혜가 함께하시길' 간절한 마음으로 기도드리고 나니 불안했던 마음이 바람처럼 사라졌다.

기도의 힘이란 이렇게 오묘하고, 불안했던 순간을 평안으로 바꾸는 능력이 있었다. 저녁에 돌아오는 길에 모든 일정을 도와주신 하나님께 감사드리며 귀갓길에 올랐다.

그런데 우리 자동차의 꽁무니에 달고 갔던 트레일러를 보니, 백양나무의 등걸은 없고 잎사귀 달린 잔가지들을 잔뜩 실어놓은 것이 아닌가?

"아니, 나무를 잘라줬으면 그 삯을 받는 것도 아닌데, 나무의 등걸이라도 가져온다면 우리 집 벽난로에 땔감으로 사용할 수도 있는데 어쩐 일입니까?"

하고 물었다.

"나무 등걸은 벽난로가 있는 사람들은 서로 가져가려고 이웃 사람들이 탐을 낼 것이지만, 이 잔가지와 잎들은 이 댁에서 처치 곤란이라 우리 트레일러에 담아가서 우리 동네의 식물종합 수거 컨테이너에 버리면 돼!"
라며 씩 웃었다. 속으론 '아이고, 어쩌다가 내가 저런 사람하고 결혼했나!' 싶었다.

우리 집에서 기센까지는 자동차로 왕복 3시간을 오가는 거리인데, 오후 내내 네댓 시간을 나무를 자르고 돌아오는 길에 그 집의 쓰레기까지 담아서 오는 남편의 행동에 어이가 없어서 하하 하고 웃을 수밖에 없었다. 무엇보다도 그런 위험한 일에서 무사했다는 것이 정말 다행임을 알고, 또한 주님의 도우심에 감사함을 알기에….

이 일들이 일어나기 전인 1998년 7월에 본의 침례교회에서 부흥회가 열렸는데, 윤항기 목사님이 강사로 초빙되어 오신다는 정보를 받고 지인과 참석했다. 그날 순복음교회에 다닌다던 어느 집사님이 우릴 보고 어디서 왔느냐고 물었다. 전화번호를 묻기에 가르쳐주고 싶지 않았지만 거듭 물어서 억지로 가르쳐줬다.

그 집사님과의 만남은 이미 예정된 길이었다는 것을 그 후에 깨달았다. 1998년 10월 18일 토요일 날은 이곳 독일에서 한독가정교회가 창립되는 날이기도 했다. 그때도 남편의 도움이 한몫했다. 그전인 9월에 우리 집에서 구역예배를 드리는데, 이곳 주위에 사는 자매들이 모두 12명이나 모였다. 가깝게는 20~50km, 멀게는 100km가 넘는 곳에서 달려온 자매님들은 모두 내가 잘 아는 한독가정들이었다.

우리가 한창 기도하고 찬양 부를 때, 남편은 친구이기도 한 크라우제 신부님에게 전화해서

"빨리 우리 집에 와서 예배드리는 모습을 한번 봐."
라고 했다. 신부님에게 모국어로 예배드릴 장소가 필요하니 병원 내

의 작은 예배당Klinik-Kapelle을 좀 빌려주면 안 되겠느냐고 물었는데, 당장 그 자리에서 오케이를 하셔서 얼마나 감사한지 모른다.

1998년 10월 25일은 또 남편의 회갑이기도 해서 성대한 잔치를 열고 친지, 동료, 이웃, 한독가정의 교회 식구들 등 모두 124명이나 초대했다. 그날 참석했던 코블렌츠에 사는 한 한독가정의 자매가 기센에서 나무를 잘라줬다는 말을 듣고는 자기 집 정원에도 25m가 넘는 전나무가 있는데 폭풍이 불 때마다 옆집으로 넘어질까 봐 마음이 늘 조마조마하다고 했다. 그러고는 헌 집을 사서 수리하느라 나무 자르는 데 드는 비용은 꿈도 꾸어볼 수도 없다는 거였다. 남의 딱한 사정을 듣고는 그냥 지나치는 법이 없는 남편은 이번에도 당신이 자를 수 있다고 선뜻 대답해버리니 이를 어떡하면 좋을꼬?

그해의 11월 말경, 날을 잡아서 그 자매가 사는 집으로 나도 따라갔다. 전나무는 백양나무보다 더 오래되었고, 더 크고, 올라가서 발을 디딜 수 있는 가지도 없었다. 그렇게 자르기가 어려운 것을 왜 신중하게 생각지도 않고 성급하게 잘라주겠다고 대답했는지, 그런 남편이 이번에도 미련 곰탱이 같다는 생각이 들어 화가 났다.

그러나 약속은 약속이니 후퇴할 수는 없는 남편은 이번에도 또 나무에 기어올라서 윗동부터 자르기 시작했다. 나무가 옆집으로 넘어지면 큰일 나니까 위에서부터 자른다고 했다. 아무리 비용을 아끼기 위해서라지만, 어떻게 예순이 넘은 노인을 불러다가 자기들도 엄두를 못 내는 일을 시키는가 싶기도 해 그들이 원망스럽기도 했다. 장시간이 흐른 후 무사히 나무를 다 자르고 내려온 남편이 화장실을 가더니 급한 목소리로 나를 불렀다. 방금 소변을 본 듯한 변기에 선홍색의 피가 흥건하게 고여 있어 깜짝 놀라서 나를 부른 것이었다.

(에피소드 5)

"아니, 방광암이라고요?"

남편은 의사의 말이 믿기지 않아서 놀라서 되물어봤다. 그날까지 아무런 전조 증상도 없었기에 정말 망치로 머리를 한 대 얻어맞은 기분인지라, 우리 부부는 서로 멍하니 쳐다볼 뿐이었다.

의사는 덧붙여 말했다. 흡연하는 사람들에게 흔히 있는 병인데, 방광암은 폐암 다음으로 많이 걸린다고 했다. 다른 장기도 더 검사해봐야겠지만 아직 다른 곳에 전이되지 않은 것 같고, 당장 수술만 하면 문제가 없을 것이라고 했다. 지인의 집 전나무를 자른다고 추운 날씨에 높은 나무에 올라가 혹시나 떨어질까 봐 너무 용을 써서, 비뇨기관의 모세혈관이 터져서 피가 소변에 나왔던 것일지도 모른다고 그렇게 긍정적으로만 생각했기에 충격이 더 컸던 것인지도 모른다.

그날로 당장 입원하고 머리에서 발끝까지 정밀검사를 했는데, 다른 곳은 다 정상이었고 흉부 엑스레이 촬영에서 팥알만 한 점이 발견됐지만 그리 걱정할 일이 아니라고 했다. 다만 6개월 간격으로 엑스레이 촬영을 해야 하며, 이 점이 더 이상 자라지 않으면 암이 아니고 물혹이나 폐렴으로 생긴 흉터일 수도 있다고 했다. 입원하여 일주일 동안 모든 검사가 끝난 후, 남편은 암 수술을 받았다. 수술받은 지 일주일 후 성탄을 2주 앞두고 퇴원할 수가 있었으니 얼마나 다행이고 감사한 일이었는지….

수술을 앞두고 그때 나는 이렇게 기도했다.

"주님, 이제까지 제가 세상과 짝하다가 이제 돌아온 탕자의 심정으로 회개하며 앞으로 주님과 이웃을 섬기기로 결심했는데, 저의 방패막이가 되는 남편이란 울타리가 여기서 무너지면 안 되지 않습니까? 긍휼과 자비의 하나님께서 온전히 치유케 하여주시길 간절히 원하옵고 바라옵나이다."

그리고 그때 중보기도를 많이 해주신 분들은 목사님을 비롯한 우리 구역 식구들이었다. 사람이 위급한 상황에 처할 때, 누군가가 우릴 기도로 돕고 있다는 사실 하나만으로도 낙심하지 않고 새 힘이 솟아남을 그때 알았다. 기도의 능력이란 것이 하나님의 보좌를 움직이는 놀라운 기적이라는 것도 그때 알았다. 이렇게 하나님의 은총을 받고 다시 건강해졌으면 그다음부터는 건강에 유의하며 살아야 하는데도 남편은 계속 흡연을 했고, 6개월마다 찍어야 하는 흉부 엑스레이도 차일피일 미루다가 4년이라는 세월만 무심하게 보냈다.

어느 날, 주치의의 당부로 받은 흉부 엑스레이 검진에서 또 한 번 청천벽력 같은 말을 들어야 했다. 폐에 있던 팥알 같다던 점이 4년 동안에 직경 2.5cm로 자랐고, 그 옆에도 작은 종양이 보여 아마도 전이된 것 같다는데, 그때가 2002년 7월 여름이었다.

(에피소드 6)

"종양의 크기와 또 새끼 종양을 달고 있는 걸 봐서 폐암인 것 같습니다."

의사는 무척 안됐다는 표정으로 조심스럽게 말했다. 너무도 뜻밖이라 망연자실하여 아무 대꾸도 하지 못하고 침묵만 지키는 우리 부부가 딱했던지 계속 의사가 말했다.

"지금은 충격이 크시겠지만 그래도 불행 중 다행인 것은 수술 부위가 오른쪽 폐의 상단이라 수술할 수 있다는 것입니다. 그나마 참 다행이라고 생각합니다."

무슨 암이든지 누가 암에 걸렸단 말만 들어도 가슴이 서늘해지는데, 이번에는 또 남편이 폐암이라니 눈앞이 아득해지는 기분이었다. 처음엔 머릿속이 하얗게 되어 도저히 아무 생각도 나지 않았다. 남편도 충격을 받았는지 가타부타 말이 없었다.

그다음 날 폐 전문의가 있는 노이비드Neuwied 시립병원에 남편을 입원시키고 돌아온 그날 밤, 새벽에 나는 무릎을 꿇고 엎드렸다.

"주여! 이를 어쩐답니까? 이번에는 폐암이라니요?"

불안과 물음이 목구멍을 타고 올라왔지만, 이럴 때일수록 정신을 똑바로 차려야겠다 싶었다.

"주님의 뜻을 알게 하옵소서! 이곳 주위의 한독가정들이 저희 부부의 인도로 교회로 나오고, 또 하나님을 알게 되었는데, 남편의 울타리가 여기서 무너지면 안 되지요. 행여 남편을 데려가시면 아직도 믿음이 약한 초심자들이 시험에 들 수도 있으니까요. 혹자는 '그렇게 열심히 전도하며 교회 다녀도 별수 없구먼! 복은커녕 온갖 시련은 다 당하는 집안 꼴이라니'라고 비웃을 것입니다. '너희가 만일 믿음이 한 겨자씨만큼만 있으면 이 산을 명하여 여기서 저기로 옮기라 하여도 옮길 것이요, 또 너희가 못 할 것이 없으리라'라는 주님의 말씀에 의지합니다. 그러하오니 주님, 불가능도 가능케 하시는 주님의 권능을 믿습니다. 저의 남편을 통해 기적이 일어나게 하시어 주님의 역사하심을 모두가 믿게 하옵소서! 예수님의 이름으로 간절히 기도드립니다. 아멘."

눈물, 콧물 범벅이 되어 실컷 울면서 떼를 쓰듯 기도하고 나니 마음엔 참된 평화가 찾아왔다. 응답을 받았다는 확신과 함께 살아계신 하나님의 사랑과 위로가 내 마음을 가득 채움을 느꼈다. 남편이 입원해서 수술받기 전, 또 일주일간의 모든 검사가 시작되었지만 아무 두려움이 없었던 것은 '주님이 함께하신다'는 오로지 이 생각 덕분이었다.

"축하합니다. 암이 아니라는 걸 80% 장담합니다. 물론 조직검사가 일주일 후에 나오니 그때 가서 더 확실한 답을 드리겠지만 우선 모양으로 봐서 폐렴의 흉터 같습니다."

중환자실에서 남편이 깨어나자 수술을 집도한 과장이 와서 우리한테 했던 첫 말이었다.

"오 하나님, 감사합니다. 기적을 주셔서 암도 변형시켜주시니 정말 감사합니다."

옛날 폐렴을 앓았던 흉터였다면 어찌 그 흉터가 자라서 4년 만에 직경 2.5cm의 종양의 모습을 하고 또 새끼 종양을 달고 있겠는가? 또 혈액검사에서 암의 수치가 많이 올라간 것은 무엇 때문인가? 기적을 모르는 사람들은 믿지 않고 의사의 오진이라고 말할 것이다. 그러나 나는 안다. 주님이 베풀어주신 기적임을….

이제 이쯤 하면, 남편이 담배를 끊고 자신의 건강을 챙긴다면 오죽 좋으랴! 폐암이 아니라는 의사의 말을 듣고, 수술 후 남편은 다시 나 몰래 흡연했다. 밖에서 돌아오면 남편의 옷에서 담배 냄새가 났다. 제발 담배를 좀 끊으라고 통사정을 해도 수십 년간 중독된 몸이니 보통의 의지가 아니고서는 금연하기가 정말 힘들다고 했다. 그러니 나는 또 기도로 하나님께 매달릴 수밖에 없었다.

그로부터 다시 4년이 지난 2006년 10월 14일 토요일이었다. 남편은 독감에 걸렸는데, 체온이 40도를 오르내리는 고열로 신음하는 남편을 보다 못해 응급실로 억지로 데려갔다. 폐렴인 것 같으니 항생제를 처방할 수도 있지만, 더 정확하게 진단할 필요가 있으니 입원하는 게 좋을 것이라고 충고했다. 남편은 또 입원까지 할 필요는 없다고 어린아이처럼 떼를 썼지만 나는 못 들은 체하고 억지로 입원시켰다. 그때도 하나님의 은총이 함께했음을 입원한 지 일주일이 지난 후에야 알았다.

(에피소드 7)

남편이 폐렴으로 입원한 지 8일째 되던 날, 남편은 말했다.

"아마도 오늘 퇴원하라고 하겠지. 이제 항생제 투약도 다 끝났으니까."

그렇게 말하는 남편의 얼굴은 온통 기쁨으로 확신에 차 있었다. 그동안 매일 피검사 하고, 흉부 엑스레이 촬영은 물론이거니와 골격 CT 촬영과 MRI 등 검사를 하느라 매일 불려다녔으니 이젠 끝이 났나 보다라고 우리는 그렇게 좋게 생각했다. 그리고 검사할 때 무슨 이상이 있었다면 분명히 의사가 무엇을 발견했다고 우리한테 말해주었을 것이라고 생각했다.

그날 병원 복도에서 담당 의사를 만났는데,

"아, 마침 잘됐네요. 그러잖아도 5분 후에 당신 남편 병실에 가려고 했는데. 조금 후에 만나요!"

라고 했다. 내가 병실에 갔을 때 남편은 이미 잠옷과 수건, 세면도구

등을 가방에 챙겨넣고 있었다.

“요 앞 병실 복도에서 담당 의사 만났는데, 조금 후에 우리 만나러 온대요.”

“아마도 퇴원 수속하라고 하겠지. 그리고 주치의한테 보내는 그동안의 검사결과 보고서 주려고 할 거야.”

대답하는 남편은 연신 싱글벙글 웃었다.

그런데 얼마 후에, 병실에 들어선 의사의 얼굴이 어두웠다. ‘설마 남편의 일로 저렇게 심각한 표정일까?’, ‘어쩌면 자신의 개인적인 일로 근심이 있는 것일지도 몰라’라고 생각하면서도 불안이 번개처럼 스쳐 지나갔다. 남편은 집에 간다는 생각으로 벌써 환자복을 벗고 외출복을 입고 있었는데, 담당 의사는 중요한 얘기가 있으니 우리 둘 다 의자에 좀 앉으라고 했다. 의사는 종이와 펜을 꺼내더니 그림을 그리기 시작했다. 오른쪽 폐와 왼쪽 폐의 그림이었다.

“4년 전에도 폐암이라고 수술하신 적이 있지요? 그때는 폐암이 아니고 폐렴의 흉터로 나와 그 흉터만 제거했다고 기록에 나와 있는데, 이번에도 또 그 자리에 다시 종양이 생겼고 이번에는 탁구공 크기의 종양입니다.”
라고 말했다. 그동안 일주일 내내 검사를 했어도 한마디 코멘트도 하지 않던 의사들이 이제 안심하고 퇴원하려는 사람에게 암이라는 선고를 하는 것은 너무 잔인하다고 생각했다. 세상에 어떻게 이럴 수가? 한 번도 아니고 4년마다 암 진단을 받다니? 꿈에도 상상치 못했던 소식을 듣는 순간, ‘하나님도 정말 너무하십니다’라는 원망이 저절로 새어나왔다.

망연자실하여 아무 대꾸도 못 하는 우리 부부에게

"그래도 다행인 것은 폐의 부위가 오른쪽 상단이라서 수술할 수 있다는 것입니다. 그리고 제가 아는 환자 한 분은 폐 수술한 지 7년이 지났는데도 지금 생존해 있으니 너무 좌절하지 마시기를 바랍니다."
라며, 오른쪽 폐의 그림에다 종양을 그려넣었다. 이번에는 노이비드 시립병원이 아니고 코블렌츠에 있는 폐 전문의가 더 좋을 듯하다고, 미리 전화해놓을 테니 다음 날 가보라고 했다.

그날 밤, 나는 기도도 나오지 않아서 대성통곡했다. 그냥 나오는 말은,

"주여! 주여! 어찌하오리까?"
뿐이었다. 얼마간의 시간이 흐른 후, 문득 떠오른 것은 '히스기야의 기도'(왕하, 20:2-3절)였다.

"주님, 히스기야가 그때 간구했던 것처럼, 여호와여 구하오니 저의 남편이 진실과 전심으로 주 앞에 행하며 주께서 보시기에 선하게 행한 것을 기억하옵소서!"
라고 기도했다. 그때 알 수 없는 평안과 확신이 전류처럼 내 마음을 지배함은 물론 다시 감사와 찬양이 내 입에서 흘러나왔다.

이번에는 정말 폐암이라고 했다. 그래서 남편은 68세의 생일을 이틀 앞둔 2006년 10월 23일에 다시 폐암 수술을 받았는데, 오른쪽 폐의 3분의 1을 제거하는 대수술이었다.

계단이나 오르막을 오를 때만 숨을 쌕쌕거릴 뿐 일상의 일을 하는 데는 아무 지장도 없이 건강한 삶을 살고 있다. 이 모두가 다 기적이고 정말 덤으로 받은 생명임을 우리 부부는 너무도 잘 안다. 그래서 날마다 감사하며 사는 지금의 이 순간순간들이 모두 축복임을 믿는다.

시누이 안나

“얘기 들었어? 요즘 한국의 며느리들은 시금치나물도 안 먹는대.”

지난 5월 첫 주말에 기센의 선배 언니 집에 갔을 때 언니가 한 말이다.

“그게 무슨 뜻인데?”
하고 묻자,

“아, 시댁 식구들이 싫어서 ‘시’ 자 들어간 음식도 시가를 기억나게 해서 싫다고 한다네.”
라고 말했다.

“참, 별일도 다 있네. 자기들도 언젠가는 시어머니 될 것이고 또 누군가의 시누이면서 어쩜 그럴 수가 있어요?”
하고 내 목소리의 톤이 조금 올라가기도 했다.

올해 들어 결혼 43주년이 되는 우리 부부에겐 손위의 쌍둥이 시누이 둘이 있는데 오늘날까지 화평의 통로요, 나의 버팀목이 되어준 고마운 분들이다. 한 분은 7년 전에 돌아가시고 90세가 넘은 ‘안나’라는 시누이만 생존해 계신다. 시력이 이제는 35%밖에 보이지 않는 안나는 지금까지 항상 가족을 위해 헌신한 아주 평범한 시골 사람이고 믿음이 돈독한 가정주부이다. 10년을 넘게 당신의 시어머니를 모셨고, 시어머니가 세상을 떠나신 후에는 또 장님이 된 친정어머니를 20여 년을 모시며 4대가 한집에서 살았어도 불평 한번 한 적이 없었다.

사실은 내가 하나밖에 없는 며느리이기 때문에 만약 시누이들이 나한테,

“네가 이 집의 며느리잖아? 너희 부부가 모셔!”
라고 했어도 우린 할 말이 없었을 텐데,
“괜찮아! 너는 직장 다니고 나는 가정주부인데 뭘….”
하며 내 마음을 편하게 해주었다. 시누이는 항상 긍정적인 사고와 작은 것에도 감사하는 마음으로 살아가기 때문에 티 없이 활짝 웃는 맑은 웃음과 온화하고 부드러운 말씨는 만나는 사람들을 기분 좋게 하는 마력이 있었다. 나의 시누이를 한 번이라도 만나본 지인들은 내게 전화를 걸어올 때마다
“천사 같은 시누이도 잘 계시지?”
하고 꼭 안부를 물어온다.

성격이 정반대인 우리 부부는 모든 면에서 달라도 너무 달랐다. 성미가 급한 나는 뭐든 즉시로 해치워야 직성이 풀리고, 모든 일에도 느긋하기만 해서 모두 내일로 미루는 게 습관이 된 남편 때문에 작은 일에도 티격태격해서 신혼 초에 매우 힘들었는데, 그럴 때마다 호소할 사람이라곤 시누이들뿐이었다. 시도 때도 없이 언제든 찾아가도 항상 내 편이 되어주고 지혜롭게 조언해주던 분들이라 내게는 인생 선배요, 멘토이며 또한 어머니나 큰언니 같은 마음으로 듬뿍 사랑을 주셨다. 그래서 우리는 지금도 꼭 일주일에 한 번씩 만나는데, 주일예배 후 친교 끝나고는 곧바로 행차하는 곳이 시누이 댁이다.

나는 가끔 ‘내가 무엇이기에, 하나님께선 저토록 선한 사람들과 한 가족이 되게 하셨을까?’라는 생각이 들 때도 있었다. 이제는 연로하신 데다 당뇨병 합병증으로 시력이 급격하게 나빠지는 바람에 자녀들도 우리 부부도 염려하는 것은 당연한데, 정작 본인은 이를 담담하게 받아들이며 평온함을 유지하고 있으니 이 또한 얼마나 감사한 일인지 모

른다.

지난 목요일, 좋은 날씨를 택하여 우리 집 정원에 피어나는 꽃구경이라도 하시라고 시누이 부부를 가든파티에 초대했다. 딱 알맞은 날에 연못엔 수련도 하나둘 피어나고 첫 송이의 장미도 피기 시작하는 이때, 정말 아름다운 오월의 하루를 시누이 부부와 함께 보내며 앞으로 우리가 이 아름다운 오월을 몇 번이나 더 보낼는지는 알 수 없다는 생각에 미치자 가슴이 저려오기도 했다. 그 이유는 소심한 나의 성격이 시누이의 시력을 염려해서 생기는 근심이기에….

대모 안니

며칠 전 저녁때 걸려온 전화 너머에 꺼이꺼이 울음을 삼키는 남자 목소리가 배어

"누구세요?"

하고 재차 묻지 않을 수 없었다. 그제야 쉰 목소리로

"나 헤르만이야."

하고 간신히 대답한다. 헤르만Hermann은 지난해 9월에 사랑하는 아내를 천국으로 떠나보내고 지금은 외로운 기러기 같은 신세가 된 대모Patin의 남편 이름이다. 7년 전에 금혼식(결혼 50주년을 축하하는 행사)까지 지낸 금실 좋은 부부였기에 '지금 아내의 빈자리가 얼마나 허전하고 사무쳤으면 우리한테까지 전화를 다 했을까?'라고 생각하며 함께 울음을 삼켰다. 우리에게도 참으로 소중했던 분이었다.

길다면 길고 짧다면 짧은 인생의 여정에서 우리는 많은 사람들을 만나고 또 헤어지기도 한다. 사람은 더불어 살아가면서 아름다운 인연의 고리를 만들어가기에 선한 인연으로 만난 사람들과는 이 세상에서는 물론이고 아마 저세상에 가서도 우리의 아름다운 사랑과 우정은 계속되리라는 생각이 든다.

이곳 독일의 풍습은 아기가 태어난 지 3개월 이내에 유아 세례를 받게 되고, 그때 대모와 대부를 선택하는데, 가족의 형제 중에서 택하는 게 대부분이다. 만약 그 부모에게 무슨 일이 일어나면 부모 대신 키워줄 대모나 대부가 필요했기 때문이었을 것이다. 나의 딸아이의 대모 이름은 안니(안나의 애칭)이다. 내가 그녀를 만난 때는 결혼하고서 첫아이를 임신한 지 6개월이 넘었을 즈음이었던 것 같다.

산부인과에 근무하고 있을 때였고, 서베를린에서 3년간 살다가 서독으로 온 지도 1년 남짓 되었을 땐가 보다. 3년 고용 계약이 끝난 후, 더러는 완전 귀국을 하거나 미국으로 이민 간 친구도 있었다. 죽마고우 같은 친구들과 눈물 바람 속에 헤어지고는 그저 남편 하나만 믿고 서독으로 왔으니, 그러고 보면 나도 간 큰 여자 중의 하나였던가 싶다.

어느 날, 주말을 쉬고 월요일 오후 근무를 나갔는데 30대 후반의 뚱뚱한 환자가 환한 얼굴로 반기는데 도무지 환자 같지 않아서 조금 어리둥절했던 기억이 있다. 그녀는 자주 내게 관심을 두고 물어오더니만, 어느 날엔가는 노란색과 흰색 털실을 섞어서 애기 입는 겉옷과 모자, 양말을 짜고 있었다. 유모차에 덮는 덮개까지 완전히 한 세트가 되었을 때 뜻밖에도 그 정성이 담긴 예쁜 선물을 내게 주는 것이 아닌가! 간호사 생활을 하면서 환자들로부터 고맙다는 표시로 많은 선물들을 받아왔지만…. 수술한 몸인데도 불구하고 그것도 병실에서 온 정성을 다해 한 올 한 올 손수 짠 것이 앞으로 태어날 내 아기를 위한 것이었다니 참으로 놀라웠다. 그날의 진한 감동은 왈칵 눈물을 쏟게 했고, 나는 눈물을 보이지 않으려고 고개를 돌리며

"당케 쉔(감사합니다)!"

하고 겨우 한마디했다.

그 후로도 기저귀(무명으로 된 부드러운 천) 30개를 사다 주며 친정엄마를 대신해 이것저것 출산에 대한 준비를 해주기도 했다. 그러고는 하는 말이, 두 번째의 대모가 되어도 좋으니 꼭 우리 아이의 대모가 되고 싶다는 뜻을 전하기에 속으론 좀 난감하기도 했다. 왜냐면 남편의 손위 쌍둥이 누나들이 계시는데 그분들에게 먼저 물어보지 않고 선뜻 타인에게 대모의 자릴 내준다는 것이 잘하는 일인가 싶은 생각이 들었기 때문이다. 어느 날, 기회를 봐서 이 지극정성을 보이는 안니의 얘기를 시누이들에게 했더니, 천사의 심성을 가진 두 시누이가 허락하면서 두 번째 대모로 하지 말고 아예 첫 번째 대모로 삼으라고 했다.

그때부터 안니는 우리 부부에겐 없어서는 안 될 가족 이상의 사람이 되었다. 딸아이가 자라 1년 반이 되었을 때, 대모가 사는 곳으로 이사 가서 아이를 대모에게 안심하고 맡기며 직장에 다닌 것은 물론이고 4년 후에 둘째 아이가 태어나서 8개월이 되던 달(1980년 2월)에 친정아버지가 별세하셨다는 소식이 날아오자 두 아이를 잘 돌보고 있을 테니 마음 놓고 고국을 다녀오라며 등을 떠미는 이도 대모였다.

대모는 내게 믿음 안에서 영적인 어머니요, 일상의 생활 속에서는 스승이며 멘토이고, 또한 왕언니이기도 했다. 오늘의 우리 부부가 있기까지는 대모의 헌신적인 도움이 밑바탕이 되었기에 두 아이를 키우며 직장을 계속 다닐 수 있었던 것은 다 대모의 공로라고 생각한다. 그

당시 주부 초보이기도 해서 독일의 전통음식 만드는 것과 뜨개질, 케이크 만드는 것도 다 대모에게서 수련받았으니 스승이고 멘토라고 할 수밖에 없다.

그런데 3년 전, 76세가 된 대모가 자궁경부암이란 판정을 받았다고 대모의 아들이 전화로 알려주었다. 당장 수술도 할 수 없었는데, 이유는 대모가 얼마 전부터 폐 혈관이 응고되는 폐전색증Lungen-Embolie을 앓고 있어서 수술하는 것은 모험이기 때문이란다. 의사는 방사선치료와 화학치료를 병행할 수밖에 없다고 했단다.

꽃다발을 사서 들고 허겁지겁 달려가봤더니 아픈 상태에서도 본인은 태연하게 뜨개질을 열심히 (아프리카의 나병 환자들에게 보내기 위해서) 하고 있었는데, 그 얼굴의 온화함은 모든 것을 뛰어넘어 지극히 평화스러운 모습이었다. 위로해주러 간 우리에게

"나는 기도할 때마다 '하나님! 이제 저는 어느 때고 준비되었습니다. 살리든지 데려가시든지 주님 뜻 안에서 이루어지게 하소서!'라고 기도하니 이렇게 마음이 편할 수가 없네."
라고 말했다.

우리 부부가 대모에게 진 사랑의 빚이 산더미 같아서 다 갚지도 못했는데, 대모는 지난해 9월에 천국으로 떠나셨다. 항상 인자하게 웃으시던 얼굴(40여 년 동안 한 번도 화내는 모습을 본 적이 없다)이 오늘따라 더 그리워진다.

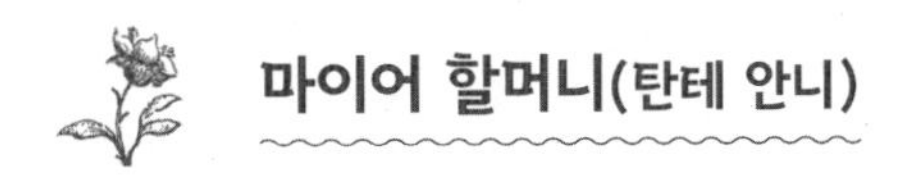

마이어 할머니(탄테 안니)

(에피소드 1)

아침에 일어나 창밖 뜨락의 꽃들만 봐도 생각나는 분이 있다. 내 평생을 살아가면서 결코 잊지 못할 고마운 분이기에 오늘도 하늘을 올려다보며

"탄테 안니Tante Annie 그곳에서 잘 계신가요?"
하고 혼잣말로 중얼거려본다.

1976년 12월 초, 딸아이가 아직 16개월밖에 되지 않아 휴직하고 아이 돌보는 일에만 전념하던 어느 날 노이비드 시립병원에서 전화가 왔다. 간호사 총책임자가 나에게 사정이 급하니 4주 정도만 도와줄 수 있겠느냐고 물었다. 첫돌 지난 지도 얼마 되지 않은 어린아이를 어디다 맡기며, 또 아이가 한창 엄마 손을 필요로 하는데 어디 나가는 것도 염려되어 남편과 상의해 다음 날 연락하겠다고 대답했다.

지난해에 '대모'라는 글을 올려 딸아이의 대모가 누군지를 기억하시는 분들이 있을지 모르지만, 우리 부부는 제일 먼저 대모를 찾아가 상의했다. 병원 측에서 딱 4주간이라고 했다는 말과 함께, 어찌할까를 망설이는 우리 부부에게 딸아이의 대모는 자기가 도와줄 테니 염려 말라고 거듭 부추기는 거였다. 그 바람에 다음 날 병원에 연락해 좋다고 하니, 그럼 지금 당장 일하러 오라고 했다. 얼떨결에 일을 나간 곳은 산부인과가 아니고 외과 병동이었다. 그곳에서 하나님께서는 우리 부부에게 만남의 축복을 이미 예비하고 계셨던 걸까?

그곳 병동의 간호사들이 여러 명이나 독감으로 병가를 내는 바람에, 내가 도와준다고 잠깐 그 병동에 파견 근무를 나간 상황이었다. 마이어 할머니의 남편이 89세로 그 병동에 입원 중이었는데, 넘어져 허리를 수술한 환자였다. 하루에도 서너 번 설사를 해서 침대 시트를 갈아야 했고, 도움 벨이 울릴 때마다 내가 가서 도와드렸다.

독일에서는 가족들은 대개 지정된 방문 시간에 왔다가 그 시간이 지나면 모두 돌아가는 게 정상이다. 그러니 가족 중에 누가 입원했다 해도 보호자도 간병인도 필요 없는 나라다. 그래서 환자들은 도움이 필요할 때마다 수시로 도움 벨을 누른다. 마이어 할머니의 남편이 도움 벨을 누를 때마다 약속된 것처럼 내가 나타나서 대소변을 치웠는데, 아마 그때 마이어 할아버지가 감동했던 것 같다.

2주 후, 할아버지는 연세가 많은 탓인지 수술 합병증으로 결국 저세상으로 떠났다. 장례식을 치른 지 얼마 안 돼 마이어 할머니에게서 나를 꼭 좀 만나야 할 일이 있다고 동료 간호사를 통해서 전갈이 왔다. 주소에 적힌 대로 미리 전화하고 처음으로 마이어 할머니가 사는 아파트로 갔다. 현관의 벨을 누르자 수전증으로 양손을 부들부들 떨며 차를 준비하더니 잠깐 소파에 앉으라고 하셨다. 나는 할머니를 쳐다보며 물었다.

"왜, 저를 보자고 하신 건가요? 무슨 하실 말씀이라도…."

"나의 남편이 마지막 떠나면서 하는 말이, 수냐 간호사가 외국인이라 이곳에서 사는 게 외로울 테니 자기가 죽고 나면 수냐 간호사를 데려와 함께 살면 서로 의지가 될 것이라고 유언처럼 말했네요."

나는 너무 놀라서,

"저는 미혼도 아니고 남편과 딸아이가 있는 엄마랍니다. 저에 대해서 정말 아무것도 모르셨나 보네요. 죄송해요! 집 앞에 저의 남편이 지금 자동차 안에서 저를 기다리고 있답니다. 못 믿으시면 지금 제가 불러올까요?"
하고 조심스레 설명했다.

마이어 할머니는 그 당시에 할아버지보다 열 살이 적은 79세였다. 할아버지의 병실에 방문한 마이어 할머니와 잠깐씩 인사는 나눈 적이 있었지만, 개인적인 일은 물어온 적이 없기에 나도 당황하기는 마찬가지였다. 그분들은 내가 어리게 보여 아이의 엄마라는 사실을 상상해 보지 않고, 그저 자신의 외로움을 나와 나눈다면 좋겠다는 단순한 생각을 했던 것 같다.

내 대답에 너무도 실망하는 할머니의 표정이 안쓰러워 위로해드린다는 맘으로

"제가 동거는 못 해도 무슨 도울 일이 있다면 언제든지 달려와서 돕겠습니다."
라고 말했다. 그 말이 씨가 되어 그 후 계란이 떨어졌다고 전화, 묘지에 가야 한다고 전화, 아주 사소한 부탁의 전화를 자주 하셨는데 그 부탁을 들어주느라 정말 시간이 빠듯할 때도 많았다.

지금 생각하면 아마도 사람이 그립고 외로워서 더욱 그러셨던 것 같다. 우리 부부를 보고 '할머니'라고 하지 말고 '탄테Tante'(이모나 고모의 호칭)라고 부르라고 하셨다. 그 후론 성탄, 생일잔치 등 가족의 행사 때마다 모셔오고 그러길 9년의 세월이 흘렀다.

1985년 봄에 지금 사는 집을 신문에서 보고 아주 싼 가격으로 구입했다. 집이 낡고 오래되어 고칠 곳이 더 많았지만, 운동장만큼 넓은 정

원이 좋아서 단순히 땅만 보고 샀던 것이다. 새로 산 집은 지붕도 갈아야 하고, 난방장치, 전선, 수도관 교체와 목욕탕 수리 등 새로 손을 봐야 할 것이 너무도 많아서 은행의 빚만 잔뜩 늘어났다. 그때 때를 따라 도우시는 하나님의 은혜를 탄테 안니를 통해 우리에게 베풀어주셨으니, 얼마나 감사한 일인지 말로써는 다 표현할 길이 없다.

《에피소드 2》

그동안 탄테 안니가 우리 부부에게 베풀어주신 은혜가 한두 가지가 아니다. 1979년 5월 말, 둘째 아이의 출산을 준비하는 중에 탄테 안니한테서 전화가 왔다. 언제 시간이 있으면 같이 파우켄Pauken(가구점 상호)에 가줄 수 있느냐고 했다.

우리는 당신이 뭔가 필요해서 그러시는 줄 알고 아무 생각 없이 따라갔는데, 세상에나! 태어날 아기의 축하 선물이라며 요람을 사주시는 것이 아닌가! 자주색 마호가니 목재에다 사라 케이Sarah kay의 그림이 새겨진 커튼 하며 너무도 아름다운 요람이라서 우리가 얼마나 감탄했는지 모른다. 사실 아이가 태어나서 길어야 겨우 6주 정도 누일 수 있는 요람이라, 처음부터 유아용 침대를 사는 게 실용적이라 생각하고 다들 그렇게 사는 게 대부분이다. 우리 또한 낭비라 생각해서 꿈에도 생각지 않았는데, 뜻밖의 귀한 선물을 받았으니 너무나 기쁘고 고마웠다.

"내 나이가 팔순을 넘었으니 언제 저세상으로 갈지 모르지만, 너희가 나를 기억할 선물 하나쯤은 너희에게 남기고 싶구나. 그러니 부담 갖지 않았으면 좋겠네."

환하게 웃으며 말씀하시는데, 눈물이 찔끔 나는 것을 겨우 참았다. 남에게 베푸는 씀씀이는 크지만, 자신에게는 평생을 근검절약하며 사시는 것을 우리가 알기 때문이었다.

1980년 2월 15일, 음력으로는 섣달그믐날, 즉 작은 설날 아침에 나의 친정아버지는 갑자기 심장마비로 돌아가셨다. 이 비보는 한국의 가족들이 아버지의 장례식을 치른 지 2주일이 지난 후에야 여동생이 편지로 알려왔다. 이 청천벽력 같은 소식에 눈앞이 캄캄했지만, 일단은 제일 빨리 떠나는 한국행 비행기가 있는지 여행사에 전화하고선 시댁에도 알리고 아이 둘을 맡길 대모와 또 탄테 안니에게도 알렸다.

"내일 한국에 간다고? 그럼 이따 저녁에 한번 들르렴. 해줄 말도 있으니…."

탄테 안니의 말에 사실 속으론, '내가 이렇게 시간이 없는데, 하필이면 왜 오늘 오라고 하시는 걸까?' 생각하며 좀 짜증이 났다.

"우리 진짜 시간 없거든요. 아이들도 오늘 저녁에 대모한테 맡겨야 해서요."

"아니, 잠깐이면 돼! 너 떠나기 전에 꼭 한번 봐야 해서야."

노인네의 고집을 못 이겨 어쩔 수 없이 저녁에 찾아갔다.

탄테 안니는 봉투 하나를 주시며,

"이건 우리만의 비밀인데, 이번 귀국 비용으로 쓰고, 나중에 아무 때라도 갚을 수 있으면 갚고, 그리고 만약 나한테 무슨 일 있으면 이 일은 없었던 걸로 해줘."

라고 하셨다. 봉투 안에는 그 당시의 왕복 비행기 요금에 달하는 큰돈이 들어 있었다. 돈이라는 것은 있으면 있는 대로, 없으면 없는 대로 쓰는 형편이라 사실 주는 돈이라고 냉큼 받아가는 게 많이 부담스러워서 마음만 받겠다고 여러 번 사양했지만, 노인네의 고집을 당할 수가 없었다. 물론 그 돈은 한국에서 요긴하게 잘 쓰고 서너 달 후에 갚았지만, 어느 누가 나를 이리도 끔찍이 생각하고 챙기는가 싶어 가슴이 찡했다.

탄테 안니에게는 아들이 하나 있었는데, 2차 대전 때 육군 중위로 전사했다고 한다. 남편의 먼 조카딸인 하넬로레Hanellore가 유일한 친척이었다. 그러고 다시 1년이 지났을까. 이번에는 할머니가 심장마비로 병원에 입원했다. 조카딸인 하넬로레가 전화로 연락해주어 알았다. 병문안 온 우리 부부를 보고 기뻐하며

"어제 하넬로레가 공증인을 병원까지 불러와서 유언장을 만들었는데 너희들 이름도 들어 있다."
라고 하셨다.

"그런 말씀은 하지 마시고 얼른 쾌차하시길 바랍니다."
라고 대답했는데, 그 후 탄테 안니는 거뜬히 일어나셨다. 하지만 유일한 친척인 하넬로레가 대장암 말기로 고생하다 50대에 먼저 세상을 떠났다.

1985년 4월에 나는 탄테 안니에게 우리가 집을 샀다고, 지금 수리 중이라고 말했다. 탄테 안니는 수리 중이라도 한번 보고 싶다고 해서 어느 날 모시고 왔더니,

"이렇게 방이 많은데 나한테도 하나 주면 좋겠네."
하시기에, 농담처럼 들려서

"그러지요!"

하고 농담으로 받아넘겼는데 진심으로 하신 말씀이었다.

"집수리하는 데 쓰라고 주는 거야!"

라며 상당한 금액이 찍힌 통장을 주시는 게 아닌가. 너무 놀라서 얼떨떨하게 쳐다보는 우리한테

"내가 죽은 후에 남기는 것보다는 지금 당장 필요한 때에 쓰는 것이 더 현명한 일이니까."

라며 웃으셨다.

"그리고 이 돈은 아주 옛날 2등 복권에 당첨돼서 생긴 돈이야. 그러니 아무 걱정하지 말고 쓰도록 해!"

라고 하셨다. 탄테 안니가 심장마비로 입원하셨을 때, 조카딸이 공증인을 병원까지 불러와 유언장을 만들게 했던 이유도 다 옛날 로또에 당첨된 이 돈 때문이었다는 것을 그때 알았다. 유일한 상속자인 탄테 안니 남편의 조카딸도 저세상으로 떠난 지가 벌써 여러 해가 지났고, 복권에 당첨되었던 돈이 우리에게 주어질 줄을 그 누가 상상이나 했을까? 워낙 고칠 데가 많은 집이라 보수하는 데 거의 1년이 걸렸다.

어느 날 탄테 안니가 사는 집의 주인한테서 전화가 왔는데, 할머니가 치매 증세가 있으니 더 이상 자기 집에 세를 줄 수 없다고 했다.

"혹시라도 화재 발생이라도 나면 당신네가 책임질 것인가요? 아니면 사회복지사한테 연락할까요?"

라며 양단의 결정을 내리라고 했다.

《 에피소드 3 》

그동안 탄테 안니가 우리에게 베풀어주신 은혜가 너무도 많은데, 이제 치매에 걸렸다고 어떤 양로원에다 떠맡긴다는 것은 인간의 도리가 아니라고 생각했다. 제일 먼저 2층을 수리한 후에 목욕탕이 옆에 있는 침실과 거실을 꾸며드리고, 우리 부부의 침실도 2층 탄테 안니 방 옆에 두고, 아이들의 방들은 3층에 두었다. 맨 아래층은 주방과 거실, 응접실로 사용했다. 우리가 시골에서 살다가 지금 사는 이 도시로 이사했을 때, 막내는 초등학교 1학년이었고, 탄테 안니는 88세였다. 그 당시 은행의 이자도 장난이 아니었고, 대출을 많이 받아서 집을 샀기 때문에 이자를 갚느라 전일제 근무는 물론이고 장기간 야간 근무를 자처했다.

우리가 거래하는 은행과 주택보험LBS회사가 있는데, 그 은행의 지점장이 예전에 살던 이웃의 동창인지라, 주택보험의 작정 금액에 20% 이상 적립이 되면 기존의 비싼 이자(당시 12%)보다 훨씬 싼 6.9%로 대출을 받을 수 있다고 조언해주었다. 탄테 안니께서 주신 돈은 그렇게 유용하게 주택보험 대출을 받는 데 종잣돈이 되었고, 우리는 또 수월하게 모든 집수리를 끝낼 수 있었다.

또 한 가지 야간 근무를 했던 이유 중 하나는 아직 아이들도 어리고, 치매 걸린 노인을 돌보자면 누군가 한 사람은 낮에도 꼭 집에 있어야 했기 때문이었다. 내가 야간 근무를 할 수 있다는 것만으로도 다행이고 감사한 일이었다. 탄테 안니의 치매는 날이 갈수록 심해져 대소변을 못 가렸지만, 유일하게 우리 부부를 알아보고 기뻐하셨다. 어떤 때는 우리 집 남편을 당신의 죽은 남동생으로 착각하고

"아우구스트! 이제야 집에 오니?"
하고 반겼다.

또 밤중에 일어나서 복도의 문을 열려고(세 가구가 살던 집인지라 층마다 복도의 문이 있는데, 혹시나 계단에서 넘어질까 염려되어 저녁엔 복도의 문을 잠가둠) 달그락거리는 소리에 깨어 왜 그러시냐고 물으면

"우리 엄마가 나보고 지금 배를 따오라고 하네!"
라고 했다.

또 어떤 날은 야간 근무에서 돌아오니 남편은 코를 골며 자고 있었고, 탄테 안니는 그 전날 저녁에 입혀드렸던 노인용 기저귀는 곱게 개어 침대에 두곤 혼자 화장실을 가는 중에 잠옷에 일을 치렀다. 또 당신 혼자서 치운다는 것이 방문 손잡이마다 온통 똥칠을 해놔서 닦느라 애를 먹은 적도 있었다. 그런 일들이 있을 때마다 힘들지 않았던 것은 아니지만, 예전에 받았던 은혜를 기억하며 우리가 그분에게 받은 사랑의 빚을 조금씩 갚아나간다고 생각하니 마음이 편했다. 그리고 기도하길,

"주님, 어려운 시간이 올지라도 인내할 수 있는 마음을 주시고, 마지막까지 좋은 기억으로만 남게 하옵소서!"
라고 했다.

탄테 안니가 라인강의 건너편 노이비드라는 도시에 살다가 이곳 안더나흐로 이사를 오고부터 당장 필요한 것은 주치의였다. 다행히 이 동네에 개인 내과 병원을 운영하는 지인의 남편이 매주 한 번씩 가정방문을 하여 건강을 체크하고 필요한 약도 처방해주어서 얼마나 고마웠는지 모른다. '사람은 항상 어느 누군가의 도움으로 살아가는가 보다'라는 생각을 그때도 했다.

이틀간 야간 근무를 하면 이틀을 집에서 쉬는, 다람쥐 쳇바퀴 도는 것 같은 생활이었지만 늘 긍정적으로 생각하기로 작정하니 밤에 근무하는 12시간 동안 틈틈이 책을 읽거나 뜨개질을 하여 지루하지 않았고, 하루 24시간이 온전히 내 것이라는 생각도 들었다. 그 당시 내 생활 패턴은 밤 근무 끝나면 집에 와 자는 아이들 깨우고, 아침 먹여 학교 보내고, 그러고는 할머니 차례인데, 욕실에 가서 씻고 옷 입는 거 도와드리고, 커피를 마시고, 아침 식사를 한 후에는 TV를 켜드리는 거였다. 그런데 그 뒤가 항상 문제였다.

"탄테 안니, 내가 지금부터 딱 세 시간만 자고 일어날게요. 날 깨우지 않겠다고 약속해요!"

그렇게 다짐을 받았는데도 한 시간도 채 되지 않아 이상한 기척에 눈을 뜨면 할머니가 어느새 내 침대 발 앞에 앉아 있기가 일쑤였다. 그래서 내가 짜증 난 목소리로,

"탄테 안니, 난 지금 자야 한단 말이에요. 아직 세 시간 안 됐잖아요!"

"킨트Kind(얘야), 내 걱정은 말고 어서 자거라!"

하도 어이가 없어서 쳐다보고 '하하하' 하고 웃다가 잠이 싹 달아난 적도 있었다.

우리 부부가 탄테 안니를 좋아하고 따랐던 것은 평소에도 늘 온화한 미소와 정갈한 모습이 귀부인처럼 기품이 있었고, 교양 있는 말씨와 탁월한 지식뿐만이 아니고, 세상을 바라보는 긍정적인 사고방식이 늘 우릴 감탄하게 했기 때문이었다. 탄테 안니를 모신 지 1년 후 할머니는 89세의 생신을 맞이하셨고, 탄테 안니의 남편이 돌아가신 지 10

년이 지난 12월에 하늘나라로 떠나셨다.

어느 날 아침에 침대에서 일어나다 넘어졌는데, 오른쪽 허벅지 뼈가 부러져 응급차에 실려가 수술을 받았고, 수술 경과도 좋아서 의료진이 모두 그 연세에 기적이라고 했다. 그런데 수술받은 지 10여 일 만에 패혈증이 왔고, 병원에서는 연세가 많은 탓에 자주 일어나는 수술 합병증이라고 했다. 마지막 작별을 나누는 자리에서 나는 말했다.

"탄테 안니, 내 평생 살아가면서 당신의 사랑 잊지 않을게요. 우리가 천국에서 다시 만난다면 그때 다시 한번 감사하다고 말할게요."

오늘도 정원에서 풀을 뜯으며 하늘을 올려다본다.

에르나 할머니

사람이 받은 축복 중에 만남의 복이 제일 크다고 한다. 부모와 자식과 형제의 인연을 천륜이라고 한다면, 이웃, 친구, 동료와의 만남도 우연은 아니라는 생각이 든다. 칠순을 넘어서고 보니 자주 옛날 동료들 생각이 난다.

1970년 9월 처음 독일에 와서 언어가 서툰 나를 붙들고 단어 하나라도 더 가르쳐주려고 사전을 찾아가며 또박또박 발음하며 애쓰던 에르나 할머니는 그 당시에 60대였다. 수간호사로서 3년이란 긴 세월 동안 어머니같이 믿고 의지하던 분이라 그분 덕분에 나의 처음 외국 생활이 덜 힘들었던 것도 사실이다. 또 음악을 좋아하여 일주일에 두 번씩 필하모니 콘서트나 오페라 공연에 나를 데리고 갔다. 어떤 때는 다음 날 근무를 핑계 대며 가기 싫다고 하면 당신이 벌써 내 아침 근무를 오후 근무로 바꿔놓았다고 해서 어이가 없던 때도 있었다.

남편을 만나 결혼한다고 베를린에서 서독으로 떠나올 때 할머니는

"너의 엄마가 여기 안 계시니 내가 대신 네가 당장 필요한 혼수를 해줄게."

라며 이불과 식탁보(6·8·12인용), 타월 12장, 6인용 포크와 나이프, 숟가락 등 이곳 독일에서 전통적으로 신부가 장만해야 할 필요한 물품들을 결혼식 선물로 사주셨다. 남편과 결혼한 지 올해 들어 햇수로 50년이 넘었지만 그때 에르나 할머니한테 받은 이불보와 식탁보는 가끔 손님이 올 때만 쓰고 아끼기 때문에 아직도 새것같이 깨끗하다.

1973년 12월에 나는 베를린을 떠나왔고, 그 후 한 번도 재회하지 못한 채 1980년에 에르나 할머니는 하늘나라로 떠나셨다. 부고 소식도 친구인 카렌이 편지로 알려줘서 늦게 알았다. 유언에 따라 유골은 화장해서 이름 모를 나무 밑에 뿌렸다고 했다.

우리가 서로 전화로 마지막 안부를 주고받은 때가 1979년 12월 말이었다. 송구영신 잘하시고 우리 집에 꼭 한번 오시라는 나의 간청에

"걸음이 부자연스러워 누군가의 도움이 필요해 친구인 카렌과 함께 가도 좋으냐?"

고 묻기에

"그럼요! 우리 집에는 객실도 있으니 같이 오세요."

라고 했는데, 결국 우리 집에는 오시지 못하고 하늘나라로 가셨다.

하늘이 파랗게 맑은 날엔 하늘을 보며 에르나 할머니를 생각한다. 오늘처럼 비가 소록소록 내리는 날에도 그 옛날 내게 많은 사랑과 도움을 준 고마웠던 사람들이 생각난다.

이웃들의 따뜻한 정

2018년 5월 23일부터 11일간 남편을 집에 두고 고국을 방문했다. 우리 형제들 7남매와 조카들이 아름다운 제주에서 만나 7박 8일간 대장정의 길을 같이 걷기로 약속했기 때문이었다. 남편도 당연히 같이 가고 싶어 했지만, 폐암 수술을 두 번이나 받았던 까닭에 장시간을 걷는 일은 무리이기도 했고, 혹 젊은 조카들이나 형제들에게 민폐가 될까 봐 이를 염려하는 마음이 더 컸다. 독일에 사는 여동생과 조카딸이 동행했기 때문에 프랑크푸르트 공항까지 우린 기차를 타기로 했다.

5월 22일 저녁 7시 40분 한국행 비행기를 타기 위해 오후 2시 10분에 집을 나와 코블렌츠 가는 기차를 탔다. 조금 여유 있게 기차를 예매한 이유는 중간에 갈아타는 시간을 고려해야 했기 때문이다. 갈아타야 할 급행 ICE 열차는 코블렌츠에서 2시간마다 있어서 다음 열차를 타면 공항 도착 시간이 빠듯했다. 기차역에 전송 나온 남편의 눈에 얼핏 눈물이 어른거림을 애써 못 본 체하고 기차에 오르는데,

"건강히 잘 다녀와!"

하며 손을 흔드는 남편의 모습을 보고 내 눈에도 뿌연 안개가 서렸다.

예전에 3주에서 4주간 한국을 방문할 땐 미처 생각지도 못했는데 이제는 아주 짧은 기간임에도 남편을 두고 잠깐이라도 집을 떠난다는 것이 왜 이리 걱정되는지 모르겠다. 아마도 우리 부부가 앞으로 함께 할 시간이 지나온 날보다 많지 않다는 생각 때문인지도 모른다. 많은 말을 하지 않아도, 서로의 눈빛만 봐도 상대의 마음을 읽는 부부가 되기까지 나름대로 우여곡절을 겪지 않은 부부가 어디 있으랴!

아내가 부재중인데 어떻게 지내냐고 내 지인들이 사방에서 남편에

게 전화로 안부를 물어왔다고 한다. 또 가까운 곳에 사는 선배 언니는 바비큐를 한 슈바인학센(돼지 발목을 구운 것으로 발끝을 사용 안 하는 것이 족발과 다름)을 두 번이나 사갖고 와서 남편을 챙기며 힘내라고 했다니 이 얼마나 고마운 일인가! 독일로 돌아와 선배 언니께 고맙다고 전화를 드렸더니,

"얘, 3년 전에 요셉(언니의 남편)이 세상 떠나고 며칠 동안 힘들어할 때 네가 끓여온 죽이 나를 살렸기 때문이다. 그때 그 죽이라도 먹었기에 버틸 수 있었던 것을 어찌 내가 잊을 수 있겠니?"

라고 했다. 그 언니는 지금도 그 일을 고마워한다. 그래서 이웃사촌이란 말이 나온 것일까?

자식이 아프다고 하면 부모 맘은 더 아프다

며칠 전 딸아이가 과로로 쓰러졌다고 사위가 전화를 했다. 항상 건강한 줄만 알고 씩씩하게 살아가는 것 같아 고맙고 대견했을 뿐 쓰러질 거라고는 꿈에도 생각하지 않았는데 너무 놀랐다. 병원에서 정밀검사를 받고 있는데, 뇌경색으로 의심되어 많은 검사를 하려면 한동안 병원에 입원해야 할 처지라고 말했다. 잠깐이지만 의식을 잃었다는 말에 우리 부부 또한 소스라치게 놀랐다. 갑자기 심장을 돌로 치는 듯 아프고, 불안한 생각은 또 왜 이렇게 천 갈래 만 갈래로 찢겨서 바람개비처럼 머릿속을 돌고 있는지….

그동안 내가 '너무 안일한 생각에 빠져 기도를 소홀히 했던 것은 아닌지' 하고 자신을 뒤돌아보며 먼저 회개의 기도부터 시작했다. 주위

사람들은 나를 복 받은 사람이라고 부러워하는데, 내가 생각해도 그렇다. 어릴 때부터 딸아이도 아들도 잔병치레하지 않고 건강하게 자라줘서 고마웠고, 고등학교 때부터 용돈은 자기들이 벌어서 썼다.

딸아이가 베를린에서 대학에 다니는 동안 안 해본 아르바이트가 없다고 했다. 이사 가는 집 대청소를 해주기도 하고, 임종 앞둔 환자를 밤새워 지키는 일도 했는데 대개 8~12시간 환자 옆에 있었다고 한다. 베를린의 영화사에 조연으로 등록해놓고 드라마에 출연했는데, 한번은 환자가 되어 하루 종일 누워 있는 역할도 했단다. 어떤 때는 여자 경찰이 되어 오토바이를 타고 교통사고 현장에 나타나는 장면도 있었는데, 딸아이가 사이클 면허증이 있었기에 가능했다. 또 유명한 출판사 광고를 찍기 위해 미국 배우와 함께 지하철에서 전자기타를 두 시간 동안 쳤는데, 광고가 나간 것은 딱 5분이었다고 한다. 대신 그날 받은 수고비는 2,000마르크라는 엄청나게 큰 액수였다고 좋아했다. 이렇게 생활력이 강하고 귀천을 가리지 않고 일하며 공부한 딸아이는 원하던 의사가 되었다.

2018년 가을에 딸아이는 병원을 개업했는데, 지난해 봄에 코로나19 사태가 발생한 탓에 정신적 질환을 앓는 환자가 급격히 늘어 의사인 당사자도 스트레스를 많이 받는다는 말은 자주 했지만 이렇게 쓰러질 줄이야!

“자식이 아프면 부모는 더 아픈 마음인 것을 하나님은 아시리라.”

요 며칠을 간절한 기도로, 조마조마한 마음으로 살아가는데 딸아이한테서 전화가 왔다. 사흘간 온갖 많은 검사를 했지만 뇌에도 심장에도 아무 이상을 발견하지 못했고, 그래서 퇴원해도 되며, 아마 스트레스에서 생겨난 일이라고 했단다.

"하나님 감사합니다. 하나님 감사합니다."
라고 중얼거리는데 감사로 눈물이 찔끔 났다. 내 영혼이 은총을 입은 기분이었다.

어떻게 이런 일이…

사흘 전 늦은 오후, 눈 깜박할 사이에 일어난 일이다. 갑자기 눈이 못 견딜 정도로 가려워서 비비는 것보다는 찬물에 씻었다. 그래도 가려워서 작은 수건을 찬물에 헹궈서 눈 부위에 대고 잠깐 누워 있었다. 체온에 금방 미적지근해진 수건을 다시 찬물에 헹구려고 일어나려는데 어찌된 일인지 눈이 잘 떠지질 않았다. 왼쪽 눈은 실낱같이 떠져 땅만 보며 거울을 보러 목욕탕까지 갔다. 그런데 세상에나! 이게 웬일? 눈이 퉁퉁 부어서 괴물이 된 내 모습이라니!

겁이 덜컥 났다. 이럴 땐 누가 날 응급실에 데려다줘야 하는데, 옆지기는 정원에 나갔는지 불러도 대답도 없었다. 정원으로 남편 찾으러 가다가 왼쪽 눈마저도 감겨버리면 넘어질 수도 있을 것 같아 왼쪽 발끝만 보이는 상태로 뒷마당으로 나가 남편을 불렀다.

계속 몇 번을 불러도 대답이 없어서 짜증이 났다. 어쩔 수 없어서 신을 신고 마당을 지나 정원으로 나가보니, 테라스 옆 모퉁이에 있는 수도꼭지를 수리하는 중이었다.

"여보, 내 눈 좀 봐요! 어서 응급실에 데려다줘요!"
라고 큰 소리로 말했더니 그제야 깜짝 놀란 남편이 내 얼굴을 보고는 일하던 옷에 재킷 하나 걸치고 허겁지겁 종합병원으로 향했다.

병원이 우리 집에서 도보로 6, 7분 거리라 자동차로 가지 않아도 되니 얼마나 다행인가 싶었다. 병원으로 가는 도중에 앞이 보이지 않으니 몇 번이나 넘어질 뻔했지만 그럴 때마다 내 왼팔을 확실하게 잡아주는 남편이 있어서 땅에 나뒹구는 일 없이 무사히 병원에 도착했다. 병원 입구에 들어서면서 문득 깨달은 한 가지는 우리가 35년을 이 도시에 살면서 남편 때문에 병원에 자주 왔어도, 단 한 번도 나의 건강 문제로 이 병원에 입원하거나 응급실에 오지 않았다는 사실이었다.

"아, 하나님께서 제게 건강을 주셔서 오늘날까지 잘 살아왔지만, 너무도 당연한 것처럼 생각했습니다. 회개합니다. 그리고 감사합니다."

어떻게 된 건지, 무엇을 했고 무엇을 먹었기에 알레르기 증상이 왔는지 묻는 의사에게

"한 시간 전에 사과 하나를 먹은 후 콩이 든 우유를 한 컵 마신 것뿐인데 갑자기 가려워서 찬물에 얼굴을 씻고 찬물 찜질한다고 잠깐 누웠다가 일어나보니 이 지경이 되었네요."
라고 답했다.

"그럼, 전에도 이런 증상이 있었나요?"
라고 의사가 물었다.

"한 5, 6년 전에 한국에서 있었던 일인데요. 그때는 올케언니가 거실에서 도토리 껍데기를 깐다고 방망이로 때리는 것을 보다가 도토리의 진액을 맞았는데 그때 갑자기 얼굴이 부어(그때도 괴물처럼 보였지만 눈이 감기지는 않았다) 응급실에 간 적이 있어요. 아, 그리고 제가 개암나무, 자작나무, 도토리나무, 물푸레나무 이렇게 네 가지의 나무에 피는 꽃 알레르기가 있다고 40여 년 전에 판정받았어요."

의사가 컴퓨터로 검색해보더니

"아마도 사과와 콩과 자작나무꽃 알레르기가 합쳐져서 이상이 온 것 같아요. 우선 코르티손Cortisone 주사부터 놓을게요."
라고 했다.

호흡하는 데는 힘들지 않은지, 열은 없는지, 계속해서 물었지만 입술이 약간 붓고 앞이 보이지 않아 답답하다고 했다. 상태를 지켜봐야 한다고 해서 응급실에서 장장 세 시간을 기다리는 중에 화장실에 가고 싶다고 하니까 간호사가 나를 휠체어에 타라고 했다. 태어나서 지금까지 한 번도 휠체어를 탄 적이 없었으니 간호사가 나를 휠체어에 태우고 긴 복도를 돌아서 화장실에 가는데 만감이 교차했다. 저녁 8시가 가까워져오자 내 오른쪽 눈도 실낱같이 떠져 이젠 집으로 가도 좋다는 허락을 받았다. 그래도 눈두덩은 퉁퉁 부어서 남이 보면 괴물이랄까 봐 선글라스를 끼고 남편의 손에 의지하여 간신히 귀가했다. 사람 일은 정말 한 치 앞도 알 수 없으니, 하루하루를 감사함으로 살아가야겠다는 생각이 들었다.

자신에게도 가끔은 상을 주는 일이 있어야 해요

"엄마, 사람은 말이에요, 가끔은 자신에게도 상을 주는 일이 있어야 해요. 바쁘다고 일에 지쳐 하루하루 살다 보면 자기 내면을 들여다볼 시간마저 없으니까요."

"그래, 맞는 말이지만 어디 그게 실천하기가 그리 쉬운 일인가."

"그러지 말고 엄마도 한번쯤 눈 딱 감고 온천 여행 다녀오세요."

지난 2월 중순쯤 아이들을 우리 집에 맡기고, 사위랑 바드엠스Bad

Ems에 있는 온천을 다녀온 딸아이의 말이었다. 딸아이는 괴팅겐에서 수백 km를 달려와서 온천을 다녀왔다. 그런데 우린 온천을 가까이 두고도 한 번도 못 가봤으니 정말 바보 같은 삶을 살아왔다는 생각도 들었다. 자신에게도 가끔은 상을 주며 살아야 한다는 딸의 말이 잔잔한 파장으로 다가왔다.

"그럼, 올해의 봄 마중은 바드엠스로 계획해볼까?"

얼떨결에 해본 말이었다.

"숙소, 마사지 예약 지금 인터넷으로 해놓을게요."

라며 휴대전화로 뭘 누르더니

"원하시는 대로 3월 7일에서 9일까지 예약되었습니다."

라고 한다. 도수가 높은 안경을 쓰는 내 옆지기는 물을 무서워하여 자주 내 발이 되어주는 이곳 사는 내 여동생과 동행하기로 했다. 그날을 기다리는 시간이 설렘이라는 마중물이 되어 기대감과 더불어 행복의 아지랑이가 피어오르는 날들은 더없이 즐거웠다.

드디어 바드엠스에 도착한 날, 온천수로 유명한 수영장은 상상외로 크고 넓었다. 새로운 설비와 시스템을 다 갖춘 듯 체험할 곳도 많았다. 실내에 레스토랑이 있으며, 먹고 마시는 것도 현금으로 내지 않고 팔에 차고 있는 칩으로 계산이 되기 때문에 지갑을 들고 다니지 않아도 됐다. 실외에도 엄청나게 큰 풀장이 있었고, 온천수는 따뜻했다. 우린 바깥의 풀장에서 하늘을 보며 바드엠스의 청정한 공기를 맘껏 마시며 힐링할 수 있었으니 그게 바로 자신에게 상을 주는 시간이었음을 알게 되었다.

"우리 다음에 또 오자!"

여동생과 나는 서로를 마주 보며 활짝 웃었다.

그 어떠한 상황에 부딪힌다 해도 항상 감사해야 할 이유

지난 수요일 있었던 일이다. 오전 내내 정원에서 잡초를 뽑았는데 오후 3시쯤 우리 집 근처의 양로원에 사는 선배 언니가 찾아왔다. 그동안 날씨가 계속 흐리고 추웠는데 그날은 햇볕이 나고 따뜻해서 함께 정원의 테라스에서 피어나는 작약과 난초들을 감상하며 차를 마시면서 환담했다.

“파라다이스가 따로 없네. 바로 너희 집이 파라다이스야!”

선배 언니의 칭찬 한마디에 그동안 꽃을 키워온 데 대해 뿌듯하고 보람을 느꼈다.

계속 한국말만 오가니 무료해진 옆지기가

“두 사람 얘기들 나누고 있어요. 나는 뽑아낸 잡초들을 식물 수거 컨테이너에 가져다 넣고 올게!”

라고 했다. 독일에는 가정에서 뽑은 잡초나 나뭇가지를 별도로 수거할 수 있게 일정한 장소에 ‘식물 수거 컨테이너’를 비치해두고 있다.

“내일 아침에 내다 버린다고 하더니…. 지금은 오후 4시가 넘어 시내가 복잡할 테니 내일 해요!”

라고 내가 대답하며 제발 내일 내다 버리라고 당부했다.

“아냐! 10분이면 돼, 금방 갔다 올게.”

하고 차를 몰고 나갔다. 한번 결정하면 꼭 해야 하는 남편의 고집을 누가 말리랴. 선배 언니 앞에서 다투는 것도 예의가 아닌 것 같아 결국 내가 입을 다물었다.

10분 만에 돌아온다던 남편은 오후 5시가 다 되어가도 소식이 없었다. 마음에 알 수 없는 불안이 스쳐도, 무사히 돌아오기만을 맘속으로 기도할 뿐이었다. 시간이 지날수록 불안함은 눈덩이처럼 불어나서 몇 번이나 바깥에 나가 서성거리며 남편의 차가 오길 기다렸다.

선배 언니도 자기 처소로 돌아가고 5시 반이 넘었을 때 우리 집 자동차가 차고 앞에 도착하기에 반가움으로 다가갔다. 그런데 웬걸! 운전석에서 내리는 사람은 남편이 아니라 정원의 건너편에 사는 이웃집 여자였다.

"수냐, 놀라지 마라! 네 남편이 어떤 아이가 타고 가는 자전거와 충돌 사고를 냈는데, 아이도 건강하고 네 남편도 아무 이상이 없으니 참 다행인 것만 생각해. 내가 우연히 길을 가다가 보았고, 또 경찰이 조사 중이라 시간이 오래 걸린다고 하여 내가 너희 집 차를 우선 끌고 온 거야."

아이도 남편도 둘 다 다치지 않았다는 그녀의 말에 제일 먼저 나오는 나의 첫마디가

"아이고, 하나님 감사합니다."

였다. 이웃집 여자 페트라의 말에 의하면, 열네 살가량 된 사내아이인데 자동차와 접촉 사고가 났지만 다친 데라곤 다리에 찰과상이 동전 크기만 한 것뿐이며 아무 이상이 없다고 했다. 자전거도 자동차도 아무런 접촉 흔적도 없었고, 그리고 아이는 혼자서 다시 자전거를 타고 자기 집으로 갔다고 했다.

저녁 6시가 넘었을 때 남편이 파김치가 되어 돌아왔다. 본인은 얼마나 놀랐을까? 그것도 어린아이가 타고 가는 자전거와 충돌 사고라니…. 왜 조심하지 않았느냐고 원망하기보다는 위로가 제일 필요한 사람은 남편이라는 생각에 남편을 안아주며

"이만하길 천만다행인 것을 우리 하나님께 감사합시다."

라고 말했다. 어쩌면 앞으로 더 조심하라는 하나님의 경고인지도 모른다는 말도 덧붙였다. 한 치 앞을 내다볼 수 없는 연약한 존재인 우리 인간은 어떤 상황에 부딪힌다 해도 일이 일어난 것에 대해 원망하기보다는 항상 감사하며 살아야 함을 뼈저리게 느끼는 하루였다.

재판장님! 제가 한 말씀 드리겠습니다

매일 걷기운동을 하면서 꼭 지나야 하는 길목이 있다. 그 앞을 지날 때마다 내게는 그날의 고마움을 상기시켜주는 전능자의 손길과 내 말을 믿어준 한 판사님의 모습이 떠올라 매번

"감사합니다! 감사합니다!"

를 연발한다. 바로 이 동네의 법원 건물 앞이다.

2009년 5월 초에 캐나다에 살던 아들이 우리 집을 방문해 '어머니날' 선물이라며 덜컥 컴퓨터 한 대를 사왔다. 나한테 물어보지도 않고 왜 이런 걸 사왔냐고 했더니, 서프라이즈 선물을 미리 말하면 되겠느냐고 했다. 그 당시 휴대폰 하나도 쓰지 않던 기계치인 내가 어떻게 컴퓨터를 배울 수 있겠냐고 했더니, 아들은 누구나 다 배울 수 있으니 걱정하지 말라고 했다. 아직도 5일이나 남았으니 있는 동안 다 가르쳐준다고 걱정하지 말라고 했다. 아들은 도르트문트에서 전산학을 전공한 후 친구를 도와준다고 캐나다로 갔고, 지금은 꽤 유명해진 IT 회사인 쇼피파이Shopify의 공동창업자Co-founder이기도 하다.

내가 하고 싶은 얘기는 아들 자랑이 아니라 내가 태어나서 난생처음으로 법정에 섰던 이야기다. 그 얘기를 하고 싶은데 컴퓨터 얘기 때문에 아들 이야기가 툭 튀어나와 미안한 마음이 앞선다. 아무튼 아들 덕분에 컴퓨터를 조금씩 알아가게 되고, 독수리 타법이지만 메일도 보낼 수 있게 되니 한국의 형제들이 가족 카페를 만들자고 제의해왔다. 그 후 아침에 일어나서 첫 기도를 하고 성경을 읽은 다음엔 제일 먼저 가족 카페에서 가족들의 안부를 주고받고, 그리고 하루를 시작하는 기쁨이 제법 쏠쏠했다. 그러나 그 기쁨을 누가 시기했는지 어느 날 근심과 걱정의 구름이 내 머리 위에 예고도 없이 닥쳐왔다. 2010년 1월 20일부터 사흘간이나 인터넷 검색을 할 수가 없었고, 그래서 전화로 계약한 회사인 보다폰Vodafone에 수없이 연락해서 사흘 만에 원상 복구되었다.

문제는 그다음 달인 2월에 일어났는데, 은행의 자동식 기계에서 계좌의 수입과 지출을 확인하는 순간 깜짝 놀랐다. 보다폰 회사에서 사전에 아무 통보도 없이 우리 계좌에서 420유로(한화 약 50만 원)를 떼어 가버린 것이었다.

너무 놀라서 그 인터넷 회사에 전화해서

"매달 내기로 계약한 요금은 30유로인데 어찌 된 일이냐?"

고 따졌더니, 그들의 대답이 기가 막혔다. 인터넷이 불통이던 3일 동안 내가 USB의 칩을 가지고 어디에 전화하지 않았느냐고 했다.

"나는 휴대전화도 없는 사람인데, 어디다 전화를 건 것인지, 수신자가 누구인지, 그 사람이 나랑 연관이 있는 사람인지, 그것을 확인하면 쉽게 답이 나올 거 아니냐?"

고 따졌다. 그랬더니 그날의 상황을 메일로 써서 항의하라고 했다. 메일을 두 번이나 보내도 답이 없어서 동네에 있는 지점에 가서 사정을 얘기하고 그 지점의 팩스로 다시 편지를 보냈다. 그리고 은행에 가서 그 회사가 떼어간 금액을 즉각 반환하도록 조치했다. 또 매달 떼어가던 계약 요금도 자동이 아니고 매달 송금하는 방식으로 해두었다.

그런데 이 사람들 좀 보소! 그들이 이젠 변호사를 통해서 협박 편지까지 보내왔다. 한 달 내로 청구한 금액을 송금하지 않으면 법원에 신청해서 집행관을 보낼 것이고, 그렇게 되면 당신은 앞으로 신용 불량자로 찍혀서 어느 은행을 막론하고 대출을 받는 일은 어려울 것이라는 내용이었다. 편지를 읽는 내내 흥분으로 손이 다 떨렸다. 이 나이에, 은행에서 대출받을 일은 없으므로 그런 문제 때문이 아니라, 내가 하지 않은 일에 왜 이런 엉뚱한 돈을 물어야 하는지가 너무 억울해서였다. 금액이 많고 적은 게 문제가 아니었다. 하나님은 나의 억울함을 다 아실 텐데 왜 이런 일이 내게 일어나는지 화가 났다. 아들이 컴퓨터를 선물하지 않았더라면 이런 일도 없었을 것이라는 생각도 들었다. 곰곰 생각하니 작은 원망도 새어나왔다.

내 힘으론 도저히 저 대형회사를 당할 수 없으니 나도 변호사를 선임할 수밖에 없었다. 이 사건이 터지기 한 달 전, 우연히 보험회사 직원이 우리 집을 방문해 이번에 새로 담당을 맡았다고 인사차 들른 적이 있었다. 그런데 거실의 한편에서 컴퓨터 앞에 앉아 있는 나를 보더니

"컴퓨터도 쓰시네요? 이번에 새로 나온 보험의 조건에 보면 컴퓨터 사고 발생도 계약 조건에 들어 있는데, 재편성하시면 되겠네요."

라고 했다. 그래서 내가

"이 늙은이가 무슨 인터넷 사고를 칠 일이 있다고 보험까지 드나요?"

하고 웃었더니

"따로 더 돈을 내라고 하는 것이 아니고, 옛날 보험에다 '인터넷 사

고'를 계약 조건에 추가하는 것뿐입니다."

라고 했다. 그래서

"그러면 그렇게 하세요."

라고 일렀던 게 이리 빨리 써먹을 줄이야! 지금까지 살면서 변호사를 선임할 일이 없어 아는 변호사 한 사람도 주변에 없어서 어느 누구에게 의뢰해야 할 것인지를 고심하다가, 문득 그날 우리 집에 왔던 그 젊은 보험회사 직원이 생각났다. 보험회사 직원에게

"혹시 당신이 신임하는 변호사가 있나요?"

하고 물은 후 자초지종을 얘기했더니

"네, 코블렌츠에 개업한 친구인데 소개해드릴게요."

라고 쉽게 말해서 정말 고마웠다.

그 후 소개해준 변호사와 전화나 메일을 주고받으며 상담했고, 한 번도 만나지도 않고 5개월이 흘러갔다. 물론 보다폰 회사에서는 끊임없이 협박성 편지가 왔다. 어느 도시, 어느 사람과의 법정 싸움에서도 자기네들이 승소했다면서 판결 난 사본을 복사해서 우리 집에 보내기도 했다. 그러면 나는 또 그것을 우리 변호사한테 보냈다.

변호사 대 변호사의 싸움이 시작되었지만, 이쪽 변호사는 새파란 30대의 젊은이요, 저쪽은 대형회사의 전문직인 유명 변호사일 테니 승부는 뻔한 것 아니냐면서 나의 지인들은 염려해줬다. 나도 속으로 이건 어쩌면 '다윗과 골리앗'의 싸움 같다는 생각이 퍼뜩 들었다. 성경에 보면 다윗은 그때 골리앗에게 말했다.

"너는 칼과 창과 단창으로 내게 나아오거니와 나는 만군의 여호와의 이름으로 네게 나아가노라."

다윗의 용기와 믿음으로 칼과 창이 아닌 물맷돌로 적군의 이마를

때려 엎드러지게 했으니, 나도 하나님께서 이 일에 관여해주시고 판결해주시기를 간절히 기도드렸다.

대부분의 사람이 간혹 이런 황당한 일을 당하면 억울하지만, 그까짓 것 하고 돈을 쉽게 지급할 수밖에 없다. 왜냐하면 변호사를 선임하면 그 비용을 감당할 수가 없기 때문이다. 또 변호사를 선임했다고 하더라도 승소할 보장이 없고 비용만 눈덩이처럼 불어나기 때문이다. 우리도 보험에 가입하지 않았다면 변호사 선임할 엄두도 못 내고 그냥 꼼짝없이 당할 수밖에 없었을 것이다.

5개월간의 신경전 끝에 법원에 출두하라는 편지가 왔다. 그 대형회사가 나를 고소한 것이었다. 그 편지를 가지고 나는 기차를 타고 처음으로 우리 변호사를 찾아갔다. 음성이야 들었지만 얼굴을 마주 보기는 처음인지라 조금 서먹한 기분이 들었다. 내가 상상했던 것은 눈빛이 초롱초롱하고 당당하며 지적인 용모인데, 예상외로 젊은이답지 않게 조금 뚱뚱하고 그저 사람 좋은 이웃집 젊은 청년으로 보여 약간 실망했다고나 할까?

우리가 며칠 후 법원에서 만날 때 낯설지 않기 위해서 내가 찾아간 것이었는데, 그러길 참 잘했다고 돌아오면서 생각했다. 법원 재판 날을 이틀 앞두고 보다폰 회사에서 금액을 반으로 할인해줄 테니 합의하자는 편지가 왔다. 그동안 몇 달을 그 일로 신경 쓰느라 밤잠을 설치는 일이 한두 번이 아니었는데, 돈이 문제가 아니라 내 잘못이 아님을 꼭 밝혀야 한다는 생각으로 가득 차 전혀 합의할 마음이 없었다. 하지만 우리 변호사가 내 마음의 이 답답함을 알 것 같지도 않고, 또 그쪽의 경험 많은 변호사한테 이 풋내기 젊은이가 당해내기나 하겠느냐는 의문이 떠나질 않았다.

재판 하루 전날, 남편은 나를 보고 부탁할 일이 하나 있다고 하여 뭐냐고 물었더니

"당신은 성미가 급해서 탈인데, 만약 내일 법정에서 큰 소리로 다른 쪽 변호사에게 반박하거나 소란을 피우면 판사가 퇴장시킬 테니 제발 좀 자중하고 쉽게 나서지 말고 우리 변호사한테 다 맡긴다고 나랑 약속해요!"
라고 했다. 남편의 말도 일리가 있다고 인정하지만, 내가 믿을 데는 하나님 한 분뿐이니 기도밖에 할 수 없음을 알고 쉽게

"그러마!"
하고 약속했다.

그다음 날, 법원에 가는 그날 아침에 나는 이렇게 기도했다.

"공의로우신 하나님 아버지! 저의 억울함을 잘 아시오니, 오늘 법정에서 저의 무죄를 밝혀주소서! 제가 만약 발언권을 얻는다면 3분이 걸리든 5분이 걸리든 제 말에 상대편 변호사가 태클 걸지 않고 끝까지 경청할 수 있도록 역사하여주옵소서! 이 모든 판결은 오직 주님의 손에 맡기겠습니다."

기적은 기적을 믿는 사람에게만 이루어진다고 했던가? 그날 첫 발언은 상대편 변호사가 나를 고소한 이유를 밝혔고, 판사는 이쪽도 변론을 위해 피고나 변호사가 대답하라고 했다. 그런데 우리 남편이 가만히 있으라고 그렇게 당부했는데도 불구하고 내가 벌떡 일어나

"재판장님! 제가 한 말씀 드리겠습니다."
하고 말했다.

"인터넷이 불통이던 사흘 동안 한 번도 아니고 수차례에 걸쳐 제가 전화한 기록이 그 회사에 남아 있을 것이고, 또 사고를 전후로 한 달간 내가 썼던 기록들(많은 아라비아숫자로 기록되어 사실 잘 모른다)이 여기 나와 있는데, 제가 노란색으로 칠해놓은 곳은 전혀 다른 숫자들로 적혀 있으니 한번 대조해보시길 바랍니다."

나는 서류 뭉치를 판사 앞에 내밀었다.

"그리고 둘째, USB 칩을 가지고 제가 다른 곳에 전화했다고 하나 저는 휴대폰도 없는 사람이며, 정말로 내가 이 칩을 빼냈다면 나의 지문이 있을 것인데, 검사해보시면 딱 두 사람의 지문이 나올 것이며 그것은 이곳 지점의 남자 직원과 여직원일 것입니다. 제가 인터넷 불통이던 날, 보다폰 회사에 전화했을 때, 칩을 빼냈다가 도로 넣어보라는 말을 듣고 시도했는데, USB에 들어가는 칩을 아무리 빼려고 해도 제 손톱이 닳아서 빼낼 수가 없었답니다. 그래서 USB를 들고 지점에 갔었고, 그 사람들이 대신 그 일을 했습니다. 내 칩을 가지고 자기들 컴퓨터로 유튜브(YouTube)에 들어가더니 '유튜브는 되네요!' 하길래 내 컴퓨터에서도 유튜브는 된다고 말했어요. 단지 우리 가족 카페에 못 들어간다고 몇 번이나 회사에도 말했어요. 여기 칩이 들어 있는 저의 USB를 갖고 왔습니다. 지문 조사도 가능하겠지요?

셋째는 인터넷 불통이던 사흘째 날에 레마겐에 구역예배를 갔었는데, 자매들에게 우리 집 인터넷이 사흘째 고장이라 오후 4시에 그 회사의 전문가가 전화하겠다고 약속했기 때문에 일찍 집에 돌아간다고 말했습니다. 그들이 모두 나의 증인이 될 것입니다."
하고 나의 긴 변론이 끝났다.

참 희한한 것은, 상대방의 변호사도 내 말에 한 번도 이의를 제기하거나 반박하지 않았고 모두 침묵하고 있었다는 것이었다. (할렐루야!)

"피고인의 진술에 신빙성이 아주 큽니다. 상대방 변호인은 어쩔 건가요?"

판사는 그쪽 변호사에게 물었다. 크레펠드Krefeld라는 도시에서 아침에 두 시간이나 자동차를 타고 왔다는 그쪽 변호사가 말했다.

"제 생각도 피고의 잘못이 아니고, 테크닉에 의해 전파가 잘못된 것으로 인정합니다."

라고 말해줘서 또 한 번 놀랐다.

집으로 오는 길에 남편도 내게 오늘 법정에서 변론을 잘했다고 칭찬해줬지만 나는 속으로 하나님께서 함께하셨기에 이 모두가 가능한 일이었고 승리할 수 있었노라고 생각했다.

참고로, 그때의 사건 이후 그들과의 계약은 자연히 무산되었다. 보다폰은 프랑스 회사였는데 그 후 독일에서 인정하는 텔레콤 회사와 더 좋은 조건으로 계약했다. 그러고 나니 전화선으로 데이터를 전송하는 모뎀이나 와이파이 속도가 확실하게 나오는 장치도 설치하여 이젠 전파가 다른 곳으로 튀어갈 위험은 없음을 밝혀둔다.

먼 길을 돌아가더라도 목적지까지 왔으면 성공한 삶

캐나다에서 10년을 넘게 살고 있는 아들이 지난 9월 25일 독일에 왔다가 10월 5일 돌아갔다. 너무도 짧은 일정을 갖고 온 아들은 그래도 시간을 쪼개어 옛날 친구들을 만난다고 자주 자동차를 가지고 나가선 저녁때쯤에 돌아오곤 했다. 오매불망 목 놓아 기다리는 부모보다는 친구를 더 좋아하는 아들은 독일에 오면 어릴 적부터 친하게 지내던 친구부터 대학 동창까지 골고루 만나고 또 지금까지 끈끈한 유대를 이어오고 있으니 나의 성품을 많이 닮았다는 생각이 들기도 했다.

그중에서 아들과 중·고등학교를 같이 나온 안드레아스라는 친구가 있다. 그 아이는 사는 집이 학교와는 거리가 먼 시골인지라 우리 집에 자주 와서 식사는 물론 가끔씩 자고 가는 일도 있었다. 예의 바르고 착한 성품인지라 언제 와도 우리 부부가 대환영했다. 안드레아스의 아버지는 고등학교 교사이고 또 한국 김치를 좋아한다고 해서 내가 자주 김치를 보냈다. 나중에는 아예 김치 담그는 방법도 가르쳐달라고 해서 (25년 전의 일로 그때만 해도 인터넷 검색은 없었다) 내 방식대로 종이에 써준 일도 있었다.

아들이 고등학교를 졸업할 무렵, 그날도 안드레아스가 우리 집에서 자고 난 뒤 아침 식사를 하고 있었다. 내가 안드레아스에게

"넌 앞으로 고등학교 졸업하면 어떤 대학에 가며 무엇이 되고 싶니?"

하고 물으니

"전 우선 간호사가 되기 위해 간호학교에 갈 겁니다. 그리고 자격증을 취득하면 병원에서 일하며 의과대학에 갈 것이고, 의사가 되면 시골에서 작은 병원을 개업해 봉사하는 마음으로 살고 싶어요."

라고 했다.

"아니, 그러면 간호학교에 가지 말고 바로 의과대학에 가지 뭣하러 먼 길을 돌아서 세월을 낭비하며 의사가 되려고 하니?"

"의과대학에 가면 6년 동안 경제적으로 부모님께 의지해야 하는데, 일단 간호사가 되면 돈을 벌면서 내 힘으로 학업을 마칠 수 있기 때문입니다."

"그럼 학자금 대출을 받아서 나중에 네가 갚으면 될 텐데."

"네, 그 방법도 알아봤지만 부모님의 월수입이 높아서 저는 해당이 안 된대요."

"야 너, 참 대단하다. 너 같은 아이는 한 타스라도 양자 삼고 싶네."
라고 말하면서도, 속으로는 정말 이 아이가 그 먼 길을 돌아서 의사가 될 수 있을까 하는 의문도 들었다.

그 후 우리 아들이 도르트문트에서 전산학을 공부할 때, 안드레아스는 이곳 도시에서 간호학교를 마치고 2, 3년간 병원에서 근무하다가 베를린으로 가서 의학 공부를 했다.

며칠 전, 무슨 이야기 끝에 아들에게

"요즘 안드레아스는 어디서 살고 있니?"
하고 물었더니,

"엄마, 그 친구는 지금 멘디히Mendig라는 작은 동네에서 병원을 개업해서 잘살고 있어요. 늦게라도 그 친구 꿈이 이루어진 셈이지요."
라고 말했다.

"그래, 돌아서 먼 길을 왔어도 목적지에만 도달했으면 그게 바로 성공한 삶인 게야."
라고, 나도 대답해줬다.

베로나의 아레나에서 오페라 토스카 공연을 보다

여행은 떠나기 전이 더 즐겁다. 이런저런 계획을 세우며 미지에 대한 기대와 상상력으로 마음 설레는 감정은 누구나 다 체험했을 것이다. 아주 오래전의 이야기지만, 1980년도 초반 플라이트Pleidt라는 시골 동네에 5년간 산 적이 있었다. 나의 이웃이었던 로스비타와 크리스티안 부부가 이탈리아 도시인 베로나Verona의 아레나Arena(라틴어로 모래를 깐 로마 시대의 경기장)에 가서 하늘의 별들을 보며 오페라 공연을 감명 깊게 봤다고 했다. 그때는 우리 아이들이 아직 어려서 그곳을 여행한다는 것은 상상도 할 수 없었다. 그런데 세월이 흐르다 보니 베로나의 아레나에서 오페라 공연을 보고 싶다는 꿈 하나가 언젠가부터 마음에 자라기 시작했다.

꿈은 포기하지 않는 한 언젠가는 이뤄진다고 했던가? 이미 칠순을 넘은 나이에 팔순을 넘은 옆지기와 또 동생 부부와 동행하여 이탈리아 베로나를 여행할 기회가 주어졌다. 여행 둘째 날, 가르다 호수에서는 쪽빛 하늘이 눈이 시리도록 푸르더니, 셋째 날과 넷째 날부터는 사방에서 검은 먹구름이 몰려와 걱정이 태산 같았다. 그러나 우리가 할 수 있는 것은 다만 전능자에게 간절한 기도를 바치는 것뿐이다.

"하나님, 저희가 여기에 언제 또 올지를 모르오니, 제발 공연날 저녁에는 비가 오지 않게 하소서!"
라고 기도했다.

오후 내내 가랑비가 왔다 갔다 했다. 비가 와서 공연이 취소되면 스피커로 알려준다고 해서 모두 광장 주변을 서성거렸다. 저녁 7시 30분, 드디어 아레나 출입구가 열렸다. 우비나 우산을 쓰고 방석을 든 관객들과 함께 지정된 장소로 들어갔다.

로마의 암피테아터Amphitheater라고 불리는 아레나는 44개의 돌계단이 있으며 높이 24.1m, 길이 138m, 폭 110m의 타원형이다. 고대 로마 시대에 세워져 관람석은 사방에 돌계단식으로 만들어져 있었고, 관객

2만 2,000명을 수용할 수 있는 스타디움이었다. 우리가 도착했을 때까지도 종이 두루마리를 풀어 무대를 열심히 닦으며 준비하는 사람들의 모습을 보면서 공연이 취소되지 않은 것에 대해 감사할 뿐이었다. 저녁 10시가 다 되어갈 즈음, 개막을 알리는 오케스트라의 음정 고르는 소리가 그렇게도 반가울 수가 없었다. 모두 힘찬 박수로 환호했다.

밤하늘의 별을 볼 수는 없었지만, 오페라 토스카 공연은 역시 감동이었다. 세 시간의 공연이 끝났을 때는 새벽 1시가 넘었고, 숙소로 돌아왔을 때는 새벽 3시가 다 되어가고 있었다. 정말 이렇게 길고 긴 시간을 인내하며 기다린다는 것 또한 생소한 체험이었다. 하늘이 온통 새까만 먹구름으로 싸여 있는데도 공연 중에 비가 오지 않았다는 것은 정말 하늘이 내려주신 기적이었다고 모두 말했다.

파리의 봄 여행

《에피소드 1》

2023년 4월 14일, 캐나다 사는 아들 내외가 한 부대를 이끌고 우리 집을 방문했다. 손자의 첫돌이 4월 18일인데 첫돌 기념으로 파리를 함께 여행하자고 말했다. 아들 부부와 함께 따라온 일행은 오타와에 사는 사돈 부부, 개인 비서, 천방지축인 한 살짜리 손자이고, 애완견까지 따라왔으니 우리 집은 시장터처럼 소란하기 그지없었다.

팔십 중반을 넘은 옆지기와 칠십 중반을 넘은 나는 정신을 차릴 수 없어서 허둥댈 수밖에 없었다. 내가 만든 샐러드가 맛있다고 요리법을 꼭 알려달라는 며느리의 요청에 시범을 보이는데, 휴대폰을 들고 비디오를 찍고 있는 며느리 앞에서 소금과 설탕을 혼동하여 사용하는 실수도 저질렀다.

4월 16일, 자동차 두 대로 어른 일곱 명, 아이, 개를 포함하여 한 부대가 출동하는 기분으로 파리에 갔다. 떠나기 전에 질문이 있었지만 여러 가지로 신경 써야 하는 아들에게 혹시나 누가 될까 싶어 속으로만 생각하고 염려했다. '이 많은 부대가 어떻게 함께 몰려다니며, 또 어디서 식사할 것인가?' 하는 의문이 있었는데, 이러한 나의 걱정은 파리에 도착하자마자 날아갔다.

아들네와 우리는 같은 호텔이고, 사돈 부부와 비서는 100m 떨어진 호텔이라 부딪힐 일도 없었다. 배려심이 많은 아들과 센스 있는 며느리가 사전에 계획한 대로, 아침과 저녁 식사는 우리 부부와 함께하고, 점심은 며느리가 손자를 데리고 자기 부모님에게 가서 함께한다고 했다. 사돈 부부는 영어와 불어만 하고, 우리는 영어가 짧아서 매번 겨우 기본적인 의사소통 정도가 고작이었다. 우리가 투숙한 호텔이 시내 중심가에 있는데도 소음이 전혀 없고, 호텔의 정원엔 참새들이 짹짹거리며 날아다녀 신기하기도 했다.

오전 10시 반경 호텔에서 아들 내외와 아침 식사를 마치고 잠깐 쉬었다가 우린 오후 내내 시내를 돌아다녔다. 스마트폰 하나 들고서 우리의 목적지를 가르쳐주는 구글맵을 따라 찾아가니 전혀 어려움이 없어서 스마트폰이 이리 좋은 줄을 그제야 알았다. 시간에 쫓기지 않으니 자유롭고 마음에도 여유가 있어 좋았다. 아들, 며느리 덕택에 편한 여행을 했다고 독일로 돌아오면서 거듭 고맙다는 인사말을 전했다.

(에피소드 2)

파리에서 4일째 되는 날이었다. 휴대전화로 문자가 왔다.

Hallo, Mama! Mein altes Handy funktioniert nicht mehr.
Kannst du dieser Nummer eine Nachricht per WhatsApp schicken?
Meine neue Nummer : 01767656131492

이를 번역하면
"안녕, 엄마! 내 휴대폰이 고장 나서 사용할 수가 없어요. 아래의 새 전화번호로 왓츠앱WhatsApp에 소식 주세요."
라는 내용이었다. '그러마!'라는 답장을 주고는 아무런 의심 없이 '딸아이의 옛 번호는 삭제하고 새 번호를 입력하고는 아마도 새 폰을 샀나 보다'라고 생각했다.

새 번호를 입력한 지 몇 분이 지나자 '왓츠앱(한국의 카톡과 유사)'이 떴다. 그동안 파리에서 하루 종일 시내 관광을 하느라 딸아이에게 소식도 못 전했던 게 마음에 걸려서 손자의 첫돌 기념사진과 호텔의 정원에서 아들 내외와 함께 찍은 가족사진 등 많은 영상을 보냈다.

"어제, 나한테서 무슨 일이 일어났는지 알고 싶지 않아?"
라는 회신이 딸아이한테서 왔다.

"무슨 일인데?"
하고 내가 물었다.

"어제 내 휴대폰이 화장실에 빠져서 심카드Sim-Card를 교체할 수밖에 없었어."
라고 내가 회신할 새도 없이 다시 문자가 왔다. 그러고는
"지금 집이야?"
하고 물어왔다. 속으론 우리가 지금 파리에 와 있는 걸 알면서 집이냐고 묻는 말에 조금 의아한 생각이 들었지만, '지금 밖이 아니고 호텔에 있느냐?'라는 의미로 해석했다.
"우리 지금 시내 나갔다가 방금 호텔에 도착했어."
라고 했더니,
"엄마, 나 좀 도와줄 수 있어? 오늘 꼭 송금해야 할 곳이 두 군데 있는데, 지금 임시 휴대폰으로 온라인이 안 되네. 엄마가 지금 나 대신 송금해주면 내일 다시 갚아줄게!"
라는 회신이 왔다.
"내가 온라인 뱅킹을 하지 않는 것을 잘 알면서 이곳 파리에서 어떻게 너 대신 송금을 하니? 너의 남동생에게 한번 물어볼까?"
라고 하니
"그래요, 한번 물어봐주세요!"
라고 답이 왔다. 그래서 아들에게
"얘, 너의 누나가 휴대폰을 어제 화장실에 빠뜨린 것 아니?"
라고 물으니
"처음 듣는 말인데요. 혹시 사기꾼 아닌지 전화로 확인은 했어요?"
라고 했다.
"아니, 지금 전화해볼게."
그러고는 새 번호로 전화를 걸었지만, 신호가 가는데도 수신자의

반응이 없었다. 그래서 딸아이가 사는 괴팅겐에 전화를 걸었다. 큰손녀가 전화를 받기에 인사고 뭐고 집어치우고 대뜸 물었다.

"네 엄마, 어제 휴대폰 화장실에 빠뜨렸니?"

라고 물었더니

"나는 모르는 일인데요."

라고 했다.

"다른 게 아니고, 네 엄마에게서 문자가 왔는데 휴대폰이 망가져서 온라인 뱅킹 못 한다고, 급히 송금해야 할 데가 두 군데나 있다고 나보고 대신해 송금해달랬다."

라고 했더니

"애고! 사기꾼이에요. 요즘은 목소리도 조작한 보이스피싱 사기꾼이 많으니, 우리 사이에 암호를 정해서 전화나 문자가 와도 암호로 확인하기로 해요."

라고 했다. 여태까지 돈을 부탁하는 일은 처음 있는 일이었다. 또 개인병원을 운영하는 의사인 딸아이가 그 시각 은행에 직접 갈 수 없다고만 생각했지, 사기꾼이 나에게 접근할 줄이야 상상도 못 했다. 만약에 그 시각에 내가 독일 집에 있었더라면, 아무 의심 없이 곧장 은행으로 달려가서 원하는 금액을 송금했을지도 모를 나의 어리석음을 자책했다.

3

독일에서의 이모저모

나는 돈 쓸 줄을 몰라요!

오래전 일이긴 하지만, 목요일 연합구역예배(1, 2구역)가 우리 집에서 20km 떨어진 도시 레마겐Remagen에서 있었는데 목사님과 사모님을 합쳐서 모두 20여 명이나 참석했다. 찬양과 예배가 끝나고 늦은 점심을 먹고 난 오후 2시 반쯤이면 성도들 모두 그동안의 안부도 묻고 서로 얘기하느라 열을 올리는 시간이었다.

내 옆에 앉아서 이번 여행담(2주 동안 플로리다에 갔다 온 얘기)을 신나게 얘기하던 H라는 50대의 젊은 자매님은 미국이 독일보다 기름값이 세 배나 싸고 또 모든 물가가 저렴할뿐더러 렌터카와 식당의 음식들도 값이 싸기 때문에 해마다 미국을 여행한다고 했다. 물론 언니가 미국에 살고 있기도 하지만, H 자매는 한국에도 거의 매년 다녀오고 그 외에도 짧은 여행으로 프랑스 등 여러 나라 여행을 자주 하지만 알뜰하기로도 소문이 난 한독가정이기도 하다.

"미국이 그렇게 물가가 싸니? 그래, 무엇을 쇼핑했니?"

라는 사람들의 물음에

"난, 돈 쓸 줄을 몰라요! 남편이 내 손에 돈을 쥐어주며 제발 언니랑 쇼핑하라고 당부했지만 나는 아까워서 아무것도 사지 않았답니다."

라고 말해서 모인 사람들이 크게 웃었다. 그는

"내 지갑에 돈이 들어오면 나가는 일은 아주 드물거든요. 호호~"

라고도 했다.

"아니 그럼, 1년에 몇 번씩 외국에 가서 돈 뿌리는 것은 안 아까운가 보네요?"

"그거야 남편이 모든 재정 관리를 하니까, 남편이 하는 대로 따라

가는 거지요. 그리고 내 자동차에 기름 넣는 것도 다 남편이 하니 나는 정말 돈 쓸 일이 없어서 좋아요."

"가정주부가 돈 쓰는 일이 없다니, 시장도 그럼 남편과 함께 가나요?"

라고 누군가 묻자

"그거야 카드로 결제하니 꼭 필요한 것만 사고, 대부분은 남편이 다 사오는 편이죠."

라고 했다.

"아하~, 우리가 부자가 안 된 이유를 이제야 알겠네. 나는 지갑에 돈이 들어 있으면 '이 돈으로 무엇을 할까?' 하는 궁리만 하는데."

라고 베푸는 데도 씀씀이가 큰 다른 자매가 말했다.

그런데 돈 쓸 줄 모른다던 H 자매가 지난해부터 큰일을 감당하는 것을 보고 깜짝 놀랐다. 정말이지 아무나 할 수 없는, 오직 믿음이 돈독한 자만이 할 수 있는 그리스도의 사랑을 몸소 실천하는 헌신적인 모습을 보았다.

그동안 8년간을 시무한 담임목사님이 지난해 4월에 완전히 한국으로 귀국하셨는데, 그 아들은 아직 학생이라 이곳에 남게 됐다. 앞으로 2, 3년간 고등학교를 마칠 때까지 기숙사에 남겨두신 이유는 H 자매 부부가 그 아들을 주말마다 데려와 돌보기로 약속했기 때문이었다. 남의 얘기라 쉽게 들릴지 모르지만, 한두 달도 아니고 몇 년간 계속 열여섯 살짜리 남자애를 책임지고 돌본다는 것은 아무나 하는 일은 아니라고 생각되어 H 자매를 보면 절로 고개가 숙여진다.

언젠가 주일날의 목사님 설교가 떠올랐다.

"물질이란 하나님께서 우리에게 잠깐 맡기신 것이기에 그것을 잘 관리하는 청지기가 되어야 합니다. 또 넉넉하게 주신 것은 나보다 못한 사람들을 도우라는 하나님의 뜻임을 알아야 합니다. 내 것이라고, 내가 번 돈이라고 아무 절제 없이 허영으로 돈을 써도 바람직하지 않고, 또 우리가 도와야 할 지체들을 사랑으로 돌아보아 마음을 열고 지갑도 열어야 합니다. '너희가 여기 내 형제 중에 지극히 작은 자 하나에게 한 것이 곧 내게 한 것이니라 하시고(마 25:40)'라고 성경은 말씀하십니다.

프랑스 루이 16세의 왕비였던 마리 앙투아네트는 허영과 사치에 눈이 어두워 국고를 탕진하고, 그것도 모자라 막중한 세금을 국민에게 부과시키니 빵이 없어 굶는 자가 허다하다고 신하가 아뢰자 '빵이 없어서 못 먹는다면 케이크를 먹으면 될 것 아니냐!'라고 이렇게 철딱서니 없이 말했다는 일화가 있습니다. '한 조각의 빵을 눈물로 먹어보지 못한 자와 한밤을 울음으로 지새워보지 않은 자와는 인생을 논할 자격이 없다'고 괴테가 말했듯이, 한 번도 배고파보지 않은 사람이 어찌 남의 배고픔을 알며 한 번도 정신적, 육체적 고통을 겪어보지 않았다면 어찌 남의 사정과 아픔을 헤아리겠습니까?"

이런 내용의 설교를 떠올리며, 돈이란 게 무엇이며 돈을 어떻게 써야 잘 쓰는 것인지를 되새겨보았다.

우리 엄마는 닭다리 싫어해요!

이 세상의 모든 부모는 자식 입에 들어가는 음식만 봐도 배가 부르다고 한다. 그런데도 부모의 마음은 몰라주고 밥투정하는 자식들은 조금만 비위가 상해도

"나, 밥 안 먹을래요."

하며 마치 밥 먹는 것을 부모를 위한 일인 줄로 착각하는 느낌을 줄 때가 많았다. 나도 감성이 예민했던 사춘기 때 부모님으로부터 어쩌다 꾸중을 들을라치면 예외 없이 다음 식사 때엔 꼭 밥을 먹지 않는 것으로 반기를 들었다.

사람이 행한 일은 어느 때고 다 그대로 돌려받는다고 한다. 그래서 일까? 우리 아이들도 어렸을 때 조금이라도 큰 소리로 나무라면 어김없이

"나, 밥 안 먹어요!"

했다. 나는 꾹 참았다가 밥을 다 먹고 난 후에 책망했다. 무엇보다도 화를 참았다가 이성적으로 설명해가며 아이들이 알아들을 수 있도록 조곤조곤 말했을 때 아이들이 반성하는 시너지 효과를 얻었다.

늘 그럴 수 있는 느긋한 성품은 아니었기에 그럴 때마다 우리 부모님 생각이 났다. 내가 태어난 고향은 해주 오씨 집성촌으로 나의 외갓집이 있었고, 모두가 외가로 말미암아 '아지매, 아재, 할아버지, 할머니'로 불리는 친·인척간이었다.

지난번에도 한번 말한 적 있지만, 우리 집이 정미소를 운영했던 관계로 동네 사람들과 사이가 좋았다. 동네에 소소한 잔치나 제사가 있으면 언제나 우리 집에 떡과 과일을 보내오는 그들의 후한 인심 덕분

에 떡과 과일을 자주 먹을 수 있었다.

그 쟁반 그릇 앞에 우리 형제들이 빙 둘러앉아서 서로 많이 먹겠다고 야단들이었지만, 우리 부모님은 한 번도 이웃이 보내온 그 떡 쟁반에 손을 대는 일이 없었다. 우리 형제들 생각에는 부모님은 떡이나 과일을 좋아하시지 않은가 보다라고 생각할 뿐, 그다지 신경 쓰지 않았다. 훗날 부모가 되어서야 '아, 이게 부모의 마음이구나' 하며 자식들 입에 음식이 들어가는 그 모습이 그리 예쁠 수가 없었다.

얼마 전, 가깝게 지내는 권사님 한 분이 자녀들의 성장기를 얘기하다가

"우리 딸들은 어렸을 때 우리 부부가 닭다리는 좋아하지 않는 줄로 알았더라고요."

했다.

"아니, 왜요?"

하고 물었더니, 예전에 우리 모두 가난하고 절약하던 시대에 닭 한 마리 사오면, 닭찜을 만들거나 튀기기도 했는데, 닭다리는 두 개뿐이라 언제든 딸 둘에게 먹이고 날개나 퍽퍽한 가슴살은 우리가 먹었던 습관 때문이었다고 했다.

"어느 날 한인들 모임에 갔고, 그날 삼겹살과 닭다리로 바비큐 파티를 하는데, 누가 내 접시에 닭다리를 얹어주니까, 옆에서 이를 본 우리 딸아이가 '우리 엄마 닭다리 싫어해요!'라고 해서 모두가 많이 웃었답니다."

그 말을 듣고 그때의 따님이 몇 살이었는지 물으니 큰애가 여덟 살이었다고 대답했다. 자식이 부모가 되어봐야 그제야 부모 심정을 안

다고 한다. 그 권사님의 큰따님도 이제는 결혼해서 어엿한 두 아들을 가진 엄마요, 지금은 프랑크푸르트에서 국제변호사로 활약하고 있다.

어머니의 위대한 사랑은 끝이 없다

요즘 들리는 소식마다 온통 흉흉한 소식들뿐인지라 뉴스를 듣는 일도 마음을 졸이게 하는 세상인가 싶다. 언제 어디서 또 예기치 못한 사고가 터질지 알 수 없다. 무고한 사람들을 떼죽음으로 몰고 가는 IS 테러단의 교묘한 수법 때문에 군중이 많이 모이는 곳에 가는 것마저 꺼리게 되는 이곳 유럽 땅이 되어버린 것 같다. 이렇게 사람의 마음을 잿빛같이 우울하게 만드는 뉴스 중에도 가슴을 따뜻하게 해주는 얘기 한 토막이 있는데, 그것은 바로 '어머니의 사랑은 영원하다'라는 기사였다.

98세의 어머니가 80세의 아들과 지금까지 함께 살아오다가, 아들이 신체가 부자유스러워지자 지난해 양로원으로 들어갔는데, 올해 98세의 어머니도 아들이 있는 양로원으로 입주했다고 한다. 그 이유를 묻는 기자에게

"아들에게 저녁마다 잘 자라고 인사해주고 싶고, 또 아들이 필요한 자질구레한 일들을 계속 옆에서 도와주려고요."

라고 말하는 노모는 100세가 다 되어가는데도 여전히 자식 걱정만 한다고 한다. 이 이야기는 현재 영국의 리버풀Liverpool에 살고 있는 어머니 애다 키팅Ada Keating과 아들 톰 키팅Tom Keating의 이야기지만, 나 자신을 한번 뒤돌아보는 계기가 됐다.

낳아주시고 길러주신 어머니의 사랑만큼 이 하늘 아래 그 무엇이 높을까를 생각하며 9년 전에 하늘나라로 떠나가신 엄마 생각에 목젖이 당기고 눈가가 젖어왔다. 7남매를 잘 양육하신 우리 어머니도 정말 '위대한 어머니들'에 속한다고 생각하는데, 살아계실 때

"엄마, 사랑해요!"

라는 말을 마음에만 담아두고 입 밖에 내지 못했던 등신이었으니 오늘따라 후회가 가슴을 친다. 우리 아이들이 전화할 때마다 마지막에 꼭

"엄마, 아빠 사랑해요!"

라고 끝을 맺으면 그렇게 기분이 좋을 수가 없는데, 왜 나는 마음에만 담고 있었는지 모를 일이다. 아마도 우리의 세대가 너무 근엄하게 행동하느라 알면서도 덤덤하게 말로써는 아무 내색을 하지 않는 것이 미덕이라고 여겼던 까닭이었을까?

붉은색 점퍼를 입은 젊은이를 보았나요?

"참 이상한 일도 다 있네!"

라며 혼자 중얼거렸다. 꼭 무엇에 홀린 것 같은 기분이었다. 지난주 은행에 갈 일이 있어 시내의 중심가를 지나는데, 멀리서도 보이는 붉은색 점퍼를 입은 한 젊은이가 전화기를 파는 상가 앞에 웅크리고 있었다. 다가가보니 수염을 기른 젊은 남자였다. 손에는 'Bitte, Brot und Wasser!(빵과 물을 부탁합니다!)'라는 글자가 쓰인 팻말을 들고 눈을 감고 있었다.

혼자 '아마 노숙자이거나 마약중독자이겠지' 하고 짐작했다. 그렇

지만 젊은 나이(30대 중반)에 어쩌다 이렇게 길바닥에 나와 앉을 정도로 비참한 처지에 놓이게 되었을까 싶었다. 저 사람의 부모가 안다면 얼마나 근심하고 슬퍼할까를 생각하니 순간 말할 수 없는 측은지심 같은 것이 가슴을 밀고 올라왔다.

물을 사도 두세 병은 살 것이고, 빵을 사도 800g짜리 큰 빵 하나는 살 것이라는 생각에 지갑을 열고서 2유로를 꺼냈다. 그런데 어쩐 일인지 그 남자 앞에는 돈을 넣을 그릇 하나 없었다. 사람이 와서 그 앞에서 있어도 눈조차 뜨지 않았다. 할 수 없이

"할로Hallo!(여보세요!)"

하고 부르지 않을 수 없었다.

명상하다 깨어났는지, 그는 '무슨 일인가?' 하는 눈빛으로 바라다본다.

"이걸로 물이나 빵을 사먹어요!"

하며 돈을 내미니

"말씀은 고맙지만, 돈은 종교적인 믿음 때문에 받지 않습니다."

라며 다시 눈을 감는 게 아닌가? 손을 내민 내 손이 머쓱하게 느껴져 다시 한번 권했다. 그런데도

"돈은 받을 수 없습니다. 그렇지만 감사합니다."

라고 했다. 그 남자가 앉아 있던 건너편이 바로 슈퍼마켓이라 속으로 날 더러 저기 가서 사오라는 뜻으로 들려 마켓에 갔다. 1리터짜리 물 한 병과 빵도 사고 쿠키, 와플, 비스킷 등 눈에 보이는 것은 다 봉지에 담아서 계산대에 가니 모두 8유로(한화 1만 원 정도)였다. 그래서 '아하! 이 남자가 돈을 받지 않겠다는 이유가 여기에 있었구나'라는 얄팍한 생각도 들었지만 이것을 받고 좋아할 그를 생각하니 나도 기분이 좋

왔다.

그런데 밖으로 나온 나는 눈을 의심하지 않을 수 없었다. 많아야 불과 2, 3분밖에 시간이 지나지 않았는데 그가 보이지 않았다. 대체 어디로 갔을까? 어디로 가야 그 젊은이를 만날 수 있을까? 그는 자기의 바로 코앞에서 내가 슈퍼로 들어가는 것을 봤을까? 별의별 생각이 뇌리를 스치며, 분명히 가도 멀리 가지는 않았을 것이라는 생각에 번화가를 돌며 주변을 찾아보기로 했다. 그리고 지나가는 사람들에게

"붉은색 점퍼를 입은 젊은이를 보았나요?"

하고 물었다. 아주 멀리서 붉은 빛깔의 옷을 입은 사람이 보여 부지런히 달려가보면 남자가 아니고 여자였다.

"참 싱거운 사람이네. 돈은 받을 수 없다 하고, 일부러 물건을 사서 오니 어디로 바람처럼 사라져버리다니…."

나는 주인을 찾지 못한 커다란 봉지를 들고서 혼자 중얼거리며 집으로 돌아왔다.

그날 저녁, 가까이 사는 여동생 부부와 카드게임을 하면서 오후에 내게 일어났던 에피소드를 들려줬더니

"돈 싫다는 노숙자가 어디 있나요? 어쩌면 젊은이들이 산타클로스 연극을 했는지도 모르지요."

라고 했다. 하지만 내 생각은 아직도 '글쎄요!'이다.

내가 사람 보는 안목이 있기 때문입니다

며칠 전 헬스장 갔다가 돌아오는 길이었다. 자동차가 다니지 않는 좁은 골목길을 지나는데, 터키 상회 앞 진열대에 놓인 딸기가 먹음직스럽게 보였다. 속으로 '웬 딸기야? 철도 아닌데' 싶어 반가운 마음에 두 통을 들고 작은 가게 안으로 들어갔다.

주인에게 계산하려고 보니 아이고~ 이를 어쩌나! 집에서 나올 때 운동 가방만 들고 왔으니 지갑이 들어 있을 리가 만무했다. 너무도 황당하고 또 창피하기까지 했다.

"죄송합니다. 내가 운동하고 오는 길이라 지갑이 없는 것을 깜빡했네요. 딸기는 여기 이대로 두고 얼른 집에 가서 지갑 갖고 와서 살게요."

거듭 미안하다고 말하는 내 모습이 안됐는지

"오늘 그냥 가져가시고 돈은 내일 가져오세요."

라고 한다. 시간을 보니 가게 문을 닫을 시간이 다 되어가기 때문에 내일 돈을 가지고 와도 좋다고 말했던 것 같다.

우리 집 근처에 있는 터키 상점 주인과 아는 사이라 만약에 이런 일이 일어난다면, 또 주인이 내일 갖다줘도 된다고 하면, 분명히 그리 했을 것이다.

그런데 이 집은 생판 모르는 가게라서 마음의 부담이 컸다. 다시 와서 돈을 내고 사겠다는데도 한사코 딸기를 가져가라는 주인의 성화에 못 이겨 딸기 두 통을 들고 오면서도 빚을 졌다는 기분과 또 처음 본 사람에게 무엇을 믿고 선뜻 물건을 내맡기는가 싶어 고마운 마음이 교차했다.

집에 와서 생각하니 영 마음이 편하지 않았다. 혹시나 그 주인이 내일 내가 오지 않을까 봐 의심하지나 않을까? 그래서 그새 후회하는 것은 아닐까 하는 생각이 들었다. 내 성격이 어쩔 수 없는 소심한 성격인지라, 빚진 마음을 내일로 미뤘다간 오늘 밤엔 잠을 잘 수 없을 것 같아 지갑이 든 백을 들고 잽싼 걸음으로 달려갔다.

내일 와서 지불하라고 했지만 그래도 혹시나 내가 오기를 기다렸는지, 아니면 가게 문을 닫으려고 준비 중이었는지, 남자 주인이 가게 문 앞에 나와 서성이는 모습이 멀리서도 보였다. 가쁜 숨을 몰아쉬며

"아, 다행이네요. 내가 막 뛰어온 보람이 있네요."

라며 돈을 내밀자,

"내일 갖고 와도 좋다고 분명히 말했는데요."

라며 활짝 웃는다.

"한 가지만 물어볼게요. 무얼 믿고 모르는 사람한테 돈도 받지 않고 딸기를 선뜻 내어주었나요? 내가 만약 내일 오지 않는다면 어쩌려고요?"

궁금해서 물어봤다.

"아, 이 바닥에서 40년 동안 장사를 하다 보니 사람 볼 줄 아는 안목이 생기더라고요. 직감으로 느끼는 사람 보는 안목이 아직 한 번도 날 실망하게 한 적이 없답니다."

라고 하면서 호탕하게 웃었다.

갈수록 세상 살아가기가 팍팍하지만 그래도 따뜻한 불씨를 지피는 마음들이 있다. 이처럼 서로 믿고 살아가는 한 아직은 살 만한 세상인가 보다. 그리고 누군가로부터 신용을 얻는다는 것은 참 기분 좋은 일이고 행복한 일이다. 이런 소소한 일상의 기쁨이 모여 행복한 웃음이

피어난다.

마음이 넉넉한 사람이 되게 하소서!

아침마다 드리는 여러 가지 기도 중에 나를 위한 기도는 늘 똑같다.

"하나님, 속 좁은 저를 나무라지 마시고, 마음이 넉넉한 사람이 되게 하소서! 내 입술의 기도는 늘 감사로 채워지게 하소서!"

이다.

칠십 평생을 살다 보니 상대가 나의 거울이 될 때가 많다. 너무 우직하고 곧으면 인정미가 없는 것 같고, 남의 비위 맞추는 것에만 연연하여 항상 살살거리고 웃는 사람에게는 진실을 알 수 없으니 그것 또한 문제라고 생각이 들 때가 많다. 이곳에서 20여 년을 머리를 맞대고 성경 공부를 하며 기도했던 자매 가운데도 너무 차가워서 다가가기 어려운 이도 있고, 또 언제나 입발림하는 듯 칭찬만 해서 저 말이 진짜인가 하고 의심할 때도 있으니 딱한 일이다.

그럴 때마다 '나는 저러지는 말아야지' 하면서도 나 역시 어느 누군가에게는 사랑이 부족한 엄한 사람으로 보일 수도 있으리라는 생각이 든다. 성격의 형성은 선천적인 것도 큰 원인이지만, 가훈이 엄격한 집안에서 자란 탓도 또한 있으리라.

나의 선친은 7남매를 키우시면서 늘 하시던 말씀이 있었다.

"사람은 첫째로 정직해야 한다. 사람이 살다 보면 실수도 잘못도 저지를 수 있다. 어떤 잘못이나 실수를 해도 절대로 거짓말로 자신과 남을 속여서는 안 된다. 다른 것은 다 용서해도 거짓말은 용서할 수 없다."
라는 말씀이 우리 7남매에게 가장 큰 영향을 미쳤다. 그래서인지 우리 형제들은 우직하리만치 정직하게 살고 있음을 늘 감사할 뿐이다. 아무리 형제간이라 해도 서로 신뢰하지 못하면 부모님 사후 재산을 두고 싸우는 일들이 이곳 독일에서도 비일비재하다.

물론 탐욕이 제일 큰 원인이 되겠지만, 서로를 믿지 못하는 불신의 시대를 살고 있는 지금의 세대가 다 정직하지 못한 탓일 수도 있으리라. 그 반대로 대쪽 같은 성품에 마치 정의의 사도처럼 군다면 그 사람 곁에는 쉬어갈 만한 그늘이 없으니 모여드는 사람도 없을 것이다. 그래서 늘 외롭다는 말을 입에 달고 사는 사람도 더러 있다.

아주 오래전에 지인이 카톡으로 보내온 고사성어 중에

"수지청즉무어(水至淸卽無魚)하고 인지찰즉무도(人至察卽無徒)니라."
라는 말이 있다. 즉 '물이 너무 맑아 고기가 먹을 것이 없어 다 떠나갔고, 사람이 너무 살피고 눈감아주는 일이 없으니 따르는 사람이 없다' 라는 뜻이다. 이 고사성어를 새해를 맞으면서 다시 한번 새겨본다.

72세에 양로원에 입주한 선배 언니

올해 79세인 선배 언니가 우리 집 근처의 양로원에 살고 있는데, 평소에 선배 언니는 자주 이렇게 말했다.

"그거 알아? 육신이 건강할 때 내 발로 양로원에 들어가야 나중에 치매나 중풍에 걸려도 그곳 간호사들에게 구박받지 않는다네."

"왜 그렇지요?"
하고 물으니
"미리 일찌감치 그들과 사귀어놓으면 나의 성품을 아는지라 이다음에 침대에 똥을 싸도 옛정을 생각해서 야단치지는 않을 거 아닌가?"
하며 크게 소리 내어 웃었다.
"듣고 보니 그 말은 맞지만 그게 어디 쉬운 일이겠어요?"
라고 내가 대수롭지 않게 대답했다. 그런데 정말로 선배 언니가 3년 전에 그렇게 실행에 옮길 줄은 꿈에도 생각 못 했다.

당시 안길라(김○자) 언니는 겨우 72세였고, 지금도 계속해서 매일 아침 조깅은 물론이고 매주 골프, 수영, 사우나, 요가 등으로 열심히 건강을 챙기는 심신이 아주 건강한 분이다. 4년 전에 남편과 사별하고 나서는 평수가 큰 아파트에서 혼자 사는 게 무섭다는 말도 했다. 자녀가 없어서 만약에 집 안에서 쓰러져도 그 누구 하나 알지 못할 것이라고 했다. 사람의 생명은 또한 그 나이에 있지 않고, 언제 어느 때 홀연히 떠날지는 아무도 모르며, 오직 하나님만 아시는 일이라 부르시는 그날까지 날마다 준비된 여생을 살아야 마음 편히 잠도 잘 수 있노라고 했다.

선배 언니가 입주한 양로원은 우리 집에서 도보로 5분 거리에 있다. 지은 지 얼마 안 된 실버타운이다. 아직은 심신이 다 건강하니 타인의 도움을 받지 않고 식사도 혼자서 해결한다. 여태까지 살던 살림살이와 가구 일체, 의복들을 다 필요한 사람들에게 기증해버리고 옷가지 몇 개 든 작은 가방 하나 달랑 들고 입주했는데, 양로원의 작은 방 하나를 임대했기에 가전제품도 많은 의상들도 불필요했던 거였다. 지인과 인사차 들렀더니 침대 하나, 작은 탁자 하나, 의자 두 개, 너무도 작은 옷장 하나, 수저 두 벌, 접시 두 개, 잔 두 개가 살림살이의 전부였다. 보통의 원룸과 다른 게 있다면 장애자가 쓸 수 있도록 화장실에 보조대가 있는 것뿐이었고, 그 외에는 꼭 집 떠난 대학생의 자취방 같았다.

그런데도 걱정이 없으니 하루하루가 행복하다고 했다. 양로원 규칙에 따라 아침에 일어나면 살아 있다는 표적으로 꼭 프런트에 신고하는 것 외는 자유생활을 하고 있다고 한다. 아직은 양로원의 음식을 먹지 않고, 아침과 저녁은 간단히 빵으로 해결하며, 점심은 인근의 레스토랑에서 먹으니 설거지할 걱정도 없다고 했다. 그뿐인가. 장례식 전문업체에 훗날 죽었을 때 장례에 드는 비용 일체를 이미 선불했기 때문에 사후의 어떤 염려도 없다고 했다.

“그런데, 언니, 한국에 조카들도 많은데 누구한테 연락하라고 했어요?”

“아니, 난 벌써 그들과도 작별 인사를 했어. 나한테서 소식이 끊기면 내가 이 세상에 없는 줄 알라고….”

“하지만 언니, 언닌 이제 겨우 칠순을 지났는데 벌써 이 세상 살기가 싫다는 거야?”

“천만에, 천국이야 언제고 우리 모두 가야 할 마지막 본향이라 서두를 필요는 없지만 준비된 삶을 산다는 것이 얼마나 홀가분한지 모른단다.”

그 말을 듣고, 자신을 뒤돌아보니 나는 아직도 붙들고 있는 것이 많다는 걸 느꼈다. 작가 박완서는 그분의 마지막 저서에

“버리고 갈 것만 남아서 홀가분하다.”

라고 했다.

그런데 선배 언니는 이미 다 버려서 나중에는 버릴 것이 하나도 없

으니 더 행복한 삶을 사는 사람이란 생각도 들었다.

평범한 일상이 이리도 큰 축복임을…

왜 '밤새 안녕하셨습니까?'라는 문안 인사가 있는지를 최근에 깨달았다. 지난주에 괴팅겐에 사는 딸아이 부부가 전화하여 주말에 온천수로 유명한 휴양지의 도시인 바드엠스에 가서 그동안의 지친 심신을 쉬고 싶다고 했다. 그래서 손녀 둘을 우리 집에 맡기고 가도 되느냐고 물었다. 바드엠스는 우리 집에서 자동차로 한 시간 거리인지라 그러라고 했다.

금요일 날, 괴팅겐에서 우리 집까지 오는 데도 세 시간 반이나 걸려 저녁 7시가 넘어서 겨우 우리 집에 도착했고, 딸 부부는 아이들만 내려놓고 휴양지로 떠났다. 오랜만에 손녀들과 정겹게 대화하고 맛있는 저녁 식사를 하고 나니 모두가 즐거웠다. 다음 날 늦은 아침까지 푹 자라는 나의 당부와 함께 아이들은 저녁 10시쯤에 침대에 갔다. 우리 부부는 밤 11시쯤에 2층에 올라가니 작은손녀가 콜록거리며 기침을 하고 있었다. 방이 너무 덥고 습도가 낮아서 그런가 생각하고 물수건을 머리맡에 두고 또 기침할 때마다 자주 물을 마시라고 물병을 침대 옆에다 두었다.

새벽 두 시쯤, 작은손녀가 우리 침실에 와서 나를 깨우며

"할머니, 귀가 아파요."

하며 우는 것이 아닌가! 코가 막혀 코를 너무 심하게 풀어서 합병증으로 귀가 울려서 그럴 수도 있다고 생각하고 민간요법으로 쓰는 호두

기름을 면봉에 적셔 발랐더니 우선은 잠잠하기에 괜찮은가 보다 생각했다.

작은손녀는 이제 겨우 여덟 살인지라 자기 언니와는 달리 고집도 세고 참을성도 부족했다. 막힌 코를 풀 때는 한쪽을 막고 풀라고 당부해도 아랑곳하지 않았다. 짜증이 나니까 제 엄마와 통화하게 해달란다. 간호사였던 외할머니보다는 의사인 제 엄마가 더 현명할 것으로 생각했나 보다. 아이와 실랑이하다 시간을 보니 아직도 새벽 세 시인데, 모처럼 곤하게 자고 있을 딸아이를 깨우기가 민망해서 내일 아침까지만 참고 기다려보자고 사정했다.

아이는 계속 큰 소리로 울며 귀가 더 아프다고 엄마를 찾았다. 하는 수 없이 딸아이의 휴대전화로 걸었지만 연결이 안 되고 사위의 전화로도 연결이 안 되어 어쩔 수 없으니 날이 밝기를 기다려 병원에 가자고 달랬다. 만약에 제 엄마와 통화가 되어 이리로 꼭 와야 한다고 아이가 말했다면, 딸아이는 새벽 세 시라도 달려왔을 것이기에 전화가 연결 안 된 것은 잘된 일이라고 생각했다.

그런데 우는 것을 그치지 않으니

"그럼 지금 이 시간에 의사한테 가겠냐?"

고 물었다. 그러겠다고 쉽게 대답하는 아이에게 옷을 입히고 나니 큰 손녀도 남편도 따라나섰다.

종합병원이 우리 집에서 도보로 5, 6분 안에 갈 수 있어서 참 다행이란 생각을 하며 응급실에 도착해서 상황을 설명하니

"지금 소아과 의사가 없으니 노이비드로 가세요!"

했다.

노이비드는 강 건너편에 있는 도시라 택시를 불러서 타고 갔다. 어

린이 전문 응급실에 도착했더니 간호사가 의료보험 카드는 갖고 왔냐고 물었다. 없다고 했더니 인상을 쓰고 목소리의 톤이 올라갔다. 우릴 난민이라고 착각한 것인지는 몰라도 이런 부당한 대우에 참을 수 없어서 그 간호사의 말을 끊고 나도 완강한 목소리로 톤을 높여서 한마디 했다.

"내 말부터 먼저 들어요! 이 아이들은 괴팅겐에 살고 있고, 어제저녁에 우리 딸 내외가 우리 집에 맡기고 지금 바드엠스에 주말 휴가를 갔어요. 주일날 돌아오면 의료보험 카드로 처리할 것이고, 그렇지 않으면 개인 부담으로 해도 별문제 없으니 빨리 처리해주세요!"

조금은 미안했던지 신상기록부를 내밀며 주소와 아이의 이름을 기록하란다. 얼마 되지 않아 소아과 의사가 우릴 친절하게 맞아주었고, 아이에게도 다정하게 대해줘서 아이는 묻는 말에 또박또박 대답하며 아픈 것도 잊어버린 듯했다.

"아이가 급성 중이염인지 새벽 두 시부터 깨어서 우네요."
라는 내 말에,

"귓속이 조금 붉게 되어 있지만 걱정하실 필요는 없고, 일단은 진통제와 비염 약을 처방해 드릴게요."
라며 당장 진통제 시럽을 먹이는 그 여의사가 어찌나 고맙던지….

다시 택시를 타고 집에 오니 새벽 5시가 되어가고 있었다. 비는 찔찔거리며 내리고, 날이 밝기까지는 아직도 한참을 기다려야 하는 인적도 없는 꼭두새벽에 할머니 노릇을 한다고 애쓰는 내 꼴이라니…. '하나님, 그동안 제 기도가 부족했던 걸까요? 어찌하여 이런 일이?'라며 지난날의 평범했던 일상들이 얼마나 축복의 나날들이었는지를 깨달았다.

하룻밤 새에 겪었던 일들이 무슨 영화의 한 장면을 본 것처럼 실감이 나지 않았고, 무슨 악몽을 꾸고 난 기분이었다고 할까? '이제는 아무 일도 일어나지 않는 평범한 일상을 더욱 감사하며 살겠습니다'라는 기도를 드렸다.

선의로 도우려다 의심받을 뻔한 일

얼마 전의 일이다. 딸아이 집에 기거하던 우크라이나 난민 가족들이 거의 6주 반 만에 작은 아파트를 구해서 이사한다고 했다. 전쟁 중에 살겠다고 도망 나온 피난민들이라 당장 필요한 것들이 너무 많아서 우리더러 경제적으로 그들을 도와줄 생각이 있느냐고 딸아이가 전화로 물어왔다.

나는 당장 좋다고 하고 은행으로 갔다. 자동 계좌인출기를 어떤 할아버지가 사용 중이라 기다려야 했다. 은행 카드로 한참을 시도하다 나를 보더니 좀 도와줄 수 있느냐고 물었다. 그때까지만 해도 별생각 없이 당신의 계좌 상황이 궁금하여 그러는 줄 알았다.

"그럼 다시 한번 카드를 넣어보세요!"

할아버지는 내 말대로 다시 기계에 카드를 넣었고, 내가 친절한 목소리로

"그럼 이번에는 '콘토아우스주크Kontoauszug(계좌 명세)'를 터치하세요."

해서 그대로 했는데도 계좌 상황이 출력되지 않고 글자가 떴다. 당신의 계좌에 변동 상황이 없어 출력이 안 된다는 글을 읽어드렸다. 이 말

을 들은 할아버지가 하는 말이

"난 현금을 찾으러 여기 왔는데."

하는 것이 아닌가?

"아, 그래요? 그러면 자동 현금인출기로 가셔야죠."

하고는 다른 쪽 편을 가리켰다.

"나 좀 도와줄 수 있어요? 부탁해요!"

그제야 할아버지의 얼굴을 정면으로 보니 아흔이 다 된 노인이었다. '어쩌면 치매를 앓고 있어서 계좌인출기와 현금인출기를 구분 못하고 기계 앞에서 자꾸 카드만 넣었다 뺐다를 되풀이하셨나 보다'라는 생각이 들었다.

노인이 부탁하는데 거절할 수가 없어 함께 자동 현금인출기로 갔다. 다시 또 카드를 어떻게 넣어야 하고, 문자가 뜨면 '현금 지불'을 터치하는 것과, 또 얼마인지 금액이 뜨면 당신이 원하는 숫자를 누르면 된다고, 그리고 마지막으로 비밀번호를 입력하라는 칸이 뜨면 그 번호만 입력하면 된다고 친절하게 말씀드렸다. 내가 시킨 대로 다 하신 할아버지는 원하는 금액까지 찾은 후 내게 연신 고맙다고 하셨다. 나는 도울 수 있어서 기분이 좋았는데, 그런데 문제는 내가 한 마지막 말이었다.

"이제는 계좌 상황 보시려면 계좌인출기에 가서 출력하셔도 돼요!"

내 말은 들은 할아버지가 하는 말이 '그러고 싶어도 카드가 없어졌다'라는 것이다. 불과 1, 2분 전에 그 카드로 현금을 찾아놓고 카드가 없어졌다니 참으로 황당하다는 생각을 하면서도 침착하게 말했다.

"어디 옷 속주머니를 다시 찾아보세요!"

라고 했다. 이런 상황에서 그 할아버지를 그냥 두고 가버리면 분명히 내가 도둑으로 몰릴 지경이었다. 당신이 입은 옷의 안팎 주머니를 다 뒤져도 카드가 나오지 않자, 또 나더러 카드 찾는 걸 도와달라고 한다. 안 도와준다고 하면 내가 카드 훔치고 도망가는 사람으로 취급당할 것 같았다. 다른 선택권이 없는 내가 많은 사람들이 쳐다보는 가운데, 할아버지를 똑바로 세워놓고 카드를 찾기 위한 수색에 들어갔다.

할아버지는 웬 옷을 그리도 많이 껴입었는지, 겉옷 재킷에만 주머니가 바깥쪽에 세 개, 안쪽에 세 개, 또 안에 입은 조끼에도 바깥쪽에 세 개, 안쪽에 두 개, 바지에도 양옆 두 개, 뒤쪽에 두 개. 모두 다 찾아도 카드는 없었고, 바닥에 떨어뜨린 것도 아니었다. 이러다가는 경찰에 신고해야 한다는 생각과 함께 자칫하다가는 내가 도둑으로 몰릴 수도 있다는 생각에 이마와 손에선 진땀이 다 났다.

다시 마지막이라 생각하고 할아버지 옷의 그 많은 주머니들을 다시 수색했다.

"아이고! 찾았다. 세상에나!"

와이셔츠 왼쪽 가슴팍에 있는 주머니가 조끼에 가려져 있어서 찾을 수 없었는데, 거기까지 생각하지 못한 내 실수였다. 할아버지께 절대로 그 카드를 잃어버리면 안 된다고 거듭 말씀드렸다.

맥이 다 빠져 집으로 돌아와서 은행에서 있었던 일을 옆지기에게 말하니, 치매 걸린 노인들 돕다 자칫하면 낭패를 볼 수도 있으니 특히 돈에 관계되는 일은 돕는 일도 삼가야 한다고 했다. 처음부터 그 할아버지가 현금 찾는데 도와달라고 했으면 은행 직원한테 부탁하라고 했을 텐데, 자동 계좌인출기 앞에서 물어와 그런 상황이 온 거라고 해명하면서도 독거노인처럼 보이는 그 할아버지가 왠지 불쌍한 마음이 들었다.

이것이 누구의 잘못입니까?

우크라이나 전쟁으로 수많은 사람들이 희생되었고, 나라를 지키겠다고 총을 잡은 남편과 생이별하고 어린 자식들만은 살리겠다고 아이들을 지키는 엄마와 어미의 손에 이끌려 도망쳐 나온 난민들을 볼 때마다 가슴이 멍해진다. 전쟁 때문에 한동안 품절되었던 식용유와 밀가루는 지금 구입할 수는 있지만 모든 물가는 치솟고 가난한 사람들은 자꾸 늘어난다. 정부로부터 많은 혜택을 받는 난민들을 곱게 보지 않는 불평 많은 독일 시민들 또한 외국인에 대한 눈빛이 날카롭다.

어쩌다 독일 정부가 지금까지 러시아의 가스를 수입해왔던 걸까? 수입 가스가 끊기다 보니 기왓장 굽는 회사도 다 문을 닫아 요즘은 새 지붕으로 교체하는 집이 없다. 우리 집도 지붕이 낡아서 새것으로 교체하려고 여러 군데나 회사를 알아봤지만, 모두 거절당했다. 모든 회사가 똑같이

"전쟁이 끝나야 주문을 받을 수 있어요."

라고 한다.

가스값 폭등으로 수많은 다른 공장들도 문을 닫는 일이 우후죽순처럼 일어나는 요즘 상황에 모두가 힘들어한다. 가스값이 100% 올라가면 올겨울 추위에 떨어야 할 시민들이 부지기수라 정부는 대책을 마련한다고 하는 뉴스가 매시간 들려온다.

'잘되면 제 탓, 잘못되면 조상 탓'이라는 말이 있다. 매일 습관처럼 하는 일상의 기도로 나 자신을 위해서는 '하나님, 감사합니다!'를 연발하면서도, 우크라이나 전쟁이 계속되는 것을 보면 '왜 그냥 두고 보십니까?'라며 불쑥 마음속엔 의문이 생기고 고개를 들어 하늘을 바라

본다. 모든 시기는 다 하나님이 정하시지만

"코로나도 우크라이나 전쟁도 언제가 돼야 끝이 날까요?"

하고 조용히 물어본다.

작은 배려가 꽃으로 피는 풍경

몇 년 전, 금요일 아침 함부르크Hamburg에 가려고 기차를 탔다. 기차를 타는 일이 아주 드문 일인지라 전날 저녁부터 잠을 설쳤다. 소심한 성격 탓에 혹시나 기차를 갈아탈 때 찾아가는 환승역이 먼 곳에 있어서 시간이 빠듯하지는 않을지, 혹은 내가 사는 이 동네에 도착하는 완행열차가 연착해서 오면 함부르크 가는 급행열차를 놓치지는 않을지 그런 작은 염려 때문이었다.

다행히 환승역에서 기차를 잘 갈아타서 함부르크행 급행열차에 승차하니 긴장이 풀려 그제야 안도의 한숨이 절로 나왔다. 코블렌츠에서 떠난 기차가 한 시간가량 달리다 쾰른에 정차했을 때 어떤 노부부가 승차했는데, 두 분 다 70대 후반의 노인인 데다 할아버지는 거동이 불편한 분이었다. 내 자리가 창가였으므로 할머니가 내 옆자리인 통로에 앉고, 할아버지는 할머니의 부축을 받으며 건너편 통로에 앉았다.

기차가 다시 출발하여 10여 분을 달렸을 때 할머니가 할아버지에게 자기들이 앉은 자리에서 자기들 가방을 볼 수 없어서 걱정이라는 말을 했다. 옆에 앉은 내가 그 얘기를 듣고 이유를 물으니 할아버지를 부축해야 하는데 가방이 너무 크고 무거워서 입구 쪽에 있는 짐 싣는 공간에다 두었는데, 지금은 당신네의 자리가 열차 안 중간 자리에 있어서 가방을 볼 수 없으니 불안하다고, 그렇다고 가방을 이리로 가져오면 가방이 무거워서 선반에 올릴 엄두가 나지 않는다고 했다.

"그럼 제가 도와드릴 테니 지금 그 가방을 이리로 옮깁시다."

라고 말하며, 할머니와 함께 도르래가 달린 큰 가방을 끌고 와서 할아버지가 앉은 편의 선반 위에 올리려는데, 생각보다 무거워서 씨름을 하며 겨우 올렸다. 그러고 나니 손목이 시큰함을 느끼며 '나도 어느새 늙었구나!'라는 생각이 들었다.

문제는 기차가 도르트문트역에 도착했을 때 새 손님들이 승차했고, 50대 중반으로 보이는 여자가 할아버지가 앉은 자리에 와서

"이 좌석은 내가 예약해둔 자리인데요."

라고 했다.

할머니도 자기 승차표를 보이며

"아니요, 우리 자리가 맞아요. 이 번호를 좀 보셔요!"

했다. 부활절 방학인지라 기차 안은 여행하는 손님들로 빈자리 하나 없는 형편이었다. 모두들 이중으로 좌석을 팔아먹은 열차 회사를 비난하며 '어떻게 이런 일이 있는가?' 하고 웅성대는 소리가 들렸다.

결국 승무원을 불렀고, 두 사람 다 승차표를 보이며 이게 어찌 된 일이냐고 따졌다. 결과론적으로 할머니가 열차의 칸 번호를 착각해서(7번 칸에 타야 하는데 8번 칸에 탔던 것) 일어난 해프닝이었다. 문제는 이 노부부가 무거운 가방을 내리고 다시 자기들 좌석으로 찾아가는 일이 남았다는 것이었다. 더군다나 파킨슨병으로 걸음이 자유스럽지 않은 할아버지를 달리는 열차 안에서 모시고 가는 일이 쉽지는 않을 것이기 때문이었다.

이 사정을 알아본 50대의 여자가

"그냥 그대로 계셔요. 아무래도 내가 그 자리로 찾아가는 게 더 쉬울 것 같네요."
라며 흔쾌히 양보하는 것이었다. 그 여자의 배려 덕분에 온 주위가 따뜻해오는 인정의 꽃을 보았다. 나는 속으로 '이 여자가 자기 자리를 양보하지 않으면 내가 또 할머니의 가방을 내리는 일을 도와야 하고, 할머니 혼자선 할아버지와 가방을 끌고 다른 칸으로 옮겨갈 수 없기 때문에 도와드려야겠다'라고 생각했다. 한 사람의 배려가 모두를 편안하게 한다는 사실이, 그래서 감사한 마음이 내 안에도 가득했다.

기차가 목적지에 도착하기까지 4시간 내내 나는 할머니와 이런저런 얘기들을 주고받았는데, 할아버지는 1980년에 일본에서 대사로 8년간을 지냈고, 그사이에 두 분이 한국도 두 번이나 방문한 적이 있었다고 했다. 그 당시의 한국은 참 가난했고, 더구나 시골은 더 많이 가난해 보였다고 하기에

"아, 이제는 그때의 대한민국이 아닙니다. 전자 제품과 인터넷, 휴대폰 등이 독일보다 더 뛰어나다는 것을 당신도 알고 있을 것입니다."
라고 힘주어 말했다. 나는 또 조심스레 물어보았다.

"어떻게 장애인을 모시고 기차를 탈 생각을 하셨어요?"

그 말은 열차의 정차 시간이 대략 2, 3분이고 큰 역에서는 4, 5분 정도 정차하기 때문에 모두들 빨리 내리고 빨리 타야 하므로 이를 염두에 두고 물어본 말이었다.

"여태까지 폴란드에서 온 간병인을 두고 살았기 때문에 아무 문제가 없었는데, 그 간병인이 자기 친정에 일이 있어 돌아가는 바람에 할아버지를 혼자 집에 두고 떠날 수 없어서 함께 나섰네요. 함부르크엔

내 사촌의 팔순 잔치가 있어서 어쩔 수 없이 같이 가게 되었네요."
라고 했다.

기차가 함부르크역에 도착했을 때, 먼저 내 가방을 내리고 노부부의 가방 내리는 걸 도와주려고 손을 대는데 다른 좌석에 앉은 중년 남자가 성큼성큼 걸어와서 우리보고 잠깐 물러나 있으라고 하며, 남자의 힘으로 쉽게 내려줘서 또 한번 감사했다. 내 손목이 시원찮아서 이번에도 도우면 또 시큰거릴 것을 염려했기 때문이었다.

한 가지 더 감동했던 일이 일어났다. 내가 할머니한테

"제가 먼저 내려서 짐을 놓아둔 후에 할아버지가 입구까지 내려오시면 계단을 내릴 때 할아버지를 부축하겠습니다."
라고 말했는데, 이런 걱정도 기우였다.

내 가방을 땅 위에 내려놓고 나서 다시 할아버지를 부축하려고 하는데, 다음 정거장인 오덴발트역에 가려고 왼쪽 입구에 줄을 섰던 손님들 중에 건장한 청년 둘이 할아버지의 양쪽 팔을 잡고 금방 내려오는 게 아닌가!

사실 '배려'라는 말은 쉽지만 누구나 다 자기의 권리와 유익을 따지는 각박한 세상에 살다 보니, 남보다 더 많이 똑똑해야 하고 내가 손해 보는 일은 바보나 하는 일인 것처럼 가르치는 요즘 세상이라고 한다. 특히나 한국에선 가정이나 학교에서도 배려라는 말을 가르치지 않고, 항상 내가 먼저 1등을 해야 좋은 대학을 가고, 그래서 친구도 없는 이 사회가 온통 경쟁 대상으로만 보고 살아가다 보니 누구를 신뢰할 수도 없어서 많은 성인들은 물론이고 청소년들의 우울증 또한 매년 증가한다고 한다. 이 세상 누구나가 조금만 남을 배려한다면 아직도 살 만한 세상인 것을.

감사의 표시로 장미꽃을 심는 시민들

우리 집에서 약 80km 떨어진 곳에 하다마르Hadamar라는 작은 도시가 있다. 그 동네 주민들은 감사할 일이 생길 때마다 공원에다 장미를 심는다고 한다. 맨 처음 그 어느 누군가의 기발한 발상인지 세월이 지나면서 너도 나도 장미꽃을 심다 보니 지금은 유명한 장미공원이 되었다고 한다. 수백, 수천 송이의 장미들을 1년 동안 가꾸려면 많은 인력이 소모되는데, 그것 또한 시민들 중 자원봉사자들이 미리 계획표를 짜놓고 돌아가면서 한다고 한다. 그곳을 몇 번 다녀온 적이 있는 홍 집사가

"언니, 내년 야외예배는 하다마르에서 하면 어떨까요? 그곳의 장미공원이 얼마나 아름다운지 몰라요."
라고 한다.

6월의 어느 날, 세 가정이 시간을 내어 사전 답사를 가봤다. 세상에나, 이렇게 많고도 아름다운 장미꽃들의 군락지일 줄이야! 백만 송이의 장미란 말이 무색할 정도로 무더기로 피어나는 장미꽃들이 저마다 향기를 뿜어내고 있었다. 장미꽃 나무 아래에 팻말이 있어서 보니 꽃을 기증한 사람들의 이름과 감사의 이유가 쓰여 있었다.

> 첫아이의 출생이 감사해서 이를 기념하기 위해….
> 금혼식까지 부부가 잘 살아왔으니 감사함으로….
> 병마를 이기고 새 삶을 살게 해주신 데 대하여….
> 가족 모두가 지금까지 건강하게 살아왔음을….

감사의 이유도 다양했다. 휴대폰으로 사진을 촬영하는 내내 감동으로 마음이 젖어들었다. 그날따라 존 밀러의 감사에 대한 명언이 떠올랐다.

"그 사람이 얼마나 행복한가는 감사의 깊이에 달려 있다."

베를린 장벽 붕괴 30주년을 맞아

2019년 11월 9일은 베를린 장벽Berliner Mauer이 무너진 지 30주년 되는 날이었다. 요 며칠간 다큐멘터리 영화는 물론 신문, 라디오, TV 등에선 온통 베를린 장벽 붕괴 사건 이야기뿐이었다. 장벽이 무너지기 전에는 45년간의 분단 현실을 가슴 아파하던 국민들이 목숨을 걸고 벽을 넘고 땅굴을 파는 등 자유를 찾아 탈출을 감행하다 동독 경계병들의 총탄에 많은 목숨들이 스러져갔다.

나는 1970년에 서베를린의 그리징거슈트라세Griesingerstrassse에 있는 국립 정신과병원에서 3년 3개월간 간호사로 근무했다. 지역적으로 보면 그곳은 동베를린보다 동독에 더 가까운 지역이었다. 처음 와본 곳이라 아무것도 모르고, 낯선 이국땅의 정서와 문화를 알기 위해 고군분투하는 꽃다운 스물두 살이었다.

처음 3개월은 괴테어학원에서 독일어를 배웠고 정식 병동 근무는 다음 해 1월부터 시작했는데, 봄에 친구들 10여 명과 함께 자전거를 타고 고사리를 뜯으러 숲으로 갔다. 숲길을 지나 신나게 들판을 달리는데 말로만 듣던 '동독'의 경계선 철조망 옆을 지나게 되었다. 불과 20여m의 거리인 전망대에서 망원경으로 우리를 샅샅이 주시하는 동독 군인들을 보곤 덜컥 겁이 나서 등골에서 땀이 났다. '걸음아 날 살려라!' 하고 힘차게 페달을 밟았는데도 뒤에서 누가 내 뒷덜미를 낚아채는 것 같아서 얼마나 혼이 났는지 모른다.

그제야 길가에 있는 십자가가 세워진 작은 무덤들이 자유를 찾아서 베를린으로 철조망을 넘다가 총살된 사람들의 무덤이라는 걸 알았다. 그 후론 한밤중에도 개 짖는 소리나 총소리가 나면, '아! 또 누군가가 철조망을 넘다가 목숨을 잃은 것은 아닌가?' 하고 잠을 설치는 일도 있었다.

자유 진영 측의 서베를린과 공산 진영 측의 동베를린을 가르는 거대한 장벽이 처음 건설되기 시작한 것은 1961년의 일이라고 한다. 장벽 건설 이전엔 동서 베를린 간에 왕래가 자유롭게 행해졌는데, 1949년 이후 장벽이 세워지기까지 탈출한 동독 시민의 숫자가 300만 명을 넘는다고 했다. 우리의 이웃이며 또 친하게 지내는 전기공인 미카엘의 부모님도 동독에서 40여 년 전에 이곳 서독으로 넘어온 사람들이다. 그래서 자주 동독 이야기를 들려주는 미카엘의 아버지 나이는 올해 93세이다.

1990년 4월, 부활절 방학을 맞아 베를린에 살고 있는 친구 숙의 초대를 받아 아이 둘을 데리고 베를린을 방문한 적이 있었다. 1973년 12월에 서베를린을 떠나온 이후 처음으로 베를린 땅을 다시 밟았다. 무엇보다 서독에서 기차를 타고 동독을 지날 때는 이상한 마음이 들기도 했다. 그런데 기차 안에서 웃지 못할 일이 있었다. 장벽은 무너졌지만 아직은 통일이 안 된 동서 국가였다. 서독의 검문소 지역에선 신분증을 보자는 사람이 없었다.

그런데 기차가 동독의 검문소에 들어서니 경찰이 기내로 들어와선 한 사람 한 사람 신분증을 보여달라고 했다. 이걸 어쩌나! 아침 일찍 집을 떠날 때 다른 핸드백으로 바꿔 들고 오는 바람에 나와 내 아이 둘은 신분증이 없었다. 우리 셋의 여권을 다른 핸드백에다 두고 깜박했노라고 사실을 설명할 수밖에 없었다.

"여권을 지참하지 않았다는 것을 언제부터 알았나요?"

하고 경찰이 물었다.

"우리가 쾰른에서 베를린 가는 기차를 갈아탄 후였어요. 그런데 기차는 앞으로 가지, 뒤로 가지 않아서 어쩔 수 없었어요."

"그러면 베를린에는 얼마나 있을 계획이며, 다시 집으로 돌아갈 때는 어쩔 건가요?"

"아, 그건 염려하지 않아도 됩니다. 우린 일주일가량 서베를린에 머물 것이고, 도착하는 대로 서독의 남편에게 전화해서 여권을 등기로 부치라고 하겠습니다."

"그런데 이 아이들이 당신의 아이들이란 것을 증명할 수 있나요?"

"이 아이들하고 내가 닮은 것 같지 않나요? 설마 내가 유괴범으로 보이지는 않겠지요?"

라며 너스레를 떨어서 기차 안 사람들이 모두 웃기도 했다.

"그래도 핸드백 안을 한번 더 찾아보세요. 무슨 증명할 만한 것이 있을지?"

"아, 여기 포크스호흐슐레Volkshochschule(시민대학)의 영어 코스와 수영 코스에 등록한 영수증이 있네요. 그리고 우리 집 주소도 있고요."

작은 종잇조각이 그때의 어려운 상황을 해결해줄 줄이야 상상이나 했을까마는, 이 상황을 모면할 수 있었던 이유는 무엇보다 베를린 장벽 붕괴 이후 동독의 까다로운 공산체제가 관대해졌기 때문이었다.

경찰이 내가 내민 종잇조각 하나로 오케이 하며 물러간 후, 같은 칸에 탔던 독일 사람들이 저마다 한마디씩 했다. 옛날 같으면 절대로 통과시키지 않았을 것이고, 벌금을 많이 물거나 아니면 비자 신청한다고 시간이 많이 소비되어 다른 기차를 타야 했을 것이라고 했다. 그때가 어제 같은데 벌써 30주년이라니….

아버지가 잘못한 과거사를 어찌 아들이 대신 갚아야 하는 걸까?

요 며칠, 내 머릿속을 계속 맴도는 슬픈 얘기가 있다. 지난 11월 19일, 저녁 뉴스를 보다 경악을 금치 못한 속보를 접했다. 독일의 제6대 대통령을 지낸 리하르트 폰 바이츠제커Richard von Weizsacker의 막내아들 프리츠 폰 바이츠제커가 괴한의 흉기에 찔려 숨졌다는 뉴스였는데, 이는 국민 모두를 참 황당하게 했다. 더군다나 그 가해자가 우리 동네(안더나흐)에 살고 있었다는 앵커의 말에 더 쇼킹했다.

리하르트 폰 바이츠제커 전 대통령은 독일 대통령 재직1984~1994 시 동독과 서독의 통일에도 이바지한 바가 크다고 한다. '반짝이는 것이라고 해서 다 금은 아니다'라는 명언처럼, 이 사회에 본이 되고 존경받는 그런 아버지에게도 씻을 수 없는 과오가 있었다. 1960년 잉겔하임Ingelheim이라는 도시의 화학약품회사 베링거Boehringer에서 그가 업무 책임자로 있을 때 에이전트 오렌지Agent-Orange라는 이름의 독소가 든 화학무기를 베트남 전쟁에 참전 중인 미국에 팔았다고 한다.

아버지 바이츠제커 씨는 2015년에 세상을 떠났는데, 그 가족에게 원한이 있던 가해자는 의사인 그의 아들이 베를린에 있는 슐로스파크 클리닉Schlosspark-Klinik에서 강연한다는 소식을 인터넷에서 보고 화요일 아침 기차를 타고 베를린에 갔고, 그 강연에 참여한 후 끝나는 시간에 칼로 그를 살해했다고 한다. 경찰 조사에서 가해자는 말하길, 전 대통령의 아들을 살해할 계획을 미리 세우고 이곳 동네에서 칼을 사서 들고 갔다고 한다. 전과가 있는 범죄자도 아니고 정신병원에 입원한 경력도 없는 가해자는 자기가 저지른 범죄에 대해 추호도 뉘우치는 마음이 없었다고 한다. 대개 정신착란증에 걸린 환자들은 자기가 저지른 일이 타당하다고 믿기 때문이다.

그 가해자는 57세라고 하니 베트남 전쟁이 났던 1960년대에는 어린 아기였을 텐데, 직접적인 연관이 있는 것도 아니고 그 아버지에 대한 원한 때문에 그의 아들을 살해했다는 것은 소름 끼치는 일이 아닐 수 없다. 아무리 정신병자일지라도 아버지의 잘못을 아들에게 전가하여 해코지하는 것은 분명 잘못된 것이다. 아무런 잘못이 없는데도 졸지에 비명에 간 그분의 명복을 빌며, 그분의 가족들에게 하나님의 위로와 평강이 함께하시길 두 손 모아본다.

사기꾼도 가지가지

속은 사람이 잘못이라고 하지만 사기꾼도 가지가지다. '눈 뜨고 있어도 코 베어가는 세상'이라고 어른들이 하는 말이 있다. 세상에 대한 불신은 날로 더 불어만 가니 누구를 신뢰한다는 것조차 드문 일이다.

노인네가 자기 집 문 앞에서 강도를 당한 일이 있는가 하면, 이런 사건도 있었다. 한 할머니가 외국 여행을 가려고 은행에서 4천 유로 정도 되는 큰돈을 찾아 집에 왔는데 두 시간 후에 은행 직원이라는 사람이 찾아와 초인종을 누르더란다. 그 사람은 가짜로 만든 신분증을 슬쩍 보여준 후

"당신이 조금 전에 가져간 500유로 지폐들이 모두 가짜라고 상부에서 연락이 와서 회수하러 왔습니다. 영수증을 써줄 테니 내일 직접 은행 문 여는 시간에 오셔서 다시 찾아가세요!" 하더란다. 그 말을 믿고 돈을 내어준 할머니는 다음 날 4천 유로가 적힌 영수증을 들고 은행에 가서 창구에 내밀었지만 그런 사람이 있을 리 만무했다.

지난주에 양로원에 사는 선배 언니가 중요한 일을 의논하고 싶다고 찾아왔다. 너무도 황당한 일이라 간밤에 잠도 설쳤다고 했다. 선배 언니의 지인 중에 쾰른에서 레스토랑을 하는 '정희'라는 분이 있다. 남편은 3년 전에 죽었고 큰아들과 함께 남편의 유지를 받들어 계속 레스토랑 운영을 하는데 생활도 윤택하여 의식주 걱정은 없는 사람이라고 했다. 나이는 70대 초반인데 세월이 갈수록 외로움을 탔다고 했다. 그러다 우연히 인터넷에서 동반자나 친구를 찾는다는 사이트에 들어가 모 씨를 알게 되었고, 그때부터 문자로 연애가 시작되었다고 한다.

작고한 전 남편은 경상도 사람이라서 생전에 다정한 말을 들은 적이 없는데, 인터넷에서 알게 된 이 사람은 하루에도 몇 번씩 사랑 고백을 해와 순진하기 그지없는 정희 씨가 그 사람에게 그만 홀딱 반했다고 한다. 처음 자기소개로는 미국에서 태어난 한인 2세로 의사라고 했고, 나이는 56세이며 지금은 튀르키예 옆 국가인 모 지역에서 의료 봉사를 하고 있다고 했단다. 그 남자가 보내온 사진과 출신 대학을 검색해보니 실제로 그 사람의 이름과 사진이 졸업자 명단에 나와 있더라고 했다.

서로 사귄 지 6주가 지나자 이제는 전쟁도 지긋지긋하다고 그 남자가 말했단다. 그래서 말인데 1만 유로(한화 약 1,300만 원)를 빌려주면 그곳 과장한테 주고 빠져나올 수 있다고 했단다. 생활이 넉넉한 정희 씨는 그만한 돈은 부쳐줄 수도 있었지만 그전에 선배 언니에게 한번 의논할 요량으로 전화했다고 한다.

선배 언니 역시 남의 일에 간섭하는 일은 삼가는 성품이라

"인터넷을 내가 잘 모르지만, 혹시나 사기꾼인지도 모르니 잘 알아봐라."

라고 한마디했다고 한다. 선배 언니는 정희 씨와 통화를 끝내고 나서 웬일인지 마음이 찜찜하고 석연치 않을뿐더러 혼자만 알고 고민할 게 아니라 나는 이 일을 어떻게 생각하는지 알고 싶어 내게로 왔다고 했다.

"들으나 마나 사기꾼이네요. 어떻게 사이버를 통해 만난 사람에게 '여보, 당신'이란 호칭을 쓰는 사람이 있나요? 혼자 사는 돈 많은 과부를 꾀어서 돈 뜯어내는 수작인 것 같네요. 그리고 그 사람은 자존심도 없나요? 이제 사귄 지 6주밖에 안 지났는데 돈 빌려달라는 소리가 어

떻게 나와요?”

내가 흥분해서 말했다.

“또한 의사라면서 56세가 될 때까지 1만 유로도 저축을 안 했다는 것도 이상하고, 그보다 그만한 돈을 빌려줄 친구 하나도 미국에 없다는 것이 사기꾼 같네요. 그만한 나이엔 정말 의사라면 적어도 과장급의 직책일 텐데 자기가 그곳에서 빠져나오려면 1만 유로를 상사인 과장한테 줘야 한다는 것부터가 말이 안 되네요.”

“정희는 두 아들에게도 부끄러워 말도 못 하고 끙끙 앓다가 나한테 전화했는데, 두 눈에 뭐가 씌었는지 사이버상의 그 남자를 믿는다고 하네.”
라고 언니가 말했다.

“그럼 정희 씨에게 제일 친한 친구한테 이 일을 상의해보라고 하세요. 진정한 친구의 조언이라면 받아들일 수도 있으니까요.”
라며 우선 이 일을 일단락 지었다.

그로부터 사흘이 지난 뒤 선배 언니로부터 전화가 왔다.

“애! 진짜 네 말대로 그 사람은 사기꾼이었어. 정희가 친구한테 사실을 털어놓았고 그 친구는 또 자기 아들에게 물었는데, 친구 아들의 말이 ‘국제의료협회 자원봉사자 명단에서 그 사람의 이름이 들어 있는지 확인하면 되니까 그 의료협회를 알려달라’고 했단다.”

그래서 정희 씨가 그 사기꾼한테 문자를 보냈는데 그 이후로 답이 없었단다. 남의 아이디ID를 도용해서 출신 대학과 직업을 속인 것까진 무사했는데, 도용한 ID의 진짜 주인이 전쟁지역에 봉사자로 가 있을 리가 만무했기 때문이었다. ‘사기꾼도 어딘가 허점은 있기 마련인가

보다'라고 생각하며
"그러면 그렇지!"
하고 깔깔거리며 우리는 실컷 웃었다.

꼬리가 길면 밟히는 법

"여긴 비밀경찰입니다. 안심하십시오! 요즘 도둑 정보가 들어와 드론이 당신 집 주위를 감시하고 있습니다."
라는 전화를 받은 할머니들이 셀 수도 없이 많았다. 도둑들이 노리는 것은 부잣집이고, 저택에 혼자 사는 할머니들이었다. 정기적으로 전화를 받은 어떤 한 할머니는 친근한 목소리의 경찰을 신임하게 되었는데, 어느 날 하루는 집에 보석이나 현금을 두지 않는 것이 좋다고 하더란다.

이에 할머니가 대답하길
"우리 집엔 값나가는 것은 아무것도 없어요. 모두 다 은행 지하실 금고(세를 주고 빌린 작은 금고)에 있어요."
라고 했단다. 이 말을 들은 가짜 경찰은
"아주 잘하셨어요!"
라고 칭찬까지 했다. 그로부터 일주일 후 또다시 이 비밀경찰이란 사람이 전화를 했다.

"방금 들어온 속보인데요. 당신의 은행인 스파르카쎄Sparkasse(저축은행) 지하의 개인금고를 절도범들이 노리고 털려는 정보가 있어 알립니다. 빨리 은행에 가서 현금과 귀중품을 찾아 비닐봉지에 담아 문간에 두세요! 내가 가져갔다가 이 사건이 해결되면 다시 돌려드릴게요."

이에 할머니는 알려줘서 정말 고맙다고 몇 번이나 말한 뒤 곧장 은행으로 갔다. 현금 10만 유로(한화 약 1억 3,000만 원)와 귀중품들을 찾아 가짜 경찰이 말한 대로 헌 비닐봉지에 담아 대문 앞에 두었단다. 당연히 돈이 든 봉지는 불과 몇 분 만에 사라지고, 그 후 일주일이 지나도 비밀경찰이란 그 사람한테서 다시는 전화가 오지 않자, 그제야 속은 줄 알고 경찰에 신고했다고 한다.

이런 꼬임에 속은 사람들이 무려 4천 명을 넘는데 그중 대부분이 70~80대의 혼자 사는 할머니들이라고 한다. 요즘 은행 이자가 0.02%밖에 되지 않아 돈을 저축 통장에 넣지 않고, 그렇다고 집에도 두지 않고 은행의 금고를 빌려서 사용하는 부자들이 늘어나고 있는 상황을 노린 것이었다.

그런데 며칠 전, 우리 집에서 약 50km 떨어진 곳에 있는 넨터스하우젠Nentershausen이라는 작은 도시에 사는 어떤 할머니의 신고로 그 절도범들이 모두 잡혔다는 소식을 들었다. 통쾌하기 그지없다. 그들의 재판 과정도 코블렌츠의 법원에서 열릴 것이라고 한다. 그들의 사기 그물에 걸린 사건 수는 무려 4천 건에 달했고, 액수는 모두 150만 유로나 된다고 한다.

꼬리가 길면 언젠가는 밟히기 마련인 것을….

환경미화원이 시장으로 출마한다고?

이곳 지역 신문에 나서 요즘 화젯거리가 된 빅뉴스가 있다. 평생을 환경미화원으로 일한 50대의 중년 아저씨가 이곳 도시의 시장으로 출마한다고 한다. 30여 년을 넘게 이곳 안더나흐 시내에서 쓰레기를 줍거나 길을 쓸며 청결한 도시를 만드는 데 전심을 다하는 사람 좋은 아저씨로 소문난 분이기도 하다.

우리 집에서 5분만 걸어서 시내에 나가면 오렌지색 작업복을 입은 그를 자주 볼 수가 있는데, 그는 사람들이 지나갈 때마다 밝은 목소리로 먼저 인사한다. 사람들은 모두 그를 좋아하며 소임에 충실한 그를 칭찬한다. '직업에는 귀천이 없다'는 말을 실제로 보여주는 선두주자라는 느낌을 주는 것은 그가 항상 행복한 표정과 자부심으로 일하기 때문일 것이다. '어른이든 아이든 그를 모르면 안더나흐 시민이 아니다'라고 할 정도로 그는 이 도시의 마스코트 같은 사람이기도 하다.

안더나흐는 인구 3만 명가량의 작은 도시이지만 2천 년의 역사가 있는, 독일에서는 두 번째 오래된 도시인지라 여름이면 영국이나 네덜란드 사람들이 관광을 많이 오는 곳이기도 하다. 처음 와본 사람들은 하나같이

"참 아담하고 깨끗한 도시네요."

라고 한다. 이런 말을 들을 때마다 나는 환경미화원 아저씨 얘기를 자주 한다. 그런데 학벌도, 또 정치에 대한 지식도 없고 더군다나 살벌한 정치계에서 순수한 그의 영혼이 상처받는 것은 아닐까 하고 염려하는 마음이 더 크다.

그래도 나와 옆지기는 그분에게 한 표를 찍는다고 마음먹었다.

우리는 당신을 절대로 잊지 않을 것입니다

2017년 9월 10일, 제부가 속한 경찰합창단이 초청을 받아 마리아라악Maria-Laach이라는 유명한 성당에서 찬양한다고 해서 참석하게 되었다. 그런데 놀랍게도 지난 8월 10일에 임종하신 루트 파우Dr. Ruth Pfau 의학박사의 추모식도 함께 예배에 포함되어 있어 얼마나 기뻤는지 모른다. 수녀이자 의사였던 루트 파우 박사님은 신문이나 방송을 통해 파키스탄의 카라치karachi라는 도시에서 돌아가실 때까지 한센병 환자 치료에 평생을 바친 분임을 알기에 더욱 감회가 깊었다.

그녀는 1929년 9월 9일에 라이프치히Leipzig라는 동독의 도시에서 태어났고, 네 사람의 여형제와 남동생이 있었는데, 이 남동생이 일찍 병으로 사망하고 말았다. 이 슬픈 가족사가 의학을 공부하는 계기가 되었다고 한다.

그녀는 20세에 서독으로 와 마인츠와 마부르크에서 의학을 전공했다. 1957년에는 마리아 수녀회에 입교하여 수녀가 되었고, 1960년에 인도로 파견되어 파키스탄의 카라치에서 비자를 기다리는 중 나병 환자들이 모여 사는 빈민촌을 둘러보고 경악을 금치 못했다고 한다. 인간으로서는 차마 눈 뜨고 볼 수 없는 참혹한 광경을 보고는 하나님이 당신에게 주시는 사명을 깨달았다고 한다.

사회와 가족에게서도 버림받고 모진 가난과 병마로 죽어가는 사람들은 그 당시 수도 없이 많았다고 한다. 손과 발에 감각조차 잃어버린 한센인들이 길가에 쓰레기처럼 버려지면 밤에는 들쥐들이 와서 손과 발을 갉아 먹는 것을 보고, 이곳에서 당신이 해야 할 일이 무엇인가를 깨닫고 곧 실천에 옮겼다고 한다.

한센병에 걸렸더라도 조기에 발견하면 12개월 이내에 치유될 수 있고, 살이 떨어져 나가는 일은 일어나지 않는다는 것을 치료를 통해 보여주셨다. 한 사람이 일평생을 바쳐 헌신한 결실로 5만 명이 넘는 한센인들이 치유되었다. 1978년에 독일 정부로부터 연방공로십자가훈장을 받았고, 1988년에는 파키스탄의 명예국민이 되었다.

카라치에서 성녀로 불리는, 수녀이자 의사였던 루트 파우 여사는 31세의 젊은 나이에 파키스탄의 카라치에 발을 들여놓은 이후 자기의 생명이 다하는 87세가 되기까지 57년이라는 긴 세월을 한센인들과 결핵 환자들을 측은지심으로 돌보며 참사랑을 몸소 실천하신 분이셨다. 그분이 세상을 떠난 후 그분이 살던 곳은 이제 성지 순례의 장소가 되었다고 한다.

'하나님이 주시지 않으면 어떻게 그런 큰 사랑을 평생을 두고 헌신할 수가 있는가?' 하고 생각하니, 남을 이해하는 데는 인색하고 내 자신에게는 관대한 나의 살아온 날들이 그날따라 한없이 부끄럽고 회개하는 마음에 예배 시간 내내 눈물을 훔쳐야 했다. 카라치의 시민들은 물론이고, 세상의 많은 사람이 그녀의 업적을 기리며 말하고 있다.

"리베 루트, 비어 베르덴 디히 니 페어게센!Liebe Ruth, Wir werden dich nie vergessen!(사랑하는 루트, 우리는 당신을 절대로 잊지 않을 것입니다!)"

4

창살 없는 감옥

아픔을 딛고

지금 우리 모두 창살 없는 감옥에 살고 있다

코로나19가 전 세계를 강타하며 사람들을 공포와 혼란으로 몰아가고 있는데 특히 유럽 국가들이 더 많은 바이러스 폭탄을 맞은 상황이다. 이탈리아에선 하루에도 600~700명이 넘는 사망자가 계속 발생하니 장례는 엄두도 못 내고, 군인들이 대형 트럭으로 시신을 집단으로 이송하는 장면을 보며 '이런 일이 정말 현실인가' 하는 혼란에 빠지기도 했다. 이곳 독일도 감염 속도를 늦추기 위해서 유치원부터 대학까지 모두 휴학한 것은 물론 어제부터는 레스토랑과 커피숍, 술집 등 사람이 모이는 곳은 휴업할 것을 정부가 지시했다. 공원도 어린이 놀이터도 다 금지다. 단, 급한 병으로 의사한테 가야 할 사람과 주요 식품을 사러 가는 일만 예외로 하고, 이유 없이 길거리에서 세 사람 이상 만나는 것도 금지, 개인 집이라도 손님을 초대해 잔치를 벌이는 일도 다 금지다.

양로원, 요양원도 지난주부터 가족들의 방문을 차단하고 그곳에 사는 이들도 모두 외출을 금지했다. 4년 전에 자신이 원해서 양로원에 입주한 선배 언니가 전화로 호소해왔다.

"나 지금 창살 없는 감옥에 살고 있어. 매일 아침 산책했던 라인강변에도 못 간다네."

언니의 말을 듣고

"우리도 모두 창살 없는 감옥에 사는 건 마찬가지네요."

라고 했다. 사실 우리 부부도 외출한 적이 오래됐으니까.

앙겔라 메르켈Angela Merkel 총리가 지난주 전 국민에게 호소한 메시지

중에서 특정한 부분만을 골라서 아래에 인용해본다.

"저는 이 상황을 모든 각각의 개인이 자신의 과제라고 받아들인다면 충분히 이겨낼 수 있을 거라 생각합니다. 이 상황은 굉장히 심각합니다. 신중하게 생각해주십시오. 제2차 세계대전 이후로 이렇게 사회의 협력과 도움이 필요한 적이 없었습니다. 이 상황에서 여러분의 도움이 왜 더해져야 하는지 알려드리고 싶습니다.

현재 정부 측에서도 전문가들과 로베르트코흐연구소RKI, Robert Koch Institut의 조언을 구하며 현재 코로나19 바이러스의 치료법과 백신을 연구하고 있습니다. 그래서 저희는 시간이 필요합니다. 이 코로나19 바이러스가 퍼지는 시간을 몇 달 뒤로 늦춰서 저희가 백신을 완성시키고 환자들에게 모든 가능한 치료와 도움을 줄 수 있게 하기 위함입니다.

독일은 매우 훌륭한 보건 시스템을 가지고 있습니다. 세계에서 손꼽히는 시스템입니다. 하지만 우리의 병원들이 수용할 수 있는 범위를 넘어서 환자들이 생겨나고 있습니다. 이것은 단순히 통계적인 숫자가 아니라 우리의 아버지, 할아버지, 어머니, 할머니, 연인, 바로 사람입니다.

가장 중요한 것은 우리의 존재가 안전하도록 하는 것입니다. 공공의 삶을 최대한 줄이고 노출하지 않는 것이 필요합니다. 개인이나 사회를 위험에 빠뜨릴 수 있는 모든 행동들을 우리 모두 지금 하지 말아야 합니다. 특히 나이 든 사람과 면역계가 약한 사람들과는 절대 접촉해서는 안 됩니다. 왜냐면 그들이 매우 위험하기 때문입니다. 전문가들이 조부모와 손자들이 같이 있으면 안 된다고 하는 이유가 정확히 있습니다.

우리는 현재 규제 약속을 지키고 서로를 위해 힘을 합쳐야 합니다. 각자가 얼마나 서로를 생각하는지가 중요합니다. 스스로 건강을 잘 지키시고 사랑하는 사람도 지켜주십시오."

우리 부부 또한 하루하루를 집안일을 하고 정원에서 풀만 뽑으며 산다. 정원의 건너편에 사는 이웃인 젊은 부부 톰과 페트라가 편지를 써서 우체통에 넣어두고 갔다. 식자재가 필요하면 자기들이 사다가 정원의 울타리로 넘겨다 줄 테니 당분간은 슈퍼에도 가지 말라고 했다. 나이 많은 우리 부부를 염려하는 이웃의 마음 씀씀이가 정말 고마울 따름이다. 코로나19가 이 세상에서 하루빨리 종식되길 기도해본다.

아, 중국 사람이다!

전 세계가 요즘 코로나19로 난리 아닌 난리를 겪고 있다. 이곳 독일 또한 예외는 아니다. 불과 한 달 전만 해도 이곳 사람들은 유럽은 안전한 줄 알았다. 하지만 슈퍼에 있던 화장지도 통조림도 파스타와 밀가루도 모두 동이 났다.

직원들은 두 시간마다 가득 채운다고 하지만 순식간에 품절이다. 그래서 코로나19 이후 새로운 유머가 나왔다고 한다. 예전에는

"내 우표 수집품 보여줄까?"

라고 했던 말을, 지금은

"내 화장지 수집품 보여줄까?"

라고 한단다. 만약의 경우를 대비해서 생필품들을 햄스터처럼 쌓아두는 것도 모두 과거에 2차 세계대전과 가난을 겪었던 경험 때문이라고 한다.

중국에서 코로나 확진자가 매일 눈덩이처럼 불어나고, 한국에도 신천지 대구교회의 31번 환자가 접촉한 사람들이 무려 1천 명이 넘는다

는 실시간 상황을 보면서 어떻게 이런 일이 일어날 수 있는가 하고 생각했다. 아무리 과학 문명과 최첨단의 의료기술이 발달해도 코로나19라는 바이러스가 전 세계를 혼란으로 몰고 가는데도 변종을 하는 통에 백신이 나올 가능성은 적다고 한다. 어느 목사님은 설교에서 이런 재앙은 하나님에게서 왔고 교회와 목사가 먼저 회개해야 한다고 하면서, 또 중국 우한이라는 도시에서 많은 교회를 불태우고 성도들을 핍박하고 박쥐 고기를 먹은 중국인들이 맨 처음 감염된 것이라고 했다.

4주 전, 레마겐에 사는 잘 알고 지내는 정 권사님의 한국에 사는 여동생이 아들을 데리고 유럽으로 여행을 왔다. 그 당시에는 한국에 코로나 확진자가 있었지만 지금처럼 많지는 않았다.

정 권사님의 여동생이 어느 날 이른 아침, 스페인의 광장에 혼자 서 있는데 누가 등을 톡톡 치기에 돌아봤다. 순간,

"아, 중국인이다!"

하며 깜짝 놀란 집시 여자가 구걸하려고 손을 내밀다가 기겁하고 도망을 갔다고 한다.

이마에 '나는 한국인이오'라고 쓰여 있지 않아서 같은 동양인이라고 중국인으로 취급받는 일도 큰 도시에는 많다고 한다. 예를 들면, 길을 가는데 마주 보고 오던 행인이 동양인을 보면 전염될까 봐 건너편 길로 돌아가는 경우도 생겨나고 있으니, 이제는 중국 사람만이 문제가 아니다. 한국도 사흘 전까지만 해도 세계에서 두 번째로 감염자 숫자가 많은 나라라고 계속 뉴스가 나와서 얼마나 마음 졸이며 살았는지 모른다. 이제는 감염 인구 순위가 이탈리아와 이란이 2위, 3위라서 '코리아'의 언급이 줄어들어 다행이다.

시간이 정지된 듯, 모두가 제자리에 서 있는 요즘 세상

지난 2월만 해도 유럽이 이렇게 불안과 공포의 나날들은 아니었다. 지금은 하루에도 몇백이 아닌 몇천 명이 감염되고 모두가 시간이 정지된 삶을 살고 있다. 하루에도 몇백 명이 죽어나간다는 뉴스를 보는 것도, 코로나 실시간 상황판 검색하는 것마저도 두려워지는 나날들이다. 노인네들은 마켓에도 가지 말라고 하여 생필품마저도 이웃의 젊은이들이 사다 주는 형편이다 보니 '사람을 만난 지가 언제인가?' 하고 되돌아보게 된다. 사람은 사람과 더불어 살아야 하는데 모두가 격리된 상태이고, 거리에는 인적도 드물어 마치 유령의 도시처럼 되어가고 있다.

여태까지 지구가 몸살을 앓고 있다고 수많은 생물학자가 경고했지만 무역과 생산의 과정에만 눈이 멀어 치열한 경쟁을 보이던 많은 기업들이 이제는 코로나 때문에 모든 생산 공장을 정지시키고, 도로에는 자동차도 다니지 않으니 기름값도 수십 년 만에 하락했다.

"부자나 가난한 자나 코로나 앞에서는 모두 평등하고, 중동지방에서 계속되던 시리아, 리비아, 예멘에서의 전쟁도 중단하게 했으며, 지금 지구를 뒤집고 있는 이 미생물의 힘이 참 대단하다."
라고 아프리카 차드의 작가인 무스타파 달렙Moustapha Dahleb이 말했다. 우리 인간의 탐욕이 빚어낸 죄과를 세계가 지금 톡톡히 치르고 있는지도 모른다. 코로나19 사태로 인도에서는 도심에 스모그가 사라지고, 160km 거리에서 히말라야산맥이 보인다고 뉴스가 전했다.

CNN 방송에 따르면 거의 30년 만에 히말라야산맥을 맨눈으로 볼 수 있게 되었다고 하며, "자연은 원래 이런 것인데 우리가 얼마나 망쳐왔는가."
라고 말했다.

최근 대구에 사는 친구가 카톡으로 글을 보내왔다. 코로나19로 제일 많은 확진자와 희생자가 발생해 충격을 받은 대구에 살면서 그 당시 친구가 겪었던 외로움과 그리움을 이해하게 되었다. 우리에겐 살아온 세월이 더 많고 남은 세월은 얼마 남지 않았다고, 그래서 친구가 보내준 글 중에 "우리에게는 많은 시간이 없는데"라는 글귀에 마음이 짠했다.

감시받는 삶

전 세계를 공포와 혼란으로 몰아가는 코로나19는 아직도 우리의 일상들을 숨죽이며 살아가라 한다. 야외에서도 사람들이 모이는 곳엔 헬기가 날아다니며 정찰하니 우리가 감시받고 살고 있는 상황은 어쩔 수 없다. 절제하고 근신하며 제한된 삶을 산 지가 벌써 몇 달째인가? '어쩌면 우리가 지금 악몽을 꾸는 것은 아닌가?' 하고 생각할 때도 있다.

그동안 7주간을 모든 가게들이 문을 닫고, 국민 모두도 자가격리 조치에 들어가 꼼짝없이 살다가, 지난주부터 조금씩 격리체제가 풀어지자 사람들은 더 자유를 달라고 외친다. 지난주 베를린에서는 수백 명이 길거리에 나와서 데모하는 장면을 보며, 코로나를 겁내지 않는 요즘의 젊은이들이 무섭기까지 하다. 물론 그 배후에는 이를 선동하는 젊은 나치스당이 있다는 추측도 있다.

'메르스MERS(중동호흡기증후군)'나 '사스SARS(중증급성호흡기증후군)' 같은 바이러스 감염병을 단 한 번도 겪어보지 않은 유럽은 마스크조차도 대비하지 않은 상태라 정부는 더 혼란스러워했다. 매일 새 확진자가 1천 명을 넘어가도 마스크를 의무적으로 착용하라는 지시를 내릴 수가 없었다.

드디어 지난 4월 27일 마스크를 구하지 못하면 집에서 만들든지 아니면 목도리로 입을 가리고 생필품을 사러 갈 것을 지시했다. 이를 어기면 벌금을 문다는 경고와 함께…. 바깥은 괜찮다고 해서 길거리에서 마스크를 쓴 사람은 몇몇 노인들뿐이다. 공공장소에서 두 사람 이상 산보를 하는 것도 금지되고, 공원과 어린이 놀이터도 폐쇄되었다가 지난주에 해제되었다.

다음 이야기는 병원에서 미술치료사로 근무하는 내 여동생의 동료에게 일어났던 실제 이야기다. 놀이터만 해제되었지 다른 외부 사람들과는 아직도 접촉이 금지되어 있었는데, 며칠 전 날씨가 화창하여 젊은 부부가 아이를 데리고 어린이 놀이터에서 친구를 만났다가 엄청난 벌금을 물었다고 한다.

그동안 집 안에만 갇혀 살던 아이를 위해 그 부모가 오랜만에 라인강 변 공원의 어린이 놀이터에 갔다고 한다. 그곳에서 친구 부부와 아이를 만나서 반가움으로 인사를 나누는데, 경찰이 다가와 사회적 거리두기를 어겼다고 가정마다 어른 한 사람당 200유로, 아이는 50유로의 벌금을 내라고 했단다. 약속해서 만난 것이 아니라 여기서 우연히 만났다고 해도 전혀 먹히지 않아 변호사를 사기로 했다고 한다.

또 얼마 전 신문에 나온 쇼킹한 사건이 있었다. 우리 집에서 가까운 곳에 엘츠성Burg Eltz이 있는데, 그 성 주변이 아름답고 숲과 산책길로 유명하여 사람들이 자주 개를 데리고 가는 곳이다. 이곳에서 A 부부가 아이와 함께 개를 데리고 산책하는 중, 또 다른 B 부부도 개를 데리고 나타났는데 A의 개는 목에 줄을 매지 않은 상태라 B의 가족들이 흥분했다. 서로 언짢은 말들이 오가다가 B라는 남자가 A 부인에게 다가가 끌어안고 얼굴에 침을 뱉으며

"나 코로나 환자야!"

라고 했단다.

이 일을 당한 A 여인이 당장 경찰에 고발한 것은 물론이지만 어찌 이런 일이 있을 수가 있단 말인가? 코로나19 때문에 신경이 극도로 예민해진 탓이라고 사람들은 말했다. 아, 언제가 되면 코로나가 종식될까? 잃었던 자유를 되찾아 다시 평범한 일상으로 되돌아갈 수 있기를 간절히 기원해본다.

어쩌다 이런 세상이 다 있을까요?

폭탄이 터졌다. 그것도 바이러스 폭탄이 세계 곳곳에 펴져나갔다. 특히 미국과 인도와 브라질, 그리고 유럽이 더 많은 폭탄을 맞아 갈팡질팡하고 있다. 2020년 10월 24일 기준 신규 확진자 수가 1만 4,700명을 넘어 깜짝 놀랐다.

어제는 신규 확진자가 1만 4,964명이었고, 오늘은 최고 기록인 1만 6,824명이었다. 하루 동안에 생긴 새 확진자라니 정말 믿을 수 없을 정

도로 머리가 어지러웠다. 그래서 장사를 하는 여러 업체들이 두 번째 봉쇄령이 내려질까 봐 마음 졸였는데 드디어 발표가 났다. 학교나 어린이집, 미장원은 문 닫지 않아도 되고 음식점과 술집, 헬스장, 수영장 등은 11월 한 달간 폐쇄라고 한다. 공식적으로 외부에서 두 가정 이상 만나면 불법이다.

코로나가 한풀 꺾인 지난여름에 이곳 독일에서 결혼식에 350명이나 초대해 집단 감염이 일어난 곳이 있었다. 이런 곳이 한두 군데가 아니었으니 지각이 없다고 해야 할지 무감각하다고 해야 할지 모르겠다.

며칠 전 코로나 규제에 항의하는 젊은이들 수만 명이 베를린에서 데모하는 걸 보면서 '아무리 젊어서 겁이 없어도 그렇지 어쩜 저럴 수가 있을까?' 하는 생각이 들었다. 코로나 위험 경고지역으로 300여 개의 도시에 빨간불이 켜졌는데, 아직도 무서워하지 않는 이곳 젊은이들이 더 무섭다. 언제가 되면 코로나 백신이 나올는지?

"코로나라는 말 듣지 않고 살 수 있는 날이 정말 언제가 될까요?" 라고 오늘도 기도로 하나님께 나아가본다.

인종차별에 대한 분노의 불이 도화선이 되어

인종차별이 심한 나라 중에서 아마도 미국이 제일 심할 것이라는 생각을 했다. 지난주 월요일 미국 미네소타주에 속한 미네아폴리스Minneapolis에서 일어난 끔찍한 일이 지금도 뉴스 톱 기사로 나오고 있다. 아프리카계 미국인인 조지 플로이드George Floyd라는 흑인이 백인 경찰의 과잉 진압으로 숨을 거두었다고 한다. 경찰은 시민의 보호막이 되어야 함에도 단지 그가 흑인이란 이유로 아무런 저항도 하지 않은 그를 바닥에 눕힌 후 목덜미를 무릎 사이에 끼우고 거의 9분간이나 졸랐다고 이를 본 증인이 말했다. 숨을 쉴 수가 없다고 여러 번 호소해도 그 백인 경찰은 조르는 것을 멈추지 않았다고 한다.

이 뉴스를 본 많은 사람이 분노했다.

"이것은 온전히 경찰들의 월권행위고 인종차별이다."

라고 흥분했다. 이 억울하고 부당한 처사에 항의하는 데모가 미국의 11개 도시에서 일어났다. 분노한 사람들이 길거리에 세워둔 자동차에 불을 지르며 경찰에 항거하는 장면들이 그동안 TV로 매일 방영되었다.

코로나19가 전 세계를 혼란케 하고, 경제적 어려움을 겪는 저소득층, 특히나 흑인들은 생계를 유지하기 위해 남의 상점을 털어 물건을 훔치는 일들이 미국에선 잇따라 일어났다. 이를 제압하려던 경찰이 결국 과실치사를 저지른 것이지만 흑인이라는 이유로 과잉진압을 했고, 이는 인종차별임을 인정했다. 뉴욕시장이 직접 나서서 경찰을 대신해서 사과한다는 공식 발표를 하자 미국은 좀 잠잠해진 것 같았는데, 이제는 독일에서 어제 금요일 군중의 데모가 있었다.

미국 영사관이 있는 알스터Aalst에서도 사람들이 강변에 모여

"흑인 인종차별을 멈춰라!"

라는 구호를 외치면서 데모했다. 미리 관공서에 신고한 인원은 250명이었지만 오후에 모인 사람들은 3,100명이나 되었다고 한다.

코로나19를 차단하기 위해 사회적 거리 두기를 하라고 경찰이 몇 번이나 경고해도 시민들은 듣는 둥 마는 둥 하며 시위하는 것을 TV로 보면서, 미국에서 일어난 인종차별의 사건이었지만 그래도 남의 일처럼 여기지 않는 이곳 독일 시민들이 고맙게 여겨지기도 했다. 그 이유

는 나치당이 자꾸 불어나는 이 독일 땅에서 나도 이방인으로 살고 있기 때문일 것이다.

산행길에서 만난 야생화들

코로나 때문에 어디 여행도 갈 수 없고
정원에서 풀만 뽑는 것도 이젠 지겨워서
일주일에 한 번씩 인근의 둘레길을 걷는 것이
유일한 즐거움입니다.

대개 9~10km 정도의 거리라
우리 같은 노인네한테 딱 적합한 거리이며
산도 민둥산과 숲속 그리고 들판으로 연결되어 있어
3, 4시간 정도 걸립니다.

산속의 계곡물 흐르는 소리,
새들의 합창을 들으면
일상의 모든 잡념도 없어집니다.

무진장으로 피어난 이름 모를 들꽃들을 보면,
이를 창조하신 전능자의 섬세함에
놀라움과 감사가 뭉게구름처럼 피어오릅니다.

언제가 되면 이 악몽 같은
코로나와의 전쟁이 끝이 날지 몰라
답답하기만 합니다.

여긴 다시 또 눈덩이처럼 불어나는
새 확진자들의 숫자가 머리를 어지럽게 합니다.

아직도 끝이 보이지 않아 차츰 지쳐가는 심신을
달래는 길은 오직 자연뿐인 것 같습니다.

그래도 아름다운 자연 속에서 숨 쉬며 살고 있으니
감사드릴 뿐입니다.

그녀는 정말 영웅 중의 영웅이었다

난 왜 여태 그런 영웅의 이름도 모르고 살았을까? 반세기를 이곳 독일 땅에 살면서 늘 듣는 말이 있다. 히틀러의 나치스당이 유대인 민족을 집단 학살했는데 그 숫자가 600만 명에 가깝다고 했다. 많은 기록 영화를 보기도 했지만, 폴란드 태생의 이레나 센들러Irena Sendler라는 여성 영웅도 있었다는 것을 이번에야 알았다.

이레나 센들러는 1910년 2월 15일, 의사의 딸로 태어났고 오트보츠크Otwock에서 자랐다. 의사인 아버지는 이레나가 일곱 살이던 해에 티푸스Typhus 환자를 돌보다 자신도 감염되어 세상을 떠났다. 아버지가 많은 시민들을 무료로 치료했기에 부친 사후 오트보츠크의 시민단체에서 경제적 도움을 주겠다고 했으나 그녀의 어머니는 이를 거절했다고 한다. 하지만 훗날 사람들은 그녀가 바르샤바대학에 입학할 수 있었던 것은 시민단체의 도움을 받았기에 가능한 일이었을 것으로 추측했다.

이레나 센들러는 2년 동안 법학을 공부하다 중단하고 폴란드의 문학과 사회학을 전공했는데, 중단과 반복을 거듭하다 보니 1937년까지 공부했다고 한다. 1935년부터 폴란드 정부가 유대인의 대학 입학을 거부하자 그때부터 사회주의와 공산주의의 영향을 받았다.

1939년 9월, 나치스당이 바르샤바를 점령하자 그녀는 유대인들을 돕기로 결심하고, 그녀의 동료들과 함께 유대인들의 신분증을 위조했는데 무려 3천여 개에 이르렀다고 한다. 1942년부터는 나치들의 잔혹행위가 더 심해지자 12월부터 지하 비밀단체인 제고타Zegota에 가입해 그들과 협력했다. 그 당시 그녀는 복지국 직원이었는데 사회복지사로서 출입이 자유로웠고 어린이 구조 팀의 리더였다.

유대인 거주지역인 게토Gheto를 수시로 검역해 티푸스나 전염병이 바깥으로 확산되는 것을 차단하는 것도 그녀의 임무인지라 아이들을 전염병 환자로 가장하여 앰뷸런스나 상자, 심지어 시체가 든 관에도 숨겼다. 그렇게 유대인 아이들을 탈출시켜 고아원, 수도원, 폴란드의 가정으로 보냈다. 그녀의 지력과 용기는 그야말로 대단했고, 제고타의 회원 모두가 다 자신의 목숨을 내놓은 구조대원들이었다.

1943년 10월 20일, 그녀는 비밀경찰인 게슈타포Gestapo에 체포되어 혹독한 고문을 당했다. 경찰이 숨겨진 아이들의 명단을 요구했지만 끝내 입을 열지 않았다고 한다. 나무 곤봉으로 팔다리가 으스러지도록 구타를 당하고 결국 사형 선고를 받았다.

이레나 센들러가 구속된 지 3개월 후, 그녀가 속한 제고타가 경비병을 돈으로 매수했기에 그들은 사형장으로 가는 도중에 그녀를 기절시켜 길가에 버려두고 갔다. 구사일생으로 살아나긴 했지만, 사형 집행을 당한 것으로 문서에 기록되어 있어 그녀는 전쟁이 끝날 때까지 신분을 위장하고 살아야 했다.

2차 대전 종전까지 유대인을 돕는 제고타가 구출한 아이들이 약 2,500명인데, 그중에 이레나 센들러가 직접 구한 아이들이 400여 명에 달했다고 한다. 이레나 센들러는 탈출시킨 아이들의 명단을 적어 유리병에 넣고 사과나무 밑에 묻어두었다가 전쟁이 끝난 후 아이들의 명단을 찾아 유대인 단체에 보냈지만, 아이의 부모는 대부분 유대인 수용소에서 사망한 상태였다고 한다.

1965년, 이레나 센들러의 공적이 20년이 지난 후에 인정되어 그녀는 '세상의 올곧은 사람들 상Gerechte unter den Volkern'을 받았고, 2003년 11월 10일엔 폴란드의 최고 훈장인 '흰 독수리 훈장Weißen Adler'을 받았다. 폴란드의 대통령이 노벨평화상 후보로 추천했지만 상을 받지는 못했는데, 2008년 5월 12일 98세를 일기로 돌아가셨다. 2009년, 미국에서 이레나 센들러의 생애를 영화로 만든 후에 세상 사람들에게 차츰 알려지게 되었지만 그 당시 유대인들을 구해준 독일 사람들은 잘 알면서도 폴란드인이었던 이레나 센들러를 대부분의 독일인은 잘 모른다고 했다. 만민이 추앙할 영웅인 그녀를 지금까지 모르고 살아온 나 자신이 한심스럽고 또 부끄러운 마음이 들었다.

참고로 미국 영화에서는 이레나 센들러가 간호사로 일했다고 나온다.

사람이 마음으로 자기의 길을 계획할지라도

지구촌 한편에서는 장마와 수해로 고난을 받고, 이곳 독일은 가뭄과 폭염에 번성하는 수많은 보겐케퍼Bogen-Käfer(풍뎅이의 한 종류)의 침입으로 침엽수들이 수난을 겪고 있는 상황입니다.

어느 날 문득 갑자기 나타난 코로나19란 바이러스가 온 세상을 두절시키는 통에 늘 긴장하며 숨죽이며 살다 보니 어느새 봄도 가버렸고 여름도 지났네요. 2020년, 새해에 세웠던 모든 여행 계획들은 다 수포로 돌아갔지만, 발목을 잡는 이 유행병이 하루빨리 종식되어 예전처럼 어디로든 자유롭게 날아다닐 수 있다면 얼마나 좋을까 하고 생각했습니다. 살아온 날보다 살아갈 날이 얼마 남지 않은 나이인지라 지금 육신이 건강할 때, 시간과 물질이 허락될 때, 많은 곳을 가보리라 생각했던 다짐도 다 물거품이 되었으니 코로나의 위력이 이렇게 대단한 줄을 누가 알았으랴!

4월에는 독일 북부에 있는 동해안 섬을 동생 부부와 함께 여행하려고 했고, 5월에는 캐나다에 사는 아들네 집에 간다고 약속했었지요. 6월에는 서울 사는 남동생 부부가 이곳으로 방문한다고 해서 스위스의 겐퍼호수와 몽블랑을 가는 코스를 예약했지만 다 취소되었고, 올가을에는 고국 방문도 여행 계획에 들어 있었는데 기약이 없네요.

아무것도 해놓은 일 없이 세월만 살라 먹는 것 같아 집 뒤뜰에서 화초만 가꾸다 보니 어느새 구월이 문턱에 와 있네요.

> "사람이 마음으로 자기의 길을 계획할지라도 그의 걸음을 인도하시는 이는 여호와이시니라."(잠16:2)

온갖 상념에 싸여 심란해하는 저에게 해주는 오늘의 말씀입니다.

누군가가 생각해준다는 사실만으로도 행복합니다

오늘 아침에 딩동~ 하고 초인종이 울려 문을 열었더니 우체부가

"소포요!"

한다. 발신인을 보니 기센에 사는 선배 언니의 이름이다. 아니, 소포 보낸다는 문자도 없었는데

"아! 어제가 추석인 걸 아셨나?"

하고 무심코 소포 꾸러미를 풀어보니 세상에나! 구운 김 세 통과 김자반이 들어 있었다. 어떻게 이렇게 귀한 것을 내게 보냈을까 하고 전화했다.

"아, 그거! 우리 조카가 신세 진 사람들에게 보내라고 부쳐왔네. 그리고 국물 내는 양념과 미역은 다음에 부쳐줄게."

라고 하며 웃었다.

헤센Hessen주의 기센에 사는 선배 언니는 지난 7월에 팔순이었다. 코로나19 사태로 생일잔치를 할 수 없는 언니는 몇 번이나 말했다.

"이번 생일이 마지막일지도 모르는데. 무릎이 아파서 운전도 차츰 힘이 드네."

라며 아쉬워했다. 여러 번 그 말을 듣고 보니

"그래요, 우리는 내일 일을 모르지요."

라고 대답하면서 마음이 짠해져오는 것을 어쩌랴!

그래서 폭염이 기승을 부리는 8월 초에 선배 언니의 생일상을 차리기로 했다. 멀리서 사는 선배 언니만 우리 집으로 오면, 양로원 사는 안겔라 언니, 레마겐 사는 구역장님, 그리고 내 여동생만 초대하기로 했다.

음식은 날씨 관계로 아주 간단하게 하기로 했다. 갈비를 하룻밤 재워두었다가 오븐에 굽고, 당일엔 잡채와 시금치나물, 부추 해물전, 얼갈이 배추김치, 미역국이 전부였다. 그런데도 주인공도 손님들도 모두

"이 더운 날에 이렇게 많이 차렸냐!"

고 했다. 그날 언니가 식탁의 음식들과 손님들 사진을 찍어 한국의 조카에게 보냈다고 하는데, 오빠 두 분과 올케언니도 다 세상 떠나고 한국에 친척이라고는 조카들밖에 없다고 했다.

또 사흘 전에는 레마겐에 사는 구역장인 권사님한테서 전화가 왔는데,

"10월 1일이 추석이라고 떡을 주문했는데 7월 29일에 본에 도착한대요. 모둠 송편과 콩나물, 두부도 주문했으니 오면 가져다드릴게요."

한다.

"권사님 덕분에 이번 추석엔 진짜 송편 먹게 됐네요. 고마워요!"

20여 년 동안 늘 챙겨주는 그 마음이 이렇게 따뜻할 수가 없다고 생각했다. 한국에서라면 정말 별것도 아닌 것들이 여기선 이렇게 귀하다. 우리 집 근방에 한국 식품점이 없어 인터넷으로 주문하려고 페이지를 열어보면 웬 품절이 그렇게 많은지 모른다. 그저께 남은 떡 조각들을 오늘도 먹으며 난 참 행복하다는 생각이 들었다. 꼭 받아서가 아니라 누군가가 날 생각해주고 있다는 사실 하나만으로도 충분하다.

지금 코로나 때문에 모든 사람이 어렵고 힘든 시기를 겪고 있다. 외출을 자제하고 사람을 경계해야 하는 상황이 된 지 이미 7개월이 지났

다. 자주 만날 수 없지만 잊지 않고 안부를 물어오는 지인들이 주위에 있다는 것이 얼마나 감사한 일이고 축복인지 잘 안다.

떠나는 가을 붙잡으러 오늘도 산으로 간다

만추와 겨울 사이, 가을이 이제 막 떠나려 한다.
꽃보다 더 아름다운 단풍이 바람이 불 때마다 낙엽 되어 흩날린다.

50여 년을 이곳에 살면서도 이렇게 산을 많이 찾은 적이 없었다.
예전 같으면 정원에서 월동 준비하느라 산에 갈 엄두도 못 냈기에….

갈무리할 일이 많다는 핑계로 어영부영하다 가을 산 한번 못 가고
지나가버린 세월이 얼마이던가?

사람도 만나면 안 되고, 헬스장에도 못 가니 운동을 겸해 유독 산을 찾을 수밖에….
자연과 더불어 자연의 소중함을 알라고 깨우쳐주시는 전능자의 계시인가?

사람과의 거리를 멀리 두라는 건 그동안 지나쳐온 많은 인연들을
소홀히 했던 대가를 치르고 있는 건지도 모른다.

이제는 묵상하는 시간과 자숙하는 시간을 가지라는 경고일지도 모른다.

코로나 덕분이라 해야 하나?
웬만한 고개는 힘들이지 않고 잘 오르내린다.

예전 같으면 작은 언덕도 숨이 차서 미리부터 겁이 났는데,
이제는 하루에 4, 5시간을 산을 오르내려도 힘든 줄을 모른다.

가을이 이제 떠날 채비를 한다.
이 가을을 붙잡을 수만 있다면 하고 카메라를 들이댄다.

낙엽이 귓전에 와서 속삭인다.
"내년에 푸른 꿈으로 다시 만나요!" 하고….

그래도 전쟁이 아님을 감사해야지

마리 루이제Marie Luise는 우리 이웃에 사는 동갑내기 독일 여성이다. 무릎과 골반에 퇴행성관절염이 와서 절뚝거리며 길을 걷는 것도 매우 힘들어한다. 가끔씩 집 앞에서 마주치면

"요즘 어떻게 지내?"

하고 내가 먼저 안부를 묻는다. 항상 대답은

"이히 빈 추 프리던Ich bin zu frieden!(난 만족해!)"

이다.

혼자 시장에 갈 수도 없는 처지라 일주일에 한 번 그녀의 여동생이 자동차에 태워 함께 마켓에 가는 것이 그녀가 하는 일의 전부이다. 그런데도 한 번도 불만을 나타내지 않았다.

"요즘 코로나 때문에 더 힘들지? 아무 데도 갈 수 없으니 말이야."
라고 묻자,

"그래도 전쟁이 나지 않은 것에 감사해야 해."
라고 했다. '사실 지금 온 세계가 코로나19라는 바이러스와 전쟁 중이지 않니?'라고 말하고 싶은 것을 꿀꺽 삼키고,

"그래, 맞아! 핵무기로 싸우는 전쟁이 아니라서 참 다행이야."
라고 답했다.

집에 돌아와서 가만히 생각해보니, 감사할 이유가 별로 없는 상황에도 불만을 말하기보다는 항상 주어진 것에 감사하며 기쁨과 만족으로 살아가는 사람이 주위에 있다는 사실이 새삼스러웠다.

마리 루이제는 40년 동안 어린이 병동에서 일한 간호사이며, 한 번도 결혼한 적이 없는 미혼녀이다. 남편도 자식도 없어 걱정이 없을 수도 있겠지만, 가깝게 지내는 친구 하나 없다. 시장을 함께 가주는 여동생이 유일한 그녀의 말벗이다.

그런데도 늘 평온한 마음의 소유자로 살고 있으니 '모든 상황에 감사하는 마음이 더 크기 때문일지도 모른다'라고 생각했다. 나는 평소 그녀에 대해 생각하길, '저 사람은 무슨 재미로 이 세상을 살아갈까?' 싶어 항상 불쌍하다는 생각이 들었는데…. 어떠한 상황에도 항상 감사함을 잊지 않은 그녀가 더 축복받은 삶을 사는지도 모른다는 생각이 들었다. 오늘은 지난 한 해를 뒤돌아보며, 코로나 때문에 불편했던 날

들을 원망하지는 않았는지, 감사가 부족했던 나의 삶을 반추해보는 계기가 됐다.

나 요즘 휴가라 생각하고 즐기고 있어요

코로나19 탓에 답답한 상황은 모두가 마찬가지다. 지금의 문제를 내 힘으로 바꿀 수 없다면 오히려 즐기라는 말도 있다. 말이야 쉽지만 절박한 상황에 부닥치면 기도밖에는 할 수 없음을 고백한다.

코로나19가 번지면서 일자리를 잃고 방황하는 사람들도 많을 것이다. 지구촌 전부가 바이러스 난리를 겪고 있으니 왜 불안이 없겠는가? 코블렌츠의 양로원이나 베를린의 큰 병원에서도 집단 감염이 발생했다는 뉴스를 들으면 숨도 크게 쉴 수 없는 조심스러운 상황이다.

며칠 전 정신과 의사인 딸아이가 전화했다.

"엄마! 지금 우리 병원에 한국 청년이 와 있는데, 통역 좀 할 수 있어요?"

라고 했다.

"그럼, 그 청년에게 먼저 물어봐! 그래도 좋은지."

서로의 의사를 확인한 뒤 전화기 소리를 스피커 모드로 해놓고, 딸아이가 물으면 그 말을 내가 한국말로 청년에게 다시 물어 그의 대답을 독일어로 번역해줬다.

독일 말을 잘 못하는 것 같아서 독일에 온 지 오래되지 않은 유학생이라 짐작했지만 사생활에 관한 것이라 물어볼 수도 없었다. 또한 내가 의사가 아니기 때문에 청년의 불안한 증세가 코로나19 때문인지도 물어볼 수가 없었다. 단지 안타까운 것은 이역만리까지 와서 외로워서 생긴 병은 아닐까 하는 생각이 떠나지 않았다. 가깝게 산다면 그리고 코로나 시대가 아니라면, 데려와서 따뜻한 밥 한 끼 차려주며

"힘내세요!"

하고 응원할 수도 있는데, 요 며칠간을 그 청년 생각으로 마음이 짠했다.

코로나로 말미암아 삶이 벼랑으로 내몰린 것 같은 기분에 우울증과 불안감을 겪는다는 사람들이 많은가 하면 상황을 긍정적으로 받아들여 행복해하는 사람도 있다. 95세의 시어머니를 모시고 살면서 시력과 체력이 좋지 않은 남편의 시중을 들어야 하는, 내가 잘 아는 권사님이 있다. 요즘 어디 마음대로 외출할 수도 없어서 힘들지 않느냐고 물었더니

"남들이 들으면 뭐라 하겠지만, 나 지금 휴가라 생각하며 너무 기쁘게 지내요."

라며 크게 웃었다.

그 이유를 물었더니 코로나 때문에 시어머니 모시고 매주 가던 미장원도 출입이 금지되고, 남편과 시어머니를 차례로 자동차에 태우고 자주 주치의에게 가던 일정들이 일단 없어졌으니 시간과 자유가 많다고 했다. 기도하는 시간도 많아서 영적으로 하나님과 더 가까워진 듯한 마음이라 감사와 찬양을 더 많이 한다고 했다. 그리고 시간에 쫓기지 않으니 매일 들판을 지인과 두서너 시간씩 걸으며 본인의 건강도 챙기니 이게 휴가가 아니고 뭐냐고, 그래서 휴가 중이라 생각하며 즐

기고 있다고 했다.

전화를 끊고 나서 한참을 생각했다. 남들이 볼 땐 그 댁의 상황이 그리 좋지 않은데도 그녀가 행복해하는 것을 보면 모든 것이 마음먹기에 달렸다고. 그래서 일체유심조一切唯心造라는 말이 있는 건지도 모른다.

언제가 되면 이 코로나와의 전쟁도 끝이 날까?

봉쇄령이 내려졌다 풀렸다 하기를 거듭하는 이 시국이 아직도 생소하다. 얼마를 더 인내하고 절제하며 사람과도 단절된 삶을 살아야 할까? 코로나와의 전쟁이 시작되고 사람을 만나지 않는 날이 더 편안한 날이 올 줄 누가 알았으랴! 길에서도, 산에서도 사람을 보면 경계하고 두려워해야 하는 이 상황이 괴롭다.

이런 세상이 우리에게 올 줄을 상상이나 했을까? '봄은 왔는데 세상은 왜 이래?'라는 동영상이 카톡으로 와서 나도 오늘 아침, 아는 지인에게 보냈더니 바로 답이 왔다.

"우리가 하나님께 벌을 받고 있나 봐요."

정말 맞는 말이라는 답을 하면서 다시 한번 깨달았다. 이 지구상에 사는 모든 인간들에게 더 많은 회개와 기도가 필요한 시점이라는 것을….

코로나 백신 접종이 시작된 지 한참 되었어도 영국과 브라질, 아프리카에서 새로 변형된 바이러스는 기존의 바이러스보다 70% 전염성이 더 강한 바이러스라고 한다. 정부가 혼신의 힘을 다해 예방대책을 세워도 여전히 감염률은 상승하고 있다. 하루에 확진자 수가 2만여 명을 넘어도, 코로나는 감기 같은 것이라고 봉쇄조치를 해제하라는 나치스당은 하루가 멀다 하고 데모한다.

어린아이들은 코로나에 걸리지 않는다며 학교 교실에서 마스크를 착용해야 하는 규정도 없애라고 난리를 치니 참 무서운 세상이다. 지금 종합병원의 중환자실은 생명이 오락가락하는 환자들로 꽉 찼는데, 무슨 저의로 마스크 쓰지 않기 운동을 하는가 말이다. 그런 뉴스들을 들으면 마음속에서 간절한 기도가 떠오른다.

"하나님, 제발 선한 젊은이들이 저 선동하는 무리에 끼이지 않게 하소서! 무고한 사람들은 살려주시고, 코로나를 부인하고 훼방하는 자들의 마음에도 하나님을 두려워하는 마음이 일어나게 하소서!"

물론 햇볕과 비는 선한 자의 밭에도 악한 자의 밭에도 똑같이 주어진다는 걸 알지만, 젊은 나치스 당원들이 하늘 높은 줄 모르고 날뛰는 걸 보면 '정말 하늘이 무섭지 않나?' 하는 생각이 든다.

아이들의 웃음소리

손녀들이 방문한다고 옆지기는 지난 토요일 잔디를 깎았다. 봉쇄령이 해제되어 이제는 두 가족 다섯 사람이 만나도 된단다. 어제가 승천절(독일은 부활 주일 6주 후 목요일) 공휴일이라 덕분에 딸아이는 손녀들을 데리고 수요일 병원 근무가 끝난 후 하루라도 더 우리와 함께 시간을 보내기 위해서 피곤함을 무릅쓰고 그 먼 길을 달려왔다.

둘째 손녀는 올해 들어 만 열 살이다. 넓고 푸른 잔디 위에서 까르륵거리며 웃는 천진한 아이들의 웃음소리. 아! 이 얼마 만에 듣는 평화의 웃음소리인가? 지난해 여름방학 때 오고 올해 들어 첫 방문이다.

잔디 위에서 손녀들이 뛰놀며 술래잡기를 하는데, 나무 뒤에 숨으러 가는 작은애의 뒤를 단테(개 이름)가 쫓아간다. 술래에게 들킬까 봐 따라오지 말라고 해도 개는 꼬리를 흔들며 곧장 따라간다. 자기도 한몫 끼어달라는 듯이. 참 아름다운 한 폭의 그림이다. 딸아이가 말했다.

"저 모습을 오랫동안 얼마나 그리워했는지 몰라요."

지금이 얼마나 소중하고 귀한 시간인가를 생각하니 감사함으로 눈물이 찔끔 났다.

저녁에는 테라스에서 숯불을 피우고 바비큐 파티를 했다. 감사가 넘치는 어제 하루를 생각하며 이 글을 쓰는데, 2층에서 콩콩거리는 소리가 난다. 아마도 손녀들이 이제 일어났나 보다.

2차 대전 때도 이렇게 심하지는 않았어요

세계를 강타한 코로나19 팬데믹(대유행)으로 많은 지구촌의 사람들이 죽어가는데, 폭우로 인한 피해를 받아 삶이 벼랑으로 몰린 사람들도 그 숫자를 셀 수 없을 정도로 불어나고 있다.

하늘에 구멍이라도 난 것일까? 아무리 심한 폭우라지만, 말로써 표현할 수 없는 일들이 이곳 독일 중서부에서 터졌다. 지난 수요일, 폭우가 쏟아졌는데 시간당 1m²에 135~150mm가 내려 순식간에 동네가 물에 잠겼다.

많은 사람이 미처 대피하지 못했다. 그 이유는 폭우가 늦은 오후부터 저녁에 내렸기 때문인데, 잠자다 갑자기 당한 사람들도 있었다고 한다. 어떤 지역에서는 물이 2층까지 올라오고, 아래층에 살던 사람들은 다락방으로 대피해 헬기 구조대 오기만을 기다렸으니 이 얼마나 참담하고 충격적인 상황인가?

도로 옆에 세워뒀던 자동차들이 마치 장난감처럼 둥둥 떠내려가고, 개울물은 거대한 강으로 변해 모든 것을 집어삼켰다. 지금까지 살던 집들은 마치 모래성처럼 거센 물살에 쓰러지고, 가족들은 실종되어 더러는 시체로 발견되기도 했지만 아직도 찾지 못한 가족들이 있다고 한다. 어쩌자고 또 하늘은 물 폭탄을 터뜨려 연약한 우리 인간들을 갈팡질팡하게 만드는 것일까?

이번 홍수에 살아남은 나이 드신 어르신은

"2차 대전 때도 이렇게 심하지는 않았어요."

라고 지금의 상황이 얼마나 처절한가를 말했다.

우리 집에서 15km 떨어진 신치히Sinzig란 도시에 정신질환자들이 입원한 클리닉이 있는데, 미처 대피하지 못해 이번 홍수에 희생된 환자가 11명이나 되고 겨우 몇 명만 구조됐다고 한다. 제일 타격을 많이 받은 곳이 우리 집에서 20km 떨어진 곳인데 이번 홍수에 사상자만 100여 명이나 되고, 아직도 실종된 많은 사람을 찾는 중이다. 노르트라인베스트팔렌Nordrheinwestfallen, 아이펠Eifel 등 독일의 중서부가 지금 물난리를 수습하느라 아우성인데, 또 독일의 남부에 폭우가 쏟아져 사람들의 심장이 오그라들고 있다.

10만여 명의 사람들이 아직도 전기가 끊겨 어둠 속에 살고 있다고 한다. 500~1,000년 만에 일어나는 천재지변이라 하지만, 지구온난화로 북극의 빙하가 녹아내려 앞으로도 이런 일이 자주 일어나는 것은 아닐까 하는 알 수 없는 두려움이 이는 것도 사실이다. 결국은 우리 인간이 자연을 파괴한 대가인지도 모른다는 생각에 가슴이 답답해져 온다.

아들 결혼식에 참석하는데 이 무슨 드라마 같은 일들이

《에피소드 1》

2021년 7월 중순의 어느 날, 캐나다 사는 아들에게서 전화가 왔다.

"엄마, 지금 인터넷 보니까 캐나다도 9월 7일부터 국경 봉쇄가 완화된대요. 그러니까 엄마, 아빠가 이곳으로 올 수 있어요."

라고 말했다.

"어머! 듣던 중 제일 반가운 소식이다. 우리한테 오라고 하면 언제든 갈게."

나는 들뜬 마음을 감출 수가 없었다. 코로나19 사태로 아들을 못 만난 지가 2년이 넘어 서로를 그리워하는 마음이 낙엽처럼 쌓였기에 아들 목소리만 들어도 옆지기는 눈물을 글썽였다.

아들은 당장 티켓을 예약해 메일로 보내줬다. 좌석은 비즈니스석으로 되어 있고, 가는 날은 국경이 열리는 9월 7일이고 돌아오는 날은 9월 21일로 되어 있다. 아들에게 전화했더니 결혼식이 9월 19일이고, 신혼여행을 이탈리아로 가기로 했단다. 그래서 우리가 돌아오는 비행기에 함께 타고 프랑크푸르트까지 가서, 자기네들은 이탈리아행 비행기로 갈아타고 우리는 집으로 바로 돌아오면 좋을 것이라고 했다. 그날까지만 해도 설레는 마음뿐 아무 탈은 없었다.

"엄마, 제일 중요한 것인데 PCR 테스트(분자 검사)를 입국 72시간 전에 해야 돼요."
라는 아들의 전화를 받은 후 시간을 계산해보니 우리가 꼭 받아야 할 날짜가 9월 5일 일요일이었다. 인터넷 검색을 통해 아무리 찾아봐도 PCR 검사는 어느 도시든지 일요일에는 하지 않는 것으로 나와 있어서 당황해하다가 문득 '아들에게 전화해서 출발 날짜를 하루 연기하면 그게 제일 쉬운 방법인 것을 왜 미처 몰랐을까?' 하는 생각이 들었다. 그래서 9월 7일을 8일로 바꾸고 나니 참 다행이다 싶었다.

그러나 드라마틱한 일들은 그다음부터 일어났다. 캐나다는 지금까지 입국 금지 조치에 해당하는 나라인지라 검역 강화는 물론 입국 절차가 하도 까다로워서 몇 번이고 중간에 그만둘까 하는 마음도 없지 않아 있었다. 아들의 결혼식이 아니고 그냥 여행하는 거라면 도중에 포기했을 것이다. 지난해에 두 번씩이나 결혼식 날짜를 연기했는데, 이번에도 우리 부부가 참석할 수 없다면 너희끼리 하라고 말은 했어도 부모 마음이 어디 그런가!

비자 신청은 딸아이가 인터넷으로 대신 할 수 있어서 그나마 다행이었다. 문제는 코로나 예방접종 증명서가 이곳 유럽에만 해당하기 때문에 캐나다의 번역가 인증이 필요하다고 했다. 다행히 아들의 개인 비서가 국제적 번역가를 찾아내어 우리 여권과 접종 증명서 사본으로 번역한 인증 증명서가 와서 얼마나 다행인가 싶었다.

며칠 후에 또 아들이 전화했다.

"엄마, 어라이브 캔Arrive CAN 앱을 스마트폰에 설치해서 출발 72시간

전에 문답표 작성하여 다시 또 입국허가를 받아야 해요."

"아, 그래 모두 영어로 되어 있으니 내가 다 이해할 수 없고, 한번 조카한테 부탁할게!"

절대로 날짜를 잊어버리지 말라는 아들의 당부에 달력에 커다랗게 기록도 해두었다.

9월 6일 오전 10시에 남편과 함께 지정된 약국에 가서 PCR 검사를 했다. 오후 5시가 넘어 이웃 도시에 사는 여동생의 아들이 근무 마치고, 어라이브 캔 절차를 도와주기 위해 들렀다. 웬 문답이 그리도 많은지 나의 짧은 영어 실력으론 어림도 없었다. PCR 검사 결과가 7일 오후 2시 30분에 나온다고 해서 오후 3시쯤 약국에 갔다. 여자 약사가 하는 말이

"당신 남편 것은 나왔는데, 당신 것은 아직 안 나왔네요."
라고 한다. 내가 물었다.

"무슨 문제가 있어서인가요?"

"꼭 그렇지는 않은데 가끔씩 여러 번 검사하는 경우가 있답니다."

"그럼 저 어떡해요? 우리 내일 캐나다로 떠나는데?"

"오늘 저녁 안으로 소식이 올 것입니다. 기다려보세요."

겉으론 태연한 척했지만, 속으론 가슴이 덜컥 내려앉는 기분이었다. '만약에 내가 코로나 양성이면 남편 혼자 캐나다에 보내야 하는 건가?', '팔십 넘은 노인인 남편이 혼자 잘 찾아갈 수 있을까?' 하는 의문도 함께. 약국이 저녁 7시에 문을 닫는다고 하여 혹시 결과가 그 후에 올 수도 있으니, 집에 와서 직접 코블렌츠시의 검사실에 메일로 문의했다.

두 시간 동안을 수시로 확인해도 아직도 검사 중이라는 답만 떠서

일이 손에 잡히지 않았다. 저녁 6시가 되어갈 무렵 드디어 메일이 왔다. 그리고 검사 결과는 음성이라고….

"할렐루야! 하나님 감사합니다."

라는 소리가 절로 나왔다. 그동안 마음 졸이며 간절히 기도했던 순간들이 보상받는 기분이었다. 그제야 길게 숨을 내쉬며 택시회사에 전화하여 내일 8일 아침 6시 30분에 우릴 공항에 데려다 달라고 요청했다.

마지막 여행 가방을 챙기고 저녁 10시 반에 컴퓨터를 끄려는데 캐나다 당국에서 긴 메일이 왔다. 뭐라고 쓰여 있는지를 다 알 수 없으니, 내게 온 메일을 아들에게 보냈는데 답장이 없어서 휴대폰으로 문자를 보냈다. 어서 메일 열어보고 답장하라고….

아들의 대답은 9월 7일 12시 기준으로 입국 절차 규제가 바뀌어 다시 어라이브 캔으로 등록해야 한다는 메일이란다. 세상에! 내일 떠나려는데 이 무슨 날벼락 같은 소리인가! 나 혼자 할 수 없으므로 또 한숨이 나왔다.

오밤중에 곤히 자고 있을 조카를 깨우기 민망하지만 어쩔 것인가? 조카가 우리 집에 왔을 때는 저녁 11시 30분이었고, 새로운 등록이 끝났을 때는 자정이었다.

《에피소드 2》

9월 8일, 새벽에 뒤척이다 4시에 일어났다. 지난 3일 동안에 심신을 힘들게 했던 일들이 악몽 같았다. 좋은 일이 있으면 꼭 방해하는 일들도 있기 마련이지만, 어찌 이리도 한꺼번에 몰려드는 것인지 모를 일이었다.

예약한 택시는 6시 30분 정확한 시간에 왔고, 이른 아침이어서인지 3번 고속도로가 막히지 않아 오전 8시쯤 공항에 도착했다.

"PCR 테스트 증명서와 어라이브 캔Arrive CAN 등록번호 보여주시고, 예방접종 증명서 보여주세요!"

라고 외치며 남빛 유니폼을 입은 여자 직원이 여행객들 사이로 돌아다닌다. 우리 차례가 되어 검사하더니 '3'이라는 숫자에 동그라미를 그려주며 이제는 짐을 부쳐도 된단다. 그런데 왜 사람들이 우왕좌왕하는지를 그제야 알았다. 전날 밤 메일을 열어보지 않은 많은 젊은이가 9월 7일 12시 기준으로 어라이브 캔 규제가 바뀌었다는 것을 모르고 공항에 왔기 때문이었다.

아들의 배려로 생전 처음 비즈니스석을 타게 되어 편안하게 캐나다에 도착했다. 8시간의 비행시간도 승무원들의 친절한 서비스에 기분 좋았고, 몬트리올Montreal 공항에 도착하니 아들이 우릴 마중 나와 있었다. 자동차로 2시간 걸리는 거리인 오타와Ottawa에 도착했다. 아들의 집은 숲이 많은 언덕 위에 세워진 그림 같은 집이었다. 우리 부부는 매일 집 아래에 있는 큰 호수를 돌기도 하고, 또 바로 호수 옆에 있는 커다란 공원을 산책하며 그간의 힘들었던 날들을 힐링할 수 있어서 감사했다.

그러나 '호사다마'라는 말이 그냥 나온 말이 아니라는 것을 그때 알았다. 아들의 결혼식은 19일이고, 토론토Toronto에서 맞춤 제작한 신부의 웨딩드레스가 17일에 왔는데 신부 몸에 맞질 않았다. 토론토까지는 자동차로 왕복 8시간 걸리는 거리인지라, 그 짧은 시간에 고치려고 간다는 것은 불가능하다고 했다.

결혼식 날 꽃이 될 신부가 웨딩드레스가 작아서 입을 수가 없다니,

이게 말이나 될 일인가 싶었다. 너무도 황당한 일이라 신부가 울고불고 야단이 났다. 우리 아들은 너무 걱정하지 말라며 신부가 흰 셔츠 입으면 자기는 양복 대신 검은 셔츠를 입으면 되지 않겠냐고 위로해주는데 나는 아들이 진짜 농담하는 줄 알았다. 내가 이곳 오타와에도 웨딩숍이 있을 테니 한번 가보라고 해도 울기만 할 뿐 위로가 되지 못했다.

"결혼식 날 엄마도 이브닝드레스 입지 말고, 아빠도 양복 입지 마세요!"

신부가 웨딩드레스를 입지 못하니 하객들도 모두 양복이나 파티복을 입지 말라고 아들이 말했다. 하객이라 해봐야 모두 15명, 신부의 가족과 우리 가족, 신랑 신부의 친구들인 두 부부뿐이었다. 코로나의 규제로 호텔에서 결혼식을 할 수 없어서 요리사 네 사람을 부르고, 여자 판사님이 주례 격으로 직접 와서 아들의 집 거실에서 혼인서약식을 거행했다.

그날 정말로 신부는 소매가 없고 미니로 된 흰 원피스를 입었고, 아들은 양복 대신 검정 와이셔츠에 검은색 진바지를 입었다. 나도 속상하지만, 이브닝드레스가 아닌 원피스를 입었다. 피로연은 서재라 불리는 거실의 옆방에서 했는데 하객들 모두 편안한 복장으로 참석하여 많이 웃고 즐거워하여 그나마 감사한 일이고 다행이었다. 꼭 생일파티에 온 기분이었다.

사람이 마음으로 작정하고 길을 가도 그 길을 인도하시는 이는 하나님이심을 우리 모두 상기하라고, 아마도 오래오래 기억에 남으라고 하나님께서 관여하신 게 아닐지 하는 생각이 들었다. 9월 21일, 돌아오는 비행기 안에서도 결혼식을 생각하니 자꾸 웃음이 났다. 내 생전에 그런 결혼식은 처음 봤으니까.

《에피소드 3》

지금 돌이켜 생각해보면, 우리 부부가 지난 9월에 캐나다를 다녀온 것이 꼭 꿈에서 일어났던 일처럼 느껴질 때가 있다. 코로나가 다시 폭발하듯 퍼져나가는 지금은 꿈도 꾸지 못할 상황이니까. 그 당시만 잠시 캐나다 국경 봉쇄를 완화하게 만드신 하나님의 은혜였음을 어찌 고백하지 않을 수 있으랴.

아들 결혼식에 참석하기 위해 독일에 사는 여동생도, 괴팅겐에 사는 딸도 결혼식 나흘을 앞두고 오타와에 도착했다. 딸과 여동생을 오타와에서 만나니 마치 이산가족이 만난 것처럼 우리는 기뻐하며, 그다음 날 오타와의 국립박물관 관람을 우리 네 사람이 같이했다. 예전에도 서너 번 관람했던 곳인데, 매번 다른 전시물로 바뀌어 새로웠다. 두 시간을 넘게 걸으며 전시된 작품들을 봐도 끝이 없었다.

우리 일행은 아픈 다리를 쉴 겸 휴게실을 찾는데 어디선가 들려오는 아름다운 오르간 연주 소리에 이끌려 소리 나는 곳으로 따라가봤다. 예전에는 이런 곳이 있다는 걸 왜 몰랐을까? 박물관 안에 교회가 있으리라고는 상상도 못 했기 때문에 찾을 생각도 하지 않았던 걸까?

우리 일행은 교회 안에서 묵상 기도를 하며 오르간 연주를 들었다. 나도 모르게 눈물이 흘러내렸다. 그동안 캐나다 입국 절차의 까다로운 조건을 다 해결하고, 이곳까지 올 수 있었던 것은 모두 하나님의 은혜임에 감사의 기도를 드렸다.

30분 동안이나 참으로 아름다운 장소에 머무르다 풍성한 은혜를 깨닫는 순간, 더는 박물관 관람을 계속하고 싶지 않은 마음이 든 사람이나 혼자만은 아닌 듯했다. 교회에서 한 번도 눈물을 흘린 적이 없는 딸마저도 눈물을 글썽이며 자리에서 일어날 줄을 몰랐다. 우리 마음속에 정직한 영을 새롭게 하시고, 정결한 마음을 창조하시는 하나님께서 은총의 비를 내려주시는 행복한 시간이었다.

여행 중에 만난 이런저런 사람

지난해 10월 말경 단풍이 곱게 물든 만추의 어느 날, 우리 부부와 동생네 부부가 3박 4일로 가을 여행길에 나섰다. 독일에서 세 번째로 큰 인공 호수인 에데르제Edersee(헤센주에 속함)가 있는 발데크샤이트Waldeck Scheid란 곳을 인터넷으로 검색해 예약했는데, 갑자기 결정한 일이라 찾는 곳마다 예약이 잘되지 않았다. 한 시간을 시도한 결과 호수에서 불과 100m 떨어진 콘도식의 개인 집을 예약할 수 있어서 춤이라도 추고 싶었다. 코로나 때문에 갇혀 살다가 조금은 해방을 누리는 기분이라고 할까?

우리가 사는 곳에서 자동차로 3시간이면 족한 거리였다. 도착한 첫날은 짐을 풀고 숙소 앞의 호수를 보며 주변을 답사했다. 이튿날 아침 유람선을 타려고 지정된 장소로 자동차를 타고 갔다. 우리가 묵고 있는 동네에서도 성수기에는 유람선에 탑승할 수 있지만, 비수기라서 우린 30여 분 걸려 자동차로 선착장을 찾아갈 수밖에 없었다.

웬 호수가 이렇게 큰지, 아름다운 호수와 단풍이 물든 숲들이 참으로 고왔다. 감탄사는 유람선을 탄 두 시간 동안에도 계속 이어졌다. 이렇게 가까운 곳에 살면서도 우린 왜 여태 너무 먼 곳만 찾았을까 싶었다.

오후에는 산꼭대기에 있는 오래된 성인 슐로스발데크Schloss Waldeck로 올라갔다. 성 아래에 보이는 호수와 동네, 눈을 어디로 돌려도 가을의 정취가 물씬 났다. 사흘째 날에는 자동차를 타고 에데르제 호수의 물을 가두어놓은 유명한 다리를 보러 갔다. 호수의 길이가 28.5km나 된다는 유람선 선장의 말이 떠올랐다. 호수의 물을 가로막고 있는 다리의 길이는 400m, 높이는 48m라고 한다.

그날 늦은 오후에 숙소로 돌아오는데 나의 옆지기가 갑자기 한쪽 보청기의 배터리 수명이 다 되어 말이 잘 안 들린다고 했다. 집에서 챙겨온 여유분도 없다고 했다. 매사에 자기 일은 꼼꼼하게 잘 챙기던 양반이 나이 탓인지 깜박했나 보다.

우리는 제법 크다고 생각되는 그곳 동네에 들어가 보청기 가게를 찾았지만, 토요일은 오후 2시까지 오픈이라는 안내문에 실망할 수밖에 없었다. 따스한 가을 햇살이 좋아서 동네의 한가운데 있는 쉼터에서 이런저런 얘기들을 나누는데, 우리 옆 벤치에서 우리의 이야기를 듣고 있던 모녀 사이로 보이는 젊은 여자와 할머니가 어린아이를 돌보다가 말을 걸어왔다.

"듣자 하니 혹시나 보청기 배터리 찾으세요?"

라고 한다. 너무도 반가워서 그렇다고 하니, 길 건너편이 자기들 슈퍼마켓이 있으니 함께 가자고 했다. 자기들도 토요일이라 오후 2시에 문을 닫았지만, 우리의 딱한 사정을 들으니 도와주겠다고 했다. 세상에나! 이렇게 고마울 수가…. 남편과 내가 따라가서 온갖 종류의 배터리를 다 확인해도 스페셜 배터리라서 다 소용이 없었다. 헛걸음을 하고 돌아오니, 할머니 왈

"얘, 너의 아버지 보청기 배터리와 같을 수도 있으니 다시 가서 사

무실에 있는 것으로 맞춰보아라."
라고 했다. 우리는 미안하기도 하고 낯선 이들이 너무 친절하게 대해줘서 부담도 되어 극구 사양했지만, 이번에는 할머니가 당신을 따라오라고 했다.

사무실에서 비슷한 배터리를 발견했지만, 작동이 안 되니 무용지물이었다. 그러나 여행객인 우리를 도와주려고 두 분이 애썼던 모습은 두고두고 잊지 못할 것이다. 그 장면은 아름다운 추억으로 남아 지금 생각해도 감동의 물결이 인다. 그러나 그곳에서 있었던 아름다운 정에 감동받아서 행복해하는 우리 마음이 불과 세 시간이 채 지나기도 전에 정반대의 사람을 만났다.

숙소로 돌아와 해가 지기 전에 한 바퀴 돌다 오자는 동생의 제의에 따라 호숫가 대신 이번에는 낮은 산으로 올라가봤다. 가을 해가 빨리 지면 산에서 길을 잃을까 걱정하는데 산 아래에 길이 나 있고, 젊은이들과 아이들이 되돌아오는 게 보였다.

"우리 산으로 올라만 갈 것이 아니라 저 사람들처럼 저 아랫길로 가면 해가 저물어도 길을 잃을 염려는 없을 것 아닌가!"

"그러네, 이렇게 좋은 길을 두고 우리가 왜 산으로 올라간 거야?"
라며 웃었다. 이 길이 끝나는 즈음에는 호수로 내려가는 길이 분명히 있겠지 생각하며….

500m쯤 왔을 때 목재 건물로 지은 주말 별장 같은 조그마한 집 한 채가 나타났다. 그 집 앞까지 가면 호수로 내려가는 길이 있을 것 같았다. 그 집 앞을 지나서 돌계단을 발견하고 몇 발짝 내려가는데, 홀연히 자동차 한 대가 들이닥쳐서 이 집 주인인가 생각했을 뿐 다른 생각은 상상조차 못 했다.

40대 말쯤으로 보이는 부부가 자동차에서 내리더니,

"내가 무엇을 도와줄까요?"

하고 처음에는 예의 바른 인사를 했다.

"이런, 고마울 수가! 우리는 여행 온 사람인데, 호수로 내려가는 길을 찾고 있어요."

"당신들 글 읽고 쓸 줄 아나요?"

남자는 대뜸 험한 표정으로 물어왔다.

"그럼요, 읽고 쓸 줄 알아요."

라고 했더니,

"그러면 당신들이 왜 개인 소유인 이 길을 지나가나요? 여기 오는 길목에 네 군데나 표시되어 있는데, 빨리 사라지지 않으면 경찰 부를 겁니다."

라고 했다.

"아, 대단히 죄송합니다. 우리는 모르고 왔어요. 애초부터 이 길을 온 것이 아니고, 산에서 중간에 내려와서 이 길이 개인 소유지인 줄 몰랐습니다."

정말로 죄송하다고 네 번을 거듭 사죄했지만, 죄송하다는 말을 더 할수록 그 젊은이는 기고만장하여 목소리를 더 높였다. 나중에는

"호프! 호프!Hopp! Hopp!(빨리 뛰라는 명령어)"

하면서 빨리 안 가면 한 대 칠 듯이 바짝 다가왔다. 그 남자에게서 술 냄새가 확 풍겨왔다. 너무도 어이가 없어서 내 여동생이 한마디했다.

"젊은이가 노인한테 이 무슨 행패요?"

라며 나를 가리켰다. 그런데도

"미어 이스트 샤이스 이갈!Mir ist Scheisse egal!(나한테는 똥이라도 똑같다는

의미)”

이라며 큰소리치는 그 청년의 오만방자한 태도는 하늘을 찌를 듯했다.

졸지에 당한 일이라 너무나 황당했다. 진짜로 이 남자가 술 핑계 대고 우릴 한 대 쳐도 누구 하나 도와줄 이 없는 산속인 것을 어쩌나 하는 생각도 들었다. 동생이 휴대폰을 꺼내 사진 찍는 시늉을 하자,

“지금 뭐 하는 거야?”

라며 언성이 조금 누그러졌다. 돌아오면서 생각하니 그 젊은이가 괘씸하기 짝이 없었다. ‘돈깨나 있어 보이는데 태도가 교만으로 왕관을 쓰고 무례로 겉옷을 지어 입었나?’ 오만방자한 말투는 안하무인이 따로 없었다. 그 젊은이의 자동차 번호를 알았으니 경찰에 신고해서, ‘지금 음주 운전하는 자동차가 있으니 단속하라’고 전화를 할 수도 있었으나 참기로 했다. 하나님은 이 일을 아시리라 생각하면서.

이 어지러운 시국에도 봄은 오는가?

이곳 유럽 나라들의 대문 앞에서 전쟁이 터졌다. 그런데도 우리 집안이 아니라고 보고만 있다. 귀에 못이 박히도록 듣는 코로나 확진자 수가 매일 눈덩이처럼 불어난다는 뉴스도 가슴을 참 답답하게 하는데, 그보다 더하다. 우크라이나를 침공한 러시아의 푸틴이 악마 같다.

독일도 나토NATO(유럽 30개국과 북아메리카 동맹국)도 개입했다가는 제3차 세계대전이 일어날지 몰라, 바라만 보는 상황들이 우리 모두를 긴장하게 만든다. 민간인들이 사는 집들마저 폭탄을 맞아 수많은 사상자가 발생했고, 그나마 살아남은 어린 자녀들과 함께 살겠다고 국경을

빠져나온 엄마와 아이들을 TV로 보면서 가슴이 먹먹해짐을 어쩌랴. 이 독일 같은 부강한 나라가 가스, 오일을 러시아에서 80%나 수입했다는 것 자체가 이해가 안 간다.

지금 나토가 할 수 있는 것은 우크라이나를 침공한 러시아에 대해 국제법 위반국에 가하는 제재, 징벌로 러시아의 모든 수출과 수입을 차단하는 길밖에 없다고 한다. 러시아의 우크라이나 침공 이후 석유와 가스값이 거의 두 배로 상승하고 모든 생활필수품 가격도 껑충 뛰어 서민들은 허리띠를 졸라매야 하는 상황이다.

그래도 우리는 안전한 방에서 지낼 수 있으니, 불평보다는 감사해야 한다. 지난 화요일 딸이 사는 괴팅겐에도 우크라이나 난민들이 도착했단다. 난민들을 돕기 위해 독일 국민이 모두 발 벗고 나서서 이웃사랑을 실천하는 모습은 아마도 세계 제일일 것이다.

딸아이 가족도 우크라이나에서 온 35세의 엄마와 일곱 살 여자아이, 열다섯 살 남자아이를 집으로 데려와 숙식을 제공하며, 또 아이들이 이곳에서 학교에 다닐 수 있도록 관공서에 가서 신청하는 등 매우 바쁘다고 한다. 그 엄마와 아이들이 독일 말을 하느냐고 물었더니, 지금은 영어로 그 엄마와 대화하는데, 그 젊은 엄마도 독일어 어학 코스에 신청해놨단다. 그냥 숙식만 제공하면 되는 것이 아니라 이 사람들을 끝까지 책임져야 한다고 했다.

18세 이상의 우크라이나 남자들은 러시아군과 싸워야 하므로 자국에 머물고, 엄마와 아이들만 피란을 오는 저들의 마음이 어떻겠나 싶었다. 그 엄마 말에 따르면 우크라이나에서 도망쳐 나올 때 루마니아를 거쳐 11일이 걸렸고, 38시간 동안 버스를 타며 아무것도 먹지 못한 날도 있었다고 한다. 그들의 처지를 전화로 울먹거리며 말하는 딸의

목소리를 들으면서

"나는 네가 매우 자랑스럽다."

라고 말해줬다.

자녀들 말 믿다가 세상 떠날 뻔한 이웃집 영감님

한 달 전 일이다. 조용한 오후, 갑자기 사이렌 소리와 함께 구급차가 바로 우리 집 옆에 들이닥쳤다. 무슨 일인가 하고 창밖을 내다보는데 가슴이 다 벌렁거렸다. 구급요원들이 들것을 들고 옆집으로 들어갔고, 얼마 지나지 않아 우리 옆집에 사는 피터 영감님(84세)을 산소마스크를 씌워서 누인 채로 병원으로 데려가는 것이 아닌가.

옆집 피터 영감님은 우리 집 옆지기와 매주 토요일 오후마다 맥주를 마시는 술친구이기도 하고, 또 우리가 여행 중일 때면 정원의 꽃밭에 물을 주고 매일 오는 신문과 우편물을 잘 챙겨서 집 안 복도에 분리해주는 아주 고마운 분이다. 그러나 코로나 바이러스 감염이 폭발적으로 번져가자 우리네의 일상생활도 다 뒤틀어져 갔다. 매주 토요일마다 그 댁에 가던 옆지기도 피터 씨 내외분이 백신 미접종자들이라 얼굴을 맞대고 담소하던 일들도 옛날이 되어버렸다.

피터 영감님 부부에겐 50대의 아들과 40대 말의 딸이 있는데, 두 사람 다 '예방접종 반대 주의자'라고 했다. 자기네들만 접종하지 않으면 누가 뭐라나? 모두 자유의지로 살아가는 걸 왈가왈부할 일은 없을 것인데 말이다.

두 자녀가 다 인근의 도시에 살아서 자주 부모님을 찾아오기에 아주 효자, 효녀인 줄 알았는데 왜 늙은 부모님마저 예방접종을 금하는지가 궁금했다. 젊은 사람이야 감기처럼 앓다 툭툭 털고 일어나겠지만, 여든이 넘은 노인들은 걸리면 중증이 된다는 것을 모른단 말인가?

"아빠, 엄마가 예방주사 맞으면 다시는 찾아오지 않을 거예요."

라고 협박까지 했다는 말에 피터 영감님 내외분은 접종을 포기한 채 지금까지 살아오신 분들이다.

그동안 염려했던 일들이 정말로 현실이 되었으니 참 안타까운 일이다. 그 자녀들이 먼저 코로나에 걸렸고, 문밖출입을 삼가며 살던 피터 영감님도 아들에게서 옮아 큰 병고를 치르고 있다. 2주 동안을 병원에서 산소호흡기 달고 생사를 오락가락해야 했던 피터 씨는 지금 퇴원했는데도 산소호흡기가 필요하다고 치료사가 커다란 산소통을 교체하기 위해 드나드는 것을 자주 본다.

며칠 전 그의 아내 헬가Helga를 길에서 만나 피터 씨의 안부를 물었더니,

"지금은 많이 좋아졌지만, 며칠 전까지만 해도 95%는 가망이 없다고 생각했네요."

라고 대답했다.

"예방접종 반대하던 아들과 딸은 지금 뭐라고 해요?"

라고 묻고 싶었지만, 속으로 삼키며

"어서 빨리 회복되길 바랄게요!"

라고 대답했다. 만약에 피터 영감님이 이대로 세상을 하직했다면 접종을 금한 그 아들과 딸은 얼마나 씻지 못할 과오를 범한 것인가라는 생각이 들었다.

코로나 후유증이 그렇게 무서울 줄이야!

요즘 자주 듣는 말이 롱 코로나Long-Covid란 말이다. 어느 누가 코로나에 걸렸고, 그 후유증으로 아직도 고생한다는 소식으로 코로나가 언제 끝이 날지 아무도 모른다.

지난번에 옆집 영감님이 코로나에 걸려 생명이 위독한 적이 있었다고 글을 올린 적이 있지만, 이제는 3개월이 지났으니 다 나은 줄 알았다. 코로나에 한번 감염되고 치유되었다 해도 많은 사람이 겪는 후유증은 그냥 가볍게 넘어갈 일이 아니라는 것을 또다시 알았다. 그 후유증이란 게 대부분 식욕 부진, 수면 장애, 무기력, 의욕 상실, 또 불안감과 우울증이라고 한다. 가족 중에 누가 코로나를 앓고 있다면 꼭 심리적 치료와 상담을 받아보라고 권하고 싶다.

10여 일 전, 꼭두새벽에 사람들의 두런거리는 소리에 잠에서 깼는데, 여름철이라 창문을 열어두고 자는 까닭에 바깥소리에 잠이 깬 것이다. 우리 집 침실은 뒤뜰 마당과 정원이 있는 방향이라 도로를 달리는 자동차 소리도 안 들리고 아주 조용한 방이다. 다만 이른 아침에 새들의 합창이 나의 잠을 깨울 뿐이다.

그날 자다가 웅성거리는 소리가 들려서 일어나 시계를 보니 새벽 3시. '무슨 일일까?' 하고 두근거리는 마음으로 창가로 갔다. 낯선 사람들의 웅성거리는 말들은 바로 옆집의 마당에서 들려왔다. 노란색과 붉은색의 옷을 입은 구급대원들 서넛이 뭐라 뭐라 하는데, 잘 들리지도 않고, 또 무슨 일이 일어났는지도 알 수가 없었다. 그래서 길가로 난 다른 방으로 가보았다.

어떤 구급대원 하나가 휴대폰으로 통화하고 있었다. 아마 병원에 전화해서 환자를 이동하겠다는 말인 것 같은데, 환자가 자살 시도를 해서 입원시켜야 한다는 내용 같았다. 그러고 보니 도로에 경찰차 한 대가 구급차 뒤에 서 있는 게 보였다. 그때까지만 해도 환자가 우리 옆집의 피터 씨인 줄 몰랐다. 옆집의 1층에 세 들어 사는 젊은 여자가 또 사고를 친 줄 알았다. 그 젊은 여자는 우울증으로 정신병원을 자주 들락거려 그러려니 했다.

다시 잠자기는 틀렸다 싶기도 했고, 또 누가 자살을 시도했는지 궁금하기도 해서 환자가 실려 나갈 때까지 창가에 서 있었다. 잠옷을 입은 채로 구급대원들 손에 끌려가다시피 하는 사람이 세상에나! 어쩌다 저 영감님이! 바로 피터 씨였다. 평소에 긍정적인 분이 어떻게 스스로 목을 매고 죽을 생각을 했을까?

피터 씨는 전 직업이 전기기술자였고, 그의 집 마당 건너편에 작업실(예전에 마구간으로 쓰던 공간)이 있는데, 아내 몰래 작업실에 가서 일을 내려다가 다행히도 발각되었고, 그 집 아내가 신고했으니 망정이지 그러지 않았으면 남은 가족에겐 얼마나 큰 상처가 됐을지 모른다. 피터 씨는 정신과 치료를 받고 실려간 지 10일 만인 오늘 퇴원했지만, 그래도 안심할 일이 아니라는 생각이 든다. 자살 미수로 끝난 일이라 정말 다행이고 감사한 일이지만 상상만 해도 끔찍한 일이다. 가족 중에 누가 코로나를 앓고 있다면 꼭 심리적 치료도 받을 것을 강력히 권하는 마음이다.

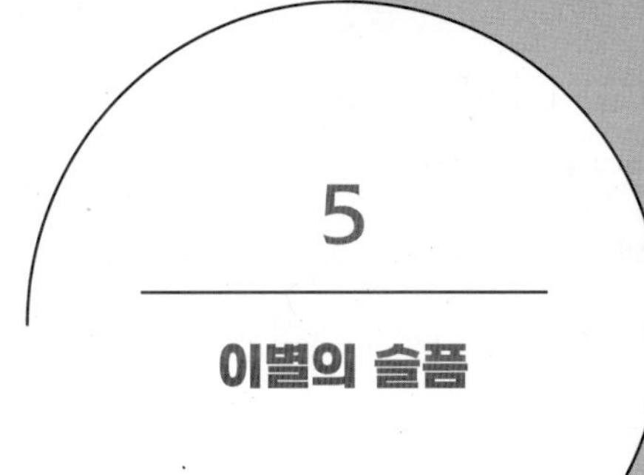

5

이별의 슬픔

오지랖이 넓은 건지, 성미가 급한 건지

2016년 3월 중순, 2박 3일로 함부르크에 가서 뮤지컬 공연을 보고 돌아오면서 문득 14년 전의 일이 주마등처럼 떠올랐다. 위암 말기 수술을 받은 환자로 바람만 살짝 불어도 금방 쓰러질 것 같은 아주 작고 왜소한 체구의 자매님이었는데, 어디서 소문을 들었는지 우리 한독가정의 구역예배에 나타났다.

조금이라도 음식물을 삼키면 금방 토해버리기 때문에 피골이 상접한 모습은 보는 모든 이가 안쓰러워했다. 구역의 모든 자매님 14명이 눈물로 '임숙' 자매님을 위해 합심으로 기도했다. 같은 한인으로서, 이렇게 이국땅까지 와서 젊을 때는 고생고생하며 살았는데, 이제 자식들 다 키워놓고 편할 만하니까 저렇게 육신에 병이 들다니, 남의 일처럼 여겨지지 않아서 모두 눈물을 훔쳤다.

그 후, 우리 집에서 예배드릴 때와 또 인근의 동네에 사는 내 여동생 집에서 구역모임이 있을 때도 한 번 왔던 것 같다. 그 후론 친한 친구와 여행을 떠난다고 했고, 다시 임숙 자매의 소식을 들었을 땐 이미 벌써 노이비드라는 강 건너편 도시의 암 병동에 입원해서 위독하다는 소식이었다. 그 당시 구역 식구 중 한두 사람은 40대였지만 파독간호사로 독일에 온 지 30여 년이 지난 우린 대부분 50대였다. 타국에 와서 이방인의 설움을 안고 살아가는 것도 억울한데, 육신마저 병들어 아직도 한창일 50대의 젊은 나이에 시한부 인생을 살고 있다니 참으로 안타까웠다.

'도움 증후군'이 있는 내 여동생이 당장 임숙 자매를 병문안하고 나서 내게 전화하여 환자가 자주 혼수상태에 빠지는 것을 보니 아무래도 이 밤을 더 버티지 못할 것 같다고 했다. 또 우리 목사님께 연락해서 임종 예배를 드리는 것이 인간의 도리가 아니냐고 했다. 병상을 지키는 임숙 자매의 남편에게 종교가 무엇인지 물었더니, 예전엔 가톨릭이었지만 교회에서 출교한 지가 오래되고 또 고향 함부르크에서 이곳에 이사 온 지도 얼마 되지 않아서 아는 신부님이나 목사님도 없다고 했다.

"그러면 이곳 병원에 계시는 신부님, 목사님을 부르시는 게 어때요?"
라고 했더니,

"내 아내가 한국 사람이니 한국 목사님을 부르면 좋을 텐데, 아는 분이 없어서요."
라고 했다.

한 번도 만난 적이 없지만 아무래도 우리 목사님을 부르면 좋겠다고 동생이 말했다. 그날이 금요일이고 철야기도가 있어서 목사님, 장로님, 권사님들이 모두 본 교회에 모여 있을 것 같아 우리 둘은 밤 11시쯤에 본에 갔다. 깜짝 놀라는 목사님과 성도들에게 임숙 자매가 한 번도 교회에 나온 적이 없어서 누군지 잘 모르기에 자초지종을 설명하고, 시간이 급하니 빨리 준비하고 함께 가줄 것을 요청했다.

목사님과 사모님, 동생과 나, 이렇게 넷이 노이비드 병동에 도착했을 때는 시간이 벌써 자정을 넘었고, 임숙 자매의 남편과 두 아들도 병상을 지키고 있었다. 우리 모두 다 초면인지라 수인사를 끝낸 후, 목사님께서 환자를 위한 마지막 기도와 찬양 곡(내 영혼이 은총 입어)을 한밤중이라 모두 나지막한 음성으로 불렀다. 환자는 이미 혼수상태에 들었지만, 그 영혼은 노래를 듣고 있으리라는 생각이 들자 찬양을 부르는 내내 목젖이 당기고 눈물이 나서 애를 먹었다. 슬픔에 젖은 마음으로 집에 오니 새벽 2시가 다 되어가고 있었다.

그날 새벽 4시 30분경, 임숙 자매의 남편인 헤닝 씨의 전화를 받았다. 우리 일행이 떠나고 난 후 자기 아내가 새벽 2시쯤에 임종했노라고 하면서 금방 전화하기가 좀 뭣해서 기다렸다가 전화한다고 했다. 한 가지 부탁이 있는데, '장례식을 일주일 후 함부르크에서 치를 예정인데 혹시 우리 목사님께서 장례 예배를 맡아주실 수 있는지'를 나더러 여쭤보라는 것이었다.

"네, 그러지요. 그런데 헤닝 씨께서 이번 주일날 교회에 한번 참석해서 직접 부탁하시는 것도 좋을 것 같네요."
라고 내가 말했다.

주일날, 헤닝 씨는 약속대로 교회에 왔고, 목사님 또한 흔쾌히 가주실 것을 약속하시면서 예배는 유족들을 위해서 독일어로 할 것이지만, 찬양은 고인을 위해서 한국어로 할 것이라고 미리 귀띔해주었다. 그러면서

"성도들 중에 누가 동행할 것인가요?"
하고 물었다. 우리가 사는 곳에서 함부르크까지는 500km가 넘고, 급행열차를 타도 5시간이 더 소요되는 북쪽의 먼 곳이다. 또한 그 당시엔 우리 모두 병원에서 근무하는 사람들인지라 장례식이 있는 금요일엔 휴가를 신청해서 허락받고 가는 일이 그리 쉽지 않았다.

앞에서도 언급했지만, 도움 증후군이 있는 내 여동생이 선뜻 나섰고, 오지랖 넓은 나, 또 항상 용감한 김 집사, 이렇게 세 사람이 동행하기로 했다. 여 선교회장도, 구역장도 너무 먼 곳이라 당일에 갔다가 올 수도 없는 곳이기에 엄두를 못 냈는데, 오지랖 넓고 성미 급하고 용감

한 우리 셋이 목사님과 동행하여 그다음 주 금요일 이른 새벽 기차를 타고 함부르크까지 1박 2일 일정으로 장례식 예배에 참석하고 왔다. 지금 와서 돌이켜보니 '아마도 그땐 젊어서였던가?'라는 생각이 들었다.

하늘나라로 떠난 선배 언니

폐암 판정을 받은 후 그동안 열심히 항암 치료를 받던 선배 언니가 이 세상을 하직했다는 소식을 받은 건 내가 고국 방문 중 부산에 있을 때였다. '내 영혼의 감사이기에'라는 제목으로 이 선배 언니에 대한 글을 올린 적이 있는데 바로 그분이다.

나와는 30여 년 지기이고 서로에 대한 신뢰와 의지하는 마음 또한 각별했기에 병마와 싸우는 언니에게 조금이라도 힘이 되고자 그동안 애썼던 것도 사실이다. 방사선 치료 과정 중에 음식 삼키는 걸 힘들어하는 언니에게 쐐기풀과 질경이가 해독하는 데 좋다고 해서 정원의 구석에서 자라는 쐐기풀과 질경이를 뜯어다 된장국을 끓여서 함께 먹으며 맛있다고 내가 너스레를 떨기도 했다.

고기보다 생선을 더 좋아하는 언니에게 해물국수나 전어와 고등어구이를 자주 해갔더니, 어느 날은 굴비 생각이 난다고 해서 뒤셀도르프에 있는 한국 식품점에 인터넷으로 주문했다. 다음 날 얼음과 함께 채운 굴비가 도착해서 집에서 구워갔더니 엄청나게 반가워했다.

"언니! '암 환자는 암으로 죽는 게 아니라 굶어서 죽는다'라고 어느 유명한 암 전문의가 말했어요. 그러니까 억지로라도 먹어야 산답니다."

라고 계속 이 말을 상기시켜드렸다.

평소에 의지도 강한 언니가 항암 치료 잘 끝내고 8월 초에 큰아들 내외와 두 손녀들과 그리스의 크레타Kreta에 10여 일간 휴가도 잘 다녀왔는데, 며칠 후 재검진에서 골반과 간에 암이 전이되었다는 소식은 정말이지 큰 충격이었다. 아마도 하늘이 노래지는 충격이었을 것이다. 그 후 설상가상으로 폐렴까지 걸렸고, 물 한 모금 마시는 것도, 밥 한술 먹는 것도 어려워했다. 그나마 누룽지를 삶아서 그 물을 삼키는 것과 병원에서 영양제 주사를 맞는 것으로 생명을 이어갈 뿐이었다.

피골이 상접한 선배 언니를 곁에서 보면서, 내가 할 수 있는 것이 아무것도 없다는 것에 마음이 저려올 뿐이었다. 그런 언니를 두고 고국 방문차 독일을 떠난다고 작별 인사를 하러 간 내게, 언니는 속으로 많이 섭섭한 눈치였지만 그래도 잘 다녀오라고 격려하며 미소 지었다.

2016년 10월 18일 독일을 떠나 19일에 한국에 도착했는데, 언니는 19일 소천하셨다고 했다. 부고를 들은 건 10월 25일이었는데, 내 여동생의 아들이 부고장을 복사해서 휴대폰으로 보내줘서 알게 되었고, 장례식은 돌아가신 지 열흘 후인 10월 29일 치른다고 했다.

순간 치밀어 오르는 슬픔이 가슴을 먹먹하게 했다. 하지만 고국에서의 일정이 너무도 빡빡하게 짜여 있었기에 예정된 스케줄에 맞춰 동분서주하다 보니 슬픔에 젖어 있을 겨를도 없었다. 다시 독일로 돌아오니 사방에서 계속 전화가 왔다. 선배 언니와 나 사이를 아는 많은 지인들이 모두 나를 위로하는 조문 인사였다. 언젠가는 우리 모두 다 천국에서 다시 만날 거라는, 믿음의 자매님들의 전화였다.

며칠 전, 선배 언니가 묻혀 있는 공동묘지에 갔다. 역사가 오래된 공동묘지인지라 숲은 하늘을 가려 울창하고 활엽수들은 벌써 노랗게 물들고 잎이 반쯤 떨어져 길목이 온통 낙엽들로 덮여 있었다.

14년 전에 돌아가신 선배 언니의 남편이 묻혀 있는 묘지인지라 낯설지는 않았지만, 장례식을 치른 지 2주 정도 지났기 때문에, 이제는 거의 다 시들어가는 하얀 장미꽃들로 만든 화환 밑에 언니의 유골이 묻혀 있다는 사실이 도무지 믿기지 않았다. 내가 장례식을 직접 보지 못했기 때문일까? '사람의 죽음은 그 사람을 잊어버렸을 때만이 죽은 것이지, 살아 있는 자가 항상 그를 기억하는 한 그는 늘 우리 가슴에 살아서 숨 쉬고 있다'라고 어느 누가 말했던 것이 기억났다.

돌아오는 길에 천상병 시인의 '귀천歸天'이란 시를 떠올리며, 선배 언니는 천국에서 '아름다운 이 세상 소풍 끝내는 날, 가서 아름다웠더라고 말하리라'라는 말을 지금 실천하고 있을지 모른다는 생각이 들었다.

작별 인사도 없이 떠나버린 친구

엊그제 대낮에 휴대폰으로 모르는 번호의 전화가 왔다. 또 보험회사에서 상품 선전을 하려는 전화일 거라는 생각에 달갑지 않은 기분으로 전화를 받았다. 내 이름을 확인하는 낯선 남자의 물음에 그렇다고 퉁명스럽게 대답하면서 빨리 전화를 끊을 생각만 했다.

"저 민이에요, 숙이라는 분의 아들입니다."

어눌하지만 한국말로 말하는 친구 아들이 대견하다는 생각과 함께

"네가 웬일로? 너 지금 어디서 전화하는 건데?"

라고 물으니

"여기 베를린입니다."

라고 했다. 그때까지만 해도 민이가 우리가 사는 중서부 쪽에 볼일이 있어서 우릴 방문하겠다는 뜻으로 전화한 줄 알았다. 엔지니어로 오랫동안 싱가포르, 중국에서 일하다가 다시 독일 본사로 와서 근무한다는 말을 제 엄마에게 들은 기억이 났기 때문이었다.

"엄마가 핀란드 여행 중에 돌아가셨는데 뇌출혈이라고 하더군요. 좋지 않은 소식이지만 꼭 전해야 할 것 같아서 전화드립니다."

슬픔이 밴 묵직한 톤으로 띄엄띄엄 말하는 민이의 말에 이것이 꿈이겠지 싶다가도 너무 놀라서 망연자실했다. 전화를 끊고 난 뒤에도 망치로 머리를 한 대 세게 얻어맞은 기분으로 한동안 멍하니 그냥 앉아 있었다. 아무리 생각해도 이해할 수 없었다. 어떻게 그리도 쉽게 세상을 떠난단 말인가? 평소에도 건강관리 잘하는 친구이고 혈압이 높다는 말도 들어본 적이 없었다. 믿기지 않은 친구의 부고를 듣고 나니, 언젠가 우리 모두 소풍 나온 이 세상을 떠나야 하지만 우리는 70대 중반이니 아직 할 일이 남아 있고, 벌써 본향 갈 나이는 아니라고 생각해왔던 신념들이 허술한 돌담처럼 와르르 무너지는 느낌이 들었다.

50여 년 전, 그 당시 한국의 국가 정책이었던 인력을 수출하는 방안의 일환으로 숙과 나는 서베를린의 국립병원에 간호사로 취업했다. 20명이 같은 날 같은 병원에 떨어졌지만, 우리 둘은 바로 옆방에서 살았고 괴테어학원에서 독일어를 배우는 3개월간을 매일같이 함께 지냈다. 같은 지역에서 왔다는 이유 하나만으로 우린 쉽게 친구가 되었고, 동갑내기일뿐더러 무엇보다 같은 하나님을 믿으니 동질감도 컸다.

독일에 온 지 1년이 지났을 때, 5월에 온 자영과 친구의 싸움을 말리지 않았다는 이유로 내 친구들 여섯 명이 한꺼번에 다른 병원으로 쫓겨났을 때, 그때도 숙은 친하지도 않은 친구들과 우연히 그 자리에 함께 있었다는 이유로 쫓겨나 결핵병원으로 전출되어 모진 고생을 해야 했다. 3년 고용 계약이 끝난 후 숙은 베를린에 계속 살았지만, 나는 지금의 남편을 만나 서독(그 당시)으로 와서 현재까지 살고 있으니 50년이 넘는 이방인의 세월이 한낱 여름밤의 꿈처럼 느껴질 때가 있다.

베를린과 우리가 사는 이 지역은 무려 700km가 넘는 먼 거리여서 자주 만날 수는 없어도 마음만은 늘 가까이 있다고 생각해왔다. 숙을 만난 지가 벌써 8년 전으로, 한국에서 나의 둘째 동생 부부가 이곳에 여행 왔을 때, 그때 베를린 관광을 시켜준다고 올림픽 광장과 샬로텐부르크를 함께 갔던 때가 마지막이었다. 우리 모두 언젠가는 천국에서 다시 만날 수 있겠지만 너무 일찍 떠나버린 친구가 그립다.

> "내일 일을 너희가 알지 못하는 도다. 너희 생명이 무엇이냐? 너희는 잠깐 보이다가 없어지는 안개니라." (야고보 4:14)

아무리 안개 같은 인생이라지만 가족뿐 아니라 친구와도 작별할 시간이 주어진다면 떠난 사람보다 남은 사람들에게 많은 위로가 될 것 같다는 생각이 들었다.

자식을 가슴에 묻은 어미의 슬픔을 그 어디에다 비기랴!

사람이 살아가면서 자식을 앞세우는 일은 없어야 한다. 자식을 먼저 떠나보내야 하는 것보다 더 큰 고통과 슬픔은 이 세상에 없을 것이기 때문이다. 우리 주위에 친정 부모나 시부모의 상을 당한 소식을 접하면, 대개 연세가 높았기에 호상이라고 위로하는 말이라도 할 수 있다.

2013년, 활공기Segel-Flugzeug 사고로 장남을 잃은 한 권사님은 생일이 8월 15일 광복절 날인데 아들을 떠나보낸 이후 생일잔치를 하지 않는다고 했다.

아들이 사고를 당한 날은 8월 18일 주일날이었고, 그날 교회에서 50여 명의 교회 식구들이 야외예배를 드리기 위해 시골의 숲속으로 갔는데, 마침 생일을 맞은 한 권사님이 바비큐에 필요한 모든 고기를 제공하여 모두들 좋아했다.

숯불에 구운 스테이크와 삼겹살에 우리 집에서 뜯어간 상추와 깻잎으로 푸짐한 점심을 먹은 후에는 모두들 주변 숲속으로 산책하러 나섰다. 숲속에서 들려오는 새들의 합창은 아름다웠으며, 다투어 피어나는 이름 모를 야생화도 예뻤고, 산책길을 걷다 보니 구청에서 가로수처럼 심은 자두, 배, 사과나무 등에 과일이 열려 있어 지나가는 사람들은 누구나 따서 먹을 수 있어서 모두 행복해했다.

우리가 모두 기뻐하던 그 시간에 권사님의 아들은 알프스의 어느 깊은 산골짜기에서 활공기를 타다가 폭풍에 휘말려 추락 사고를 당했다고 한다. 그날 사고를 당한 조종사와 권사님의 아들이 약속된 시간에 되돌아오지 않자, 조난당한 줄 알고 헬기 구조대가 장시간을 수색하며 이곳 독일 권사님 댁에도 수십 번 전화를 했다. 하지만 야외예배로 가족 모두가 부재중이어서 전화를 받지 못했다.

권사님의 장남은 어려서부터 천재라는 소리를 들어온 수재였고, 중·고등학교 시절에는 월반을 두 번이나 하여 최연소로 고등학교를 졸업해 그 학교가 떠들썩하기도 했다. 대학 시절에 전산학을 전공했는데, 독일 은행에서 '카드 비밀번호 제작'을 도와서 많은 월급을 받은 까닭으로 부모가 한 번도 용돈을 준 적도 없다고 했다.

천성이 밝고 예의 바르고 품성도 넉넉해서

"네가 왜 그랬냐?"

는 말 한마디 하여 나무랐던 적이 없는, 정말 모범생 중의 모범생인 아들이었음을 우리가 다 알기에 더 마음이 아팠다. 모태신앙인 한 권사님은 나이가 나보다 네 살 적은데도 내가 존경하고 사랑하며, 그 인품이 온유하고 겸손하여 믿음의 선구자로 항상 모범이 되는 분이다.

성경에 '사람이 감당치 못할 시험은 허락하지 아니하신다'라고 했던가? 서른네 살의 생때같은 아들을 졸지에 잃고 가슴이 찢어지는 슬픔을 감내하는 권사님. 천국에서 다시 만난다는 소망으로 꿋꿋하게 잘 버티어가고 있지만, 해마다 8월이 되면 권사님의 그 맑은 웃음은 사라지고 아들에 대한 그리움으로 눈가가 젖어 있음을 보는 내 마음도 아프기 이를 데 없다.

아름다운 노부부의 숭고한 사랑

오늘 아침 신문에서 50여 년 전에 알았던 옛날 이웃분의 부고를 접하고, 섭섭한 마음을 둘 데 없어 일이 손에 잡히지 않았다. '인간은 이 지구별에 소풍 나온 것'이라는 천상병 시인의 시를 생각할 때면 그래도 적잖이 위로가 되기도 한다. 언젠가는 우리 모두 이 소풍 끝내고 떠나야 한다고 생각하니, 무엇이 그리 소중하고 급하다고 뒤도 한 번 안 돌아보고 숨차게 여기까지 달려왔을까 싶기도 하다.

그런데 이생의 삶에 미련을 두지 않고, 하루하루를 감사로 살아가는 아름다운 노부부가 있다. 4년 전에 남편이 중풍으로 쓰러지자 큰 정원이 있는 대궐 같은 그 집을 팔고, 남편과 함께 양로원으로 들어간 70대 후반의 노부부다. 남편 혼자 양로원에 둘 수가 없기 때문이라고 했다. 서로 각기 다른 방을 쓰지만, 아침부터 저녁까지 남편과 함께 있는 게 떨어져서 걱정하는 것보단 눈에 보이니 안심이 되고 행복하다고 했다.

우리 부부는 매 주일 교회에서 이 마리안느의 부부를 만났다. 남편을 휠체어에 태우고 제일 일찍 와 교회의 맨 앞자리에 앉아 있다. 예배를 드릴 때 아내인 마리안느가 남편 하인리히의 손을 꼭 잡고 기도하는 모습은 너무도 아름답고 숭고하기까지 했다. 또 진심을 담아 남을 대하는 온화한 성품은 만나는 모든 사람을 미소 짓게 하고 기분 좋게 하는 마력이 있다.

우리 부부는 오래전부터 이 부부를 초대하고 싶었지만, 코로나19 사태로 여태껏 미뤄오다가 지난 토요일 담임목사님 내외와 마리안느 부부를 커피타임에 초대했다. 그 전날까지 비 오고 바람 부는 날씨라

기도하며 염려했는데, 믿음이 큰 사람들을 초대한 덕분인지, 너무도 화창한 날씨라 뜨락의 식탁에 앉아 친교하며 감사가 넘치는 시간을 보냈다. '아, 나도 저런 분을 닮아간다면 늙는 것이 두렵지 않다'라고 생각했다.

육신의 장막이 무너져가는 나의 옆지기

(에피소드 1) 감사와 근심으로 얼룩져가는 시간들

남편의 울타리가 점점 망가져가고 있다. 2022년 6월에 알츠하이머병이라는 진단을 받고 우리 가족이 모두 큰 충격을 받았다. 앞으로 닥쳐올 일을 대비하자는 딸아이의 말에 다소 위로가 되기도 했지만, '어떻게 이런 일이 우리에게 일어나는가?' 하고, 기도로 하나님께 나아가는 시간들이 더 많이 늘어났다. 우리에게 날마다 새 힘을 주시는 하나님에게 감사하며, 소망 중에 즐거워하며, 지금까지 인도하신 하나님의 은혜를 기억하고, 앞으로의 다가올 일들도 오직 인내하며 굳세게 살기를 날마다 다짐했다. 올해 12월이 되면 결혼한 지 50년이 되는 행복한 결혼 생활과 축복의 삶을 살아온 것이 그리 흔한 일이 아니기에 내 입이 열 개라도 오직 감사할 뿐이다.

알츠하이머병이 더 심해지면 인간의 존엄성도 무너진다고 한다. 그래서 날마다 나의 기도는

"주님께는 불가능이 없사오니 주를 믿는 자가 수치를 당하지 않게

하소서."
라고 한다.

캐나다 사는 아들 내외와 손자가 일주일 전에 왔다가 오늘 돌아갔다. 딸아이 가족들도 5일간 함께 지내다가 지난 월요일에 돌아갔다. 아버지를 붙들고 작별 인사를 나눌 때 아들은 몇 번이고 말했다.

"내가 아빠를 얼마나 사랑하는지 알지요?"

내년에 봄이 오면 또 찾아온다고, 그때까지 꼭 건강하셔야 한다는 말과 함께…. 아들도 울고 며느리도 울고 애틋한 이별을 하며 무거운 발걸음으로 돌아서는 아들의 뒷모습에 나도 속으로 눈물을 삼켰다.

아들과 딸이 있는 동안 남편과 관련한 가족회의를 한 결과, 24시간 대기 중인 입주간병인을 쓰기로 했다. 입주간병인을 쓰는 것은 아버지 때문이기도 하지만 간병하느라 힘든 엄마를 위한 방법이 이것밖에 없다고 아들과 딸은 말했다. 차츰 아이가 되어가는 남편이 밤에도 몇 번이나 깨어나 화장실을 가야 하므로 도통 내가 잠을 잘 수가 없어서, 밤에 누군가가 대신해주는 것만으로도 나의 짐이 훨씬 가벼워지기 때문이라고 했다.

그런데 간병인을 쓰는 한 달 비용이 의료보험과 사고보험료, 세금과 간병인협회에 내야 하는 금액을 포함하여 4,200유로나 된다고 해서 깜짝 놀랐다. 한화로 매달 560만 원 정도를 지급한다는 셈인데 금액이 너무 커서 망설여졌다. 재정이 넉넉한 아들은 그런 걱정은 아예 하지 말라고 했다. 요양을 보낸다 해도 그 비용을 지불해야 하는데, 아버지가 편안히 집에서 간병인의 도움과 엄마의 보살핌 속에서 노후를 보내시는 게 좋을 것이라고 했다. 치매 환자가 요양원에 보내지면 인격적인 대우를 받지 못한다고 하면서….

(에피소드 2) 폴란드에서 온 입주간병인

2022년 11월 19일, 폴란드에서 입주간병인이 도착했다. 마흔여섯 살의 젊은 남자 간병인은 독일어도 잘하고 동작도 빨랐다. 지난 몇 주간 남편이 밤에 자주 일어나서 대여섯 번이나 화장실에 가면 그를 돌보느라 내가 통 잠을 잘 수가 없어서 낮에도 비실거렸다. 엄마가 쓰러지면 아빠는 요양원에 보내야 하니 엄마를 위해서 입주간병인을 두자는 가족회의 끝에 간병인협회를 통해 데려온 청년이다.

맨 처음 우리 집에 오기로 한 간병인은 서른네 살의 불가리아에서 온다는 청년이었다. 그런데 며칠 뒤 간병인협회로부터 전화가 왔는데, 갑자기 그 청년의 아내가 어린아이 둘을 놔두고 도망을 가버려 어쩔 수 없이 아이 둘을 돌봐야 한다는 사연이었다. 대신 마흔여섯 살의 폴란드 청년을 보내준다고 해서 알겠다고 했다.

그런데 이상한 일이 일어났다. 간병인이 오고부터 남편은 밤에 그렇게 자주 가던 화장실을 어쩌다 한 번 아니면 두 번 가는 게 아닌가. '이럴 줄 알았다면 내가 간병하는 건데' 하는 생각이 들면서 입주간병인을 너무 일찍 둔 것 같아서 살짝 후회되기도 했다.

거실 하나를 환자 방으로 만들고, 침대도 의료보험 회사의 도움을 받아서 전동침대를 들여놨다. 또 침대 앞에는 환자가 침대에서 내려오면 벨 소리가 바로 3층으로 울리는 작은 카펫을 깔아놨기 때문에 내가 밤중에 일어나지 않아도 됐다. 그런데 남편이 밤에 일어나 화장실을 갈 때 바로 침대 앞에 있는 벨 소리 나는 카펫을 밟지 않아서 3층에 있는 간병인은 모르니 문제였다.

"왜 카펫을 밟지 않아요? 그 사람 당신 도우라고 우리가 데려왔는데!"
라고 몇 번이나 당부했지만
"그 사람 자게 놔두려고. 나 혼자 가도 되니까."
라고 했다.
"그 사람 우리 집에 휴가 온 사람 아니야! 당신 아들이 매달 그 청년에게 거금을 지불해야 하는 상황이라고!"
매일 설명해도 치매가 더 깊어진 까닭인지 말을 듣지 않았다. 낯선 사람에게는 폐가 될까 봐 늘 남을 배려하는 평소의 습관임을 어쩌랴! 그러나 자기 아내가 수고하는 것은 당연시하고 감동이 없으니, 나도 인간이기에 어떤 때는 섭섭함도 없잖아 있었다.

오늘 저녁, 라파엘이란 간병인을 불러서 같이 저녁 식사를 했다. 평소에는 할 말만 하던 청년이 저녁 식사 후 한 가지 제안을 해왔다.
"나를 개인적으로 채용해주면 협회에서 나와서 당신들의 정원 일까지도 모두 책임지겠습니다. 그리고 월급은 매달 2,000유로만 내게 주면 당신들도 나머지 2,300유로를 버는 것입니다."
라고 했다.
귀가 번쩍 띄는 말이었다. 그러나 우리 딸과 의논한 후에 답을 주겠다고 했다. 그를 협회가 아니라 개인적으로 채용하면 서류 양식이 꽤 복잡하다는 딸아이의 말이 생각났기 때문이었다.

(에피소드 3) 신진대사가 원활하지 못하면 죽을 수도

2023년 마지막 해를 보내던 날! 송구영신 잘하고 복된 새해를 맞이하길 바라는 축복의 메시지가 곳곳에 사는 지인들한테서 왔다. 그런데 우리 부부에게는 다사다난했던 지난해를 보내는 것도 힘들었고, 소망의 새해를 맞이한다는 설렘조차 없었다.

밤 12시에 터지는 폭죽 소리가 새해 1시가 되도록 온 사방에서 터졌다. 왜 독일은 개인들이 폭죽을 사서 밤새도록 터뜨려도 법이 그것을 막지 않는지 원망스러울 정도였다. 아직도 우크라이나 전쟁은 진행 중이고, 가자지구에서는 이스라엘과 팔레스타인 분쟁으로 수많은 사람이 희생되고, 남은 사람들은 그나마 살겠다고 국경을 넘는데, 자기 나라가 아니라고 아랑곳없이 그 비싼 폭죽을 사서 공중에 쏘아버리는 이 나라의 젊은이들을 이해할 수가 없었다.

그것은 마치 돈을 허공에 날려 보내는 행위인 것을 알면서도 젊은이들은 해마다 새해가 시작되는 자정에 폭죽을 쏘아대니 참 한심하기 짝이 없다고 생각했다. 차라리 그 돈을 기아선상에서 헤매는 아프리카나 아니면 국제기아대책본부에 기부한다면 얼마나 많은 사람의 생명을 구할 것인가 하는 생각이 들었다.

내가 너무 폭죽에 대해서 불평했던 탓인지, 새해 첫날부터 남편의 건강이 빠른 속도로 나빠져갔다. 어제부터 가스가 배에 차서 잘 빠져나오지 않아서 가끔씩 배가 아프다고 했다. 그다음 날도 변을 볼 수가 없어서 통증은 조금씩 더 심해져갔다. 약국에 가서 대변을 유도하는 완화제와 항문으로 주입하는 미니 관장약을 사서 시도해보았지만 차도가 없었다.

나흘째 되는 날 아침엔 구급차를 불러서 병원에 가려고 입원할 준비를 위해 가방까지 싸놓고 남편에게 물었다.

"이대로 있다간 탈장이 와서 생명이 위험할 수도 있으니 구급차 부릅시다."

"아니야, 병원엔 절대로 안 가!"

라며 완강히 거부하는 남편의 코를 꿰어 데려갈 수도 없고, 그렇다고 소리 내어 싸울 수도 없어 참으로 난감했다. 알츠하이머 환자를 어떻게 이기겠는가 싶어

"하나님, 저희 남편을 불쌍히 여기소서!"

라고 간절히 기도만 할 뿐이었다.

오후엔 주치의에게 전화해서 자문했다.

"아직 열이 없고, 구토증이 없는 것을 보면 그리 심각한 증세는 아니니 내일 사회복지과에서 봉사하는 간호사 보내서 병원에서 하는 것과 똑같이 관장할 수 있도록 조치해두겠습니다."

라고 해서 그제야 안도의 숨을 쉴 수 있었다.

그런데 1월 4일 저녁에 기적이 일어났다. 드디어 남편이 대변을 본 것이다. 그것도 화장실이 다 막힐 정도로 엄청 많이. 그동안 나와 함께 걱정해준 아이들에게도, 또 옆 동네 사는 동생에게도 이 기쁜 소식을 알렸다. 내 생애 똥을 보고 이리도 기뻐한 적은 처음이었노라고 했다. 현재 남편의 건강은 대소변을 가리지 못할 정도로 어린아이가 되어가고 있다.

매일 드리는 나의 기도는

"주여! 제 남편을 긍휼히 여기소서! 자비를 베풀어주옵소서!"

이다.

(에피소드 4) 경찰서에 가서 남편의 실종 신고를 하다

알츠하이머병이 사람을 힘들게 한다. 어떤 때는 '어쩌다 우리 남편이 이렇게 되었나?' 싶을 정도로 나날이 변해가고 있었다. 며칠간 고분고분 내 말을 잘 듣다가도, 고집이 한번 나오면 어떤 설명을 해도 막무가내라 감당하기가 쉽지 않아 간절히 기도만 할 뿐이었다.

얼마 전의 일이다. 항상 대문을 잠가놓고 살기에 문 여닫는 소리에 예민한 내가 남편이 밖으로 나가면 나도 소리 없이 그 뒤를 따라서 맞은편 길로 따라가는 일이 자주 있었다. 하루는 세 번이나 외투를 입고 집 열쇠를 가지고 집을 나가기에 매번 따라가봤다. 우리 집에서 그리 멀지 않은 사거리까지 갔다가 다시 돌아오기를 반복해서 '항상 가는 길이니 되돌아오겠지'라는 생각에 네 번째에는 따라가지 않았다.

그런데 15분이면 항상 되돌아오던 사람이 한 시간이 지나도 돌아오지 않아 겁이 덜컥 났다. 어쩌면 길을 잃고 시내를 헤매고 있는 것은 아닌가 하는 생각이 들었다. 급히 겉옷을 걸치고 잰걸음으로 남편을 찾아나섰다. 우선 우리가 산책하러 나가던 길과 시내의 옆길을 돌았다. 멀리서 검은색 외투를 입은 사람만 보아도 남편처럼 보여 얼른 달려가보기도 했다.

시간이 지날수록 염려와 불안, 조바심과 걱정이 눈덩이처럼 불어났다. 요새 부쩍 자기 집에 데려다달라고 말하더니 정말 어디로 떠난 걸까? 우리가 지금 사는 이 집에서 37년째 살고 있는데, 남편은 우리 집이 자기 집이 아니라고 우긴다. 그럴 때마다 벽에 붙은 아이들 사진과 우리 결혼사진을 가리키며, 여기가 우리 집이라고 말해도 남편의 머릿속은 어느 먼 곳을 여행하는 방랑자가 되어가고 있었다.

한참을 큰길과 좁은 골목길까지 샅샅이 뒤져도 헛수고만 했다. 그러다가 어쩌면 그사이에 집에 돌아와 있는지도 모른다는 생각이 들어 헐레벌떡 집에 왔지만 남편은 없었다. 그사이에 시간은 자꾸 흐르고, 경찰에 신고하려고 전화를 걸었지만 계속 통화 중으로 나와 더 이상 기다릴 수 없는 급한 마음에 경찰서로 뛰어갔다. 내 기도는

"주여! 오, 주여! 제발 아무 일 없게 해주세요!"

하는 말뿐 다른 말이 나오지 않았다. 하필이면 이때 입주간병인이 자기 고향에 가고 난 뒤라 나 혼자만 발을 동동거릴 뿐이었다.

다행히 경찰서가 우리 집에서 도보로 5, 6분 거리에 있는 것을 감사하면서, 실종자 신고와 함께 치매 환자라고 하니 신분증과 인상착의 등 몇 가지를 물은 후 곧바로 순찰 경찰차가 찾아줄 테니 너무 걱정하지 말라고 위로하는 말에 울컥했다.

집으로 돌아오는 길에 나의 기도는,

"아 주님, 지금 남편이 집에 와 있다면 다른 소원은 없습니다."

라는 간절한 마음뿐이었다.

기적은 믿는 자에게만 일어난다고 했던가? 대문을 열고 복도에 들어서니, 아직 외투도 벗지 않은 남편이 나를 보고 웃었다. '말도 없이 혼자서 어딜 갔다가 이제야 왔냐?'는 말 대신

"돌아와줘서 고마워요!"

라며 눈물을 글썽였다.

경찰에게 다시 전화하여 남편이 집에 돌아왔다고 알려줬다. 알츠하

이머란 몹쓸 병에 걸렸어도 남편이 살아 있음을 진정으로 감사하는 하루였다.

(에피소드 5) 지치고, 힘들고, 곤한 나의 일상이지만…

복음성가 중에 '오늘 이 하루도'라는 찬송가를 시도 때도 없이 부르며 마음을 추스르는 것이 요즘의 일상이다. 지금 나의 옆지기가 앓고 있는 알츠하이머란 병은 인간의 존엄성마저도 무너뜨리는 아주 무서운 병이란 걸 날마다 깨닫게 된다.

간병인이 있다고 해도 아침에 옷을 입혀주는 일 말고는 모두 내가 해야 마음이 편하다. 샤워는 물론 대소변도 가리지 못하여 기저귀 뒤처리도 모두 내가 하니, 한시도 눈을 떼지 못하는 요즘 상황이다. 우리에게 남은 날이 얼마인지 알 수 없어도 다음에 아무런 후회가 없도록 하루하루를 선물이라 생각하며 감사로 살아가길 기도할 뿐이다. '오늘 이 하루도'란 찬송이 나의 노래가 되고 기도가 되어 지치고 힘들 때마다 내게 새 힘을 주니 얼마나 감사한 일인지 모른다.

> 오늘 이 하루도 내게 주어진 하루를 감사합니다.
>
> 내게 또 하루를 허락하심을 이 하루도 헛되이 보내지 않으며 살기를 원합니다.
>
> 이런 은총 받을 자격 없지만 주의 인자하심으로 힘입음으로 이 하루도 내게 주어졌음을 인하여 감사드립니다.
>
> 내게 주어진 하루를 감사합니다.

내게 또 하루를 허락하심을, 즐거운 일이든 혹 슬픈 일이든 감사드립니다.

비록 이 하루가 나를 울린다 해도 원망의 맘 품지 않을 이유는 나의 주님이 모든 일을 주관하셔서 선을 이루심이라.

이 하루도 평화롭게 하소서.

이 하루도 강건하게 하소서.

험한 폭풍이 몰아치는 중에도 평강을 누리게 하소서.

이 하루도 성실하게 하소서.

이 하루도 순종하게 하소서.

나의 마음을 아프게 만드는 이들에게

은총을 베풀게 하소서.

행복을 빌게 하소서.

축복을 베풀게 하소서.

- 찬송가 '오늘 이 하루도' 중에서

(에피소드 6) 그래도 감사해야 할 이유

우리는 아직도 끝이 보이지 않는 어두운 터널을 지나고 있다고 생각할 때마다 소리 내어 울고 싶을 때가 한두 번이 아니다. 인내심이 부족한 나를 단련시키려는 하나님의 뜻이라면, 지금의 이 시련도 감사하므로 기도의 제단을 쌓아보지만 어떤 때는 '왜 내가 이리 인내심이 부족한가?'라고 자책할 때도 많다.

매큘러(Macula, 안막 안에 물이 고이는 병) 시술을 받으러 한 달에 한 번씩 옆지기를 데리고 안과에 가는 일이 벌써 3년이 넘었다. 화요일이던 지난 4월 16일, 제부의 도움으로 아직도 잠에서 덜 깬 남편을 일으켜 세우며 자동차에 태우기까지 큰 인내심과 시간이 소요됐다.

또 다음 날 수요일은 오전 11시에 재검진하는 날인데, 아침 9시부터 깨워도 꿈쩍도 하지 않아서 수건에 찬물을 적셔서 얼굴을 닦아도 눈조차 뜨지 않아 이것 참 큰일이다 싶었다. 시간은 촉박해오고, 환자는 깊은 잠에서 깨어날 줄을 모르니 이를 어쩐다? 간병인의 도움으로 자는 사람을 일으켜 얼굴과 손발을 닦고, 간신히 새 옷을 입혀 식당에 있는 의자에 앉혀놓아도 여전히 눈을 감고 자는 사람을 어쩔 것인가! 하루 전날에 있었던 매큘러 시술 때문에 많은 기력을 소모했기 때문이었을까? 안과 병원에서 전화를 받지 않아서 어쩌면 우리가 30분 정도 예약 시간보다 늦어질 수도 있다는 메일을 보내고 남편 깨우기 작전에 들어갔다.

젊었을 때도 남편은 한번 잠들면 누가 업어가도 모를 정도로 깊은 잠을 자는 습관이 있어서, 신혼 초에 대여섯 번을 흔들어 깨워도 일어나지 않아 애를 먹은 적이 많았다. 계속 이런 상태로 나가다가는 아침마다 싸움만 할 것 같아서, 다음 날부터는 아예 깨우지 않고 본인이 일어날 수 있도록 하루 전날 머리에 입력해두고 잠을 자라고 심리 유도 작전을 썼다. 처음 3, 4일은 당연히 늦게 일어나 지각했다. 다음부터는 아내가 깨워주지 않는다는 정보를 뇌에 입력했는지 아침 6시 알람 소리에 혼자 잘 일어나서 아침의 소동은 끝이 나 참으로 다행이었다.

이제는 알츠하이머란 병 때문에 아무리 말해도 뇌에 입력되지 않아, 어느 날 몇 시에 예약이 되어 있다고 해도 두 눈은 멍하니 딴 곳을 보고 있으니 도대체 생각이라는 분은 어디로 외출을 한 걸까? 본인은 아무 생각이 없다 해도 이를 지켜보아야 하는 보호자인 나는 너무도 답답해서 큰 목소리로 울고 싶을 때가 한두 번이 아니었다.

이곳 독일의 모든 개인병원이 수요일은 정오까지만 진료를 보기 때문에 낮 12시 전에 우리가 도착하지 않으면 예약 시간도 무효가 될 수도 있다 싶어서 애간장이 탔다. 방법은 단 하나, 식탁 앞 의자에서 졸고 있는 남편을 간병인과 제부가 양쪽 팔 하나씩 잡고서 자동차에 태우는 수밖에 없었다. 그렇게 남편을 차에 태우는 동안 옆지기의 이름을 부르며 한바탕 소동을 벌였다. 다행히 자동차로 15분 정도 걸리는 안과 병원이라 그날 낮 12시 전에 마지막 환자로 등록하고, 기다리지 않고 금방 검진을 받을 수 있어서 그래도 감사한 하루였다.

때를 따라 도우시는 주님의 은혜에 감사하는 하루였다.

(에피소드 7) 촛불처럼 꺼져가는 옆지기

지난 5월 2일, 남편을 요양원에 입원시켰다. 폴란드에서 온 입주간병인도 자기 고향으로 돌려보냈다. 하루가 다르게 더 나빠지는 남편의 건강을 입주한 간병인의 도움만으로는 감당할 수 없었기에 자녀들의 권고로 어쩔 수 없이 내린 결정이었다.

한번은 늦은 밤에 가래와 기침 때문에 숨을 쉴 수 없을 정도로 위급한 상황을 맞아 큰일 날 뻔한 적도 있었다. 가래가 목구멍에 걸리면 병원에는 튜브로 빨아내는 기계가 있지만, 개인 집에는 그런 장비가 없어 손가락에 휴지를 감아서 가래를 줄줄이 뽑아낸 적도 있었다. 이러다가는 집에서 급사할 수도 있겠다는 생각도 들었다. 남편을 요양원에 보내고 돌아온 날 큰 소리로 펑펑 울었다. 그간의 참았던 눈물이 한꺼번에 쏟아져 나왔다.

2006년 10월, 남편이 폐암이라고 판정을 받은 날, 억장이 무너져내리는 심정으로 그날도 한밤중에 일어나 큰 소리로 울었던 기억이 난다. "상한 갈대를 꺾지 아니하며 꺼져가는 등불을 끄지 아니하고 진리로 공의를 베푸시는"(이사야 42:3) 하나님이심을 기억하다가, 문득 '히스기야의 기도'가 생각났다. "여호와여 구하오니 내가 주 앞에서 진실과 전심으로 행하며 주의 목전에서 선하게 행한 것을 기억하옵소서" 하고 히스기야가 심히 통곡하니(이사야 38:3) 여호와께서 그의 생명을 15년을 더하신 것처럼 나도 눈물로써 기도했다.

제발 옆지기의 생명을 15년만 더 연장해주시길 간절히 바라는 마음으로

"주 하나님 아버지, 저의 남편이 주님 앞에서 진실과 전심으로 행하며 주의 목전에서 주님의 교회와 교우들을 위해 선하게 행한 것을 기억하옵소서!"

라고 통곡하며 기도하고 나니 마음에 알 수 없는 평화가 찾아왔다. 아, 하나님께서 내 기도를 들으시고 내 눈물을 보시고, 응답하셨다는 확신 때문에 그날부터 더 이상 근심하지 않았다.

그래서일까? 그때 그렇게 큰 수술을 받고서도 오늘날까지 18년째 살고 있으니, 하나님의 은혜와 기적이 아니라면 과연 가능한 일일까 하는 생각이 들었다. 그 당시에 내가 아는 주위 사람들은 폐암 판정을 받고 6개월을 더 사는 사람이 없었기 때문이었다.

이제 가물가물 꺼져가는 촛불처럼 옆지기의 육신의 장막이 무너지고 있어도, 지금은 내 입이 열 개라도 남편의 생명을 더 연장해달라는 기도는 할 수 없다. 올해 만 86세가 되도록 남편은 평생토록 헌신적인 삶을 살았기에 이제는 그 육신이 쉼을 얻고, 하늘이 주시는 참평안을 누려야 할 때가 바로 문 앞에 와 있음을 어쩔 것인가? 폐암 수술 이후, 만성기관지염으로 가래가 끓고, 기침하고, 숨을 가쁘게 쉬는 일이 자주 있어도 우리에게 주어진 금쪽같은 시간이라 여겨 지금까지 살아온 날들에 감사하는 마음만 충만할 뿐이었다.

다만 한 가지 소원이 있다면 이 세상 소풍 끝나는 날, 하나님이 부르시는 날, 아무 고통 없이 잠자는 듯 예비하신 고향 집으로 데려가주시길 바라며 기도하지만, 이 땅에서의 이별을 생각하니 왜 이리 눈물이 나는 걸까?

(에피소드 8) 옆지기를 하늘나라로 떠나보내고

남편이라는 울타리가 무너지고, 날마다 홀로서기 연습을 하며 산다.

“엄마, 아빠가 만약 올여름을 넘길 수 있다면 그것은 기적일 거예요.”
라며 몇 번이나 강조하던 딸아이의 말을 들을 때마다 설마 했지만, 이렇게 이별이 한순간에 닥칠 줄을 누가 알았으랴!

지난 5월 24일 저녁 6시가 되어갈 무렵 양로원에서 전화가 걸려왔다.

"당신 남편이 조금 전에 저세상으로 떠났어요. 우리가 모두 저녁 식사를 하고 있었는데 조용히 눈을 감고 있어서 주무시나 했지요. 그래서 침대로 데려가려고 휠체어를 미는데 한쪽 팔이 축 처져서 다시 보니 숨 쉬는 소리가 없어서 우리도 깜짝 놀랐어요."

다급하게 말하는 간호사의 말에, 처음에는 이게 무슨 뚱딴지같은 소리인가 싶어,

"혹시 잘못 전화하신 것 아니세요? 내가 얼마 전까지도 남편과 함께 있다가 이제 집에 왔는데, 당신도 조금 전에 날 봤지 않아요?"
라고 되물을 수밖에 없었다.

"알아요, 잘못 전화한 게 아니에요. 눈을 감고 자고 있었고, 마지막 훅 하는 숨넘어가는 소리조차 없어서 옆에 있었는데도 정말 몰랐어요."
하는 게 아닌가?

갑자기 일어난 일이고, 망치를 머리로 한 대 맞은 기분이라 그 어떤 말도 할 수 없었다. 어쩌면 꿈일지도 모른다는 생각과 함께…. 캐나다 사는 아들과 괴팅겐에 사는 딸아이에게 먼저 연락하고 여동생 부부에게도 연락했다.

아이들은 먼 곳에 살고 있으니 당장 뛰어올 수가 없지만, 이웃 동네에 사는 여동생 부부가 급히 달려와서 함께 양로원으로 찾아갔다. 연분홍 색깔의 예쁜 철쭉꽃 한 송이를 손에 들고, 잠자는 듯 누워 있는 모습은 내가 부르면 금방이라도 일어날 것 같은 모습이었다. 손을 만지니 따뜻했고, 얼굴도 화색이 돌았고, 따뜻했다. 한 시간 전까지만 해도 면회하러 가서 손톱도 깎아주고 귀 소제까지 해줬는데…. 그 당시 남편은 알았을까? 이 세상 소풍 끝내고 하늘나라로 떠난다는 것을….

그날 면회 시간에 내 손을 꼭 잡고 있던 손이 힘이 있었고 따뜻했다. 평소에는 손발이 찼던 사람인지라 '혹시나 열이 있나?' 하고 이마에 손까지 얹어보기도 했었는데…. 오른손의 손톱을 다 깎고 왼쪽 손을 잡으니 자기 오른손을 내 무릎에 얹으며 나를 지극히 바라보기도 했는데…. 사람이 갑자기 큰일을 당하면 울 수도 없었다. 언젠가는 우리 사이에 이 땅에서의 이별이 올 것이라는 각오는 수시로 했어도 그날만은 상상도 못 했던 일이라 먹먹한 심정이었다.

오밤중에 일어나 오열을 참지 못해 결국 통곡하고 말았다.

"아~ 나는 이제 혼자가 되었구나. 나를 지켜주던 남편의 울타리는 무너졌구나!"
라며 오열했다. 언젠가는 우리가 하늘나라에서 다시 만나 재회의 기쁨을 누리는 그날이 오겠지만, 당장은 마치 팔 한쪽이 잘려나간 것 같은 통증이 현기증처럼 나를 덮쳐왔다.

그래도 한 가지 위로가 되었던 것은 남편의 장례식 날, 150여 명의 많은 조문객이 장례 예배에 참석해 장지인 장미공원까지 따라와 애도의 뜻을 표했다는 것이다. 남자들은 흙을, 여자들은 장미 꽃잎을 한 줌씩 유골함이 놓인 자리에 뿌리며 마지막 작별 인사의 예식에 참석한 사람들이 줄을 이었다. 남편이 정년퇴직한 지도 20년이 넘었는데, 아직도 기억하고 찾아온 옛 동료들, 병원장님과 부인, 그리고 나의 동료들, 친지들, 교회 식구들, 사방 곳곳에서 찾아와 장례식에 참석했으니 그 고마움과 위로는 내게 두고두고 힘이 되었다.

그뿐이 아니다. 54년 전부터 알고 지낸 박아그네스 선생님은 예전에 수녀님일 때부터 고운 인연을 쌓아온 고마운 분이었다. 베를린에 처음 도착하여 스물두 살의 젊은 내 친구들이 철이 없어 사고 칠 때도 우리의 정신적인 지주요, 어머니 역할을 하신 분이었다. 내 옆지기의 부고 소식을 듣자 베를린에서 7시간이나 걸리는 기차를 타고 장례식에 참석한 정성과 사랑은 정말 고마워서 할 말을 잃게 했다. 우리 집에는 방도 많이 있고 돌아가기에는 너무 먼 길이니 제발 하룻밤 주무시라고 해도, 다시 또 기차를 타고 베를린으로 떠났으니, 팔순을 넘은 노인이 몸살은 나지 않았을지 심히 걱정되었다.

프랑크푸르트에서 온 오페라 가수인 한명일 형제님에게도 감사를 전하고 싶다. 장례식이 거행되는 예식 중간에 바리톤의 묵직한 음성으로 시편 23편을 불러서 장내가 엄숙한 가운데 정말 아름다운 음악회 같은 환상이 올 정도로 모든 사람의 심금을 울렸다.

요한계시록을 바탕으로 조시弔詩를 보내온 시인이자 동화 작가인 박숙희 선생님에게도 감사를 전한다. 그날 독일어로 번역한 조시를 한독교회 목사님이 장지에서 낭독하셨고, 가슴이 저리도록 슬프고 아팠지만 아름다운 장례식이었다고 모두가 말해줘서 내게는 얼마나 큰 위로가 되었는지 모른다.

우리 부부를 기억하고 사방 곳곳에서 참석한 한독가정 식구들에도 감사를 전한다. 이제 슬픔을 딛고 일어서는 일이 살아 있는 나의 몫일 테니까….

조시弔詩

박숙희

당신은 이제 영원한 집으로 돌아갑니다.

여든여섯 해 동안 걸치고 있던

불편하고 고단했던 육신이라는 옷
미련 없이 벗어 던지고 빛의 옷으로 갈아입고
마침내 훨훨 떠나십니다.

당신이 가시는 길은 결코
어둡고 허망한 길이 아닙니다.
자신의 피로 값 주고 사신 당신을
두 팔 벌리고 반가이 맞아주실
주 예수 그리스도의 품으로 가실 테니까요.

비록 산을 옮길 만한 믿음이나
큰 공로는 쌓지 못했을지라도
당신의 죄를 위해 대신 죽어주신
예수 그리스도의 보혈의 공로를 의지하여
마음으로 믿고 입으로 영접한
그 작은 공로만으로도 영원한 천성으로 가시는 겁니다.

이제 당신의 눈에는 눈물도 흐르지 않고,
한숨도 없을 것입니다.
주께서 모두 닦아주실 테니….
당신이 살아온 86년 동안
당신은 내로라하지 않았고
남을 밟고 올라서려고 하지 않았으며
늘 겸손한 자세로 남을 높여주셨지요.

인생은 고생하려고 태어났다지만
많이도 고단했던 삶이었습니다.
그러나 이 땅에서 옳게 누려보지 못한 복락은
당신이 가시는 그곳 천성에서
영원토록 누리실 것입니다.

당신이 가시는 천성은 성곽이 백옥이요
온갖 보석으로 단장되었고,
열두 진주 문으로 들어간다지요?
그뿐이겠습니까?
그 성의 거리는 순금이며
하나님의 보좌에서 흘러나오는
수정같이 맑은 물이 흐르는 강가에는
사시사철 맛있는 과일이 열린다지요?
당신은 그 아름다운 곳(계시록 21~22장)
다시는 눈물도 아픔도 없는 곳으로
영화롭게 입성하시는 겁니다.

이젠 무겁고 괴로운 짐 모두 벗으셨으니
그 아름다운 하늘 도성에서
영원한 복락을 누리시옵소서!

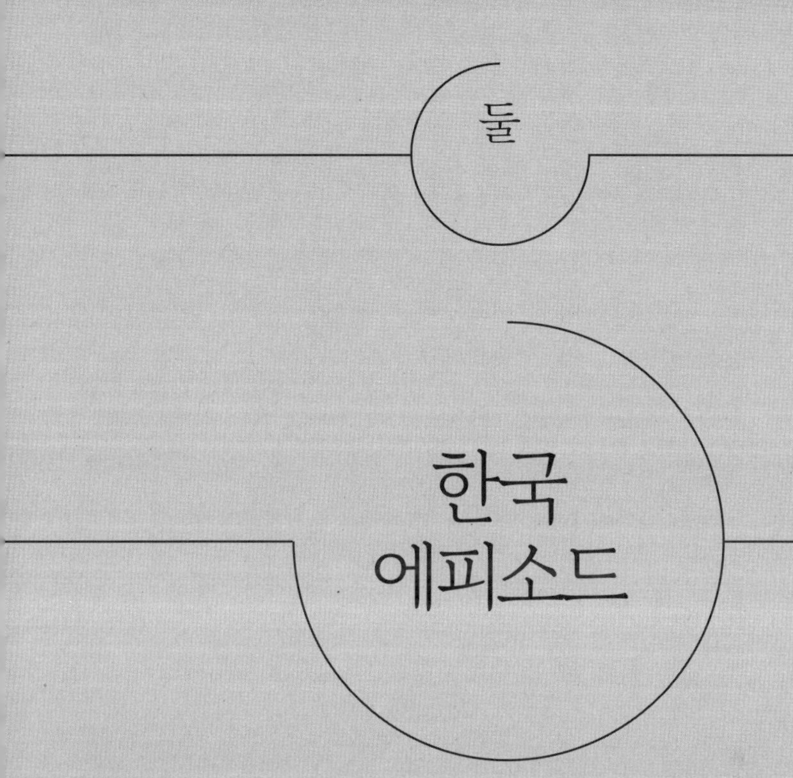

둘

한국 에피소드

아버지, 우리 아버지

이틀만 있으면 우리나라 고유의 명절인 설이다. 어릴 때는 엄마가 해주시는 고운 설빔을 입는다는 마음에 얼마나 설레는 맘으로 그날을 기다렸는지 모른다. 그런데 지금은 수십 년이 지났는데도 설날이 돌아오면 기쁘고 설레기보다는 가슴이 싸하고 아픔이 더 크다. 1979년 추운 겨울, 설날을 하루 앞둔 작은설 날 아침에 아버지께서 심장마비로 갑자기 하늘나라로 떠나셨기 때문이다.

오매불망, 7남매나 되는 자녀들의 앞날 걱정과 양육에 노심초사하며 고생만 하시다가 그렇게 바라던 자녀들의 성공을 보지 못하고 돌아가셨기에 우리 형제들은 지금도 눈물 없이는 아무도 아버지 이야기를 하지 못한다. 평소에 감기 한번 걸린 적 없던 59세의 건강하신 아버지께서 심장마비로 갑자기 생을 마감하셨다는 사실은 어머니를 비롯한 우리 가족들에겐 믿을 수 없는, 정말 엄청난 큰 충격이었다. 그 당시에 시청 공무원이었던 오빠와 이곳 독일에 사는 필자만 결혼했고, 남은 다섯 동생은 취업 준비 중인 동생도 있었고 아직 학업 중인 동생도 셋이나 있었다.

손재주가 많은 선친께서는 큰아버지를 따라 일본으로 건너가 다년간 기술을 배웠고, 1945년 해방이 되던 해 어머니와 함께 세 살 된 오빠를 데리고 귀국하셨다고 한다. 나의 외가는 해주 오씨들의 집성촌인 경남 산청군 생비량면 한 작은 동네인 하능이란 곳인데, 상능이란 동네도 오씨 집성촌이었다.

한국에서 하필이면 처가 동네인 하능에 둥지를 틀고, 일본에서 배웠던 기술로 정미업을 시작해 우리 동네와 윗동네인 상능, 또 재를 하나 넘으면 있는 작은 마을인 '관동'이란 동네에도 우리 정미소가 있었다. 그 당시에 더 큰 마을에도 정미소가 귀하던 시절이라 더 넓은 들이 있는 큰 마을로 가서 정착했더라면 훗날 오씨들에게 받았던 수모를 면할 수도 있었을 텐데 처음부터 잘못되었다고 어머니는 늘 말씀하셨다. 그래서 옛말에 '겉보리 서 말이면 처가살이하지 않는다'는 속담이 있는지도 모른다.

우리 어머니 말씀에 의하면 일본에서 귀국할 때 벽장 시계 세 개만 들고 나와 우선 외갓집의 도움으로 거처할 집과 작은 논이 딸린 밭을 받았기 때문에 타지에 가서 살 생각을 못 하셨다고 했다. 여러 해 동안 아버지가 면의원과 이장, 산림계장, 또 초등학교의 학부모 대표를 맡아서 생비량면 사람이라면 아버지의 성함을 모르는 사람이 없었다. 그래서 사람들은 모두 우리 아버지를 자수성가한 사람이라고 칭찬하고 부러워했다.

우리 아버지의 기술 또한 소문이 나서, 인근의 의령군 대의면, 진양군 미천면, 합천군 삼가면까지도 기계를 고치는 일로 출장을 가야 하는 일이 비일비재했다. 아버지는 머슴을 데리고 일주일에 한 번씩 상능과 관동에 있는 우리 정미소에도 다녀오셔야 했으며, 다른 지역에 출장을 가시면 사나흘이 걸리는 수도 있었다. 전화도 없던 시절이라 며칠이고 아버지의 소식을 모르면 어머니가 한숨으로 긴 밤을 지새우곤 하셨다.

여러 날 동안 기다리다 못한 상능과 관동 사람들이 벼를 지고 우리 집 정미소에 오는 날들도 있었다. 아버지는 제 일보다 남을 돕는 일에 더 앞장섰기 때문에 어머니의 잔소리가 간혹 부부간의 싸움으로 번지는 일도 있었다. 아마도 선천적인 '도움 증후군'을 갖고 계셨던 것은 아닐지 생각한다. 동네의 여자들에게도 인기가 있었던 것은 알루미늄 냄비 꼭지 하나만 떨어져도 곧장 우리 집으로 달려오는 여인들에게 아버지께서는 당장 그 자리에서 납으로 땜질해서 다시 쓸 수 있도록 해 주셨기 때문이다.

우리 아버지에겐 규칙 하나가 있었는데, 설 명절에 가래떡을 만들 때 삯을 받지 않았다. 여인들이 그냥 가기가 미안해서 가래떡을 한두 가래씩 두고 가기도 했다. 우리 동네뿐 아니고 이웃 마을인 상능, 관동, 법평, 제보에서도 생쌀을 가져와 우리 집 가마솥에 장작불로 밥을 쪄서 가래떡을 만들어 돌아가곤 했다. 그믐날 하루 전부터 하루 종일 정미소의 기계가 쉴 새 없이 돌아가면, 한두 가래의 떡이 모여 저녁에는 소쿠리에 한가득 차서, 우리 집은 따로 가래떡을 만들 일도 없었다.

또 농부들의 첫 수확 중 쌀과 보리라도 채 한 말이 되지 않으면 절대로 삯을 받지 않았다. 가난했던 농부들이 추수하기 전에 아직 익지도 않은 벼를 베어서 삶아 말렸다가 찐쌀을 만들려고 왔을 때 겨우 네댓 되 정도밖에 되지 않아 삯은 그냥 두라고 해도 손으로 한 줌씩 찐쌀을 대접에 두고 가기도 했다. 여러 집이 모두 그렇게 하고 나면 저녁에는 한두 되나 되는 찐쌀을 우리도 맛볼 수 있었다.

우리 동네는 앞산이 뒷산보다 높아서 풍수지리학적으로 큰사람이 나올 수 없다는 어른들의 말이 있었지만, 모두 '아지매', '아재'로 통하는 친척들이라 사람들은 선했고 인심이 좋아서 어느 집에 경조사가 있으면 온 동네 사람들이 달려가 허드렛일을 도왔다. 어느 집에 제사라도 드는 날이면, 남은 제사 음식을 다른 집은 제쳐두고 우리 집에 제일 먼저 챙기던 인정 많던 사람들이었다. 그렇게 순박하고 할매, 할배, 아재, 아지매로 통했던 사람들이었다. 1964년 무렵 장마철에 보리 수확을 못 한 이웃들에게 수제비라도 해 먹으라고 밀가루를 나눠준 일에 그렇게도 고맙다고 칭찬하던 사람들이 한 사람의 간계에 빠져들었고, 모의 작당에 휘말려들 줄이야 누가 알았으랴?

배고플 때 받았던 도움들은 다 잊어버리고 하루아침에 등을 돌리는 일이 있었으니, 사람이란 그렇게 간사하고 변덕스럽고 이기적일 수가 있는가 말이다. 우리 아버지를 평소부터 시기해온, 남도 아닌 어머니의 당숙인 댕기 할배가 우리 집 바로 뒷집 다음에 살고 있었는데 욕심뿐 아니라 간섭도 심했다. 그는 상능에 살던 부면장을 지낸 오판구 씨에게 가서, 이 서방(우리 아버지)을 이대로 두면 언젠가는 하능, 상능의 모든 땅이 이 서방 소유가 될지도 모른다며 어떻게 하면 이 서방을 쫓아낼지를 상능에서 모의했다고 한다.

그날 그 모의에 참석했던 대산 아재가 한밤중에 우리 집에 찾아와 귀띔해주셨는데, 앞으로는 상능, 하능의 농부들은 우리 집 정미소에 방아를 찧으러 가지 말라는 모의였다. 어떤 누구라도 이 서방네 방앗간에 가는 사람은 소정기(오씨 선조들 토지) 소작을 끊어버린다는 협박 내용도 있었다고 한다. 아버지가 일주일에 한 번씩 상능에서 정미소를 운영할 때, 대산 아재와 부인은 아버지에게 점심을 해주었던 고마운 분이었다. 그래서 남의 눈을 피해 한밤중인 새벽 1시쯤에 우리 집에 오신 거였다.

우리 집은 기역 자로 지어진 집인데 아버지 방 옆에 내 방이 있었다. 한밤중에 내 방 창문을 조심스레 두드리는 소리에 잠이 깼다. 나를 부르는 아버지의 나직한 음성이었다.

"선자야! 조용히 나를 따라오너라!"

자다 깬 내가 놀라서 아버지를 따라간 곳은 외갓집 빈터에 담배를 말리기 위해 황토로 만든, 사람이 드나들 수 있는 커다란 굴속이었다.

엊그제 대산 아재가 다녀간 이후로 우리 집은 초긴장 상태라는 걸 알기에 또 무슨 일들이 오씨들 사이에서 일어나고 있다는 걸 직감했다. 두 집 건너에 외가가 있던 곳이었지만 진주로 이사를 간 지 오래되어 그 빈터에다 아버지께서는 담배를 말리는 큰 굴을 만드셨다. 아버지를 따라 담배 굴에 가보니 대실 할배도 와계셨다.

대실 할배는 어머니의 또 다른 당숙으로 외갓집 친척 중 가장 큰어른이셨다. 댕기 할배와는 6촌 간이었고, 나이도 댕기 할배보다 스무 살이나 더 많았다. 나의 외조모께서 스물여덟 살에 청상과부가 되시고, 어머니와 이모, 그리고 유복자인 외삼촌을 키우며, 위로는 시부모, 아래로는 시누이 셋, 머슴들을 거느리는 대가족의 가장 역할을 하는데도 이 대실 할배의 도움이 많았다고 한다. 대실 할배는 성품이 강직해서 동네에서도 호랑이 할배로 통했다. 옳은 길이 아니면 가지를 않는 대쪽 같은 성품이 우리 아버지와 유사했고, 우리 아버지는 대실 할배를 장인어른처럼 받들었다.

캄캄한 굴속에 세 사람이 앉아도 서로 얼굴은 보이지 않고 형체만 보일 뿐이었다. 먼저 대실 할배가 입을 떼셨다.

"네 오빠가 집에 없으니, 대신 장녀인 네가 알아야 한다고 생각해서 너를 불렀다."

그 당시 오빠는 결혼해서 진양군 지수면에서 공무원으로 근무 중이었다.

"내가 오늘 상능에 가서 왜 이런 일이 일어났는지를 알아봤더니 7, 8년 전에 네 외삼촌이 전답을 도지로 네 아버지에게 팔았던 것부터 심사가 꼬였나 보더라.”

대실 할배는 말씀을 천천히 이어갔다. ‘이 서방은 농부가 아닌데 구태여 머슴 데리고 농사짓게 하지 말고, 당숙인 댕기 할배한테 땅을 소작으로 넘겼으면 좋았을 것’이라고 하면서 이 모두가 이 서방 탓이라 했단다. 그래서 상능에 사는 오판구 씨에게 가서 이 서방을 이대로 두면 상능, 하능 땅이 모두 이 서방 것이 될 것이니 이 동네에서 쫓아내야 한다고 했단다. 외삼촌이 많은 전답을 농사꾼이 아닌 우리 아버지에게 넘긴 이유는 진주에서 극장(국보극장)을 운영하느라 자금이 필요해서 도지로 팔았던 것이었다.

도지와 소작의 차이는, ‘도지’는 얼마간의 토지값을 주인에게 치르고 가을 추수 때 3분의 1을 주인에게 주는 것이고, ‘소작’은 토지값을 내지 않는 대신 추수 때 2분의 1을 지주에게 주는 것인데, 자금이 없는 당숙은 소작만 할 수 있는 형편이라 우리 아버지를 시기했다. 시기심과 욕심 많은 댕기 할배가 술만 마셨다 하면 언덕에 있는 자기 집 사랑방에서 두 집 아래에 있는 우리 집을 향하여 고래고래 소리 지르기 일쑤였다.

“이 서방 네 이놈! 네가 그리 잘났으면 얼마나 잘났냐? 어디 한번 두고 보자!”

라고 소리를 지르곤 했다. 그럴 때마다 아버지는

“술 취한 사람한테는 개도 안 짖는다.”

라고 하면서 무시하셨다.

1969년 여름, 농부들이 모내기 이후 초벌, 두벌 논을 매고 나면 동네에선 돼지를 잡아서 나누며 몸보신을 하는 풍습이 있었다. 우리 집에서 8년간을 머슴으로 살았던 사만 아재네 집에서 돼지를 삶았고, 그날 아버지도 돼지고기를 사러 그 집에 가셨는데 오두막집이라 작은 마루가 있고 방이 하나밖에 없는 집이었다. 사만 아재 부인은 아버지를 방으로 안내한 후, 삶은 돼지고기를 쟁반에 소금과 함께 내어와 우선 몇 점 드시고 가라고 권했다고 한다.

그때 처당숙인 댕기 할배도 고기를 사러 왔는데, 방 안에서 밖을 내다보며

"당숙 오셨어요?"

하며 인사하는 우리 아버지에게

"처오촌 아재가 오면 얼른 밖으로 나와서 인사를 해야지! 방 안에서 인사하는 놈 봤나!"

라며 마루에 있던 놋쇠 재떨이를 던졌단다. 그걸 피한다고 얼굴을 돌렸는데도 귀 뒷부분을 맞아서 살이 찢어지고 피가 흘렀다. 아무리 술에 취한 상태라 해도 조카사위뻘 되는 사람에게 해서는 안 되는 일이었다. 나이도 아버지보다 서너 살 위였을 뿐 어른 행세할 나이 차이는 아니었다. 항렬이 높아서 당숙이지 당숙모도 우리 어머니보다 더 젊었고, 그 집의 아이들은 장녀를 제외하고는 내 동생들보다 더 어렸다.

아버지는 그날 당장 진주에 있는 윤양병원에 가서 치료받았고, 찢어진 상처 부위를 바늘로 꿰매는 시술을 받았다. 그래도 병원 측에선 운이 좋았다고 하면서 조금만 빗나갔어도 큰일 날 뻔했다고 말했단다. 전치 2주의 진단을 받고, 아버지는 면소재지에 있는 지서로 가서 댕기 할배를 상해죄로 고발했다.

경찰 복장을 한 순경 둘이 와서 조사할 게 있으니 함께 가야 한다고 하자 당숙은 벌벌 떨며 술에 취해서 실수했으니 한 번만 선처를 바란

다고 손발이 닳도록 싹싹 빌었다고 한다. 우선 피해자와 합의를 하는 것이 좋을 것이라는 경찰의 조언에 따라 진주에 살던 환영 아재를 불러다 중재 역할로 내세웠다. 치료비 전부를 부담할 테니 제발 고소를 취소해달라고 간곡히 부탁해왔다.

어차피 한 동네에서 얼굴 마주하는 일이 자주 있을 테니 이웃 간에 원수가 되어 살아갈 필요가 뭐 있겠나 싶어 아버지는 처당숙을 용서하고 고소도 취하했다. 그런데 문제는 그 이후에 일어났다. 당숙이 술에 취하면 자기가 부담한 치료비가 너무 아까웠는지 술을 핑계로 자기 집에서 우리 집 식구들 들으라고 고래고래 소리 지르는 일이 잦아졌다.

오씨들의 모의가 사실로 드러난 것은 한밤중에 대산 아재가 남의 눈을 피해 몰래 다녀간 그다음 날이었다. 갑자기 하루아침에 우리 집 정미소의 기계가 돌아가지 않았고, 그날 이후 정미소엔 무섭도록 고요한 정적만이 계속되고 있었다.

일주일째 되던 날, 어둠이 채 가시지 않은 이른 아침에 벼 가마니를 쿵 하고 내려놓는 소리에 우리 집 식구들은 놀라서 잠을 깼다. 정미소의 문이 잠겨 있으므로 안채의 정문으로 들어온 상능 사는 임씨라는 분이 그간의 오씨들의 소행을 듣고 일부러 찾아온 거였다. 자기는 오씨가 아니니 오씨들의 소작을 지을 필요도 협박도 받을 이유가 없노라면서 2km가 넘는 거리를 벼 가마니를 지고 왔다. 모두 침묵만 지키고 아무도 참관하지 않겠다는 동네 사람들보다 성정이 곧은 분이었다.

오랜만에 정미소의 기계 돌아가는 소리가 온 마을에 퍼져나갔다. 평소에는 시끄럽게만 여겼던 기계 소음이 그날따라 음악처럼 들린 것은 그 방아 찧는 소리 덕에 지금까지 우리 7남매가 아무 걱정 없이 살아왔다는 사실을 그제야 깨달았기 때문이다.

방아 찧는 소리가 동네로 퍼져나가자 기다렸다는 듯이 우리 동네에 사는 이옥수의 아버지 이기달 씨, 경점이 오빠인 이승길 씨도 벼 가마니를 지고 왔다. 친척은 아니지만 자기들도 타성인지라 우리 집과 일맥상통하는 그 무엇이 있었을까? 이승길 씨는 목수인지라 우리 아버지가 자주 불러다 일감을 맡기기도 했고, 이옥수와 이종락의 아버지인 이기달 씨는 우리 아버지와 서로

"이상!"

"이상!"

하고 부르며 지내는 지인 관계였다.

우리 집 오른쪽 옆집에 사는 순임이 어머니인 심지 할매가 자기 아들인 봉상 아재한테

"생아! 다른 사람은 몰라도 너는 그러지 말거라. 이 서방이 어떤 사람인 줄 너도 잘 알제? 너는 그 집 아들(우리 오빠)과 같이 자라온 친구 사이 아니냐? 그리고 '이실이(우리 엄마를 지칭)'는 내가 딸처럼 여기며 의지하는 사람 아니더냐? 너도 그 사람들 모의에 끼어들면 하늘에서 벼락이 내릴지 겁이 난다."

라고 타이르기도 했다고, 우리 집에 와서 미안한 마음을 담아 말씀하셨다.

우리 동네는 작은 마을이지만 장년, 청년들로 구성된 농악대가 인근 동네는 물론이고, 멀리는 전라도까지 소문이 나서 원정을 다녀오는 일도 종종 있었다. 열대여섯 명 남짓 되는 농악대의 신명 나는 놀음이 설을 쇠면서 축제 분위기로 익어가면 너도나도 농악 소리에 들떠 어

깨춤을 추기도 했다. 둥~ 둥~ 둥~ 북소리에 맞춰 놋쇠로 만든 커다란 징이 광~ 하고 여운을 남기면 앞산이 꽝 하고 메아리를 보내고, 꽹과리는 깨갱 깽깽, 장구는 덩 쿵덕 쿵, 또 손에 벅구(소고)를 잡고 상모를 돌리는 청년들은 온갖 재주를 선보였다.

새해를 맞아 집 안의 액운을 없앤다고 해서 농악대가 동네의 왼쪽 끝에서부터 시작해서 한 집 한 집 돌며 복을 빌어주는, 마치 꼭 치러야 하는 예식 같은 전통이 우리 마을에 있었다. 그래서 명절날은 어른, 아이 할 것 없이 모두 설레는 맘으로 농악대의 방문을 기다리는 날이기도 했다.

"쥔, 쥔(주인, 주인) 문 여소! 문 안 열면 갈라요."
하고 농악대 단장이 대문 앞에서 선창하면, 단원들이 북과 장구와 꽹과리로 깨갱깽, 쿵덕쿵 덩덩, 광 광~ 화답한다.

해마다 그들이 우리 집에 오면 맨 먼저 마당에 있는 우물에선 샘물이 마르지 않도록, 정미소 앞에선 기계가 잘 돌아가도록, 부엌 앞에선 양식이 풍성하도록 농악을 울리며 잡귀를 쫓아내는 의식 절차를 치르곤 했다. 또 고맙다고 막걸리를 대접하는 집도 있었는데, 살림이 넉넉한 집에서만 그렇게 했다.

그런데 1970년, 그해의 정월대보름날 그들은 우리 집을 방문하지 않고, 우리 집을 지나서 왼쪽 옆집인 갑이 아재 집으로 가버리는 것이 아닌가? 나와 내 동생들은 그 농악대가 우리 집 대문을 지나 옆집으로 가리라곤 꿈에서도 상상 못 했다. 옆집에서 꽹과리 소리가 고막을 시끄럽게 할 때, 내 동생들은 실망과 분함으로 엉엉 울었다. 아무리 달래도 끝이 날 것 같지 않던 동생들의 울음소리는 내 귓전을 한동안 맴돌았다. 나도 속으로 울면서 오늘의 이 굴욕감을 절대로 잊지 말아야겠다고 다짐했다.

어떻게 세상에 이런 일이 있단 말인가? 어제까지만 해도 할매, 할배, 아재, 아지매라고 부르던 사람들이 어떻게 하루아침에 낯선 사람들로 변할 수 있단 말인가? 오빠만 일본에서 태어나고, 우리 형제들이 모두 이곳에서 태어나 자라고, 이 하능이란 동네가 우리들의 고향인데, 친하게 지냈던 동네 사람들이 우리 가족에게 등을 돌리다니….

상능에 사는 또한 아재(우리 집에 머슴으로 살았던 삼한 아재의 둘째 형)가 새 방아 기계를 사러 갔다고 하는 소문은 날개가 달려서 우리 집까지도 날아왔다. 오씨들은 우리 집 정미소를 사지도 않고 타협도 안 한다고 했다. 그래서 자기네들이 새 정미소를 차린다고 했다. 우리 식구들을 쫓아내는 것도 모자라 완전히 알몸으로 내쫓겠다는 심보였다.

그 당시 필자는 보건소에 근무하고 있었고, 오빠도 인근 진양군 지수면에서 공무원으로 일하고 있었다. 바로 내 아래 남동생은 부산대학교 공대 금속공학과에 합격하여 부산에서 수학하고 있었다. 물론 작은 동네였지만, 당시 하능과 상능, 이 두 동네를 다 합해도 오씨 문중 그 누구도 부산대학 공대에 다니는 사람은 전무후무했다.

또 필자의 오빠가 진주시청에서 그 당시의 5급 공무원 공개채용 시험에 치열한 경쟁자를 물리치고 그것도 3등으로 합격했는데, 인사팀장이 따로 불러 원하는 지역이 있느냐고 물었다고 한다. 시청에선 관례적으로 1~3등까지는 본인이 원하는 지역에 발령을 낸다고 했는데, 그 인사팀장은 훗날 울산시장이 되신 분이었다. 오빠는 그 당시 너무도 순진한 사람이라 부탁한다는 뜻으로 들릴 것 같아서

"그냥 아무 곳이라도 보내주시는 곳에 가겠습니다."

라고 했는데 진양군 지수면 사무소로 발령이 났다고 한다.

나머지 동생들도 초등학교, 중학교에서 성적이 우수한 모범생들이라 누구네 아들딸 하면 이 아무개가 참으로 자녀들을 잘 두었다고 다들 부러워했다. 그런데 화목한 우리 집을 시기하는 귀신이 붙었는지, 하루아침에 우리 집은 근심과 걱정으로 암울한 분위기가 계속됐다. 밤에도 잠을 못 이루고 계속 한숨만 쉬시는 엄마, 아버지의 마른기침 소리를 듣는 일은 고역이었다. 누구와도 의논할 상대가 없었던 막막한 상황을 생각하다가 나한테 기발한 아이디어가 생각났다. 우리가 이 동네를 떠나더라도 아버지의 명예를 회복한 후에 떠나야 한다는 생각이 불현듯 일었다.

오씨들과의 냉전이 거의 2주가 되어갈 무렵이었다. 정종 한 병을 사서 들고 도전 아재를 찾아갔다. 도전 아재는 농악대의 단장이고, 동네에서 힘깨나 쓰는 분이라 동네 어른들도 그를 두려워했다.

술 한 잔을 따라드리며,

"아재, 아재도 우리 아버지 성품을 잘 아시지만, 해방 이후 이 동네에서 정착하며 이장으로서 얼마나 많은 봉사를 했는지 잘 아시지요? 그뿐입니까? 보릿고개 때마다 밀가루 풀어 굶는 사람들 도와준 것과 누구를 막론하고 첫 수확의 세를 받지 않은 것과 심지어 알루미늄 냄비 꼭지까지도 땜질해주는 수고를 마다하지 않아서 동네 어른들의 칭찬이 자자했는데, 이제 와서 은혜를 원수로 갚는 셈이 아닌가요?"
라고 말했다.

"네 아버지에 관한 일, 나도 정말 미안하기 짝이 없지만 내가 무엇을 해주길 바라니?"

"아재, 이 술 한 잔 드시고 개박골 바위 위에 올라가서 한번 외쳐주세요! '양심도 없는 동네 사람들아! 여태 이 서방한테 도움받지 않은 사람 있으면 나와보라'고 한번 큰 소리로 외쳐주세요! 그리고 우리 동네 사람들만이라도 아버지와 타협할 수 있도록 아재가 도와주세요.

첫째, 언제든 우리 아버지가 이 동네를 떠나고 싶어 하실 때 본인 자유의지로 떠나게 해주세요.

둘째, 동네 사람들이 새 정미소를 세우지 말고, 우리 정미소를 합당한 가격으로 사주세요. 대신 방아 기계가 고장 났을 때 언제든 아버지가 고쳐주도록 하겠습니다.

셋째, 우리 외삼촌이 우리에게 도지로 판 논과 밭이 많으니, 이제 농사나 지으며 이곳에서 계속 살고 싶다고 해도 받아들이도록 해주세요."

나의 간곡한 부탁에 공감이 갔는지, 도전 아재는 그날 저녁 어둠이 내리고 하나둘 호롱불을 켜는 집들이 늘어갈 때, 개박골 바위 위로 올라가 동네가 떠나갈 정도로 큰 소리로 외쳤다. 이 개박골 바위라는 곳은 동네가 한눈에 들어오는 한복판인 데다 그곳 바위 위에 올라가서 큰 소리로 외치면 마을의 스피커 역할을 했다. 앞산이 바로 코앞이고 산 밑을 돌아 개천이 흐르는데, 이 바위 아래까지 와서는 작은 폭포수를 이루며, 폭포수 아래는 늘 물이 고여 있어 아무리 심한 가뭄이 와도 바닥이 보이지 않는 물이 깊은 곳이었다.

그날 저녁 도전 아재의 우레와 같은 목소리가 동네를 뒤흔들자, 당장 다음 날부터 기적 같은 일들이 일어났다. 그 기적 같은 일은 다음 날, 그동안 침묵만을 지켜온 동네 사람들이 너도 나도 벼 가마니를 지고 우리 집 정미소를 찾아온 것이었다.

도전 아재는 젊었을 때부터 한량이었다. 주먹깨나 쓰는 사람이라 누구도 맞서지 않았다. 그런데 그 힘센 사람이 바른말, 옳은 말을 하자 동네 사람들의 정신이 번쩍 들었던 것일까?

한 사람(처당숙)의 사리사욕이 집단이기주의를 통해 우리 아버지가 소유한 모든 것을 박탈당하게 하고, 대신 자기가 외갓집의 토지를 맡으려 했다는 것부터가 시기와 탐욕이었다. 원래 선한 양심의 시골 사람들인지라, 예전처럼 왕래하며 정미소를 넘길 때까지 타협하는 걸로 일단락 짓고, 나는 파독간호사로 지원하여 그해(1970) 9월에 한국을 떠나 서베를린으로 왔다. 3년 동안 돈 벌어서 오씨들에게 받은 오늘의 이 치욕을 꼭 갚겠다는 일념으로….

그 당시 초등학교 3학년이던 막내 남동생이 편지를 보내왔는데,

"누나, 우리는 누나가 떠난 후 당분간 또기 아재 집에서 살고 있는데, 비가 오는 날이면 아궁이에 물이 차서 엄마가 아침밥을 지을 수가 없어. 그래서 비 오는 날이 두려워…. (하략)"

라는 내용이었다. 정미소와 집이 마당 하나를 두고 같이 붙어 있어서 어쩔 수 없이 비워주어야 했지만, 이사할 때 식구들의 마음은 얼마나 괴로웠을까를 생각하며 나는 동생의 편지를 받고 눈이 퉁퉁 붓도록 울었다. 내 결코 이날을 잊지 않고, 우릴 망하게 한 그들(처당숙과 모의한 오판구 씨)의 소행을 꼭 지켜볼 것이라고 다짐했다.

한 가지 다행인 것은 그래도 동네 사람들이 당숙의 뜻을 따르지 않았다는 것이다. 우리 가족을 위해 이사 간 외갓집 빈터에 새집을 지을 때, 어른이나 아이 할 것 없이 모두 나와서 도와줬다고, 1973년 4월에 임시 귀국했을 때 아버지가 말씀하셨다. 아버지는 3년 동안 하늘에서

새집을 지어 사시다가 부산 사는 사촌 언니의 연고로 동래구 구서동에서 '만물상회'라는 간판을 걸고 체질에도 맞지 않은 담뱃가게를 하셨다. 심장마비로 돌아가실 때까지 아버지는 고생만 하시다 돌아가신 것 같아서 지금도 가슴이 저려온다.

사람들은 저마다 남들과 비교하면서 살아간다고 한다. 열등감과 우월감이 공존하면서 자기 삶의 잣대를 남에게 맞추다 보니 불행의 도가니에 빠져 옳고 그름의 사리분별도 안 되는, 양심 없는 사람으로 변해가면서도 아마 본인 자신은 옳다고 생각했을 것이다.

옛날에 부면장을 역임했던 오판구 씨에게도 우리 오빠와 동년배인 큰아들과 두 살 아래인 둘째 아들이 있었는데, 둘 다 진주 명문고를 나와 장남은 교편생활을 했다. 그런데 무슨 연유인지 그 후 진주시 상봉서동의 작은 가게에서 쌀장사를 하고 있다고 올케가 알려주었는데,

"다른 곳에 가서 쌀 사지 말고 그 집에 가서 팔아줘요. 그의 아버지는 미워도 그 아들에게는 죄가 없잖아요."

라고 말했다.

오랫동안 우리 아버지가 제보리 이장과 산림계장을 맡으면서 관공서 사람들이 친구처럼 늘 우리 집을 들락거리니 시샘도 났을 것이다. 완전한 남이면 상관없는 일이지만, 친·인척 관계나 가까운 사이일수록 더 비교가 되어 미움만 더 커져갔을 테니까, 당숙의 시기와 미움은 아주 오래전부터였다.

자손이 귀한 외가댁에 우리 엄마가 태어났을 때 모두가 아들이기를 바라고 이름까지 지어놓았는데 딸이었다. 그래서 엄마만 아들처럼 키

운다고 남장시켜 여덟 살 때부터 서당을 보냈는데, 두 살 아래인 이모, 또래의 고모들 셋은 서당에 안 보냈다고 한다. 엄마만 서당에 보낸 이유는 어렸을 때부터 총명하고 영특해서라고 한다. 그래서 조부모님의 사랑을 독차지했다고 한다. 그 당시 엄마가 서너 살 위의 칠촌 당숙과 같은 서당에 다닐 때부터 당숙은 아마 심보가 꼬였을 것이다.

서당의 훈장은 늘 말하기를

"너는 네 조카보다 나이도 많으면서 아직 천자문도 못 떼냐? 조카 본을 좀 봐라! 조카는 벌써 천자문 뗀 지가 언제인데 너는 아직도 그 모양이냐!"

하며 회초리로 다그쳤다고 한다. 그뿐인가. 우리 엄마는 아버지와 결혼한 후 해방되던 해에 세 살짜리 아들(우리 오빠)을 안고 귀국했을 때, 당숙은 결혼한 지가 7, 8년이 지나도 자식이 없었다. 그래서 진양군에서 젊은 과부를 데려다 둘째 부인으로 삼았다.

둘째 부인이 첫딸을 낳자 본처는 자신이 서야 할 자리를 잃어버렸다고 친정인 산청군 단계로 돌아가버렸다고 한다. 그때만 해도 아들을 딸보다 더 귀중히 여기던 시절이라 당숙의 둘째 부인이 내리 딸 셋을 낳고 아들 셋을 낳았는데, 큰아들은 군대에 갔다가 사고로 사망했다고 한다. 소문에 의하면 상사에게 맞아서 죽은 것을 사고로 위장했다고 했다.

어떻게 낳은 아들인데, 그때의 당숙은 부모로서 얼마나 가슴 아픈 일을 겪었을지, 아무리 원수라 해도 그런 끔찍한 일은 일어나지 않았으면 좋으련만…. 맏딸은 나보다 한 살 위인데도 초등학교 후배였다. 6년 동안 학교에 다녔는데도 한글을 깨치지 못했고, 결혼 후 남편에게 소박맞고 머리가 살짝 돌아 친정에 와 있었는데, 그 이유는 그녀의 남편이 첩과 함께 두 집 살림을 차렸기 때문이라고 했다.

셋째 딸은 그 집에서 마음씨가 최고로 착한 사람이라 나보다 7, 8세가 어린데도 내가 제일 예뻐했다. 결혼 후 신랑이 진주서 금은방을 하고 있어 외할머니와 엄마의 금반지를 맞출 때 일부러 그곳을 찾아서 주문하기도 했다. 나중에 들은 이야기이지만 그녀가 30대에 뇌졸중으로 쓰러져 3년간 식물인간이나 다름없이 지내다가 결국 사망했다는 소식은 날 슬프게 했다.

이제는 어머니의 당숙도, 오판구 씨도 모두 이 세상에 없다. 우리 아버지가 일찍 세상을 떠난 것이 너무도 안타까웠던 까닭에 원흉인 그들을 미워했던 적이 있었지만, 지금은 그들이 다 불쌍하다는 생각만 든다. 정직을 가훈으로 삼고, 목에 칼이 들어와도 거짓말은 하면 안 된다고 늘 말씀하시던 아버지셨기에 우리 형제들은 모두 아버지의 뜻에 따라 자기 나름대로 정직을 신념으로 삼고 성실과 공의로 살아왔다. 그런 나의 형제들이 나는 자랑스럽다.

오빠가 공직 생활 30여 년 동안 받은 상만 해도 수두룩하고 마지막 서기관으로 퇴직하면서 받은 녹조근정훈장은 가문의 영광이다. 녹조근조훈장을 받았다는 소식에

"아, 아버지! 아버지의 장남이 녹조근조훈장을 받았대요. 저도 이렇게 기쁜데 아버지는 더 기쁘지요?"

라고 혼자 중얼거려보았다. 경찰공무원이었던 둘째 남동생이 경감으로 퇴직할 때 대통령상을 받았다는 말에도 나는 눈물이 찔끔 났다. 아버지가 이 사실을 안다면 얼마나 기뻐했을까를 생각하며….

막내 남동생이 외국계 대기업 감사실장이 되었을 때도 제일 먼저

생각나는 사람이 우리 아버지였다. 아무 인맥도 지연도 혈연도 없는 서울에서 정직과 근면으로 성실히 살아온 동생이 자랑스러웠다. 그 외의 다른 동생들도 하나도 낙오 없이 각자 맡은 역할에 성실하게 살아왔으니 이 얼마나 축복받은 방앗간 집의 7남매인가! 어쩌면 우리 아버지도 하늘에서 지켜보며, 모두 잘 살아왔다고 칭찬해주실 것 같다.

부모님 추모글

그리운 아버님, 어머님!

봄 여름 가을 겨울이 40번이나 바뀌는 세월 동안,
저희 7남매 가족 형제들은 봄꽃들이 흐드러지게 피는 4월이면
매년 이렇게 한자리에 모여 부모님을 추모하며 형제의 정을 나누고 있습니다.

아버님께서 이 세상을 하직하신 지도 어언 37년,
또 어머님께서 저희 7남매를 두고 하늘나라로 가신 지도 벌써 10년이 되었습니다.
설을 며칠 앞둔 1980년 추운 겨울날, 환갑이 얼마 남지 않은 젊은 나이에
청천벽력과도 같이 졸지에 아버님께서 돌아가셨지요.
단 한 번도 자식들로부터 호강 한번 받아보지 못하시고 고생만 하

다 돌아가신 아버지,

40년이 다 되어가는 지금에 와서 생각해도 가슴이 미어집니다.

벚꽃이 한창일 때 꽃 강의 물결을 타고 어머니께서 하늘나라로
떠나신 지도 벌써 10년이나 되었습니다. 장례를 마치고 돌아오는 길에
상봉아파트 화단에 피었던 목련을 보고는 목이 메던 기억이
지금도 아련하여 목련을 볼 때면 어머니를 생각하게 됩니다.

저희도 세월을 따라 나이도 들고 기억도 잊혀가지만
어릴 적 부모님에 대한 기억들은 아직도 새록새록 봄꽃처럼 피어납니다.
낳아주시고 길러주신 크신 은혜와 사랑 속에서 저희의 성장기를 보냈고
또 제각기 가정을 이루고 오늘까지 이렇게 살아온 것이
천국에서도 한시도 저희를 잊지 않고 우릴 위해 염려해주시는
부모님의 사랑과 기도 덕분임을 알고 있습니다.

저희 7남매 가족 형제들이 가정마다 힘들고 어려운 시절도 있었지만
실족하지 않고 모두들 인내함으로 잘 이겨내고 열심히 살고 있는 것은
이 모두가 부모님께서 저희를 잘 양육하시고 격려해주셨던
사랑의 원천이라고 생각합니다.

앞으로 한 가족도 빠짐없이 매년 계속해서 모일 수 있기를 간절히 바라오며

우리 칠 남매가 서로 화목함으로써 부모님의 가없는 사랑을 깨닫고

감사로 아버지, 어머니의 모습을 그리며 우리 마음속 깊이 존경과 사랑을 바칩니다.

오늘도 하늘나라에서 저희를 위해 기도하고 계실 부모님을 그리워하며,

형제 가족들이 한자리에 모여 부모님을 추모하며 이 글을 올립니다.

친구야! 친구야!

(에피소드 1)

"친구야! 이번 귀국 시에는 시간이 너무 빠듯해서 아무래도 너를 못 만나고 갈 것 같네."

"나를 안 보고 가다니 그런 법이 어디 있니? 네가 있는 곳을 알려주면 어디든 내가 찾아갈게."

지난 5월 말에 있었던 제주도 올레길 여행을 두고, 친구와 주고받은 통화의 내용이다. 그 어떤 곳이라도 찾아오겠다는 친구의 말은 진심이었기에 속으론 기뻤지만, 진주에서 서울로 올라오기엔 천 리나 되는 먼 길이고, 그렇다고 제주도로 찾아오면 우리 형제들만 해도 10명이

라 함께 여행할 수도 없는 노릇이었다.

60년 지기인 내 친구 순이와는 초등학교 때부터 껌딱지처럼 붙어다녔다. 처음 1, 2학년까진 혜숙이란 아이와 친했는데, 교장선생님이었던 아버지가 인근 신등면 학교로 발령이 나는 바람에 혜숙이가 이사를 가게 되어 멀어졌고, 그 이후로 순이와 친해졌다.

아마 초등학교 4학년 때였을 것 같다. 작문 시간에 선생님이 국군장병 아저씨들에게 위문편지를 쓰라고 했다. 그때 순이가 다가와 귓속말로

"애! 너는 우리 오빠한테 쓰면 좋겠다. 우리 오빠는 비행기 타는 공군이야."

라고 소곤거렸다.

순이는 나보다 나이가 두 살이나 더 많아서 키도 크고 그 당시에도 매우 의젓하고 어른스러웠다. 작문 시간에 쓴 위문편지가 국군 아저씨들한테 전해질는지는 아무도 모르고, 또 회답을 받는다는 것은 생각조차 못 한 일이라, 이왕 위문편지라면 낯선 아저씨보다는 친구 오빠가 더 좋겠다는 생각을 그때 했다.

그 후, 공군 오빠에게서 온 선물이라며 순이는 내게 과자봉지며 새 연필 등을 자주 나눠주기도 했다. 쉬는 시간에 운동장에서 뛰놀다가 하늘 위로 날아가는 비행기 소리만 들려도

"저 비행기, 아마 우리 오빠가 타고 있을 거야."

라고 으쓱대기도 했다. 그때 그 말을 다 믿진 않았지만, 언니처럼 나를 챙겨주는 순이가 좋았다.

주말이면 학교 근처 동네에 사는 순이네 집으로 따라가서 손님 대

접을 받기도 했다. 순이 부모님은 그 동네서 부자이기도 하지만, 순이가 늦게 낳은 막내딸인지라 부모님이 귀하게 키우셨기에 친구인 나까지도 딸처럼 대해주셨기 때문이다. 또 순이의 올케언니가 우리 둘만의 밥상을 따로 차려 작은방에서 먹을 땐 '나도 이렇게 귀한 대접을 받는 아이가 되는구나'라고 감동했다.

토요일에 순이네 집에서 자고 일요일에 5리쯤 떨어진 우리 집으로 돌아올 때면, 순이 어머니는 봄이면 미나리와 부추, 여름이면 열무나 오이 등을 한 번도 빈손으로 보낸 적이 없을 정도로 꼭 챙겨주시며 우리 엄마한테 갖다 드리라고 했다. 순이 어머니의 정성은 그 후로도 변함이 없었다. 순이는 일찍 시집을 가고 없고, 나도 타지에서 직장 생활하고 있을 때도 순이 어머니가 내 동생들이 다니는 초등학교로 찾아와서 미나리와 부추 보따리를 계속 주셨는데, 참 성의가 대단하신 분이셨다.

그 댁의 마당엔 진분홍 색깔의 덩굴장미가 해마다 아름답게 피어났다. 해마다 첫 장미가 필 때면 그 가지를 잘라서

"올해의 첫 장미도 우리 딸의 친구에게 주는 거란다."

라고 말씀하시며 순이 어머니는 행복하게 웃으셨다. 장미를 사랑하셨던 순이 어머니는 아무에게도 장미를 꺾어준 적이 없지만 유독 내게만 준다고 하셨다.

우리 집에서는 위로는 오빠 한 명, 내가 장녀인지라 항상 다섯이나 되는 동생들을 돌봐야 했다. 또 엄마를 도와 부엌 설거지와 청소, 빨래까지 해야 했던 내 신분에서 잠깐이라도 벗어나는 길은 유일하게 순이네 집에 가서 먹고 자고 하는 길밖에 없었다. 친구가 그 댁의 공주이니, 공주의 친구인 나도 동급의 대접을 받고 오는 게 그렇게 좋을 수가

없었다. 그래서 주말마다 친구 집에 가는 게 유일한 낙이었다. 또 친구 집에 갔다 오면 항상 푸짐한 선물 보따리를 들고 오니 우리 엄마도 반대하실 이유가 없었던 것 같다.

1996년에 순이가 둘째 딸을 데리고 이곳 독일 우리 집을 처음 방문했을 때였다. 순이가 우리 집 정원에 피어나는 진분홍색의 덩굴장미 꽃을 보더니

"어, 이 장미 우리 친정집 마당에 피어나던 장미와 똑같네!"

라고 했다. 그때 내가

"네 엄마를 기리기 위한 꽃이야!"

라고 대답하니 순이도 울고 나도 울었다.

순이 엄마는 오래전에 세상을 떠났지만, 우리 집 장미를 볼 때마다 내게 베풀어주신 따뜻한 사랑이 기억되어 지금도 가슴이 찡하고 고마움으로 눈물이 찔끔 난다.

《 에피소드 2 》

'왜 순이는 어릴 때부터 항상 언니처럼 나를 돕고 보호했을까?'라는 의문이 어른이 되고 나서도 가끔 생각이 났다. 내가 동급생보다 키도 작고 더 어리고 약해서일까? 그래서 자신이 도와주지 않으면 안 될 것 같은 마음이었을까? 순이는 동생이 없는 막내라서 나를 동생처럼 여겼을 수도 있다는 생각도 들었다.

초등학교에 내가 입학할 때의 이야기다. 그 당시 면사무소에서 입

학통지서가 나왔는데, 우리 동네에 사는 순임이와 운녀도 입학통지서를 받았다. 순임은 나보다 두 살이 더 많고 운녀는 한 살이 더 많았다. 학교 가지 않겠다고, 동네 앞 징검다리 위에서 징징거리며 우는 운녀를 보며 내가

"너 대신에 학교 가마!"

하고 동구 앞을 달려나갔다. 그런데 우리 엄마가 이를 알고

"너는 아직 입학할 나이가 아니야!"

라고 하시며 제발 가지 말라고 날 잡으러 따라오고 나는 얼른 도망쳐서 달아났는데, 그날 있었던 일들이 두고두고 동네의 얘깃거리가 되기도 했다. 학부모가 참석한 자리에서 입학생들의 이름을 부르는데, 내 이름이 없는 것은 당연지사. 그런데도 나는 맨 앞에 서 있었다.

"네 이름은? 그리고 네 엄마는 어디 계시니?"

선생님이 어리둥절한 표정으로 물었다.

"엄마 없이 저 혼자 입학하려고 왔어예. 꼭 입학하게 해주이소!"

라며 애원까지 했다.

그래서 그날부터 교실의 맨 앞에 앉아서 동급생 중 최연소 학생(만 6세)으로 입학했다. 도시에서는 그 나이에 흔히 입학하는 나이일지 모르지만, 시골에선 드문 일이었는지 선생님들은 키 작은 나를 볼 때마다

"얼라(어린 아기라는 뜻)야!"

하고 귀여운 듯 안아주었다. 나는 그 말이 나를 놀리는 말로 들려서 싫고 창피했다. '얼라야!'라는 호칭은 초등학교 4학년이 되도록 따라다녔다. 그래서 어른스러운 순이가 내 옆을 지킨 게 아니겠느냐 생각도 들었다.

초등학교를 졸업하고 순이는 진주여중에 입학했다. 나는 성적이

우수했는데도 진학할 수 없었다. 아직 나이가 어리니 한 해만 참고 동생을 돌보면 그다음 해엔 입학하게 해줄 것이라고 부모님은 말씀하셨다.

2, 3년마다 동생을 낳는 엄마가 원망스러웠다. 언제나 동생을 업고 다녀야 해서 어릴 때 동네 동무들과 어울려 고무줄놀이나 패차기(한 발로 뛰며 돌을 차는 놀이) 한번 제대로 할 수도 없었다. 항상 내 등엔 혹처럼 동생을 업고 다녀야 해서 등에는 늘 땀띠가 솟아났다. 순이가 중학생 교복을 입고 우리 집엘 찾아왔는데 하얀 칼라에 검정 치마가 참 예뻤다.

"엄마, 다음 해엔 나도 꼭 중학교 보내줘!"
라며 떼를 썼다.

하늘이 도왔다고 할까? 우리 집에서 약 4km 떨어진 곳이고, 네 개 군(산청군, 진양군, 의령군, 합천군)의 접경지역인 송계松溪라는 곳에 중학교가 설립되었다. 무엇보다도 집에서 통학할 수가 있어서 세상을 다 얻은 기분이었다. '설마 이번에는 다른 핑계는 없으실 테지'라는 심정으로 중학교 입학시험을 보겠다고 부모님께 말씀드렸다.

"올 한 해만 더 동생들 봐주면 내년에는 꼭 중학교에 가게 해줄게."

부모님의 대답은 진중했기에 나는 또 한 해를 양보하고 그다음 해에 중학교에 입학했다. 2년을 집에서 쉬었으니 그때 순이는 중학교 3학년이었다.

진주에 유학했던 순이가 졸업을 하고 집으로 돌아오자 다시 그녀가 할 일이 생겼다. 나는 당시 중 2였는데, 학교에서 7교시 수업 끝내고 순이네 동네를 지나오는 길목엔 항상 순이가 나를 기다리고 있었다. 나를 우리 동네까지 바래다준다는 명분으로….

그땐 우린 사춘기였고, 둘 다 소월의 시를 좋아했다. 또 얼마나 하고픈 말들이 그리도 많았을까? 서쪽 하늘의 해가 꼴깍 넘어가고 어둠이 몰려와도 우린 상관하지 않았다. 한적한 시골길을 걸으면서도 겁이 없이 산새처럼 조잘댔으니, 그때의 우리는 참으로 아무 걱정 없는 순수한 영혼들이었던 것 같다.

내가 중학교를 졸업하던 그해 겨울, 순이는 진양군으로 시집을 갔는데 순이의 부모님께서 연로하셔서 살아생전에 막내딸 결혼식 보는 것이 소원이라고 하셨단다. 어느 날 맞선을 봤다며 신랑이 교사이고 아주 잘생겼더라고 홍조 띤 얼굴로 말하는 순이는 행복한 표정을 지어서 참 다행이다 싶었다. 맘속으론 저 친구가 막내딸로 호강스럽게 자랐는데 시집가서 잘 살 수 있을지도 은근히 걱정이 됐지만

"그래, 넌 뭐든 다 잘해낼 거야."

라고 응원해줬다.

순이의 결혼식에 신부의 우인 대표로 참석했는데, 그 당시 나는 단발머리 소녀인 만 16세였고, 친구는 만 18세였다. 또 신랑의 우인 대표들과 나이 차이가 날 뿐만 아니라 키도 덩치도 모두 어른들이라 매우 당황했다. 더군다나 입고 간 내 치마가 교복이었으니 그들 보기에 조금 창피하기도 했다.

순이의 친정집에서 전통 혼례식을 하는데, 사모관대를 한 새신랑은 이목구비가 정말 잘생긴 미남이었고, 족두리 쓰고 연지곤지 찍은 내 친구 또한 너무도 어여쁜 신부였다.

《에피소드 3》

시골이라 전화가 없던 시절이었다. 편지를 쓰고, 답장을 받기까지 무려 10일 내지 2주 정도가 걸리는 시절이었다. 순이가 시집을 간 지 6개월쯤 지나자 신랑이 입대했다는 소식이 왔다.

순이의 신랑인 H 선생은 대학을 마친 후 군복무를 하려고 그간 두 번이나 입대를 연기했다고 한다. 어린 신부를 데려다 놓고 첫정이 들자마자 신랑은 입대해버렸으니 남편 없는 시댁에서 3년 6개월 동안 친구는 맏며느리의 역할을 다해야 했는데, 시부모님 봉양에 시누이가 세 명, 어린 시동생들이 세 명이었단다.

부잣집 막내딸로 찬물에 손 한번 담그지 않고 귀하게 자랐건만, 어느 누굴 원망하지 않고 현실에 잘 적응하는 게 참 대견할 뿐이었다. 언제 시간이 나면 한번 다녀가라는 편지를 받은 후, 주말을 이용하여 친구의 시댁을 찾아갔다. 시골인지라 시집에 새댁의 옛 친구가 찾아오는 일은 아마 그 당시에서는 전무후무한 일이었을 것이다.

순이가 혼례를 올리고 난 뒤 시집으로 첫 문안을 갈 때, 신랑의 우인들과 신부의 우인들이 자동차 두 대로 나눠 따라갔다. 그래서 시댁이 어느 동네며 그 집도 어디쯤인가를 알기에 용기를 내어 찾아갔다. 시부모님과도 구면이라 모두가 반가워했지만, 가는 날이 장날이라는 말처럼 순이의 신랑도 첫 휴가를 나왔는데 나보다 조금 전에 도착했다고 했다.

속으로 생각하길, '신랑이 첫 휴가 나온 줄 알았으면 이다음에 왔으면 좋았을 것을, 혹시나 내가 방해하는 것은 아닌가?' 하는 생각도 했다. 그러나 어쩌랴! 해는 벌써 서산마루에 걸려 있고, 우리 집까지는

60리 길인데, 버스가 있는 것도 아니어서 그 댁에서 하룻밤을 묵기로 했다.

그 댁에선 첫 휴가 나온 아들을 위해 닭을 잡고, 잔칫상을 차렸다. 시끌벅적하고 화기애애한 가족들이었다. 새댁의 친구가 찾아왔다고, 내게도 어찌나 극진한 대접을 하던지 황송할 정도였다. 손아래 시누이들도 얼마나 다정하던지…. 친구는 엄한 시집살이를 하는 게 아니라 시댁 식구 모두의 사랑을 받고 있었다.

밤이 되자 나는 시어머니 방에서 시누이들과 자려고 막 옷을 벗으려는데 똑똑 노크 소리가 났다. 순이의 신랑이었다.

"나는 아직 한 달간이나 휴가로 내 집사람 옆에 머물 것이지만 친구는 또 언제 만날지 모르니 오늘 밤은 내가 양보하는 것이 경우에 맞다고 집사람이 말하네요."
라고 했다.

"무슨 말씀을 그렇게 하십니까? 신혼인데도 1년을 떨어져 산 두 분이 같이 주무셔야지, 저는 그런 철면피는 아닙니다."
라며 옥신각신하기까지 했다.

신랑을 다른 방에 보내고 나와 같이 자겠다는 친구도, 그 말을 따르는 친구의 신랑도 예의를 중히 여기는 사람들이었다. 그렇지만 아무리 친구가 소중한들 부부 사이만 하겠는가? 내일 아침에 일어나면 순이를 많이 나무라야겠다고 다짐하며 잠자리에 들었다.

세월이 흘러 1970년에 나는 이곳 독일로 오고, 순이는 딸 둘과 아들 하나를 낳고 평범하지만 행복하게 사노라고 가끔씩 편지가 왔다. 1976년 가을, 첫돌을 갓 지난 딸아이를 안고 남편과 함께 고국을 방문했다. 한국을 처음 방문한 나의 남편에게 소중한 추억을 심어주려는 친구 부부의 성의는 참 대단했다. 합천에 있는 해인사로 2박 3일 여행을 가자고 했는데, 그때 당시 평교사 월급이 박봉이었을 텐데 모든 경비 일체를 자기들이 부담할 테니 이의가 없기로 미리 확답을 받고 출발했다. 품성이 넉넉하고 베푸는 데 후한 내 친구도 친구지만, 친구의 남편 또한 어질고 선한 성품에다 남을 지극히 배려하는 행동은 늘 우릴 감동시켰다.

그 후로도 매번 고국을 방문할 때마다 순이네 부부는 우리와 함께 할 여행 스케줄을 꼼꼼하게 짜놓고 서해안, 남해안, 동해안 할 것 없이 모두 추억에 남는 넉넉한 시간을 우릴 위해 아낌없이 내주었으니 그 고마움을 말로는 어찌 다 표현하랴!

순이의 장녀인 영이가 서울 명문여대 약학과를 나와 약사가 되고, 서울대를 수석으로 졸업한 장래가 촉망되는 유능한 청년과 결혼한다고 연락이 왔다. 그런데 영이의 결혼식 6주 후에 나의 조카딸도 결혼한다는 연락이 왔다. 두 결혼식 다 참석하긴 불가능하고, 고모가 된 처지로서 조카딸 결혼식에만 참석했는데, 내 친구 순이는 나의 조카딸 결혼식에도 와주었다.

조카딸 결혼식 다음 날 친구네 집에 갔을 때, 영이의 결혼사진 앨범을 보여주며 지나가는 말로

"독일 이모는 내 결혼식엔 못 오면서 자기 조카딸 결혼식엔 올 수 있었나?"

라고 말하며 영이가 많이 섭섭해하더라고 전했다. 어릴 때부터 친이모 이상으로 나를 따르는 친구의 큰딸이었는데, 그 말을 듣고 보니 정

말 미안하기 짝이 없었다.

앨범을 보다가 사진사가 찍은 신랑, 신부 사진 한 장만 다시 사진관에 가서 출력해서 우편으로 부쳐달라고 내가 말했더니, 내 말이 떨어지자마자 순이는 곧장 앨범에서 사진 세 장을 빼내는 게 아닌가? 너무 놀라서 제발 그러지 말고 복사해서 이다음에 부치라고 해도 막무가내였다.

"네게 주는 게 뭐가 아까우냐? 내 간이라도 달라면 빼내주고 싶은 게 내 마음이란다."

라고 말하며 크게 웃었다.

(에피소드 4)

불교에서는 사람 간의 만남에 대해 전생에 인연이 있기 때문이라고 말한다. 가령 전생에 어떤 이에게 은혜를 받았거나 빚을 진 사람을 현생에 만났을 때, 그 빚이나 은혜를 갚기 위해서 열성을 다한다는 말이 있다. 나는 그리스도인이기 때문에 전생의 인연을 믿기보다는 지금 현세에서 만남의 복을 하나님께서 주셨다고 믿는다. 우리 인간이 이 험한 세상을 살아가면서 누굴 만나느냐에 따라서 운명도, 행복의 척도도 달라진다고 믿는다.

결혼할 때는 배우자를 잘 만나야 함은 물론이지만, 친구 역시 평생의 동반자 역할을 하며, 직장에서는 동료들을 잘 만나야 하고, 살고 있는 동네에서는 이웃들을 잘 만나야 하루하루가 기쁨과 감사로 채워가는 복된 생애라고 믿는다. 그래서 우리는 만남의 복을 위해 늘 기도하고, 또 받은 것에 대해 늘 감사해야 할 것이다. 60년의 긴 세월 동안에도 변치 않은 우정을 지속해왔다는 것은 크나큰 복이요, 은총임을 알기에….

나의 친정어머니께서 살아계실 때, 내 친구 순이는 나를 대신해 우리 엄마에게 온갖 정성을 다 바쳤다는 것을 엄마를 통해 누누이 들었다. 그뿐인가? 내 여동생의 여고 졸업식에도 와서 꽃다발을 안겨주며,

"네 언니가 외국에 있으니 내가 대신 왔다."

라며 동생까지 챙겼다고 하니 그 고마움을 무엇으로 다 표현할까?

순이네 부부는 진주에서 가까운 시골에 시부모에게 물려받은 전답이 있어서 주말이면 부부가 시골에 가서 벼농사도 짓고 밭에도 여러 가지 채소 등을 직접 길렀다. 해마다 처음 수확하는 채소나 참깨, 팥, 녹두, 찹쌀 등을 우리 어머니께 갖다 드리며, 마치 자기 친정어머니에게 하듯이 정성을 다하는 모습에 늘 감동받았다고 했다.

나의 친정어머니는 칠순을 넘기고 독립을 선언하여 오빠가 아파트를 마련해드렸다. 순이네 집도 근처에 있었는데, 왕래가 잦았기에 친정집 드나들듯 자주 우리 어머니를 뵈러 와서 우리 어머니도 마치 딸을 대하듯 반가워하셨다고 한다. 순이의 남편인 교장선생님이 가끔씩 회식을 하거나 술을 한잔하는 날이면 밤을 새우며 잔소리하는 주사가 있어, 밤늦은 시간에도 우리 엄마한테 와서 자고 가기도 했다고 한다.

10여 년 전, 우리 어머니 장례식에 와서 순이는

"어머니가 안 계시니 이제 나는 갈 곳이 없어졌네."

라며 울음을 삼켰다.

오래전 얘기지만, 한국 방문을 앞두고 친구에게 전화했더니, 여름에 오면 백두산을 같이 가고 싶은데 어떠냐고 물었다. 언젠가 우리 아

이들하고 여름방학 때 고국 방문을 했다가 더위에 혼이 난 적이 있어 여름에는 절대 가지 않겠노라고 말했다. 그럼 어딜 가고 싶으냐고 묻기에 어느 여행 작가가 필리핀의 막탄섬Mactan Island이란 곳이 아직도 천혜의 자연 그대로 아름답다고 쓴 것을 읽은 적이 있노라고 말했다.

그런데 이곳 독일에 사는 내 여동생과 한국에 도착해보니, 벌써 필리핀 여행을 신청해놓았고, 일체의 경비는 순이의 아들과 딸이 부담하는 거라 우리 둘은 그냥 따라만 가면 된다고 했다. 순이의 아들 부부가 둘 다 변호사이고 큰딸도 약국을 두 개나 운영하는 부자로 살지만, 그래도 엄마의 친구와 그 여동생의 여행 경비까지 부담하게 할 순 없다고 몇 번이나 말했지만 소용이 없었다. 게다가 선물을 사라며 용돈까지 받았다고 했다.

이렇게 다복한 친구의 가정에도 어느 날 갑자기 천둥과 먹구름이 몰려왔다. 6년 전, 둘째 딸 경아가 아무런 병도 없이 하룻밤 새에 하늘나라로 떠나버렸으니 그 충격은 말할 수 없었다. 진주여고에서 전교 수석으로 졸업하고 입시 경쟁률 높은 연세대 치과대에 합격해서 순이 부부가 얼마나 자랑스러워했던 딸이던가? 사람의 생명이라는 것이 종이 한 장을 뒤집듯, 어찌 그리 허무할 수가 있단 말인가? 그 후로 그렇게 잘 웃던 순이는 웃음을 잃었다. 자식을 앞세운 어미의 심정이 오죽하랴!

"친구야! 친구야! 너의 아픔을 생각할 때마다 나도 가슴이 메어온단다."

달걀 두 개에 담아온 우정

행자는 가난한 목수의 딸로 태어난 시골 소녀였다. 나보다는 나이가 한두 살 어렸다는 생각이 드는데 분명하지는 않다. 왜냐하면 그녀는 면 소재지에 있는 초등학교를 나왔고, 나는 우리 동네에서 가까운 송계초등학교를 나왔기 때문이다.

그녀가 사는 곳은 우리 집에서 6km 정도 떨어진 곳이고, 면 소재지의 강 건너편인 '대둔'이란 동네였다. 그 당시 우리 부모님은 정미업을 하고 있었고, 목수이던 행자의 아버지는 우리 아버지와 친구지간인지라 자주 우리 집에 출입하며 집수리가 필요할 때마다 많이 거들어주셨다. 한번은 새 창고를 짓는데, 행자 아버지가 며칠간을 자기 집에도 못 가고, 우리 아버지 방에서 기거하며 공사에 전념할 때였다.

어느 봄날 15, 16세가량의 소녀가 미나리 한 단을 들고 자기 어머니 심부름을 왔다며 우리 집을 방문했을 때 행자를 처음 만났다. 여느 시골 소녀와는 달리 수줍음도 없고 아주 명랑하고 활발했다. 동생들이 많고 봄철이라 식량이 다 떨어져간다고 말했는지는 모르지만, 행자가 돌아갈 때 우리 어머니는 쌀과 보리쌀을 그녀가 머리에 이고 갈 수 있을 만큼 자루에 담아서 보냈다. 그 후로 7, 8년 동안 행자를 만나지 못했다.

세월이 흘러 나는 군 보건소에서 2년 동안 근무한 적이 있었고, 그 당시 보건소가 강력하게 추진하던 사항이 있었는데 간디스토마 반응 검사였다. 강을 끼고 사는 마을 사람들은 강에서 잡은 붕어나 잉어를 날것으로 회를 해서 먹었는데, 많은 사람들이 간디스토마에 감염돼 황달을 앓은 사람들이 점차 늘어나는 상태였다.

어느 날 대둔이란 마을에 간디스토마 교육차 출장을 가서 그 동네 이장 댁을 찾아가니, 세상에나! 행자가 그 댁의 막내며느리가 되어 있는 게 아닌가? 또 다른 놀라운 한 가지는 나의 중학 동창인 건희가 행자의 새신랑이라고 했다. 신랑은 행자와 같은 동네에서 태어나 어릴 적부터 너무도 잘 아는 사이라 자연스럽게 좋아하는 사이가 됐는데, 신부네 집이 너무 가난해서 찬물 떠놓고 혼례를 치렀다고 했다.

"새신랑은 어디 있느냐?"

는 나의 물음에 혼례 치르고 군대에 간 지가 벌써 2년 됐다고 했다.

"얘, 너 독수공방 지키려고 혼인했니?"

하고 반은 농담처럼 묻기도 했다. 여전히 명랑하고 긍정적으로 사는 게 좋아 보이고, 참 다행이라고 생각했다.

그날, 그 동네의 많은 사람에게 간디스토마 반응검사를 하고 민물 생선을 회로 먹지 말라는 교육이 끝난 후, 행자는 내게 줄 것이 있다고 자기 방으로 들어가자고 했다.

"이거 오늘 낳은 달걀이야. 금방 먹어도 되고, 아니면 집에 가지고 가!"

"가지고 가다 깨뜨려버리면 어쩌려고. 우리 집에도 달걀 많은데…."

했더니, 왈칵 화를 내며

"어째서 너희 집 달걀과 내가 주는 달걀이 같으냐? 이것은 나의 정성인데."

라며 행자의 목소리가 커졌다.

"아, 미안해. 얼른 이리 줘!"

하며 하마터면 그녀의 성의를 무시할 뻔했던 나의 행동을 뉘우쳤다. 사실 달걀 두 개가 어떤 이에게는 별다른 가치가 없을지도 모르지만, 행자가 내게 주고 싶었던 것은 그녀의 따뜻한 사랑과 우정이었을 것이다.

먼 이국땅에 살면서, 어릴 적 친구인 행자의 진솔한 마음이 가끔 생각날 때마다 가슴이 찡해져 온다. 아마 그녀도 이제는 칠순이 넘은 할머니가 되어 있겠지?

소꿉친구가 그리운 날

나이 탓인지 몰라도 요즘은 자주 어릴 때 꿈을 꾼다. 내가 태어난 곳은 경남 산청의 첩첩 산골. 앞산이 뒷산보다 높고 병풍처럼 둘러쳐져 있어서 큰 인물이 나지 않을 것이라는 말을 종종 듣고 자랐다.

봄이 되어 앞산, 뒷산을 진달래, 철쭉이 핏빛으로 물들일 때면 어린 소녀들은 들로, 산으로 나물을 캐러 쏘다녔다. 순임이 또는 옥자로 불리는 아이는 바로 우리 집 옆집에 살았다. 나이도 나보다 두 살이나 많았지만, 초등학교 동창이기도 하다. 어릴 때의 나는 작고 왜소한 체격이었고, 순임이 또한 또래에 비해 작은 편이었다.

우리 집은 정미소를 운영하는 집이라 소를 키우는 집의 아이들이 소에게 풀을 먹이려고 소들을 산으로 몰고 가면, 소도 없는 내가 순임이를 따라갔다고 엄마에게 혼이 나는 일도 종종 있었다. 소들을 산골짝에 풀어놓아 풀을 뜯게 하고, 우리는 개울가에서 공깃돌 줍기를 하거나 풀잎을 엮어서 인형을 만들고 소꿉놀이를 하던 시절이었다. 순임이 오빠도 우리 오빠보다 두서너 살이 많았지만, 우리 오빠와 친하게 지내는 사이였다.

내 어릴 적 기억은 순임이 아버지가 일찍 세상을 떠나 자기 아버지의 얼굴을 기억하지 못한다는 것이었다. 자손이 귀한 집안이라고 외동아들인 순임이 오빠는 열다섯 살의 중학생일 때 열여섯 살의 의령에서 온 처녀와 혼례를 올렸다.

중학교는 단계라는 마을에 있었는데, 우리 동네에서 재를 두 개나 넘어야 하는 먼 곳이었다. 주중에는 그곳에서 하숙하며 학교에 다니다가 주말이면 집으로 가는 순임이 오빠에게 어느 날 다른 동네에 사는 학우들이 서넛 따라붙으며 집 구경을 하겠다고 했단다.

일찍 결혼한 것을 창피하게 여겼던 순임이 오빠는 참으로 황당했단다. 그렇다고 거절할 아무 명분도 찾지 못하고 따라오는 아이들과 동네 입구에 들어서자 아이들을 보고

"얘들아! 여기서 잠깐만 기다려줄래? 내가 빨리 집에 가서 울 엄마한테 너희들 왔다고 보고하고 올게."

라고 했단다. 그 말을 하곤 잽싸게 집으로 달려가 마당에서 키질을 하고 있던 아내의 손을 잡고 부엌으로 밀어넣고 하는 말이,

"여기서 나오면 절대 안 돼! 꼼짝 말고 있어!"

라며 부엌문 빗장을 질러놓고 아예 나오지 못하게 했다는 일화도 있었다.

의령댁으로 불리는 순임이 올케언니는 심성이 착하고 온화한 성품으로 기억된다. 너무 어린 나이에 시집와 홀시어머니 밑에서 시집살이하느라 고생은 물론이고 눈물도 많이 흘렸을 것이다. 막걸리를 좋아하는 순임이 어머니가 가끔 술을 과하게 먹은 날엔 며느리를 구박하

는 소리가 담을 넘어 우리 집까지 들려왔다.

그러던 어느 날, 시어머니 잔소리에 참다못한 의령댁이 입은 옷에 그 길로 친정으로 도망을 갔지만, 다음 날 친정어머니가

"죽어도 그 집 귀신이 돼라!"

며 다시 딸을 시가로 데리고 와서 사돈 앞에 무릎을 꿇고 빌었다고 한다.

그 일이 있은 후, 순임은 올케가 다시 도망갈까 봐 올케언니를 배려하는 일이라면 뭐든지 했다. 한번은 올케언니가 실수로 등불을 떨어뜨려 유리를 깼다. 그 당시 유리도 귀했고, 전기가 없던 시절이라 마루의 기둥에 걸어두는 석유 등불의 역할은 정말 큰 것이었다.

다행히 그때 옆에 순임만 있었고 또 시어머니에게 혼날까 봐 어쩔 줄을 모르는 올케한테

"언니, 걱정하지 마! 그 등의 유리는 내가 깼다고 할게!"

라며 이 사실을 무마시켰던 순임이 또한 재치 있고 착한 심성의 소녀였다. 그 후 초등학교를 졸업한 순임은 진주에서 친척이 운영하는 목욕탕의 계산대에서 몇 년 일하다 중매로 결혼했다.

어느 날 순임이 오빠가 나를 찾아와 순임이 결혼식 때 여자 우인 대표로 축사를 낭독해주면 좋겠다고 했다. 무엇을 어떻게 써야 하는지도 모르고 아무 경험도 없었던 터라 처음엔 거절했지만, 신랑 측에서 우인 축사 낭독이 있으니 신부 측에서도 답례가 꼭 있어야 한다고 해서 거절할 수가 없었다.

결혼식은 순임이네 집 마당에서 전통 혼례를 올렸는데 새신랑이 도시에서 살다 온 사람이라 남자 우인들이 6, 7명쯤은 되는 것 같았다. 시골에서는 자주 있는 일이 아니고 모두 번듯한 양복쟁이들이었다.

많은 사람 앞에 나서길 꺼리는 소심한 성격의 내가 생전 처음 축사를 지어 그것도 온 동네 사람들 앞에서 낭독했으니, 그때 손이 떨리고 많이 긴장했던 기억은 있어도 축사에 무슨 말을 썼는지는 기억에 없다.

그 후 순임이가 부산에서 잘살고 있다는 소식은 바람결에 들었지만, 다시 만난 적이 없어서일까? 지금도 자주 그녀가 나오는 꿈을 꾼다. 그 꿈속에서 우린 아직도 작은 어린 소녀의 모습을 하고 이 얼마나 신비로운 일인가?

옥녀야, 너는 지금 어디에?

"오늘도 옥녀 바래다주고 왔나?"
하고 엄마가 소쿠리에 담겨 있는 아기 송이버섯을 몇 개 보시곤 으레 하시는 말씀을 하셨다.

박용래 시인의 월훈 속에 나오는 갱坑 속 같은 마을은 아니어도, 앞산과 뒷산이 병풍처럼 둘러쳐진 동네, 왼쪽 윗동네에서 내려오는 실개천과 오른쪽에서 앞산 아래로 흐르는 개울이 동구 앞에서 만나 작은 시내를 이루는 내 고향이 거기 있다.

봄이면 나물을 캐러 친구들과 들로, 산으로 쏘다녔고 가을이면 송이버섯을 따러 다녔다. 동네 처녀 중에서도 나보다 나이가 두 살 많아서 걸음이 재빠르고 항상 나보다 몇 곱으로 많이 고사리를 꺾고 또 송이버섯 나는 곳을 잘 아는 옥녀는 산에 갈 때마다 나를 불러서 같이 가자고 했다.

동네 맨 끝에 사는 옥녀가 왜 동네의 한복판에 사는 우리 집까지 찾

아와서

"산나물 캐러 가자! 버섯 따러 가자!"

라고 했을까? 의문이 많았지만 나는 물어보지 않았다. 왜냐면 날 불러 준 것만으로도 감지덕지였으니까. 아무래도 내가 자기보다 더 어리고 행동이 그리 민첩하지 않았기에 다른 사람보다 나를 선택하지 않았을까? 옥녀가 사는 바로 이웃집에도 한두 살 나이 차이가 나는 경점이나 옥수라는 처녀도 살았고, 우리 집 바로 옆집에도 옥녀의 친척이자 동갑내기인 옥자가 살았기에 하는 말이다.

옥녀는 산에 가면 노루같이 잘 뛰어다니면서 나보다 훨씬 앞서서 살이 통통한 고사리나 산나물을 잽싸게 채취했다. 가을에 송이버섯을 따러 갈 때도 마찬가지였다. 나는 항상 옥녀가 좋은 것 다 채취하고 남은 뒤끝을 주워 담아왔고, 집에 오면 엄마가 내 소쿠리를 보고 하시는 말씀은 똑같았다.

"니, 오늘도 옥녀 바래다주고 왔나?"

라고 했다.

동네의 열대여섯 살 소녀들은 모두 한두 살 비슷한 또래로 10여 명이나 되었는데, 모두 초등학교를 마치고 상급학교에 진학할 꿈도 못 꾸고 집에서 농사를 거드는 딸들이었다. 그 당시 동네에서 유일하게 나 혼자만 상급학교에 진학할 수 있었다. 우리 집은 아버지께서 정미소 운영을 하신 관계로 넉넉한 집안이었고, 우리 동네 말고도 윗동네인 상능과 관동이란 동네에도 우리 정미소가 있었다.

옥녀는 어릴 때부터 부지런하기로 동네에 소문이 나서, 열다섯 살 때부터 베틀에 올라가면 점심때쯤에 삼베 한 필을 짜고 내려온다는 어른들의 칭찬과 소문이 자자했다. 그래서 딸을 가진 많은 어머니들이 옥녀 어머니를 부러워했다. 옥녀 아버지는 우리 동네에서 농악단 단장이었고, 우리 동네 농악단이 전라도까지 소문이 나서 원정을 다녀올 정도로 유명했다.

옥녀가 스무 살 때쯤인가? 중매로 합천군이 고향이고 외항선을 타는 어느 선원과 결혼했다. 그 신랑은 결혼하고서도 외항선을 탔기 때문에 한번 출항하면 1, 2년씩 걸려서 집에 온다고 했다. 딸아이 하나 낳고 사는 옥녀는 남편 없는 집에서 혼자 살기가 외로웠는지 자주 친정집에 와서 머물기도 했다.

그러던 어느 날, 옥녀의 신랑이 귀국했다는 소문을 듣고 이제는 알콩달콩 잘살 것이라고 동네 사람들은 생각했는데, 어느 하루 옥녀의 신랑이 어린 딸아이를 안고 와선 장인, 장모 앞에 무릎을 꿇고 펑펑 울었다고 한다.

“제발, 용서해주십시오! 부부싸움을 했는데, 간밤에 아내가 아이를 두고 도망을 갔습니다. 아내가 돌아올 때까지 이 아이를 맡아주십시오.”

젊은 부부가 살다 보면 싸우는 일도 있는 게 다반사라, 옥녀의 친정부모는 별다른 생각 없이

“그 몹쓸 것이 어찜 어린아이를 두고 도망을 가다니, 사위 보기가 민망하네.”

라며 좋은 말로 위로하며

“아이 걱정은 말고 어서 돌아가게!”

라며 사위를 돌려보냈다고 한다.

며칠 후면 어린 자식 때문에라도 곧 돌아올 것이라고 철석같이 믿고 기다렸는데도, 한 달이 가고 1년이 가고 수십 년이 지나도 입었던

옷에 고무신 신고 나갔다던 옥녀는 소식이 없다고 했다. 옥녀의 친정 아버지는 딸을 찾아서 전국 방방곡곡을 다 헤매고 다녔지만 끝내 못 찾고 화병으로 돌아가셨다고 한다. 옥녀의 실종 사건은 내가 독일 온 직후에 일어난 일이지만, 나의 친정어머니가 이곳을 네 번이나 다녀가실 때마다 나는 꼭 옥녀 소식을 물었고 내가 고국을 방문했을 때도 꼭 물어봤다.

"수십 년이 지나도 친정에도 소식이 없다는 것은, 어쩌면 옥녀가 도망한 것이 아니라 그날, 부부싸움 하던 날, 서로 밀치고 당기는 몸싸움을 하다가 사고로 머리를 다쳐서 죽은 것은 아닐까? 그래서 놀란 신랑은 몰래 뒷산에다 묻은 것은 아닐까?"
하고 동네 사람들은 수군거렸다. 그날 아이를 데리고 온 사위가 그렇게 통곡했다는 것도 생각해보면 이상하지 않으냐고 했다. 옥녀의 신랑은 착한 성품이라 당시에 아무도 그를 의심하지 않았지만, 만약에 화가 나서 아내를 밀치면서 어떤 날카로운 물질에 부딪혀 본의 아니게 죽게 했다면, 너무도 당황하고 두려워서 엉겁결에 아내를 암매장할 가능성이 있다는 둥 동네 사람들은 그 후로도 상상의 추리소설을 썼다.

아직도 소식이 없는 옥녀는 살아 있을까? 오늘따라 옥녀가 보고 싶다. 어디서 무엇을 하고 있을까?

시간은 우릴 기다려주지 않는다

사흘 전, 한국 포항에 사는 남동생한테서 전화가 왔다. 거기가 어디냐고 묻는 내 말에

“지금 잠깐 포항에 내려와 있습니다. 옷가지 몇 개를 챙기려고요.”
했다.

“그래, 매우 힘들지? 네 처는 지금 어때?”
하고 물으니, 울음이 밴 목소리로

“네, 힘들어요. 아주 많이요!”
한다.

나에게는 남동생이 셋, 여동생이 둘인데, 사흘 전 내게 전화한 동생은 바로 내 아래 제일 큰동생이다. 동생의 아내인 내 올케는 3년 전 골반암 수술과 뼈이식 수술을 받았다. 2년 전에는 신장암이 다른 장기로 전이되어 꾸준히 항암 치료를 받고 있다. 또 신장 수술도 받았지만 지금껏 꿋꿋하게 잘 이겨내서 모두가 안심하고 있었다. 그런데 지난주, 갑자기 소장에 협착증이 와서 많은 통증과 함께 먹지도 마시지도 못하는 상태라, 급하게 KTX 타고 서울로 가서 현재 세브란스병원에 입원 중인 것도 며칠 전에 알았다.

내 올케는 평생을 교직에 몸 바쳐온 초등학교 평교사였다. 정년퇴직하면 독일 우리 집도 방문하고 유럽의 곳곳도 여행하고 싶다 했는데 ‘시간은 우릴 언제나 기다려주지는 않는가 보다’라는 생각이 들었다.

올케는 정년 1년을 앞두고 갑자기 암 선고를 받았는데 그것도 말기암 4기라고 했다. 그동안 두 차례의 암 수술, 방사선 치료와 항암 치료를 병행하느라 자주 서울을 오르내리며 씩씩하게 잘 견디는 것 같아서 참 다행이고 감사한 일이라고 생각했다. 지난해 가을, 거제도에서 가족 모임이 있을 때도 체중은 좀 빠진 듯해도 아무거나 잘 먹는다고 해서 안심했다. 어느 의학박사가

“암 환자는 암으로 죽는 게 아니라 굶어서 죽는다!”

라고 했다는 말을 상기시켜주며, 어쨌든 많이 먹고 이겨내라고 격려해 주기도 했다.

그런데 이번에는 먹을 수도 마실 수도 없다니, 병원에서는 링거액과 함께 코에다 튜브를 꽂고 영양을 공급한다고 했다. 환자의 건강 상태가 조금 나아져서 사흘 전 수술을 했는데, 장장 4시간 동안의 수술 결과는 암이 장기에도 전이되어 기적이 없는 한 시한부 인생이라고 의사가 말했단다.

밤새워 기도하며 뒤척이다 불현듯 이런 생각을 했다. 이곳에서 기도하며 기다릴 것이 아니라 가능하다면 하루라도 빨리 달려가 올케의 손이라도 붙잡고 기도하며 우리가 응원하고 있으니 힘내라고 말해야지. 그리고 그동안 고마웠노라고…. 우리 집 둘째 며느리로 들어와 6년 동안 시어머니를 모신 것도 고맙고, 20여 년 전 내 동생이 사업에 실패해 빚더미에 나앉았을 때도 믿음으로 잘 참으며 두 남매를 잘 기르는 등 현모양처로서 손색이 없었으니 어찌 고마워하지 않을 수 있겠는가.

사람이 아무리 마음으로 작정하고 길을 가도 그 길을 인도하시는 분은 하나님이시다. 사람의 생명 또한 하나님에게서 왔으니 내일 일을 알 수 없는 우리는 언제든 선한 양심이 시키는 일에 따라 행한다면 나중에 후회가 없으리라는 생각이 불현듯 일어났다. 다음 날 아침, 나는 여행사로 전화 다이얼을 돌렸다.

"여보세요! 한국행 항공기 티켓을 예약해주실래요? 제일 빨리 갈 수 있는 날짜로요. 그리고 돌아오는 시간은 딱 일주일만 있다가 오려고요."

"이번 주일인 19일에 출발하여 20일에 인천 도착하는 비행기에 마지막 좌석이 있습니다. 그리고 26일 돌아오는 비행기로 예약할 테니 오늘 결제해주셔야 티켓이 나갑니다. 지금 신용카드를 스캔해서 메일로 보내주시면 금방 티켓을 받을 수 있게 해드리겠습니다."

아니나 다를까, 전화하고 메일 보내고, 30분도 채 안 되어 전자티켓이 왔다. 또 프랑크푸르트 가는 기차표도 메일에서 출력할 수 있도록 배려해주신 사장님이 정말 고맙고, 우리는 지금 초스피드 시대에 살고 있다는 생각이 언뜻 들었다.

수년 전, 어떤 신부님이 쓴 자서전적인 소설을 읽었는데, 그 책 주인공으로 나오는 여자가 말기 암에 걸려서 생명이 촛불처럼 다 타들어가는 과정에서도 마지막 뜻깊은 말을 남겼다.

"신부님, 암 환자는 축복받은 사람이랍니다. 왜냐면, 가족들과 사랑하는 사람들과 이별할 시간을 넉넉하게 누리니까요."

암 환자가 축복받은 사람들이라니? 암에 걸리지 않고 고통 없이 죽는다면 그게 더 축복이라는 생각을 그때 했던 것 같다.

죽음에는 순서가 없는 법, 죽음이 언제 어느 때 우리 앞에 갑자기 다가올 것인지는 아무도 모른다.

"이다음에 시간 되면"

"더 저축해서"

"나중에 퇴직하고 나서"

라는 말을 입에 달고 살면서, 근면하고 검소하고 성실하게 살아온 내 올케는 이제 이 세상에 없다. 자신이 입는 바지는 항상 2만 원짜리라고 자랑하던 그녀는 언제나 당당했다. 교사로서 30여 년 동안 청순한 아이들 속에서 살아서 그런지 늘 밝은 표정과 맑은 웃음소리는 주위를 행복하게 끌어들이는 자석 같은 역할을 했다.

그 집 아이들 둘이 초등학생일 때, 올케는 학교로 복직하고 나의 친정어머니가 아이들 건사한다고 6년 동안을 포항에서 지낸 적이 있었는데, 매일 아이들 도시락 싸고 며느리 속옷까지 빨아줬지만 마음이 무척 편하셨다고 한다. 그 이유는 성품이 온유한 올케가 아무리 피곤해도 제 남편에게 잔소리하는 걸 들어보지 않았기 때문이라 하셨다. 집 안에서 큰 소리가 날 이유가 없으니 아이들 또한 유순했다고 하셨다. 그 꼬맹이들이 커서 지금 장녀는 세브란스병원에서 간호사로 일하고 있고, 아들은 공무원이 되어 포항시청에서 근무하고 있으니 이제 아무 걱정할 일이 없는 집안이었다. 암이란 놈이 갑자기 불청객으로 찾아와 3년간의 모진 투병 생활 끝에 이 세상의 소풍 끝내고 하늘나라로 떠나야만 했던 나의 올케는 지난해에 겨우 환갑을 지낸 나이인지라, 애석한 마음 이루 말할 수 없다.

기적이 없는 한 '시한부 인생'이라는 남동생의 전화를 받고, 지난 11월 20일 인천공항에 도착한 후 픽업 나온 막냇동생 부부와 함께 즉시 병원으로 달려갔다. 올케는 우리가 도착하기 1시간 전에 중환자실에서 일반병실로 옮겨져 다행히 우리가 쉽게 면회할 수 있었으니 얼마나 다행이고 감사한 일인지 모른다.

"좋은 일도 아니고 이런 꼴을 보여드려서 죄송해요!"

라며 올케가 울먹였다. 옆에서 간호하던 나의 조카딸은 우리에게 인사할 겨를도 없이 울컥해서 밖으로 뛰쳐나갔다.

한 시간 동안의 면회. 말이 필요 없는 시간. 손잡고 기도할 수 있는 시간이 얼마나 귀하고 소중한가를 깨달으며, 그래도 한 줄기 소망을 담아 기적이 일어나길 간구하면서, 하나님께서 자비와 긍휼을 베풀어주시길 간절히 기도드렸다. 같이 간 여동생과 나는 11월 26일 주일날에 다시 독일로 돌아왔고, 27일엔 올케가 다시 항암 치료와 더불어 건강이 좋아졌다는 소식도 날아와 얼마나 다행이고 감사한 일인지, 걱정해주고 기도해주는 모든 지인들께 알렸는데….

지난 12월 1일 새벽에 하늘나라로 떠났다는 소식은 청천벽력이 아닐 수 없었다. 그러나 우리는 안다. 어떤 상황에서도 항상 감사해야 한다는 것을! 시간이 우릴 기다려주지 않는다 해도 지나고 보면 다 은총이었음을…. 올케가 이 세상 떠나기 전에 손잡고 기도할 수 있었던 것도 하나님의 은총일 터다. 옆에서 간호하던 동생 가족에게 우리들의 방문이 큰 위로가 되었다면 그것도 마찬가지라고 생각한다.

이제 나의 올케는 사망이나 고통이 없는 영원한 본향에서, 열두 문이 진주로 된 성에서 주님의 손을 잡고 맑은 유리 같은 정금으로 된 길을 걸으며 말하고 있을까? 천상병 시인의 '귀천'이란 시의 마지막 구절처럼

"아름다운 이 세상 소풍 끝내는 날, 가서 아름다웠더라고 말하리라"라고.

제주 올레길 여행 에피소드

(에피소드 1) 사공이 많으면 배가 산으로 간다는데…

2018년 한국 방문은 여동생과 조카딸과 함께했는데, 이번에는 형제들과 함께 제주도 올레길을 걷기로 사전에 막냇동생과 의논하고 그에게 여행 계획을 세워보라고 했다. 7남매(4남 3녀)가 부부와 함께 참석하기엔 너무 많은 식구인지라 한 가정이 이틀이나 사흘간 있다가 가면, 그다음 바통을 받아서 막내 여동생 부부와 오빠와 올케언니가 올 수 있도록 스케줄을 짜놓았다.

5월 25일, 우리 일행은 아침부터 서둘렀다. 부산에서 온 둘째 동생 부부와 포항에서 온 큰동생과 조카, 독일에서 나와 함께 간 여동생과 조카딸, 또 부산 사는 여동생의 둘째 딸과 이번에 총무를 맡은 서울 사는 남동생을 포함해 모두 아홉이었다. 자동차 두 대를 렌트 해서 목적지를 가는 것과 또 그곳에서 어떤 점심을 먹을 것인가도 벌써 두 달 전부터 총무가 다 짜임새 있게 세워놓았기에 우린 막내 남동생의 지휘 아래 따라가기만 하면 되었다.

원래 우리 집안이 서열을 따지기 좋아하고, 형님이라는 권위 의식이 다소 있는 집안이다 보니, 막내 남동생의 말을 순순히 들을까 싶은 마음에 사실은 속으로 조금 걱정도 했는데 완전 기우였다. 제주도에 도착한 첫날, 이호테우해수욕장에서 일몰을 보고 난 뒤, 저녁 먹을 곳을 알아보는데 의견이 분분했다. 그때 포항의 조카가 단호하게 말했다.

"아빠, 이렇게 단체행동을 할 땐 총무 말을 들어야 해요!"

그 말 한마디에 모두 입을 다물고 그 후론 이런저런 불평이 나오지 않았다. 속 깊은 조카의 담대한 선언 덕분이었다. 그리고 계속 형제들과 가족들이 교체될 때마다 총무 말을 들어야 한다는 조카의 당부를 내가 전했더니 모두 고개를 끄덕였다. 많은 식구들이 낮과 밤을 여러 날 함께 부딪치며 군소리 없이 잘 넘겼다는 것도 지금 생각하면 현명한 조카의 말 한마디 때문이었다. 제주에서 머무는 내내 감사했던 것은 사공이 한 명이었기에 얼마나 다행인가 하는 것이었다.

(에피소드 2) 남자도 이젠 앞치마를 두르는 세상

우리 부모님 때만 해도 남자가 앞치마를 두르는 모습을 어디 상상이나 했을까? 우리 집안 장남인 오빠가 오랜 공직 생활이 끝난 후, 이제는 앞치마를 두르고 아내를 돕는 모습은 참 보기가 좋다. 설거지는 물론이고 음식도 곧잘 한다는 올케언니의 남편 자랑에 함박꽃이 피었다. 오빠는 사무관을 거쳐 서기관으로 퇴직할 때까지 항상 아랫사람들에게 명령하는 직책이었던지라, 퇴직하면 부부가 서로 부딪칠 일이 많을 줄만 알았는데 그와는 정반대였다.

여태껏 처자식 먹여 살리느라 수고했다고, 퇴직 후엔 편히 쉬라고, 남편을 배려하는 아내의 마음도 지극했다. 퇴직 후 오빠가 간암 색전술을 세 차례나 받는 동안 올케는 여러 해를 간암 환자를 위한 식탁 차리는 일에 온 힘을 기울였다. 올케언니의 정성이 하늘에 감동을 준 건지, 오빠는 기적적으로 살아나 다시 건강을 되찾았다. 7, 8년 동안을 병간호에 시달려서 그런지 이제는 올케언니가 심근경색이란 병을 얻었다.

이제는 오빠가 언니를 돌봐야 하는 상황인데, 두 분 다 병마를 수용하면서 알콩달콩 사는 게 너무 보기가 좋다. 그뿐이 아니다. 우리 남동생들도 그리고 제부도 정년퇴직 후에 모두 앞치마를 두르고 설거지 담당은 물론 음식도 최고의 일품요리를 한다고 한다. 그래서 제주도 가족 모임에서 남자들만의 요리 경연대회가 열렸다.

5월 26일, 제주도 온 지 나흘째. 이날은 또 숙소를 바다펜션으로 옮기는 날이고, 부산의 둘째 동생 부부는 돌아가고 막내 여동생 부부가 오는 날이기도 해서 외돌개의 올레길과 서귀포시장에 가는 것으로 정했다. 가도 가도 끝없이 펼쳐진 바다를 보며 걷는 기분은 '이런 절경이 또 있을까?' 싶었다.

(에피소드 3) 내 흑기사는 누구인가요?

낮에는 10여 명의 가족들이 짜인 일정에 따라 여행하고, 저녁에는 숙소로 돌아와 순서를 정해서 요리 실력을 발휘하는 시간이기도 했다. 둘째 날 미역국을 끓인 남동생에게는 98점을 주었고, 전복죽을 끓인 제부에게는 99점을 주기도 했다. 그런데 다음 날 제부가 바닷고둥을 잘못 삶아서 살을 파내는 일은 너무 힘들었다. 그래서 고둥 미역국은 점수를 잘 받지 못했다.

요리는 남자들이 서로 하겠다고 나섰지만, 설거지는 자발적으로 나서는 이는 없었다. 그래서 여동생이 불평이 없도록 심지를 뽑자고 제안했다. 모두 그게 좋다고 찬성했는데 올케언니는 싫다고 했다. 자기는 항상 운이 없어서 틀림없이 자기가 걸릴 것 같다고 했다.

어른들의 이야기를 조용히 듣고 있던 조카딸이 심지 뽑기보다 인터넷 뽑기를 제안했다. 각자가 동물 하나를 선택한 후 두더지가 찾아가는 게임이었다. 그런데 이번에도 자기가 빠진다고 하니 오빠가 올케언니를 보고,

"만약 당신이 걸리면 내가 흑기사 되어줄게. 그러니 염려 말고 게임에다 맡겨요."

라고 했다. 그래서 내가 말했다.

"그러면 흑기사 없는 사람은 서러워 어떡해요?"

라고 하니 큰동생이 선뜻

"만약 누님이 걸린다면 내가 흑기사가 되어줄게요!"

했다. 그런데 올케언니가 염려했던 일이 일어났다. 게임을 시작한 지 1분도 안 되어 두더지는 올케언니가 택한 동물 쪽으로 달려가서 당첨되었는데, 오빠는 약속대로 흑기사 노릇을 톡톡히 했다.

(에피소드 4) 우리가 범사에 감사해야 함은

제주도에 온 지 6일째, 햇볕이 쨍한 날보다 구름 낀 날씨가 오히려 하루 종일 걷는 우리에게는 안성맞춤이었다. 그래서 날마다 감사하는 날들이었다.

오늘은 배를 타고 우도를 가는 날인데 비가 아침부터 추적추적 내렸다. 사람의 마음이란 하도 간사해서 그간의 좋은 날씨를 받은 것은 잊어버리고,

"왜 하필 배 타고 우도 가는 날에 비를 내리게 하실까?"

란 불만의 씨앗이 싹트는 게 아닌가?

나는 머리를 흔들며 더 이상 불만이 자라지 않게 기도했다. 그동안 무탈하게 지금까지 인도하심과 형제들의 단합과 우애, 한 사람도 낙오됨이 없는 장기간의 여정들에 감사드리며, 비는 내려도 바람이 없는 것에도 감사드렸다. 그래서 하나님께서 원하신다면 우리가 우도에 도착하면 비는 개게 해주십사고 기도했다. 이 기도를 하고 났더니 불만은 자취도 없이 사라지고, '이 시간을 누리는 우리는 참 행복한 사람이구나!'라는 생각에 빠졌다.

그런데 정말 우도에 도착하니 거짓말처럼 비가 그쳤다. 총무를 맡은 막냇동생이 이른 아침에 나가서 비옷을 열 개나 사온 것은 무용지물이 되었지만, 모두가 비가 그친 것에 대해 소리 내어 감사했다. '그 사람이 얼마나 행복한가는 감사의 깊이에 달려 있다'라는 존 밀러의 명언이 떠오른 날이었다.

(에피소드 5) 지나고 보면 이런 것이 다 추억입니다

제주도에 온 지 7일째 되는 날, 북적대며 시끌벅적한 형제들과의 여행도 마지막 함께하는 '사려니 숲길'과 '제주절물자연휴양림'을 다녀오면 끝이다. 우리 형제들의 여행이 언제 또 이뤄질까 생각하니 아침부터 섭섭함이 몰려와 잠깐의 회상에 빠져들었다. 어떻게 꿈같은 시간이 이리도 훌쩍 지나갔는가 하는 생각도 들었다.

아침에 일찍 출동하여 사려니 숲길을 찾아가는데, 안개가 자욱해 사방을 분간할 수 없을 정도였다. 한 치 앞이 안 보이니 꼭 구름을 타고 미로를 걷는 느낌이었고 겁도 났다. 나보다 더 겁이 많은 올케언니는 가는 중에

"아이고! 이를 우짜모 좋나?"
하고 계속 말했는데, 정작 도착하고 보니 숲속엔 안개가 그리 심하지 않아서 참 다행이고 감사한 일이었다. 안개가 낀 날이라서 그런지 인적도 드물고, 새 소리 들리는 고요한 숲속에서 천국이 따로 없다는 생각에 모두가 행복해했다.

서귀포의 '푸른바다펜션'으로 옮겨온 후, 꼭 빼놓지 않고 하는 일이 있었다. 여행하느라 하루 종일을 걸어 피곤했는데도 숙소에만 돌아오면 바닷가에 나가 고둥을 잡는 일이었다. 저녁 준비는 남자들(4명)에게 맡기고, 여자들(6명)은 바지를 동동 걷어올리고 바다로 갔다. 강물에서 잡는 다슬기와는 모양이 조금 다른 바닷고둥은 제주도에서는 '보말'이라고 부른다고 했다.

밀물이 들어올 때 고둥들이 모조리 기어나와 바위에 붙는데, 독일에서 함께 간 조카딸은 처음 체험하는 것들이라 너무나 신기해했다. 해는 다 지고 어둠이 밀려오는데도 조카딸 둘은 물속에서 나올 생각을 안 해 내가 큰 소리로 말했다.

"야~ 이젠 그만하자! 난 허리가 아파서 더 이상 못 구부리겠다."

그런데 이 사람들 좀 보소! 다들 들은 척도 않는다. 그래서 이번엔,

"얘들아! 너무 많이 잡아도 이것들 알맹이 까내려면 걱정이다. 그리고 우리 가족들이 여기 와서 고둥을 매일 잡아 씨를 말리는 것은 아닌지 한번 생각들 해보라고?"
라고 했다. 그 말에 퍼뜩 정신이 들었는지 여동생 둘과 조카딸 둘도 물속에서 나오고 올케언니도 허리가 아파서 더 이상 못 구부리겠단다. 각자가 잡은 바닷고둥을 한 군데 모으니 상당한 수확량이다. 내가

"저렇게 많은 고둥은 언제 다 깔까?"

하고 한숨을 쉬는데, 옆에 있던 막내 여동생이

"지나고 보면 이런 것들이 다 추억입니다."

라고 말했다.

"그래, 네 말이 맞아! 지나고 보면 오늘이 또 좋은 추억의 한 페이지가 되겠지!"

강릉 가족여행 에피소드

(에피소드 1) 눈 깜짝할 새 일어난 일

2019년 한국 방문에는 옆지기와 여동생과 함께했는데, 여행지는 강릉과 속초로 정하고 숙소는 바다가 보이는 언덕에 배 모양을 한 '정동진 썬크루즈 호텔'을 예약했다. 이번 강릉 여행은 한국 가족 전부와 2박 3일을 함께했다.

썬크루즈 호텔에서 1박을 하고, 다음 날 형제들과 함께 오전에는 한국 최고로 오래된 전통가옥(300년)으로 손꼽히는 강릉 선교장으로 갔다. 집 앞이 경포호수라 배로 다리를 만들어 호수를 건너다녔다고 '선교장船橋莊'이라 부르게 되었다는데, 효령대군의 후손들이 살았다는 고택들은 정갈했다.

당시 선교장은 관동팔경과 금강산을 유람하는 길목에 있었기 때문에 많은 풍류객이 찾아와 묵었고, 방문하는 손님들을 환대해 교류의 장으로 유명해졌다고 한다. 대궐 밖 조선 제일의 큰 집으로서 손님 접대에 후하여 아낌이 없고, 만석꾼 부호임에도 겸손하며, 소작인들이 배고픔을 모르고 살게 함을 상생의 원칙으로 삼아 하늘에 덕을 쌓았으며, 그 덕분에 아직도 건재함이 천복이라 얘기한다는 글을 읽고 진한 감동이 일기도 했다. 지금은 정부의 고택문화재 관광 자원화 정책에 부응하여 건물을 개방하고 선교장의 문화를 계승하고 나누고 있어서 많은 방문객이 찾아오는 강릉의 명소가 되었다.

오후엔 안목해수욕장 커피거리와 오죽헌에 가기로 계획되어 있었다. 그래서 우선 점심부터 먹자고 하여 식구들 12명이 예약된 식당에 가서 모두들 맛있게 식사하고 나올 때였다. 한식집이라 그런지 집 앞 돌계단이 고르지 않아(자연석으로 꾸민 탓인지는 몰라도) 계단에서 내려오는데 셋째 올케가 돌계단에서 구르는 것이 아닌가?

정말 눈 깜짝할 새에 일어난 일이라 다들 너무 놀랐다. 순간 스치는 생각들은 최악의 상상으로 물밀듯이 밀려왔다. 머리를 다친 것은 아닐까? 혹은 다리가 부러진 것인지도? 정말 그렇다면 이를 어쩌나? 무엇보다 나의 기도가 부족해서 이런 일이 일어난 것일까? 내가 괜히 강릉에서 만나자고 제안하고 형제들을 초청한 셈이니…. 별의별 생각들이 다 들었다.

혹 머리를 다쳤느냐고, 다리를 다쳤느냐고, 모두가 걱정으로 물었지만, 넘어진 본인은 아무 말이 없어 가슴이 덜컥 내려앉는 기분이었다. 내 동생이

"여보, 지금 구급차 부를까?"

하니, 그제야 모기 같은 소리로

"구급차 부르지 마요! 발목만 아파요."

한다. 혹시나 발목이 부러졌을 수도 있겠다 싶어, 올케보고

"발가락을 움직여봐요!"
했더니 발가락 전체를 다 움직여서 천만다행이었다. 그래도 발목의 인대가 늘어난 것은 아닌지, 병원에 빨리 가보라 해도 얼음을 구해서 일단 차게 하면 된다고 해서 경과를 더 지켜보는 걸로 일단락 지었다.

사람의 일이란 한 치 앞도 모른다더니 멀쩡한 사람이 바로 눈앞에서 넘어져 순식간에 절뚝거리는 환자로 변하는 것을 보면서 온갖 생각들이 뇌리를 스쳐갔다. 조금만 방심해도 곳곳에 사고의 원인이 될 수 있는 수많은 올무가 펼쳐져 있음을 늘 상기하면서 살아야겠다는 생각도 했다. '그만하길 정말 얼마나 다행이고 감사한 일인가!' 하고서 감사기도를 드렸다.

(에피소드 2) 오죽헌에서 신사임당이 서씨로 둔갑하던 날

한 사람 바보 만들기는 순간이라고 했다. 자기의 지식과 인식이 맞다고 억지를 부리며 우기는 이들이 적지 않기 때문이다. 게다가 목소리까지 높이면 자기가 이긴 줄로 착각한다. 형제들과 함께 간 오죽헌에서 생긴 일이다. 형제들은 부지런히 그리고 빨리 보고 계속 이동하는데, 나 혼자 남아 사진을 찍는다고 '사임당 빛의 일기'라는 돌판 앞에서 조금 서성거릴 때였다.

아마도 신사임당의 생애를 그린 〈사임당 빛의 일기〉란 연속극을 기념하기 위한 것이라 생각하며 카메라를 들이대는데, 한 50대의 젊은 아주머니 6, 7명이 몰려들었다. 그중 리더로 보이는 한 여자가,

"얘들아! 사임당의 본명이 서지윤이네. 여기 이렇게 쓰여 있네."
라고 하는 게 아닌가?

옆에 있던 내가 '아니에요! 신씨예요'라고 반박하면 무안해할 수도 있겠다 싶어, 조심스럽게

"혹시 신사임당 연속극을 보셨나요? 극 중의 서지윤이가 예쁘던가요?"

라고 물었다. 내 말은 서지윤이가 신사임당의 본명이 아니고, 극 중의 인물명이라는 것을 상기시켜주고 싶었기 때문이었다. 그런데, '갑자기 자기들 이야기에 끼어든 노인네가 뭘 알아?' 하는 눈빛으로 쏘아보며, 한 옥타브 높은 음성으로

"사임당 역의 배우는 이영애고, 서지윤은 사임당 본명이라고 여기 새겨져 있잖아요."

한다. 하도 어이가 없어서

"왜 그러면 신사임당이라고 부르는데요?"

했더니,

"그건 그분의 당호겠지요."

라고 하며, 다시 한번 친구들을 보며 사임당이 신씨가 아니고 서씨임을 강조한다. 어떻게 된 영문인지는 몰라도 같이 왔던 그녀의 친구들마저도 그 자리에서 고개만 끄떡일 뿐 그 리더의 말에 반박하는 자가 없었다.

순간 내 기억에 혼란이 왔다. 오래전이지만 사임당에 대한 역사소설을 읽은 기억으로는 신명화의 딸이고, 아들이 없는 친정집에서 오랫동안 기거한 걸로 알았는데, 그래서 남편 이원수가 아내를 보려고 강릉을 오가고 했다는 내용이었다.

사임당이 신씨가 아니라 서씨였다는 생소함도 문제지만, 내 기억에 100%란 보장은 없기에 그 자리에서 더 이상 다툰다는 것도 어리석은

짓일 것 같았다. 젊은이들이라면 당장 그 자리에서 스마트폰 끄집어 내어 검색할 테고, 가타부타하지 않고 누가 옳은가를 판단할 테지만, 내 휴대폰은 로밍이 안 되어 있어 그럴 수도 없었다.

나중에 형제들 만나서

"신사임당의 본명이 서지윤이냐?"

고 물었더니 다들 까르르 웃는다.

"그때 당시엔 서지윤이란 이름은 짓지 않은 걸로 아는데요."

내 여동생이 말했다.

"내가 당장 검색해볼게요. 여기 신명화의 딸이라고 나와 있어요."

라고 남동생이 말했다. 형제들은

"누구나 상식으로 알고 있는 걸 왜 물어?"

라고 물었다. 돌판에 새겨져 있는 서지윤을 사임당 본명이라고 그 아주머니가 막무가내로 우겨서 내가 입을 다물었다는 말도 했다. 문득 '한 사람의 착각이 얼마나 큰 오해를 낳고, 또 진실을 가리는 것일까?' 라는 생각이 들었다.

(에피소드 3) 남편들의 실수

다음 날이면 진주팀, 부산팀, 포항팀은 나뉘어 각각 자기 집으로 돌아가는 날이다. 12명이 함께하는 형제들과의 여행은 늘 풋풋하고 새로웠다. 언제나 그렇듯 아쉬움이 많이 남지만, 독일팀 세 명과 서울팀 두 명은 여행 일정에 따라 속초로 갈 예정이라 그나마 위안이 되고, 가보지 못한 길에 대한 기대와 설렘 때문에 이별이 그리 힘들지 않았다.

3박 4일간의 일정이 어찌나 빨리 지나갔는지 모른다. 발목을 삔 셋째 올케만 정동진 호텔에 남겨두고, 우리 가족들은 대관령 양떼목장을 오른 후 바람의 언덕이라 불리는 커피숍에서 차를 마시기도 하고 오후에는 월정사 전나무 숲길을 산책했다. 남자들이 먼저 언덕을 오르고, 우리 세 자매만 천천히 뒤따라갈 때였다. 각자 자기의 옆지기가 실수한 얘기를 한 가지씩 했다. 부산에 사는 막냇동생이 먼저 말문을 열었다.

"언니, 우리 집 그이는 도시에서 자라서 그런지, 식물 이름을 가르쳐줘도 금세 잊어버려요."

지난번 주말농장에 가서 폭우를 대비해 고추 포기마다 지지대를 세우기 위해 고추 모종 개수에 맞게 지지대를 주었는데, 한 시간도 안 돼서 전화로

"은이 엄마, 아직 3분의 1도 못 했는데 막대가 모자라니 어떻게 된 거야?"
하고 큰 소리로 물었다고 한다.

"그럴 리가 없어요! 내가 고추 포기 숫자대로 막대를 샀는데요."

제부의 말을 듣고 얼른 가보니, 세상에나! 고추 포기 옆에다 막대를 세운 것이 아니고, 고구마 줄기에다 막대를 세웠으니 모자를 수밖에 없었더란다. 우린 고구마 줄기에다 지지대를 세우느라 애를 많이 썼을 제부를 상상하며 폭소했다.

독일에서 함께 간 여동생은

"우리 남편은 세탁기에 빨래 좀 돌리라고 하면 꼭 흰 빨래 속에 넣어서는 안 되는 색깔 있는 옷을 넣어 흰색의 티셔츠와 속옷들이 온통 분홍색이 된 적도 있어요."
라고 했다. 두 사람의 말을 들은 나도 한마디했다.

"너희들 형부는 말이야, 향초나무를 잡초로 착각하고 볼 때마다 뽑아서 거름더미에 버린 것을 내가 발견하고 다시 주워와 심은 것이 한두 번이 아니야."

그러자 모두가 크게 웃었다. 독일 여동생은,

"혹시 '일하기 싫어서 잔꾀를 부린 것은 아닐까?'라고 생각할 때도 있었네요."

그 말에 우린 배꼽을 잡고 눈물이 나도록 계속 웃었다. 마치 웃음 치료를 하고 난 기분이었다.

이해인 수녀님과의 만남

2012년 3월 22일 오전 11시경, 여동생 친구가 운전하는 차를 타고 여동생과 함께 부산 광안리 수도원에 계시는 이해인 수녀님을 뵈러 갔다. 경비실에 도착하여 수녀님과 선약이 있다고 말하니,

"어느 방에서 만나는데요?"

하고 물어왔다.

"글쎄요! 그건 잘 모르는데요."

라고 대답하니

"민들레 방도 있고, 언덕 방도 있고, 또 다른 방도 있어요."

라고 했다. 수녀님께서 어떤 방으로 찾아오라고 아니하셨으니, 이곳까지 와서 퇴짜를 당하는 것은 아닐지 싶어 가슴이 조마조마했다.

"일단은 자동차를 통과시켜줄 테니 계속 위로 올라가셔서 오른쪽에 주차하세요."

친절한 경비아저씨 덕분에 정문을 무사히 통과하여 수녀원 건물 앞에 일단 주차하고 나오니, 어머나! 바로 마중 나오신 분이 바로 우리가 찾아뵈려던 이해인 수녀님이었다.

"누가 독일에서 오신 수냐 님인가요?"

라고 웃으시는 정겨운 음성은 청순한 소녀 같았다. 수녀님의 개인 접견실로 안내되어 향기 나는 차를 주시는데, 매화꽃 두서너 송이가 찻잔에 동동 뜨고 차의 향기는 마치 선녀가 우리에게 내려주는 것 같은 착각에 빠트렸다.

첫 대면인데도 마치 고향 언니를 만난 것 같아 시간 가는 줄 모르고 담소를 나누다 보니 금방 12시가 다 되어 기도회에 참석하려고 밖으로 나오니 봄비가 부슬부슬 내렸다. 우산이 두 개밖에 없다고 하셔서 동생과 동생 친구가 한 우산을 쓰고, 나와 수녀님이 다른 우산을 쓰고 기도실로 가는데, 수녀님과 팔짱을 끼고 한 우산을 쓰니 행복한 추억의 한 장면 같았다. 그래서 봄비에게 감사했다.

수녀님께서는 우리에게 친필로 부채에 '가장 짧은 말로 가장 깊게 드리는 저의 기도는 감사입니다. 2012. 3. 22. 이해인 수녀'라고 쓰신 것과 열두 달 꽃에 관련된 시가 들어 있는 달력을 선물로 주셨다. 그 외에도 구슬로 된 예쁜 묵주, 손수건, 카드, 허브차, 크리스토퍼 제이미슨 신부님이 쓴 ≪우리를 불행하게 하는 8가지 생각≫이란 책도 선물로 주셨다.

이번 수녀님과의 만남이 훗날에도 이방인의 삶을 살아가는 골목길마다 외로울 때면 꺼내 먹는 달콤한 추억의 사탕이 되리라 믿는다. 수녀님에게 사랑의 빚을 지고 온 것 같았다. 예쁜 카드라도 사서 보내드릴까 생각 중이다.

셋

자작시 모음

산촌의 밤

포플러 늘어선 강변에 노을이 지면
목마른 사슴은 강변을 기웃거리고
새들도 둥지 찾아 날아가는데
어느덧 어둠에 묻힌 산촌
고요를 베개 삼아 적막에 잠이 든다.

이 시는 1969년도 경남일보에 발표된 글인데 시와 함께 신문사에서 그려넣은 풍경화가 너무 멋있었다. 큰오빠가 신문에 난 시를 오려서 한동안 앨범에 붙여 둔 것을 기억하는데 시보다는 그림이 아름다웠다. 지금 생각나는 것은 강가에 포플러 나무들이 있고 또 사슴 두 마리가 시냇물을 마시는 정경인데, 새들이 하늘을 나는 한 폭의 수채화 같았다.

가을의 소망

청옥에 담긴 물빛 저리도 고울진대
가슴에 서린 사연 낙엽 배에 띄워놓고
정든 님 계시는 곳에 드리고도 싶은 소망

이 시는 1968~1969년 무렵 ≪새농민≫이란 잡지에 실렸는데, 전국에서 문학 하는 청년들로부터 매일같이 엽서를 받았고, 몇몇은 내가 살던 두메산골까지 찾아오기도 했던 기억이 난다.

봄이 오는 소리

햇볕이 고운 날
단단히 날을 잡아
봄 마중을 갔지요.

천년의 파수꾼 세월에도
불평 한번 하지 않고
묵직한 하늘을 머리에 이고 살아가는
높은 성벽의 옆길을 지나는데…

양지바른 곳
톡톡 터지는 매화의 웃음소리가
내 발목을 잡았습니다.

그런데, 그런데,
세상에나!
후미진 곳에서 피어나
하마터면 그냥 지나칠 뻔했던
진달래 아가

너 언제부터 거기 있어
날 기다렸을꼬?

고웁다, 예쁘다, 칭찬해주니
꽃등은 수줍음으로 더 붉게 물들어가고…

돌아오는 길
영산홍 꽃 화분 하나 사서 안고
집으로 오는데
내 발자국 따라오는
봄이 오는 소리

가을이 오면

가을이 오면
추억의 강가에 발을 적시고
파아란 하늘을 올려다봅니다.

그리운 사람
한 조각 구름 되어 피어오르면
소리 없이 날리는 낙엽 위에
여태껏 못다 한 말들의
긴긴 편지를 씁니다.

가을이 오면
가슴에 숨겨둔
그리움의 실타래 풀어내어
밤마다 한 올 한 올
은빛 비단을 짭니다.

가을이 오면
연연한 가슴을 적셔주는
분홍빛 코스모스 꽃잎 위에도
그것은 사랑이었네라고
가을바람은 속삭입니다.

황혼의 나이라고

가을이 깊었습니다.
지난날들을 반추해보는 시간이
자꾸만 늘어나는 계절입니다.

가파른 삶의 언덕길을 오르내리며
인내로 키워야만 했던 젊은 날들의 시간이
마치 한 편의 영화를 찍듯
회상 속 필름은 계속 돌아가는 황혼의 나이

후회하는 것은 아니지만
지난날의 선택은 오로지 내 몫이었습니다.

이역異域 땅에 뿌리내린 바람꽃으로 살면서,
크고 작은 부대낌 또한 왜 없었겠습니까?

지금이 황혼의 나이라고
왜 난들 그리움이 없겠습니까?

세월을 이겨낸 백발은 면류관처럼 빛나도
꿈속에서는 여전히 작은 소녀가 됩니다.

매번 산책길에서 주워온 붉은 단풍잎 하나
일기장 속 갈피마다 넣어두는 기쁨은 그리움입니다.

오늘도 생각은 날개를 달고
시공을 넘나드는 마법사는
그리운 날의 뒤안길로 데려다주는 바람입니다.

님이 내게 물으신다면

조국의 가을 하늘이
몹시도 푸르던 날
유랑자의 마음을 닮아
길 떠난 지 어언 사십 년

님이여!
여기가 어디냐고
물어주는 사람 없어도
숨 가쁘게 달려온 세월 속엔
그래도
내 젊은 꿈이 있었다오

스물을 갓 넘은 꽃다운 나이에
자랑스레 입어본
나이팅게일의 백의

또 하나
내 등에는 늘 대한민국의 태극기가
달려 있었답니다

강산이 변한다 해도

네 번이나 변했을 장구한 세월을
고통으로 신음하는
환자들을 돌보느라
낮과 밤이 바뀌는 줄도 몰랐습니다

어느 날 문득 거울 앞에 서니
칠흑 같은 검은 머리에
흰 서리 내리고
곱다던 두 손은 갈고리 되었지만

이 훗날
님이 내게 물으신다면
나는 말하리라

일월이 선회하는 어느 하루인들
님을 잊어본 적이
내게도 있었을까를…

2009년 ≪파독간호사 40년사≫ 발간에 기고한 글.

지나온 세월을 되돌아보노라면 마음은 아직도 젊음의 뒤안길로 서성이는데 돋보기를 써야만 책을 읽을 수 있으니 가는 세월을 무심타 할 밖에요.

여기서 '님'이란 내 조국을 말한 것으로, 그동안 너 나 할 것 없이 우리 모두 열심히 살아왔다고 단언하고 싶습니다. 작은 일에도 최선을 다했다는 자부심과 긍지는 우리 모두를 지켜주는 버팀목이었지요.

수선화 만발한 뜨락으로 나들이 오실래요?

사월의 길목에 들어서니
이곳저곳에서
봄의 향연이 한창입니다.

꽃들의 잔치에 초대된
꿀벌들의 흥겨운 노랫소리
노랑나비도 질세라
부채춤 사위가 신명 나는
아름다운 계절입니다.

살구꽃이 지고 나니
연이어 복숭아꽃이 피고,
뜨락엔 수선화가 만발했습니다.

봄이 오면 해마다 그 자리에서
다시 피어나는 꽃들이건만
마치 처음 보는 꽃인 양
마냥 반갑기만 합니다.

창조주의 놀라운 신비에
감탄과 감사가 절로 새어 나오는
아름다운 봄날입니다.

남겨진 자가 살아가야 할 몫은

반백 년을 울타리가 되어
나를 지켜주던 옆지기는
이젠 이 세상에 없다.

홀로서기의 연습을 하느라
지치고 곤한 일상들이
해가 지고 달이 뜨고,

사계절의 순환 속에서도
슬픔을 잉태한 그리움은
오늘도 앞섶을 여미게 하네.

님이 떠난 이 빈자리
어떤 그 무엇으로도 채울 수 없지만
돌부리에 걸려 넘어져도
내 다시 일어나리라.

이 길만이 내가 살 수 있는
홀로 된 자의 숙명을 안고,
남겨진 자만이 감당할 몫인 것을.